TORMENTA

JAMBÔ

APRESENTA

LUCAS BORNE

A CIDADE DA RAPOSA

PORTO ALEGRE
2023

A Cidade da Raposa

Créditos

EDITOR: J.M. Trevisan

ASSISTENTE EDITORIAL: Victória Cernicchiaro

PREPARAÇÃO: Vitória Vozniak

REVISÃO: Emerson Xavier

DIAGRAMAÇÃO: Victória Cernicchiaro

ILUSTRAÇÃO DA CAPA: Samuel Marcelino

ILUSTRAÇÕES DE ABERTURA: Janio Garcia

CARTOGRAFIA: Dan Ramos

EDITORA-CHEFE: Karen Soarele

DIRETOR-GERAL: Guilherme Dei Svaldi

Rua Coronel Genuíno, 209
Porto Alegre, RS • CEP 90010-350
contato@jamboeditora.com.br • www.jamboeditora.com.br

1ª edição: novembro de 2023 | ISBN: 978658863480-6
Dados Internacionais de Catalogação na Publicação

B736c Borne, Lucas
A cidade da raposa / Lucas Borne; edição de J. M. Trevisan
— Porto Alegre: Jambô, 2023
360p. il.

1. Literatura brasileira —Ficção. I. Borne, Lucas. II. Título

CDU 82-312.9

BASEADO NO UNIVERSO CRIADO POR
Leonel Caldela, Marcelo Cassaro,
irmãos Dei Svaldi e J.M. Trevisan.

Para meus pais Sônia e Ubirajara, para meu irmão Bruno, para meus amigos e, especialmente, para Marina.

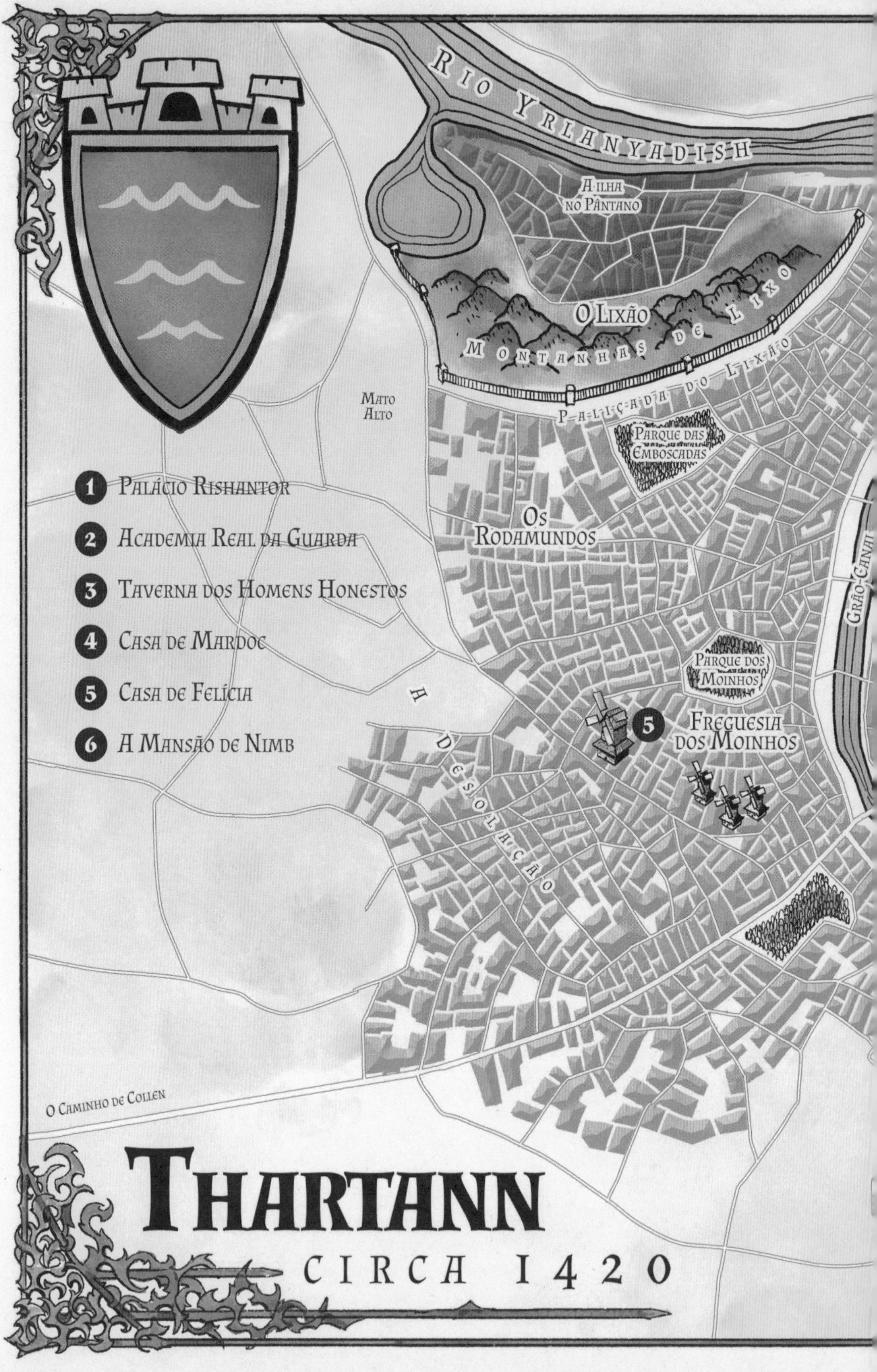
Rio Yrlanyadish
A ilha no Pântano
O Lixão
Montanhas de Lixo
Paliçada do Lixão
Mato Alto
Parque das Emboscadas
Os Rodamundos
Parque dos Moinhos
Freguesia dos Moinhos
5
A Desolação
1 Palácio Rishantor
2 Academia Real da Guarda
3 Taverna dos Homens Honestos
4 Casa de Mardoc
5 Casa de Felícia
6 A Mansão de Nimb
O Caminho de Collen
Thartann
Circa 1420

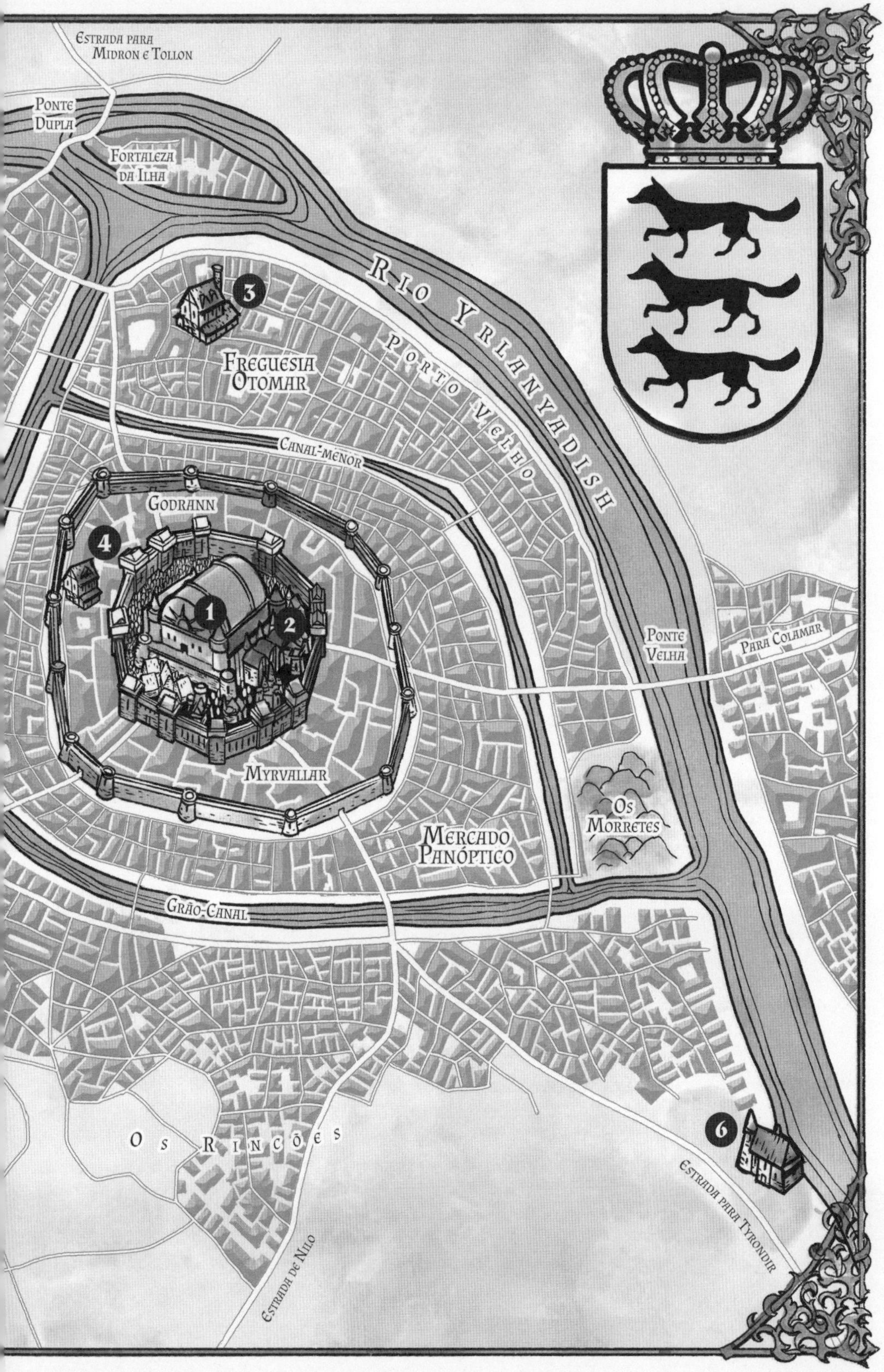
Estrada para
Midron e Tollon
Ponte
Dupla
Fortaleza
da Ilha
Rio Yrlanyadish
Porto Velho
3
Freguesia
Otomar
Canal-menor
Godrann
4
1
2
Myrvallar
Ponte
Velha
Para Colamar
Os
Morretes
Mercado
Panóptico
Grão-Canal
Os Rincões
6
Estrada para Tyrondir
Estrada de Nilo

EPÍGRAFE

Ahlen é um reino de trapaceiros, mentirosos e aproveitadores.
Ahlen é um ninho de cobras, uma toca de raposas.
Ahlen é onde os valores vão para morrer ou serem esquecidos.

Isto é o que os outros artonianos costumam dizer
sobre os ahlenienses.
Mas o que eles têm a dizer sobre si mesmos?

CAPÍTULO 1

O ADIVINHO

— Prometo, sob o olhar de Khalmyr e sob pena de condenar minha alma, observar as leis e impor as vontades e a justiça do Rei Nonato Vorlat em nosso Mui Exaltado Reino de Ahlen!

Assim juraram os cadetes em uníssono, mãos no peito e olhos fixos no céu azul. Após uma pequena pausa dramática, o orador concluiu.

— É com grande prazer que declaro oficialmente os alunos da turma do ano de mil quatrocentos e vinte devidamente graduados e empossados pela Academia Real da Guarda de Thartann. Dispensados!

O orador fez uma mesura exagerada para a plateia, sendo imitado em seguida pelos recém-formados, como atores ao fim de uma peça. De fato, os celebrantes estavam sobre um palco montado especialmente para atender o evento da formatura no pátio central da guarda de Tharthann, capital do reino de Ahlen.

Felícia estava especialmente feliz. Com um sorriso largo, aplaudia efusivamente enquanto recebia as ovações da plateia. Mal acreditava que havia conseguido concluir o curso. Por instantes breves e intensos, o pátio e as galerias da academia se encheram de som e vida, que foram retrocedendo devagar à medida que a empolgação e a energia acabavam. Aos poucos, os recém-formados começaram a se dispersar, rindo e fazendo brincadeiras.

Um colega, parecendo tão cansado quanto ela, se aproximou sorrindo.

— Finalmente, não aguentava mais! Minhas pernas estão me matando depois de tanta enrolação. Isso foi muito pior que qualquer prova que fizemos! — Ao perceber que havia se dirigido à sua colega plebeia, desmontou seu sorriso e mudou o tom. — Boa sorte, colega. Vai precisar.

Como estava acostumada a fazer, engoliu uma resposta no mesmo nível da ofensa e sorriu com educação. Detestava aquele colega em particular, e não nutria qualquer simpatia pelos demais almofadinhas da turma, que no fim eram a maioria. Sabia que nenhum deles era minimamente competente ou interessado no trabalho para o qual haviam sido treinados nos últimos três anos, e que, mesmo assim, seriam designados para cargos de liderança. Ficariam em suas posições privilegiadas tomando para si o mérito das conquistas, jogando a culpa em seus subalternos. Os recém-formados desceram do palco e foram na direção dos seus entes queridos, dos parentes e amigos que vieram lhes prestigiar e homenagear. Risos contentes, abraços, apertos de mão efusivos, afagos e elogios choviam sobre cada um.

Não era o caso de Felícia. Na vida tinha muitos conhecidos, um punhado de amigos, porém ninguém para recebê-la. Parentes tinha de sobra, mas a maioria não considerava "família de verdade". Moravam com ela a mãe, a avó, seu tio e seu sobrinho. A mãe não estava ali porque precisava cuidar da avó e da casa. A avó era idosa demais para caminhar tamanha distância, e o tio nem cogitou convidar, sabendo que seria vexame na certa. Os outros convidados tinham dado respostas como "Acho que vou", "Vou tentar" ou "Sinto muito, tenho outro compromisso". Mesmo assim, esquadrinhou várias vezes o pátio da guarda procurando algum rosto conhecido. Não encontrou nenhum, fora os colegas que desprezava.

Quando havia desistido da busca, contentando-se em procurar um superior para cumprimentar e trocar amenidades, disfarçando aquela situação embaraçosa, alguém a puxou pela mão. Era seu sobrinho, o pequeno Nuno.

O menino a olhou de baixo para cima e sorriu. Aquilo trouxe um grande alívio para Felícia, que o abraçou com força e deu um beijo nos cabelos.

— Nuno, que bom que veio! E cadê a mãe?

— Ela parou no caminho pra conversar com uma amiga e disse pra eu seguir sozinho.

"Que absurdo, deixar o garoto caminhando sozinho pela cidade! Depois vou dar uma bronca nela", pensou enquanto abraçava o pequeno. Nuno era baixinho, mal conseguia abraçar a cintura da tia, e precisou ficar se equilibrando na ponta dos pés durante o abraço. Antes que pudesse dizer qualquer coisa a mais, foi chamada aos gritos por Corvir, seu chefe capitão-investigador.

— Guarda Felícia, aproxime-se!

— Vai pra casa e avisa que tá tudo bem comigo, nos vemos de noite.

Deu mais um beijo no seu sobrinho e foi até Corvir, orgulhosa por ter sido chamada pelo título recém-investido.

— Guarda Felícia, lembra quando me disse que não via a hora de testar o que aprendeu? Pois é. É seu dia de sorte.

— Sim, capitão. O que posso fazer?

— Temos um defunto na Freguesia Otomar e precisamos que faça os procedimentos devidos. — Antes que pudesse assentir,

Corvir levantou a mão com o dedo erguido ao se lembrar de uma coisa. — E também precisamos de um colega para lhe ajudar.

O capitão começou a pescar com seus olhos um "candidato" no mar de pessoas que ocupavam o pátio. Depois de uma rápida varredura e breve ponderação, acabou chamando outro colega recém-formado, que era mais baixinho e usava óculos redondos.

— Bem. Vocês dois, Felícia e Ivarth, foram os premiados. Aqui está o endereço. — Entregou um papel para Ivarth, que leu e depois passou para Felícia. Ao perceber os recém-formados hesitantes, prosseguiu.

— Não é uma tarefa difícil. Agora são agentes da lei, não precisam ter medo. Vocês mandam e os citadinos obedecem. Sigam o protocolo, e se tiverem que brigar lembrem dos treinos. E se o oponente for muito forte, o que eu sempre digo que devem fazer?

— "Picar a mula" — disseram os dois em uníssono.

— Isso mesmo. E não mexam com nobres. Vou querer um relatório completo até o fim do dia.

Os dois se entreolharam e se cumprimentaram com um curto aceno de cabeça. Felícia ficou aliviada por seu novo parceiro ser justo o que, segundo o julgamento dela, era o mais inteligente e capaz. Mas os dois seguiam parados. Felícia esperou alguns segundos antes de falar, um pouco sem jeito:

— Capitão, não devemos nos trocar? De acordo com o regulamento, o uniforme cerimonial não poderá ser usado durante as diligências, salvo caso de extrema urgência ou que envolva risco de vida de um nobre.

— Ah sim. Claro que sim, havia me esquecido. — Corvir suspirou, irritado. — Declaro que este é um caso de urgência. Podem usar o uniforme assim mesmo, só não esqueçam de pegar todo o resto das tralhas. Agora, vão!

A dupla seguiu até o armorial para se munir com o equipamento padrão da guarda da cidade de Thartann. Primeiro uma cota de malha leve sobre as roupas, cuidando para não tapar as ombreiras cerimoniais. Sobre ela, um tabardo com a insígnia da guarda. Em seguida, pegaram as armas: um escudo metálico pequeno e uma espada curta, que segundo o regulamento, deveria ficar embainhada sempre que possível. Também pegaram uma lança cada um, decorada com a flâmula real da raposa ahleniense. Para a maioria dos guardas, a lança era apenas um bastão de caminhada com uma ponta afiada, para Felícia não era. Ela havia treinado o suficiente para ser competente com ela tanto quanto era com a espada.

Deixaram a guarda devidamente equipados, mas não antes de Felícia chamar a atenção de Ivarth, que tinha deixado de prender a fivela do escudo no antebraço. O colega obedeceu imediatamente e agradeceu pelo apontamento.

A dupla chamava atenção por onde passava, especialmente Felícia, que era bem diferente do típico guarda de cidade — homem, barriga farta, meia idade e meio careca. O fato de ser *uma* guarda e não *um* guarda já era naturalmente chamativo, mas além disso ela era atlética, e tinha um porte altivo. Seu cabelo castanho era levemente ondulado e naquele dia especial tinha sido cuidadosamente trançado pela avó. Já Ivarth parecia mais um erudito do que um guarda, e carregava suas armas de maneira desengonçada.

Impulsionada pelo forte senso de dever e pela recém-imbuída confiança que o cargo de autoridade lhe havia concedido, Felícia dava passadas largas e decididas, galgando calçadas e conquistando quarteirões em poucos minutos, ignorando inclusive a fome que lhe castigava depois de uma manhã inteira de cerimônias. Ivarth se esforçava para acompanhar o ritmo dela, se aproveitando dos vãos abertos pela colega no meio dos transeuntes para ganhar terreno.

Felícia nunca havia percorrido aquelas ruas com tamanha determinação, e era a primeira vez na vida que se sentia segura naquela cidade perigosa. Nascida e criada em Thartann, tinha sido, até aquele dia, uma mera plebeia sem feito algum para se gabar, e como devota fervorosa de Khalmyr, acreditava ser a pessoa certa para brandir a espada da lei, portando com orgulho a balança da justiça. Dar uns cascudos em um ou outro malfeitor também não lhe desagradava. Só depois de caminhar várias quadras, quando estes pensamentos lhe surgiram, se deu conta que estava verdadeiramente orgulhosa e feliz. Só parou de sorrir quando lembrou que estava indo ver um corpo, e mortos deviam ser tratados com respeito.

A dupla passou pelas muralhas ciclópicas do bairro nobre, cruzou a ponte do Jejum, entrou na rua das lojas e comércios, dobrou na subida dos Jumentos, depois desceu a lomba do arvoredo e finalmente chegou próxima da Freguesia Otomar, localizada ao lado do porto fluvial, conhecida zona boêmia da capital.

Àquela altura o silêncio entre os dois já era embaraçoso. Foram salvos pelo dever, quando chegaram no endereço indicado. Dispensaram o guarda que havia ficado protegendo o corpo dos saqueadores com uma saudação, e iniciaram os procedimentos protocolares.

— A vítima é masculina. Alto, forte, robusto, sem doenças aparentes — começou Felícia. — Cabelo curto, costeletas, sem barba. Possui fartas tatuagens no corpo. Veste calça marrom, camisa vermelha de mangas dobradas, bota de couro. Cinto de couro. Não porta papéis de identificação. De provável origem khubariana. Foi encontrado ao nascer do sol por um transeunte prestativo que avisou a guarda. Os guardas-

-investigadores Felícia e Ivarth, ambos de quinta classe, chegaram na localização do corpo no horário aproximado do almoço.

Felícia narrava o que via enquanto Ivarth se esforçava para acompanhar o ditado, debruçado sobre sua prancheta e pergaminhos apoiados de maneira improvisada em um barril. Mergulhava a pena no tinteiro embutido na prancheta e logo depois rabiscava rapidamente e com força, fazendo respingar alguns pingos pela pressa. Ela pausava depois de cada frase e esperava o colega terminar de escrever. Também esperava que dissesse algo, alguma consideração ou comentário, mas Ivarth só acenava com a cabeça, indicando que estava pronto para continuar.

— Estava com as costas apoiadas na parede de trás da edificação número trinta da Rua dos Alcoviteiros, sentado em uma poça de sangue. A causa da morte aparenta ser o sangramento em profusão oriundo de um ferimento no pescoço causado por um virote de balestra. O virote ainda se encontra cravado no local, e não há outros ferimentos exceto leves escoriações nos punhos e nós dos dedos.

Felícia se agachou para observar o ferimento de perto, tentando não sentir o cheiro forte de sangue. A jugular havia sido cortada. O ângulo do virote, vindo de frente e levemente de baixo, indicava que não havia sido um franco atirador, mas provavelmente alguém posicionado na frente da vítima no beco. Para ser alvejado naquela direção, o sujeito devia estar discutindo ou lutando com o seu algoz.

Felícia, de cócoras, inspecionava o corpo bem de perto, e subitamente se sentiu também sendo observada. Olhou ao redor e viu que estavam cercados por transeuntes e curiosos, atraídos pela cena incomum.

— O que estão fazendo? Circulando!

Levantou-se energicamente e peitou a pequena multidão, que teimava em não se dissipar. Ali havia vagabundos e desocupados, mas também olheiros e espiões, prontos para repassar a informação aos seus chefes. Felícia também percebeu um gato deitado sobre a tampa de um dos barris, com um olho aberto e outro fechado. Qualquer um daqueles poderia ser um informante, inclusive o gato! Lembrou-se do caso do druida metamorfo Stradivakis, preso em flagrante no ano anterior enquanto espiava a sala da guarda. O metamorfo estava transformado na forma de um gato e sua prisão foi um choque para a guarda, que tinha aquele bichano em alta estima. A punição dele foi exemplar: depois de receber uma moção de repúdio do conselho druídico e pagar uma multa onerosa, foi exilado para além das fronteiras do Reinado.

— Eu disse circulando, seus desocupados! Ou multarei vocês por desacato.

A ameaça de multa, que não era blefe, surtiu efeito imediato e quase todos voltaram aos seus afazeres diários ou à sua rotina de ócio. Por garantia, Felícia também enxotou o gato. Voltou finalmente ao trabalho.

— Junto ao corpo foi encontrado uma algibeira com — fez uma pausa para contar — vinte e três tibares de prata. Este fato nos leva a crer que não se trata de um latrocínio, mas sim um crime passional ou morte encomendada.

Terminada a primeira parte da investigação, foram conversar com moradores das casas e comércios próximos. Era o procedimento padrão, mas mesmo sendo uma recém-formada, mesmo antes de formular as perguntas, já conhecia as respostas: não, não e não. Ninguém via nada, ouvia nada e nem conhecia ninguém. A lei do silêncio era uma das raras leis amplamente obedecidas em Ahlen.

"Alcaguetes têm vida curta, espertos têm vida longa", era um ditado bem conhecido.

Os dois perceberam a chegada de outro khubariano, que se abaixou do lado do corpo e imediatamente começou a chorar com o rosto contorcido pela dor. O homem colocou a mão no ombro do corpo e retirou-a no instante que sentiu o toque frio da morte. Depois de ficar paralisado por alguns instantes, respirou fundo, recobrou sua coragem e colocou a mão suavemente de volta no mesmo lugar. Sua lamúria pública acabou afastando os últimos curiosos que tinham teimado em ficar.

Felícia sentiu vontade de abraçar e consolar aquele pobre homem. Num mundo precário em que as pessoas têm tão pouco e trabalham de dia para comer de noite, amigos são o bem mais precioso. Mas agora fazia parte da guarda e isso era contra o protocolo, que era como uma lei. E ela nunca quebraria a lei.

— Com sua permissão, cidadão, por favor afaste-se do defunto.

Tocou o desconhecido, que se levantou e a encarou. Antes de começar as perguntas, Felícia olhou para Ivarth e viu que ele já estava pronto para anotar o testemunho.

— O senhor pode responder algumas perguntas?

O khubariano ficou em silêncio olhando para Felícia, mudo pela desconfiança das autoridades arraigada no seu ser. Felícia tentou novamente, desta vez com a voz carregada de honestidade, ao invés de autoridade.

— Se conhece a vítima e puder nos ajudar, ficaria muito grata. É meu primeiro caso e prometo que não vou medir esforços para chegar ao culpado.

Depois de hesitar um pouco, o homem decidiu cooperar. Respirou fundo e olhou mais uma vez para o cadáver antes de falar.

— Era meu amigo de infância. Fiquei sabendo que tinham encontrado alguém parecido com ele morto em um beco, e decidi ver com meus próprios olhos. — Falava devagar e entre suspiros.

— Pode nos dizer o nome e a idade dele? Se ostentava algum título?

— Ele se chamava Lakki, e viu — parou para pensar — vinte e três verões. Plebeu, que nem eu.

— E o senhor Lakki trabalhava com o quê?

— Viemos de Khubar para Ahlen buscando qualquer trabalho que pagasse bons tibares, e os encontramos nas tavernas. Eu faço reparos e gambiarras e ele trabalha com segurança. Trabalhava.

— E onde o senhor Lakki trabalhava?

— A taverna é... — parou para pensar outra vez — É a Taverna dos Homens Honestos.

Os investigadores trocaram olhares e Ivarth mais uma vez acenou positivamente com a cabeça, e dessa vez sorriu. Naquele momento chegaram dois guardas e um sacerdote para fazer o transporte funerário. Antes de se dirigirem para a taverna e aproveitando o reforço, os dois vasculharam pela última vez a cena do crime, como manda o protocolo. Ivarth encontrou alguns virotes escondidos atrás dos barris, iguais ao fincado na vítima. Já Felícia encontrou, por pura sorte, um ponto branco escondido na junta dos paralelepípedos da rua. Era um dente, ainda com sangue fresco. Sabia que não era de Lakki, pois o havia examinado minuciosamente. Só podia ser do agressor. Guardou-o em sua algibeira, enquanto Ivarth ficou com os virotes.

Com tantas pistas, Felícia pensou que Khalmyr talvez a tivesse presenteado com um trabalho fácil.

Vista por fora, a Taverna dos Homens Honestos não chamava atenção nem pelo tamanho nem pelo acabamento da fachada, e para um transeunte que não adentrasse o edifício, seria apenas mais uma das muitas tavernas de Thartann. Suas paredes de tijolos toscamente pintadas de cal estavam manchadas pela urina de cães e homens, e suas janelas tinham vidros tão pequenos e sebosos que mal dava para ver do outro lado. O telhado era atipicamente íngreme e alto. Sua porta de entrada era discreta, feita de madeira escura e rachada pelo sol, recuada em um nicho da fachada. Os visitantes eram recebidos por uma estranha aldraba no centro da porta, feita de bronze, com dois rostos sorridentes dos quais saíam dois braços que terminavam em mãos que se cumprimentavam.

Felícia bateu e recebeu de volta um "pode entrar". Vista por dentro, a taverna era bem mais aconchegante. No ambiente central, a luz do sol entrava por uma claraboia envidraçada e derramava luz sobre o vão que dava acesso a três pavimentos internos: térreo, mezanino e sótão. O vão era cruzado por grossas vigas e pilares de madeira maciça que estavam tomados por assinaturas e frases deixadas pelos frequentadores. As mesas próximas do fosso de luz pareciam ser as melhores, onde os comensais e beberrões poderiam se apoiar no guarda-corpo e observar todo o ambiente e as outras mesas com a mesma regalia. Felícia também sentiu vários cheiros impregnados no ambiente: tochas, velas e incenso, que provavelmente queimavam por longas horas na noite. E ao passar próxima à uma janela aberta, sentiu também o cheiro das águas barrentas do rio Yrlanyadish.

No trajeto que percorreu até o balcão, seus passos ecoaram no ambiente vazio e levantaram uma fina camada de fuligem acumulada nos tapetes. Também desviou de escarradeiras e cadeiras fora do lugar, que ainda não haviam sido organizadas da noite anterior. Nem o silêncio nem as cadeiras vazias combinavam com aquele ambiente. Depois das apresentações e formalidades, que não podiam ser dispensadas por fazer parte do protocolo, os agentes por fim estavam conversando com a taverneira no balcão.

— E este senhor... Lakki. Trabalhava no estabelecimento faz quanto tempo? Tinha inimigos?

— Três anos, fiquei sabendo pelos meus colegas. Na escala de um segurança de tavernas, é como se fossem dez anos. E inimigos? Claro que sim, já colocou para fora todo tipo de encrenqueiros, e vários juraram vingança. Mas nenhum antes havia sido burro ou corajoso o suficiente para prosseguir com a bravata. A maioria dos clientes escorraçados estavam bêbados e nem conseguiriam lembrar dele.

Felícia ouvia com atenção a mulher que falava despreocupada. A figura esguia tinha um charme, algum apelo misterioso que não conseguia desvendar, e por isso a guarda sentia uma certa antipatia. Tentava não dar ouvidos a esse preconceito, pois tinha sido ensinada a ser imparcial com todas as testemunhas. Seus traços lhe lembravam os de uma nagah, a raça de homens-serpentes descendente do deus maligno Sszzaas: corpo esguio, pescoço alongado, olhos finos e enviesados, nariz achatado, orelhas pequenas.

— Qual seu nome mesmo? Me desculpe, não consegui gravar.

— Najane.

— Najane, certo. E você trabalha aqui faz quanto tempo?

— Quase um ano, bem menos que o falecido Lakki. Eu tenho o costume de me mudar de tempos em tempos para conhecer novos reinos e pessoas.

Felícia ficou pensando se tinha algo mais a perguntar e Najane aproveitou para se dirigir a Ivarth, que anotava o depoimento em silêncio.

— E você, não vai perguntar nada? Quer tomar alguma coisa? Tome algo por conta da casa.

Antes que Felícia pudesse interpelar e dizer que aquilo não seria possível pois era contra o protocolo, o colega se adiantou.

— Gostaria. Um copo d'água, por favor — disse timidamente, aceitando a oferta sem quebrar as regras.

A taverneira pegou graciosamente um caneco e encheu-o com água de uma barrica, adicionando folhas de hortelã para dar um toque de sofisticação. Ivarth agradeceu e bebeu com vontade, sorrindo, entre olhadelas furtivas para Najane. Felícia suspirou.

— Prosseguindo. A senhora disse que tinha vários inimigos, mas nenhum declarado. Sabe se ele fazia parte de um grupo ou facção?

— Não que eu saiba. Nas raras vezes que o vi fora do trabalho, sempre o via andando com outros khubarianos.

— E na noite de ontem, brigou com alguém?

— É possível que sim, sempre tem um bebum encrenqueiro. Mas infelizmente daqui do balcão não consigo ver direito. Além do mais estou ocupada atendendo pedidos e respondendo cantadas. A senhorita não vai querer nada para beber?

— Não, já estamos indo. Mas vou lhe pedir que vá conosco até o corpo para confirmar a identidade da vítima. Precisamos de mais de uma testemunha para nosso relatório.

Najane deu de ombros, sabendo que não poderia contrariar o pedido de uma autoridade real. Felícia olhou para Ivarth para ver se tinha terminado as anotações e viu que bebia a água vagarosamente para alongar a estadia. Ela balançou a cabeça.

O dia passou depressa, bem mais do que Felícia esperava.

Depois de encontrar o corpo, vasculhar a cena do crime, visitar a taverna e fazer perguntas que aparentemente não levaram a lugar nenhum, os dois guardas fizeram um rápido lanche em um boteco na Freguesia Otomar. O lugar era conhecido pelo seu delicioso peixe frito com batatas, mas naquela ocasião em particular o famoso prato teve gosto de trabalho, temperado com um bocado de pressa. Quando por fim voltaram para a casa da guarda no fim da tarde, tudo parecia calmo sem a movimentação causada pela formatura.

Felícia sentou-se à sua mesa para preencher formulários, e naquele instante seu corpo manifestou toda a exaustão acumulada nas últimas horas. Respirou fundo e começou a trabalhar na papelada, aliviada pelo fato de poder descansar as pernas enquanto exercitava os braços.

Ahlen é um reino famoso pela burocracia na qual os nobres em posições privilegiadas criam e distribuem cargos para agradar e apaziguar outros nobres em posições menos privilegiadas. Essa categoria das sinecuras, ou trabalhadores sem trabalho, gera uma forte base de apoio do governo e tem a vantagem de ser facilmente manipulada com promoções ou rebaixamentos. E a maior parte destes cargos são de burocratas.

Um exemplo de burocracia era o departamento do qual Felícia fazia parte, a Repartição Real de Investigação de Crimes Servis, vulgo "RICS". Esta repartição investigava apenas os crimes cometidos contra servos e plebeus. Em contrapartida existia a DICN, o Departamento de Investigação dos Crimes Nobiliárquicos. Quando havia dúvida qual dos dois departamentos deveria investigar o crime, iniciava-se um processo paralelo que poderia paralisar ou até mesmo anular os efeitos da investigação.

A repartição de Felícia contava com uma quantidade significativa de investigadores "de mesa" e alguns poucos que realmente iam a campo e faziam o trabalho duro. Por ser plebeia, tinha sido designada ao trabalho de campo para coletar provas e evidências, enquanto os de alguma estirpe faziam um trabalho burocrático sobre os materiais que lhes eram trazidos. E papel preenchido era bem-visto por todos. Se um espectador chegasse no RICS e desse uma olhada geral, provavelmente veria os funcionários debruçados dormindo sobre suas mesas, conversando nos corredores ou cadeiras vazias com as casacas dos uniformes penduradas.

Todo o procedimento de preencher a papelada era especialmente penoso para Felícia, que como plebeia não estava acostumada a escrever com a pena. Estava com uma pequena dor de cabeça causada pelo esforço de ler e escrever quando o capitão-investigador Corvir chegou por trás e colocou a mão respeitosamente sobre o seu ombro.

— Como está indo, guarda investigadora Felícia? O seu colega Ivarth não calou a boca até me contar tudo o que aconteceu hoje.

Ela olhou para o chefe e riu sem jeito da piada sem graça feita às custas do companheiro, que estava sentado em uma mesa próxima preenchendo papéis e nem percebeu a brincadeira.

— Bom trabalho para o primeiro dia. Digo isso para os dois. Fiquei sabendo que conduziram os questionamentos de acordo com os protocolos. É bom saber que alguém prestou atenção nas aulas. — Se aproximou do ouvido de Felícia e sussurrou. — E que não são inúteis como a maioria aqui.

Pigarreou antes de se empertigar e voltar ao tom de voz normal.

— Prossigam — disse dando um tapinha nas costas dela, e se afastou.

Felícia simpatizava com seu capitão-investigador. Não era um exemplo de comportamento, mas achava que ele se esforçava para seguir as normas, o que era mais do que a média. Mas em Ahlen, quem não está no esquema está contra o esquema. Havia deduzido que se o capitão estava a tanto tempo no cargo, só podia ser porque estava no esquema; ainda assim, ela preferia colocar a culpa na corrupção generalizada ao invés de culpar seu superior. Felícia tinha planos de fazer a balança da justiça pender para o lado certo quando tivesse um cargo de maior influência, mas por enquanto era peixe pequeno. Era o momento de baixar a cabeça e fazer o que seus superiores pedissem. Dentro dos limites, é claro.

Dos cargos superiores ela sabia apenas o que havia sido ensinado nas aulas de hierarquia e nobiliarquia. E de todos os cargos superiores que conhecia, o que sempre vinha à mente era o do chefe da RICS, um cargo que respondia pelo título de "Adivinho".

Sempre vestido com mantos longos pretos, nos quais costumava ocultar seus braços cruzados, o homem alto de barba preta curta e cerrada que ocupava o cargo tinha um olhar severo e inquisitivo. Suas vestes, seu peculiar chapéu cilíndrico preto, sua postura e seus maneirismos exalavam autoridade e seriedade. Também era sabido que frequentava os círculos mais altos de poder do reino. Felícia só havia tido contato com a figura em uma aula magna sobre adivinhação ministrada por ele, parte de um ciclo básico de palestras sobre magia.

O mago ensinou para a turma de cadetes atentos e honrados pela sua presença que a adivinhação era uma das oito escolas "clássicas" de magia, especializada em desvendar mistérios e prever o futuro. Explicou que as magias desta escola não respondem perguntas feitas a elas com um simples "sim ou não", e que, em cima de cada "resposta", cabe uma interpretação e uma ponderação de parte do conjurador.

E era nisso que residia boa parte do poder daquele cargo. Pelo convoluto Compêndio Penal Ahleniense, toda prova ou evidência apresentada pela guarda poderia passar por uma verificação do Adivinho — ou por um subordinado indicado e capacitado —, que daria o parecer se aquela prova era verdadeira ou falsa. Fechado em seu gabinete, o Adivinho usava suas magias para analisar os pergaminhos e decidir quais casos estavam sendo conduzidos de maneira correta e se os fatos apresentados nos relatórios tinham realmente acontecido. Nas ocasiões que o homem misterioso era visto na RICS, costumava se dirigir apenas aos de maior hierarquia. Tinha pouquíssima paciência para casos pequenos e assuntos mundanos.

Felícia olhava discretamente e com muita curiosidade para o Adivinho, que circulava pela repartição naquele dia. O homem alto e magro estava de pé olhando o pátio da academia através de uma janela, mãos e braços ocultos dentro dos mantos e o rosto relaxado e sem expressão. Parecia um monumento à seriedade. Ela tinha um palpite que o Adivinho só tinha aparecido naquela hora porque o tumulto da formatura já havia passado e a guarda estava tranquila, calma e silenciosa. Lembrou-se de um ditado que ouviu certa vez e que gostava: "Homens sábios detestam multidões. Charlatões adoram".

— Guarda Felícia, terminei minha parte.

Imersa em seus pensamentos, Felícia não tinha percebido Ivarth chegar do seu lado.

— Certo, também terminei — disse levantando-se. — Só estava revisando a papelada.

Os dois deixaram a pilha de papéis na mesa do capitão, assinaram as atas de presença, carimbaram a verificação do ponto, despediram-se e foram descansar. Mas Felícia não conseguia parar de pensar no caso e qual seria o veredito conferido para ele pelo Adivinho.

O curso da guarda não ensinava formalmente seus alunos sobre como as coisas realmente funcionavam ali, essa parte os instrutores esperavam que o sujeito aprendesse por conta própria. Antes mesmo de entrar no curso, Felícia já tinha uma boa noção do assunto, e uma vez tendo entrado na academia, aprendeu mais em conversas informais do que nas salas de aula. Sabia que as provas eram simplesmente decretadas falsas ou ilegais se fossem apresentadas contra famílias ou pessoas influentes. Sabia também que vereditos podiam ser comprados, ou melhor, leiloados, pois qualquer lado envolvido podia cobrir a oferta do outro.

Quanto às provas de crimes menores ou insignificantes, Felícia acreditava que o Adivinho agia de maneira correta como forma de equilibrar a balança da justiça, mas principalmente porque era o mais cômodo a fazer. O caso seria encerrado e esquecido mais rápido, e também porque ajudava a guarda a parecer minimamente competente para justificar a sua existência. Também aprendeu que a quantidade de provas, evidências e testemunhas necessárias para condenar um suspeito dependia da sua posição e influência dentro da sociedade ahleniense. Para um plebeu uma prova fraca bastava; para um mercador ou fidalgo eram necessárias duas provas fortes; no caso de um nobre influente ou muito poderoso somente três provas contundentes e testemunhas públicas o condenariam. Se o acusado estiver em desgraça com a sociedade, diminua uma prova. Se for um inimigo da casa atualmente no poder, também. Por fim, se o acusado for um peixe grande, dificilmente será condenado por qualquer crime que tenha cometido.

Era um jogo de Wyrt com as cartas marcadas. Os plebeus não tinham como ganhar, e os nobres quase não tinham como perder. O Adivinho era um ás na manga. Ou seria um *curinga*?

Faminta e com as pernas cansadas, Felícia voltou para casa seguindo o mesmo percurso de sempre: deixou a guarda, desceu a rua que dividia os bairros nobres de Godrann e Myrvallar, saiu pelos muros de alabastro, cruzou a ponte do grão-canal, pegou um trecho curto do caminho de Tollon e enfim chegou na Freguesia dos Moinhos, bairro onde morava atualmente. Antes disso, perto do grão-canal, Felícia fez uma pequena parada em um mercado para comprar pão, vinho, frutas, embutidos e queijo. Esvaziou os bolsos e encheu uma grande cesta com os mantimentos, que passou a carregar nos ombros. O peso da cesta contrastava com sua consciência leve: um longo dia de trabalho árduo e honesto lhe fazia sentir muito bem.

Em todo o trajeto procurou caminhar pelas ruas principais, iluminadas por postes com lamparinas a óleo, e evitar as ruas secundárias, as vielas e os becos. Mesmo sendo guarda, não se sentia segura. *Justamente* por ser guarda conhecia toda sorte de patifes e malfeitores que habitavam as trevas de Thartann. Por um lado, sabia que podia dar conta dos bandidinhos sem recursos que espreitavam nos becos com facilidade, mas por outro... ainda haveria muitas chances de provar seu valor.

A Freguesia dos Moinhos era um bairro de plebeus e ambulantes, de ruas amplas de terra batida que costumavam estar sempre movimentadas e cujo nome vem de uma série de moinhos erguidos sobre um morro localizado no centro da freguesia. Depois dos morros vieram casas e depósitos para as famílias que ali trabalhavam. Em tempos idos, estes moinhos ficavam afastados da cidade, mas com o passar dos anos a massa urbana acabou avançando e sitiou os gigantes de pás de madeira e pano com mais casas e pequenos negócios. Havia uma lei que proibia construções adjacentes aos moinhos, mas como tantas outras leis, acabou sumariamente ignorada criando situações inusitadas como as pás dos moinhos passando tão próximos das janelas dos sobrados que algumas pessoas começaram a pendurar suas roupas para secar nelas. Outra característica do bairro era que ali havia muitos gatos, porque havia muitos ratos, porque havia muitas sacas de grãos, porque havia muitos moinhos, porque Thartann tinha muitas bocas para alimentar.

Felícia e sua família viviam em um daqueles moinhos originais que haviam sido adaptados para acomodar aposentos na sua parte mais alta. Junto com ela viviam a mãe, Danna, a Bisa, o ocioso tio Terle, que geralmente estava na taverna, e seu pequeno sobrinho, Nuno.

Os cômodos eram apertados, com poucas janelas, parcialmente improvisados e com uma chaminé alta que se destacava acima do moinho. O eixo principal do moinho passava bem no meio da sala-cozinha, e nunca parava de girar, já que o dono do moinho tinha funcionários que trabalhavam dia e noite para garantir que a mó nunca parasse de moer grãos e seu lucro nunca cessasse. Felícia e todos os outros familiares, se incomodavam com o ruído que o eixo fazia quando não estava bem engraxado. Mas ela preferia não reclamar, já que achava o aluguel uma pechincha.

Depois de subir com cuidado a precária escada externa de madeira que dava acesso à entrada — e também lhe dava um pouco de vertigem — entrou pela porta e deixou a cesta pesada com os mantimentos na sala-cozinha. A cesta logo foi cercada e pilhada pelos residentes, que prontamente voltaram a seus afazeres. Felícia ficou parada esperando algum agradecimento, mas o máximo que conseguiu foi um ou outro "oi" rápido. Acostumada a ser a provedora da família há longos anos, sempre esperava receber mais atenção que os mantimentos trazidos; e sempre se decepcionava. Sentou-se em uma cadeira para descansar e ficou observando os parentes por um tempo.

A mãe, Danna, alternava mascadas de pão e de queijo enquanto lia em voz alta um folhetim melodramático ao lado da Bisa, que ouvia com atenção enquanto tricotava. O tio tinha pego a garrafa de vinho e dava goles direto do bico, concentrado tentando enfiar uma adaga na lateral de uma carta, provavelmente para desmontá-la a fim de tentar algum truque ou trapaça. Ele estava com um olho roxo e a bochecha inchada, mas Felícia já havia aprendido a não se preocupar com o tio há muito tempo. Nuno brincava com dois bonecos esculpidos em madeira que Felícia tinha lhe dado, um soldado do Reinado e um minotauro legionário de Tapista. Um caixote de madeira fazia o papel de uma construção e um punhado de ervas era a floresta.

— Olá, boa noite? Não notaram nada diferente? — Felícia apontava para o próprio uniforme. Só a mãe respondeu.

— Era hoje, né, minha filha? Me desculpa, não consegui ir. Como foi?

— Bem mais cansativo do que esperava! O capitão me mandou trabalhar logo no primeiro dia. Acho que vou ter muito o que fazer daqui para frente.

Nuno deixou os soldados de lado e veio de mansinho, pegou um pão da cesta e sentou no colo dela. Felícia retribuiu com cafunés.

— Quanto orgulho minha filha, quanto orgulho. Agora vá descansar.

— Eu queria, mas acho que vou visitar uma conhecida dos meus tempos... turbulentos. Tem uma pequena chance de ela poder me ajudar no caso.

Felícia fez menção de levantar, mas Nuno se agarrou na perna dela.

— Não vai não, tia! Fica!

— Tá bom, eu fico! Mas só um pouco, depois tenho que ir...

A mãe lhe alcançou um prato de sopa e o tio falou:

— Ô, Feli, se for sair aproveita e traz mais um vinho ou dois que esse aqui vai acabar ligeirinho.

Fez uma careta e repreendeu o tio mentalmente. Que a família dependesse dela tudo bem, mas o tio Terle era um abusado. Para esquecê-lo, começou a sorver a sopa com uma colher em uma mão e continuava fazendo carinho com a outra. Tentava pensar no caso, mas os pensamentos começavam a ficar lentos e embaralhados, embalados por uma canção de ninar que a Bisa começou a cantarolar baixinho.

Pegou no sono, e quando acordou da soneca era tarde demais para visitar a velha amiga. Preferiu se poupar e foi para a cama sob o som de ranger do eixo.

No dia seguinte, Felícia estava na RICS passando a limpo e organizando as pistas coletadas no dia anterior. Procurava pontas soltas que pudessem levar a linhas de investigação quando Ivarth se aproximou discretamente.

— Bom dia, guarda Felícia. O capitão me pediu para lhe passar o caso de hoje. — Depositou cuidadosamente um papel timbrado na mesa. Ela o olhou com cara de espanto.

— Caso de *hoje*?

— Sim, a guarda encontrou mais um corpo. Dois, para falar a verdade.

— Mal começamos a investigar o caso de ontem!

— Concordo, mas não posso fazer nada. — Deu de ombros.

Felícia se levantou da mesa segurando o papel timbrado com força e foi para a sala do capitão-investigador Corvir. Ela não percebeu, mas quase todo o departamento a seguiu com os olhos até entrar na sala.

— Quer dizer que já desistimos de investigar a morte do Lakki?

O capitão coçou o queixo e fez uma cara pensativa, olhando para cima.

— Ah... era esse o nome dele?

— Sim, e nem mesmo falamos com seus familiares.

— Uma pena. Mas o caso foi arquivado. Latrocínio. Autor desconhecido.

Ela levantou a voz.

— Claro que é desconhecido, mal comecei a investigar!

— Guarda Felícia, não se esqueça que está se dirigindo a um superior. E sugiro que se concentre no caso que lhe foi passado, pois amanhã provavelmente vai haver outro. — Enxotou-a com um gesto de mão. — Dispensada.

"Então é isso?", pensou. "Anos de estudo e sacrifício somente para me tornar mais uma parte passiva do sistema corrupto..."

Deu as costas para o chefe e voltou para o seu lugar. Quando chegou à sua mesa, percebeu que ali havia uma nota. Se encheu de esperança, imaginando que seria uma nova pista do caso. A nota anônima dizia:

Não se esforce muito, a única coisa que vai conseguir terminar é com sua própria carreira. Ou pior.

Felícia amassou e escondeu o papel. Depois olhou discretamente para seus colegas, tentando imaginar qual deles tinha escrito o bilhete.

CAPÍTULO 2

O BOÊMIO

A elegante carruagem era puxada por um corcel negro, um colosso musculoso e suado que reluzia sob a luz alaranjada do sol poente. A criatura bufava e arrastava o casco no chão, ansiosa para disparar em alta velocidade. Mas não podia, ninguém podia. Nem ela, nem as outras carruagens, nem os cavaleiros, nem os pedestres, pois as ruas e calçadas da região central de Thartann eram palco de um campo de batalha caótico cujo butim era avançar para a próxima quadra. Uma multidão de pedestres abarrotava as ruas da capital tentando terminar suas tarefas antes que a noite chegasse. Ambulantes, estivadores, arrieiros, aguadeiros, lixeiros, deambuladores, pedintes, guardas, fregueses, punguistas, mensageiros e outros citadinos; todos participavam da batalha campal pelo espaço das ruas. A carruagem andava a passo de tartaruga e era difícil dizer quem estava mais irritado: o cavalo que desejava correr desimpedido ou o passageiro da carruagem, que achava tudo aquilo ultrajante.

O vidro do passageiro se abriu, uma cabeça saiu para fora e escancarou um longo bocejo mudo enquanto espremia os olhos em uma careta de sono. Dentro da cabine da carruagem estava quente e abafado, e fora estava quente, abafado *e* fedendo a peixe podre, o que fez com que o jovem fidalgo colocasse um lenço na frente da boca e nariz. Os sons da rua, antes abafados pelo vidro, invadiram a carruagem: "...pague um leve dois, só não pode reclamar depois!", "é só hoje, freguesia, água fresca das Uivantes!", "remédio milagroso, limpa névoa dos olhos e sebo do ouvido" — e não poderia faltar o famoso "pega ladrão!".

Mardoc, o passageiro da carruagem, sentiu-se sufocado e decidiu trocar o lenço por um abanico para se refrescar, mas não obteve o alívio esperado. Pelo contrário, sentiu que seu rosto estava sendo submerso em uma massa de ar morno. Secou o suor da testa com o antebraço e falou com o cocheiro, um goblin.

— Zyt, seu incompetente, faça algo! Não aguento mais ficar aqui nesse forno.

— Mil perdões, amo. Mas não posso fazer nada, a rua tá cheia de pedestres e de outras carruagens.

O goblin falou alto por causa da algazarra e se encolheu em suas vestes precárias, um reflexo natural dos castigos que costumavam vir após as broncas de seu mestre.

— Passe por cima desses plebeus! Eu, de nobre estirpe...

Calou-se ao perceber uma figura sinistra que surgiu sorrateiramente ao lado da sua janela. Apontava uma pequena besta na direção da sua cabeça, mas isso durou só um instante. O sujeito desistiu de qualquer coisa assim que percebeu na carruagem de Mardoc o brasão com a máscara escarlate dos Vorlat, uma das três casas reais de Ahlen. Mal sabia o ladrão que Mardoc não era realmente um Vorlat, mas sim um membro da casa aliada Tivanor, que tinha muito menos prestígio e poder no reino. Fez uma mesura e seguiu para a próxima carroça engarrafada da rua, que não ostentava nenhum brasão importante, e assim pôde realizar seu assalto com tranquilidade. A vítima prontamente entregou a algibeira e o larápio foi embora satisfeito depois de executar uma mesura, desaparecendo em um dos becos insólitos da Rua do Porto. Portar uma algibeira para o caso de assaltos era uma tradição antiga e normalizada cuja origem, dizem, está relacionada ao culto de Hyninn, o Deus dos Ladrões. O gesto simboliza que o portador reconhece o ladrão como uma profissão honrada ao reservar a "sua parte", e por outro lado espera-se que ladrão leve apenas o que lhe foi reservado.

Mardoc levantou-se do assento para desgrudar suas costas suadas do estofamento de cetim e aproveitou para rir da desgraça alheia, e enquanto ria foi jogado para trás quando a carruagem finalmente voltou a se mover. Sentado outra vez, ficou observando a Rua do Porto, uma rua famosa que seguia paralela ao cais do rio Yrlanyadish, vulgo Yrlan, um rio largo e famoso pela cor barrenta e odor desagradável. À sua esquerda um paredão de construções de três andares formado por estalagens, lojas, residências e armazéns lançava uma sombra alongada sobre a rua e o cais à sua frente. Atrás desse paredão de casas altas abundavam esgoto e pilhas de lixo cuidadosamente escondidos dos olhos dos frequentadores e turistas.

A faixa entre o paredão e o cais era onde os pedestres e as carruagens circulavam, uma rua de paralelepípedos gastos pelo movimento intenso. Mardoc fixou então sua atenção nos navios ancorados no cais e viu que as embarcações com suas velas, mastros, gáveas, cordas e bandeirolas coloridas pareciam formar um segundo paredão, que quando associado ao conjunto de casas altas, fazia com que a paisagem lhe parecesse um tipo estranho de vale. Acompanhavam a paisagem o cheiro de vísceras, de peixes, e as nuvens de moscas, oriundos das muitas peixarias da Rua do Porto. Já os cadáveres que surgiam na alvorada flutuando no rio eram consequência da constante luta por poder e dinheiro que assolava o reino.

A carruagem aproveitou uma abertura no trânsito e avançou desimpedida por alguns minutos, até parar de súbito. Indignado, Mardoc abriu a janela pronto para xingar Zyt, mas deu de cara com um guarda.

— O que houve agora?

— Boa tarde para vossa excelência também. O que acontece é que a rua está trancada por causa de um problema.

— Que tipo de problema?

— Um problema muito grave causado pela ausência de tibares. Sabe como é: a guerra, falta de fundos, crise do tesouro real...

— Ah claro, a *crise*. É um problema recorrente por aqui. Um problema crônico, diriam. — Mardoc pegou sua bolsa "do ladrão" e entregou para o guarda. — Isso aqui soluciona o problema?

O oficial pesou a algibeira na mão ao recebê-la. Retribuiu com um sorriso e uma mesura. Sinalizou para seu colega remover a barreira que impedia o acesso à rua, revelando um caminho completamente desimpedido.

O corcel negro viu a oportunidade e não se segurou. Bateu os cascos no chão e disparou, fazendo a carruagem inteira ranger e estalar com sua poderosa puxada. Ninguém esperava aquela carreira tão veloz. Zyt quase caiu do assento do cocheiro. O guarda, de reação lenta, teve seu pé atropelado pela carruagem e urrou de dor. Mardoc caiu sentado violentamente no seu lugar, mas não se zangou.

— Agora sim estamos andando! — riu Mardoc, se segurando na almofada do assento.

Ao chegar ao seu destino o jovem saltou graciosamente para fora da carruagem, lépido e serelepe. Revelou-se de estatura e físico medianos, nariz fino e avantajado, vívidos olhos profundos e cabelos pretos penteados ao meio com mechas que se curvavam sob as orelhas. O figurino era ao mesmo tempo ridículo e elegante: chapéu empluma-do, casaca curta, camisa de mangas e gola bufante, calça apertada nas panturrilhas e botas altas. No cinto carregava uma algibeira — a que havia restado — e uma adaga oculta. Depois de tocar a aba do chapéu olhando para o porteiro, adentrou a taverna dos Homens Honestos.

O lugar estava tomado pela música alegre, risos histéricos, conversas animadas e cochichos conspiradores. A fumaça dos cachimbos subia lentamente e formava uma camada leitosa e difusa que ofuscava os caibros do teto e aumentava a aura de mistério do lugar. Ali Mardoc se sentia em casa, mais do que na sua própria casa. Ansiava pelos abraços festivos, os sorrisos rasgados e as brincadeiras dos seus amigos, desajustados e perdidos como ele. Driblou os fregueses que estavam de pé, desviou das cadeiras e foi direto para sua mesa habitual, onde seus quatro companheiros o aguardavam.

— Boa noite, senhoritas e senhoritos honestos! — Tirou o chapéu e fez um cumprimento debochado.

— Você está atrasado, seu grande bufão. Mas não se preocupe, já pedimos os acepipes.

Era Boris, rechonchudo, com o guardanapo enfiado na gola da camisa, pronto para investir contra a comida vindoura. Tinha um sorriso simpático e uma voz que vinha da barriga.

— Atrasado e suado, mais parece um gato molhado!

— Faça a gentileza de tirar o chapéu e sentar-se aqui do meu lado.

Selandra e Nallia falavam com as faces ocultas por abanicos e pontuavam suas frases com risadinhas curtas. As duas irmãs compensavam sua beleza modesta com bastante simpatia e muita maquiagem.

— E já tome-lhe um gole. Reservei um pouco do vosso favorito "moedor".

Heckard pegou uma jarra da mesa e serviu em um copo requintado o suco moedor-de-ossos: uma exclusividade de Thartann, feito de uma fruta causadora de efeitos incomuns. O sênior da turma usava um par de óculos que era motivo de gozações recorrentes, tinha o cabelo espetado e vestia roupas escalafobéticas, costuradas com pedaços de pano de várias cores. Apesar da aparência esquisita era quem costumava fazer os comentários mais sensatos. Mardoc finalmente sentou-se e exclamou:

— Seu desejo é uma ordem!

Entornou o copo e sentiu o gosto amargo e adstringente, que seria desagradável por si só, mas que não era nada comparado aos efeitos que davam nome à bebida. Primeiro sentiu uma aguda tensão muscular, que foi aumentando até causar dor nos ossos, como se estivessem sendo esmagados pelo peso de uma baleia. Depois a dor pungente subiu pelo corpo e se concentrou nos dentes, criando uma área de agonia intensa na região da mandíbula. Mardoc sabia que se fechasse a boca naquele estado de extrema sensibilidade, a dor causada seria tão forte que poderia causar um desmaio. Então esperou, de boca aberta e olhando para cima. No final, nos últimos instantes do efeito da bebida, foi recompensado com um relaxamento completo do corpo e da mente. O primeiro adquiria o peso de uma pluma, e o segundo se desfazia em sensações cintilantes.

— Mas que bela porcaria! — Mardoc exclamou, tão boa era a sensação. Secou as lágrimas com as mangas bufantes e deu tapinhas nos ombros dos camaradas adjacentes. Para as damas, piscadelas. Prosseguiu com uma pergunta formal, que era mais uma desculpa para puxar assunto. — Caros amigos, quais são as novidades desta capital, a vanguarda em absolutamente nada de Arton, exceto em falcatruas?

— Aqui em Thartann nada de novo, mas nesse exato momento alguns de nossos soldadinhos estão marchando para ajudar a defender a fronteira do que sobrou da Aliança Negra. Boa sorte! Só sei que estou feliz em não ser um deles. Acho que todos vão virar ensopado de goblin — Boris respondeu e chamou o garçom para lembrar-lhe que os acepipes ainda não haviam chegado.

— Nossa, vocês acreditam que já faz cinco anos que a Flecha caiu? Parece que foi ontem! Eu estava em uma das varandas do palácio Rishantor e tive uma vista privilegiada da chuva de meteoros. Pelo Panteão! Nunca vi tantas bocas abertas e gente se borrando de medo. Também pudera, parecia mesmo que o mundo ia acabar. — Selandra tinha uma voz ríspida que Mardoc apreciava bastante. Sua irmã Nallia meneou com a cabeça e continuou.

— Confesso que a Flecha não vi, estava deveras ocupada em outro aposento do Rishantor. Estava tão bom que quando as paredes chacoalharam pensei que era culpa do meu parceiro!

Todos riram juntos, bebericaram e petiscaram, e Heckard sentiu-se na obrigação de trazer outro fato importante à conversa.

— Cinco anos da Flecha e três anos do fim da guerra artoniana. "Fim" não, na verdade o que tivemos foi um armistício. Ou seja, a guerra pode voltar a qualquer momento se uma das partes quiser.

— Guerra é bom! Os nobres têm a oportunidade de liderar e mostrar seu valor, a gente se livra dos plebeus mais fracos e incompetentes, e também há oportunidade para saques e glória. Ahlen não precisa só de paz, precisamos de conflito, se não nos tornaremos um reino fraco! — Boris parecia ser bastante corajoso, ainda mais quando longe das espadas inimigas.

As irmãs entraram na conversa e todos começaram a falar por cima uns dos outros.

— Pois nós ficamos satisfeitas com a aliança com os puristas e o saldo da guerra. Ahlen mal participou da luta, não perdeu nenhum território e no fim ainda ganhou! Tem que tirar o chapéu e a peruca para o falecido Vorlat, o feioso sabia o que fazia. Já o novo rei… é melhor esperar pra ver.

— Por falar nisso, vocês leram os últimos artigos da Gazeta do Reinado sobre os puristas? Não pode ser verdade todas aquelas atrocidades. Ficaram pintando um retrato que são uns vilões. Por acaso agora é crime não gostar de todas as raças? Sou obrigada a gostar dos outros?

— Vai acreditar em quem? Nos puristas que conseguiram peitar o Reinado ou em um bando de goblins que odeia puristas e que escreve sobre o tema a mando do Reinado?

— Pois eu simpatizo um pouco com os puristas, mas prefiro a Shivara, ela é uma deusa *de verdade*!

— Pode ser, mas os puristas têm os deuses Keenn e Valkaria ao seu lado! Tinham, pelo menos. Agora não sei se Arsenal está com eles…

— Bom, mas o Reinado *também* tem Valkaria.

— Mas Valkaria nem é tudo isso, poderoso mesmo é Hyninn. Vence usando só a astúcia.

— Bobagem, Valkaria é mais poderosa porque os humanos são os mais numerosos!

— Perigosa mesmo, *mesmo*, é a Tormenta, infelizmente ninguém pode com ela. Tem até um deus no Panteão! Sorte a nossa que a área mais próxima está bem longe, lá no meio dos cornudos.

— Convenhamos, todos sabem que as outras raças são inferiores mesmo, os humanos é que são o futuro deste mundo. E vejam só, cada um tem o seu lugar: os goblinoides têm Lamnor, os humanos Ramnor, os anões Doherimm. Os outros… sei lá, que se virem! Afinal, o que nos deram?

— Os elfos nos deram a escrita.

— Isso é mentira, foi Tanna-Toh.

— Os anões trouxeram a metalurgia...

— Isso é mais mentira ainda, eles que aprenderam conosco!

Iniciou-se uma discussão tola e confusa que misturava história e teologia, com todos os membros da mesa falando como se dominassem os assuntos. O importante naquela situação era dar sua opinião e tentar sair como "vencedor" da discussão. Em uma pausa acidentalmente coordenada que acabou gerando um longo silêncio, Mardoc aproveitou para colocar panos quentes nos ânimos que começavam a se exaltar.

— Não sei bem o que dizer, mas se tenho que escolher um lado, ficarei com o lado das moças. — Deu uma piscadela para as duas. — E confesso que fiquei curioso com aquela parte que falaram de Tanna-Toh, vou perguntar para o meu tutor.

— Você e seu tutor... quanta admiração! — Boris fez uma gozação, imitando um gesto afeminado.

— Me invejam porque seus tutores são uns parvos e só ensinam asneiras como dança, conversa fiada, etiqueta e heráldica.

— Oh! Como ousa! Isso é tudo o que importa! — protestaram as irmãs, que se ofenderam com aquele disparate.

Mardoc deu de ombros e se defendeu.

— Pelo menos eu não fico entediado durante minhas lições. Ele é viajado e conhece várias partes do mundo, além de ser um bom professor de esgrima.

Boris continuou seu deboche, fazendo um gesto de coraçãozinho com as mãos seguido de duas espadas se cruzando e se esfregando. Mardoc retaliou jogando nele um acepipe, o que causou grande indignação à sua pessoa. Não pelo gesto agressivo, mas sim pelo desperdício de comida. Heckard tomou as rédeas da conversa e tentou restaurar a seriedade do tema.

— Mardoc está correto, ouçam seus tutores. São nossas fontes de conhecimento, e conhecimento é poder. Mas também aprendam nas ruas e nos salões, é nesses lugares que pescamos os boatos e as informações.

— Lá vem o nosso sabichão, senhor "assisti palestra na Academia Arcana". — Boris fazia uma imitação de um sujeito arrogante quando Mardoc o cortou.

— Hoje passei na frente da casa daquela bruxa da Rua dos Comendados e lembrei de quando entramos no lugar. Enquanto saíamos com nossas lembrancinhas, o Boris foi transformado em sapo e a Nallia em uma gata preta! O resto só se safou porque a bruxa tropeçou. Bafo de Sckhar, que sufoco passamos!

Contaram também outros causos em meio a gargalhadas e depois comeram os petiscos, entornaram copos de sucos e de aguardentes, fumaram cachimbos, ouviram e cantaram músicas. Também fizeram poses jocosas e debochadas ao jogar Uírte (uma variação do Wyrt, o mais famoso jogo de cartas de Ahlen, onde até as apostas eram blefadas, mas neste caso, ao invés de dinheiro, apostavam-se prendas). Mardoc era especialmente ruim no jogo, e alguns de seus amigos suspeitavam que fazia de propósito para ser prendado e fazer coisas ridículas sob a desculpa de estar bêbado. Depois do jogo, Mardoc pediu uma dose de Palha, uma mistura de absinto e achbuld que, como o nome prometia, incendiava rapidamente a mente e esquentava o corpo. Virou a taça de uma vez só, sentindo o líquido queimar a garganta e abrindo as ventas. Suas têmporas estalaram e o topo da cabeça pareceu se descolar enquanto sua consciência escapava para outras esferas.

O tempo também escapou.

Horas se passaram até que em um instante qualquer Mardoc se descobriu bêbado e enjoado. Pediu licença e se levantou rapidamente para ir rumo ao vomitório, fazendo com que sua tontura piorasse.

Para se equilibrar, caminhou se apoiando nos espaldares das cadeiras dos outros clientes, que protestaram em voz alta. As mesas lotadas, a fumaça dos cachimbos, a falta de ar, o teto com seus lustres, o chão com tapeçarias puídas, tudo mudava de lugar o tempo todo. A cabeça girava, a boca se abriu, trêmula. A fonte involuntária jorrou, causando alívio para o jovem e asco em um alvo aleatório.

— Pirralho filho de uma égua! Como ousa?

A dama ergueu-se de supetão coberta de vômito e bufando de raiva, e empurrou Mardoc, que caiu batendo as costas em um espaldar. Ele levantou-se logo em seguida e sem pensar empurrou a mulher de volta em direção à mesa. Nesse instante surgiu às suas costas uma mão forte que o ergueu e o tirou de perto da dama.

Enquanto era transportado pelo cangote para outra parte da taverna, Mardoc lembrou-se das suas aulas de esgrima e pensou que aquela seria uma ótima chance para testar suas habilidades. Sacou a adaga da cintura e levou-a próxima do rosto do segurança, que sem a menor dificuldade desarmou e imobilizou o rapaz.

— Cuidado com isso, jovem mestre. Alguém pode se machucar.

— Mais respeito, seu…

Mardoc virou a cabeça e espremeu os olhos para focar a vista, percebendo que o segurança da taverna era um enorme khubariano.

— …seu monte de esterco! Sabe com quem está falando?

— Sim, com um almofadinha que precisa aprender a respeitar as damas e os seguranças.

— Como *ousa* responder a um fidalgo, reles plebeu?

O segurança perdeu a paciência e com facilidade depositou Mardoc em um banco. Como despedida, deu-lhe um tapão na nuca que o deixou inconsciente.

Escuridão e silêncio completos. Corpo e mente límpidos, embalados por uma nuvem de conforto. Mardoc adentrou uma viagem onírica que o conduzia para Serena, o mundo de Marah, a Deusa da Paz. Um mundo de céus azuis e rosados, pradarias com campos floridos, riachos de água cristalina, bosques com animais saltitantes e castelos ricamente enfeitados, mas completamente inúteis, pois ali não existem nem guerras nem conflitos. Era *muito* parecido com a descrição que seu tutor Vannax havia dado.

Mardoc caminhava feliz, quase sem pisar no chão, de tão leve que se sentia. Avistou um grupo de meninos e meninas de várias raças e de vários mundos, todos mais jovens que ele. Aproximou-se para conversar e uma menina o encarou. Ele ainda estava confuso, e demorou para reconhecer sua irmã, que havia partido do mundo de Arton. Pegou a mão dela e chorou de felicidade. Ela retribuiu com um abraço e um afago na cabeça. Era um cafuné tão bom, tão sereno. A sensação de paz fazia com que quisesse ficar ali para sempre.

A voz feminina veio tão distante, tão abafada pela algazarra da taverna e pela distância do sonho, que não alcançou Mardoc, isolado no seu sonho. Na segunda tentativa, a taverneira falou mais alto.

— Senhor! Acorde por favor.

Mesmo assim não a ouviu. A taverneira, já sem paciência, decidiu apelar para algo mais convincente, e gritou a plenos pulmões no ouvido de Mardoc:

— Ei! Ô, folgado, se quer dormir procure uma estalagem que aqui não é lugar pra isso.

O peso de seu corpo voltou a existir e ele caiu das nuvens no mesmo instante. Sentiu na boca um gosto ácido e acre, a cabeça pesada e dolorida, e todo o corpo lhe parecia coberto por uma desagradável película de mal-estar. Beber era bom, mas seus efeitos colaterais não eram. Levantou a cabeça do balcão do bar e como um aluno levado que havia dormido sobre sua carteira, apresentava uma marca vermelha na testa. A taverneira percebeu sua condição precária e mudou o tom de voz.

— Como se sente?

Empertigou-se e levantou o rosto. Quando olhou para a dona da voz à sua frente e viu uma linda donzela, pensou ainda estar no mundo de Serena. Ela vestia uma camisa sob um corselete de couro, à moda das taverneiras, e usava uma gargantilha de ouro que caía para dentro do decote. Mardoc, acostumado com os vestidos pomposos e bufantes das nobres e fidalgas, ficou impressionado com o quanto uma dama podia ser graciosa e elegante usando uma vestimenta tão simples. Sentiu-se imediatamente mais disposto e desperto.

— Estou melhor, obrigado. — Aturdido, chegou a esquecer seu tom zombeteiro.

Olhou ao redor para se orientar. Ainda estava na taverna, sentado de frente para o balcão que ela atendia. Os bancos ao seu lado estavam ocupados por desconhecidos, figurantes irrelevantes cujo anonimato era ressaltado pelas nuvens de fumaça e algazarra da taverna. A taverneira tinha um olhar que ele não conseguia desvendar nem sustentar. Uma onda de dor veio da nuca, fazendo com que passasse a mão sobre o machucado. Para não parecer fraco, fingiu não se importar com a dor. "E agora, o que eu digo?" Mardoc queria começar uma conversa mas ficou sem reação. Ela percebeu e tomou a iniciativa.

— Já sei do que precisa.

Ela se virou para a parede coberta de garrafas de bebidas e começou a pescar ingredientes, jogando-os em um recipiente à medida que ia encontrando. Enquanto preparava a bebida, Mardoc aproveitou que estava de costas para devorá-la com os olhos. Se deu conta que deveria estar com uma aparência lastimável, puxou um pente de um dos bolsos da casaca e se penteou às pressas, antes que ela se virasse novamente.

— Pronto. Tome isto aqui, é um levanta defunto de primeira.

A taverneira depositou no balcão um copo cheio de um líquido marrom com uma espuma amarela. Naturalmente desconfiado, ele cheirou o copo. Tinha cheiro de castanhas e lhe causou um pouco de ânsia de vômito, mas mais uma vez não quis demonstrar fraqueza ou hesitação.

— Sendo um pedido da senhorita, não posso recusar. Saúde!

Entornou o copo e depois que a bebida assentou na barriga começou a se sentir melhor, logo recobrando plena consciência e safadeza. A taverneira foi chamada por outro cliente, e enquanto isso ele ficou planejando o que dizer quando ela lhe desse atenção. Dada a oportunidade, respirou fundo e soltou a mais antiga de todas:

— Você vem sempre aqui?

— Engraçadinho. Eu trabalho aqui. Por favor me respeite e tente uma abordagem mais original.

— Bem, a piada era justamente essa, mas acho que errei o alvo. Perdão. Já eu, como pode ver, não trabalho aqui. Mas sou frequentador assíduo, e não me lembro de ter lhe visto antes.

Ela deu uma risada curta. Mardoc adorou.

— Agora me vem com "será que te conheço de algum lugar?" Ainda tem muito o que aprender, jovenzinho. Eu não trabalho aqui todos os dias, pode ser que nunca tenhamos nos cruzado antes.

— Jovenzinho? Mais respeito, sou um fidalgo.

— E fidalgos também podem ser jovens. Já eu, não sou tão jovem quanto aparento.

Mardoc não conseguiu encontrar nenhum resquício de idade avançada, feiura ou falta de formosura naquele corpo e quanto mais olhava, mais se encantava. Quando focou na face dela, percebeu seu rosto ovalado, nariz achatado, orelhas pequenas e olhos grandes e enviesados. A pele era lustrosa e os cabelos longos estavam amarrados em um rabo de cavalo trançado e comprido. Havia nela algo dos descendentes do deus-serpente Sszzaas, mas isso não lhe importava.

— Não aparenta nenhum defeito, senhorita. Parece recém-saída de um baile de debutante. — Fez uma mesura com o tronco.

Ela lhe respondeu com um sorriso e uma piscadela que o deixaram confuso. Por mais que se portasse como um canastrão quase nunca era bem-sucedido, estando assim mais acostumado com a rejeição. Seria uma noite abençoada por Hyninn? Quando ela falou, seus medos se confirmaram parcialmente.

— Não quer voltar para seus comparsas de noite?

O golpe doeu, mas Mardoc não estava pronto para se entregar.

— Agradeço a preocupação, mas estou muito bem aqui. E como sabe dos meus amigos?

— Você pode não ter me percebido antes, mas isso não vale para os dois lados. Já observei sua turma e percebi que vocês vêm regularmente.

Foram interrompidos por outro freguês que pediu uma bebida. A taverneira se afastou para atendê-lo e Mardoc ficou observando com atenção, percebendo que o cliente foi bastante grosseiro com ela. Pensou em intervir, mas o homem saiu antes.

— Ei, o que aquele pé barrento falou?

— Tudo bem, só foi rude comigo. Estou acostumada.

"Acostumada?" Mardoc sentiu-se tolo por não enxergar o óbvio antes.

— Ele foi rude por que você é... não humana? Ou por que é de fora?

Ela deu de ombros.

— Não sei, nem faz diferença. Gente mal-educada não paga imposto para ser grosso. Pode ter sido também por eu ser uma simples taverneira. Eu não dou corda, só me afasto e evito o conflito.

— É comum ser tratada assim?

— Estrangeira e não humana? Acontece o tempo todo, em toda parte da cidade. Pelo menos dentro da taverna os colegas me respeitam.

— É verdade, o povo de Ahlen não gosta muito de estrangeiros...

Mardoc ficou sem jeito porque ele mesmo compartilhava algumas daquelas opiniões. Era natural para um ahleniense que tivesse ouvido aquelas baboseiras desde cedo. Mas, por ela, não sentia nenhuma repulsa, apenas atração e curiosidade. Sorriu para ela, que ficou sem entender por quê.

— Acho que quero uma bebida.

— Tem certeza? Acabou de dar um vexame.

— Este "jovenzinho" é mais forte do que parece. O que recomenda?

— De onde venho, o favorito é Assobio de Cobra.

— É venenoso?

— Só meu beijo é venenoso. — Piscou.

Ela serviu a bebida com um sorriso no rosto e seguiram conversando ali mesmo no balcão, na frente dos outros fregueses, com Mardoc se empenhando ao máximo para impressioná-la. Parecia cada vez mais à vontade e se estava rindo dele ou com ele, já não importava mais. Trocaram histórias engraçadas, novidades, opiniões, gestos sutis, fintas, ataques e defesas verbais. Estava tão empenhado em causar boa impressão que parou de beber depois do Assobio de Cobra e tentou ficar o mais sóbrio possível para não deixar escapar alguma bobagem.

O que lhe escapou foi o tempo, que passou rapidamente até o momento que decidiu retornar para junto de seus companheiros.

Afinal aquilo não iria acabar em nada, como poderia? Se levantou e fez uma mesura de despedida.

— Foi um prazer conhecê-la…

— Aonde pensa que vai?

— A senhorita tem razão. É melhor voltar para meus amigos.

— Mas ainda não terminei com você. Meu turno está acabando e você vai me ajudar a relaxar. Vá até ali e espere.

Sem entender muito bem o que ela queria, decidiu arriscar. Em Ahlen, suspeitar era a norma e confiar, a exceção. O que estava por vir poderia ser um assalto, um sequestro, ou um assassinato. Mas nem bom senso nem precaução eram seu forte. Foi para atrás da cortina e esperou. Cada segundo, uma eternidade.

A cortina se abriu e ela entrou apressada, pegou na mão dele e o conduziu por corredores escuros. O coração de Mardoc trepidava no peito. Tentou fazer uma nota mental para realizar uma grande oferenda para todos os deuses do Panteão como agradecimento por aquela noite, mas assim que abriu a porta de um pequeno quarto apenas com uma cama de casal, a mente dele ficou livre de qualquer pensamento.

Ela fechou a porta, tascou-lhe um beijo na boca, e com um olhar provocante foi desabotoando a própria camisa. Mardoc fez menção de tomar alguma iniciativa, mas ela o derrubou na cama com um movimento rápido e rasteiro, seguido de um sinal de silêncio com o dedo, tocando levemente seus lábios.

Terminou de abrir a camisa e exibiu seus seios, delineados pela gargantilha de ouro que combinava perfeitamente com seu colo e pescoço alongado. Colocou uma das pernas sobre o colchão e soltou o cinto que segurava a calça, mas deixou-a por ora. Mardoc não conseguia tirar os olhos das coxas musculosas e começou a tirar sua camisa também. Trocaram olhares fogosos e rapidamente ela deitou-se em cima dele.

Seu ventre feminino roçou na barriga recém despida do jovem e enquanto as mãos iam desbravando, as bocas iam conquistando. Ventre com ventre, hálito com hálito, língua com língua. Mardoc foi conduzido pelo corpo mais experiente da parceira, e em nenhum momento cogitou tentar tomar o comando. O desejo vinha em ondas, crescendo a cada momento até que o quarto se incendiou com a união apaixonada. Depois da consumação, os dois ficaram em silêncio, ofegantes.

Mardoc ficou esperando o momento certo para falar, e quando o fez ficou um pouco arrependido por ter quebrado aquele silêncio cúmplice.

— Parabéns, o serviço desta taverna é excelente.

A risada dela fez Mardoc muito feliz.

— Essa foi boa, finalmente acertou uma! Vai me deixar uma gorjeta gorda pelo menos? — Ela se aproximou do rosto dele e falou com um tom confidente. — Se quer saber mesmo, você foi um homem de sorte hoje, nem faz ideia.

— Sei que algum deus sorriu para mim, e não me importo qual tenha sido.

Se olharam. Mardoc lhe roubou um beijo.

— Qual seu nome?

— Najane.

O nome escapou sorrateiramente dos lábios dela, quase como um segredo. Ficaram um pouco mais na cama até que Najane se levantou, se arrumou e ficou pronta para sair. Era a deixa para Mardoc. Despediram-se rapidamente e ele voltou para os amigos, que protestaram ante sua longa ausência. Quando indagado sobre o que tinha feito, deu evasivas e manteve segredo. Riram dele e com ele, que tinha um sorriso maior que o rosto. Jogaram, beberam, comeram até ficarem satisfeitos e entediados.

— Zyt, seu merdinha incompetente, cadê você? — Mardoc falou para si mesmo em voz alta.

Estava na penumbra em uma rua próxima da taverna onde o cocheiro deveria esperá-lo, como de costume. A cabeça dele girava, e ficou vermelho. O goblin não tinha o direito de arruinar sua noite perfeita.

— Mas eu juro que dessa vez arrebento a cara dele.

Andava cambaleante, para lá e para cá, sobre os paralelepípedos molhados pelo orvalho. À medida que andava o efeito da bebida lentamente se dissipava e o frio ganhava terreno em seu corpo. Fechou a casaca. Subiu a gola da camisa. Confuso e sem rumo, decidiu caminhar até encontrar uma carruagem ou outro transporte pago, o que seria difícil àquela hora da madrugada. Mas era o que podia fazer. E o que fez foi bem pouco, logrou andar apenas uma quadra até que avistou um convidativo e conveniente grupo de sacas. Caminhou até elas e deitou para descansar apenas por um instante.

Uma rajada de vento frio o acordou. Ele abriu os olhos e viu as nuvens se movendo lentamente no céu noturno estrelado. Seu nariz captou o cheiro do orvalho e suas orelhas captaram o canto dos pássaros noturnos e o miado de uma briga de gatos. Afora isso, o silêncio era completo. Com dificuldade, apoiou-se nas sacas e se ergueu parcialmente, sentindo o corpo pesado. Ficou sentado sobre as sacas, recuperando as forças e recobrando a consciência. Rememorava os últimos acontecimentos, que lhe pareciam confusos, empilhados uns sobre os outros. Tudo que seu corpo pedia era descanso. Estava mais do que pronto, estava ansioso para voltar para casa.

Então ouviu passos.

Seu coração disparou. O beco em que se encontrava era comprido e parecia um desfiladeiro formado pelos fundos de edifícios com três pavimentos, um lugar que era — para a infelicidade de Mardoc — perfeito para emboscadas. Os passos que ecoavam nos paralelepípedos e se aproximavam dele eram passos determinados de alguém que não parecia temer encontros noturnos. Olhou para os lados procurando um esconderijo para evitar um encontro com o dono das passadas, mas era tarde demais. O andarilho reduziu o ritmo de seus passos e parou quando viu que havia alguém nas sacas. Não tardou percebeu quem era que estava ali.

— Ora, ora. Se não é aquele jovenzinho arrogante de hoje.

A voz profunda do khubariano colocou Mardoc em alerta. Paralisado, pensou na chance absurda daquele encontro casual, apenas mais uma das coisas improváveis naquela noite. Estaria Nimb, o Deus do Caos, brincando com ele ou apenas cobrando o preço pela boa sorte anterior?

O segurança revelou suas intenções violentas ao avançar lentamente, girando os ombros para aquecê-los ao mesmo tempo que estalava as juntas dos punhos. Na escuridão, o sujeito era uma silhueta difusa e musculosa na penumbra. Quando sorriu seus dentes reluziram com malícia.

— Aqui fora todo mundo é igual, jovem "mestre". Seu título, se é que tem um mesmo, não vale nada. — Fechou um punho e levantou na direção dele. — Agora vai aprender uma lição. Vai aprender a respeitar os outros, nem que seja por medo.

Mardoc entrou em pânico. Levantou num salto e recobrou plena consciência, ainda que com o corpo um pouco amolecido. Tentou pegar sua adaga em vão, mas descobriu que a tinha perdido. Começou a correr pelo beco na direção oposta, mas tropeçou em um caixote baixo que chutou para longe e, desequilibrado, caiu mais adiante sobre dois barris, que também caíram e rolaram. Amaldiçoou os deuses que antes havia agradecido tanto enquanto o seu algoz gargalhava. Rastejou pelo chão até se deparar com um pacote enrolado com lona, que até poucos segundos atrás estava escondido atrás dos barris. Desenrolou o pacote rapidamente e encontrou uma balestra metálica e alguns virotes. Alguém provavelmente a havia escondido por algum motivo funesto, mas para Mardoc aquilo foi mais uma intervenção divina. Se desculpou pela maldição rogada poucos instantes antes, e sem pensar duas vezes, começou a carregar a arma. Quando o khubariano viu o rapaz armado, parou a poucos passos de distância.

— Então é assim, jovenzinho, vai querer briga de homem? Por mim tudo bem, se quiser aumentar a aposta, eu cubro. Você tem uma chance. Mas só uma.

Encheu os pulmões e abriu os braços, exibindo o peitoral musculoso. Mardoc se levantou, ergueu a balestra e apontou para o alvo. A escuridão atrapalhava bastante, mesclando o vulto com o pano de fundo. Se concentrou. Colocou a cabeça do oponente na risca da mira e puxou o gatilho.

O virote sibilou e passou rente a têmpora do alvo, que só percebeu o projétil pelo deslocamento de ar. Novamente, sorriu e mostrou os dentes.

— Errou. Agora é a minha vez.

O khubariano foi caminhando devagar, mas acelerou o passo quando viu que o fidalgo havia começado a recarregar a balestra. Mardoc tremia de medo, errou o pé ao encaixar no estribo e se esforçava para manter sob controle os braços moles. Quando finalmente recarregou a arma, ergueu e mirou, seu oponente estava à queima-roupa.

Ele ergueu seu punho e desceu-o com velocidade espantosa, atingindo Mardoc no lado esquerdo da face, perto da maçã do rosto. O soco tinha sido calibrado para causar o máximo de destruição.

A cabeça de Mardoc girou para o lado em uma fração de segundo, estirando os músculos e tendões do pescoço. Ouviu algo pequeno quicando nos paralelepípedos, depois sentiu o sangue jorrando dentro da boca, onde antes havia um dente. Começou a cair.

Quando o khubariano estava preparando o próximo soco para finalizar seu oponente, sentiu uma fisgada que virou uma dor profunda, uma ardência paralisante. Colocou a mão no pescoço e sentiu um virote cravado próximo à sua jugular. Suas mãos e sua camisa tingiram-se de sangue. Tombou. Tentou tapar a fonte de sangue, mas o líquido vital escorria e escapava rapidamente pelas frestas dos seus dedos.

CAPÍTULO 3

REJEITOS

— Bom dia, por acaso o senhor viu um menino gordinho, de cabelo marrom assim, meio comprido? — perguntou o humano alto, magro e de mãos calejadas, depois de tirar respeitosamente o chapéu de palha e segurá-lo em frente ao peito.

O goblin estava sentado com um prato de comida no colo, tinha a camisa desamarrada e sua casaca de cocheiro sobre os ombros. Olhou para cima mastigando a comida, e tentou reconhecer aquele senhor de meia-idade, de barba e cabelos desgrenhados. Sentiu cheiro de esterco no visitante, e pela experiência que tinha com bestas de carga desconfiou que era esterco do campo, não da capital.

— Primeiro, não sou "senhor", sou peão que nem todo mundo aqui. Agora, sobre o menino, conheço quase todos aqui do pedaço, mas não lembro de nenhum assim do jeito que você falou. E gordinho aqui, só se for de barriga de vermes. Qual é o nome dele?

— O menino se chama Timo — respondeu.

— Não conheço, não. Você é pai dele?

— É... quase. É filho da minha mulher, que já morreu. Fiquei cuidando dele. Pai é quem cria, né?

O goblin raspou o fundo do prato de chumbo com uma colher de pau e removeu todo o mingau que conseguiu encontrar. Depois ainda lambeu o fundo. Entregou o prato limpo para uma goblin pequenina e pediu para ela buscar mais. Voltou sua atenção outra vez para o humano que esperava pacientemente.

— Verdade, pai é quem cria. Sei porque aqui tem um monte de órfão, criado pela comunidade. Ninguém cuida e todo mundo cuida ao mesmo tempo. E também tem muito órfão que se cria sozinho de verdade, lá fora nas ruas. — O goblin apontou para fora do lixão como se fosse outro lugar, apesar de estar na mesma cidade. — É uma vida de merda, os guardas não deixam eles dormir, batem e abusam. Aqui a gente deixa eles quieto, desde que siga uma regra: roubo, só lá fora. Se esse menino tá aqui, alguém deve saber. — Se virou na direção que a pequenina tinha ido, seguiu-a com o olhar e depois se voltou novamente para o humano.

— Seu goblin, eu já procurei em tudo que é canto, primeiro nos orfanato, depois nas praça da cidade, na casa de guarda, nas ruas, no mercado, no porto; e não achei necas. Cheguei a gastar as botas de tanto procurar. Só faltou esse cantinho aqui.

Ele pausou e olhou para os lados sem jeito, e ao fazer isso entregou suas intenções. Anos de mendicância e tentativas de golpes tinham afiado a intuição do pequeno verdinho.

— Olha, eu não queria insistir, mas senti que o senhor é uma pessoa boa então peço pra me ajudar a encontrar o menino. Os outros humanos que falei antes tudo não quiseram nem me ouvir, foram logo me enxotando! Por favor.

Depois de ouvir a súplica o goblin balançou a cabeça, balançando o nariz e as orelhas compridas. "Se esse homem está pedindo ajuda para *um goblin miserável*, é porque precisa *mesmo*!", suspirou.

— Então vamos fazer assim: eu te ajudo a encontrar teu menino e você me deixa em paz, pode ser?

O homem sorriu de satisfação e acenou com a cabeça, segurando o chapéu de palha com as duas mãos em uma pose servil. A pequena goblin que tinha saído instantes antes voltou com outro prato de comida, que logo foi devorado em poucas colheradas, com uma velocidade que surpreendeu o visitante. Ao terminar de comer, o goblin perguntou:

— Meu nome é Zyt. E o seu?

— Manont. Mas todo mundo me chama de Mano. — Estendeu a mão para cumprimentar.

O goblin levantou-se e a apertou, sentindo calos na palma da grande mão peluda, indicando que o homem devia ter trabalhado duro. Também percebeu que ele não tinha educação, porque havia apertado com força excessiva. Zyt puxou a mão rapidamente e sacudiu na frente dele para mostrar que tinha doído. Depois saíram caminhando.

— Pois então, seu Mano, vou te mostrar o nosso lixão aqui. E depois de ver tudo talvez tenha uma ideia onde seu menino pode ter ido. Aí vai me falar um pouquinho de onde veio, porque dá pra ver de longe que o senhor não é daqui.

O homem acenou com a cabeça, colocou o chapéu e seguiu do lado do pequeno goblin que limpava os lábios na manga da casaca.

— Ali na entrada onde tem aquele muro de madeira, é a nossa paliçada que foi construída anos atrás por um alcaide pra evitar que o povo entrasse aqui e morasse dentro. Acontece que o plano dele obviamente não deu certo né, e hoje serve pra nos proteger da guarda da cidade e dos outros bandoleiros. Junto da paliçada tem aquele paredão de árvores bem altas, que o rei mandou fazer porque o sujeito não gostava de ver o lixão lá de cima do Rishantor.

Zyt apontava e gesticulava enquanto falava, e deu uma olhadela para o lado para ter certeza de que seu Mano estava ouvindo. E estava, atentamente.

— Agora isso é importante, presta atenção. Aqui só tem uma lei: a Lei do mais fortesperto. Quem for mais forte — ou mais esperto — é quem manda. E no momento quem está por cima é a gangue do Baixo-Burgo, ou seja, os Bebês. Pode rir do nome deles, só não ri na frente deles que você vai ver só, eles não gostam desse apelido. Deve ter cruzado com eles no portão de entrada, é um pessoal mal-encarado, cheio de armas — escondidas — e usam um chapéu diferente pra mostrar que são da gangue. Devem ter permitido tua entrada porque com essa tua cara acharam que é um catador de lixo.

Manont observou o muro alto manchado de sujeira pela parte de dentro, feito de grossas toras de madeira e com torres de vigia ao longo de sua extensão. Era a maior paliçada que tinha visto na vida, e isso que já tinha visitado muitos vilarejos. Nessas pequenas vilas que ficam próximas a estradas ou bosques, os muros de madeira que cercam as choupanas são a única proteção contra os perigos da noite, e seu Mano sempre os associava com segurança. Mas o muro do lixão lhe parecia grande e sujo, sendo o mais estranho suas pichações: palavras e frases em letras garrafais, pintadas com tintas coloridas e letras estilizadas. Ele não sabia ler, mas como estavam pintadas umas sobre as outras, deduziu ser os nomes das gangues que foram se sucedendo ao longo dos anos.

Seguiu o goblin com passos tímidos, sujando as botas no chão barrento do lugar. Suas narinas captavam ondas de fedores horríveis de todo tipo, mas engoliu quaisquer reclamações para não irritar o seu guia.

— Agora a gente tá na "praça" do lixão e essa estátua ali do lado dizem que é antiga pra burro, e era pra ser um nobre importante ou algum outro famoso, mas o pessoal quebrou a cara dele e botou o nome de Deus do Lixão. Por isso que tem essas oferendas na base da estátua. Eu não acredito nessas coisa, mas tem gente que jura que funciona! Esses mesmos dizem pra não pegar as oferendas que o deus fica zangado.

O goblin se abaixou, pegou uma maçã dentre as oferendas e tascou uma bela mordida. Deu uma risada forçada para caçoar da estátua, depois seguiu mostrando o lugar enquanto mastigava a fruta.

— Continuando, é naqueles barracos e casebres que a maioria do povo vive. Além dessas tem mais um monte que segue grudada na paliçada, e depois tem outro núcleo mais afastado que vou mostrar depois. As melhores casas são dos Bebês, ou quem estiver mandando no momento. Nessas casas, você encontra umas capelinhas onde vivem sacerdotes que ajudam a gente: se não fosse por eles curando doença e purificando a comida estragada que o povo traz, ia morrer tanta gente aqui que o lugar não ia se chamar lixão, e sim cemiterião. — Zyt riu da própria piada, orgulhoso. — E não importa qual gangue manda, eles nunca tocam nos sacerdotes, porque todo mundo gosta deles e maltratar eles ia revoltar o povo. Por outro lado, os sacerdotes fazem vista grossa pras merda das gangues. Ah sim, lembrei de outra regra: ninguém dedura ninguém aqui. Se ver algo errado... boca de siri. — Fez um gesto sinalizando "boca fechada". — Agora o resto das pessoas aqui, pode confiar neles tanto como quanto qualquer outro ahleniense. Na verdade aqui nem tem tantos ahlenienses, tem também o pessoal de fora: khubarianos, refugiados tyrondinos, collenianos...

Seu Manont olhou receoso as vielas estreitas entre as casas e viu gente de todos os tipos, todos homogeneizados pela miséria. Alguns viviam do crime, mas a maioria vivia do trabalho honesto ou da bondade alheia. Enquanto andava, espiou pelas janelas para dentro das casas e viu tarimbas, redes, fogões, móveis. Viu muita gente, poucos bens, e nada do menino.

— Aquele troço enorme ali, que não tem como não ver, é a montanha de lixo, onde os coletores reais despejam todo dia seus carrinhos e padiolas de porcarias. É uma merda porque dali vem quase todo o mau cheiro, mas também é bom porque tem gente que vive de catar coisas ali. Alguns limpam e revendem os achados, outros reaproveitam; eu tenho um primo que faz bugigangas com o que encontra ali. Algumas até funcionam!

Ao chegar perto da montanha, que era semelhante a uma cordilheira com vários cumes, Manont sentiu o mau cheiro se intensificar. Estava acostumado com os fedores do campo, mas não com *aquela* fedentina, que era um ruim diferente. Ao ver o humano tapando o nariz e boca com as mãos, Zyt riu dele e balançou a cabeça.

— É que eu tenho um faro apurado... eita budum danado! — se desculpou.

Ambos olharam para cima quando um bando de aves passou voando.

— Ah, esse bando de aribú gigante fica sempre em cima do lixão procurando algo pra bicar. São os mesmo aribú que de noite ficam empoleirados nas árvores do pântano, que fica ali seguindo aquele caminho. Dizem que a água desse pântano era normal antes do lixão, mas por causa do chorume da montanha ficou essa coisa suja e estranha. E ainda mais depois do pântano têm um açude que liga com o Yrlan, onde a água é menos imunda e até dá pra pescar alguma coisinha pra beliscar. Perto do açude e do rio tem uma mulher estranha que faz um monte de bebida mais estranha ainda e que vende pro sustento dela. Quando dá chuvarada forte o rio enche e transborda, e o pântano vira um lago, e o lixão vira uma nhaca, um barral infernal. Muitos sobem a montanha pra se proteger, mas é uma bagunça linda de Nimb.

Manont forçou os olhos para enxergar longe, na direção que Zyt tinha indicado, mas conseguiu ver apenas copas de árvores altas. Ficou imaginando se o pântano de chorume seria mais ou menos fedido do que a montanha de lixo, e suspirou alto ao perceber que o lugar era maior que imaginava.

— Calma aí, seu Mano, não desanima ainda que tô quase acabando de apresentar o lugar. Ó: depois da montanha têm o fornão, onde queimam parte do lixo e cozinha comida com o calor. Quem manda ali é o Jão-fumaça. Fica longe dele que se bobear ele te joga dentro do forno. E, por fim, tem a parte nobre do lixão, que tem menos sujeira e fica lá pro portão sul do lado da paliçada. É onde tem as melhores casas e onde mora o pessoal da gangue e mais uns nobres que estão se escondendo de outros nobres.

Orgulhoso pela sua extensa apresentação, o guia empertigou-se fazendo uma pose heroica, com os cotovelos para fora e os punhos no quadril. A pose altiva foi rapidamente extirpada da sua dignidade quando surgiram dois goblinzinhos ranhentos chorando e berrando, puxando as roupas de Zyt e apontando um para o outro. "Foi ele! Não, foi ele, pai!".

Manont queria muito tapar os ouvidos, mas já estava tapando o nariz e a boca, e também achou que seria falta de educação. O goblin ignorou por completo os protestos dos rebentos.

— E então, seu Mano. Já tem uma ideia onde seu menino pode ter ido?

— Olha, sei não. É muita coisa, né? Mas acho que não deve estar nessa parte rica que tu falou por último. — Deu de ombros.

Com uma desenvoltura espantosa, Zyt enxotou as crianças, que saíram correndo aos tropeços. Continuou.

— Hmmm. Acho que vai precisar ver um pouco mais do lugar... ou se me falar mais coisas sobre você e o menino, talvez eu consiga pensar em algo.

O matuto falou, modesto e sem jeito.

— Eita, seu Zyt, esse lixão mais parece uma cidade dentro da cidade. Onde eu moro no interior de Ahlen só tem fazenda, fica cada família na sua casinha, que fica horas a pé do vizinho. É muito diferente, de dia é trabalho duro e de noite a gente se tranca em casa com medo dos bichos. Pra falar a verdade acho estranho um goblin como tu, falando que nem gente. Lá goblin é sempre bandido.

Zyt ficou esperando o sujeito falar mais sobre ele mesmo ou sua família, mas só obteve aquilo mesmo. Insistiu.

— É, goblins do campo e da cidade são mesmo diferentes. Quem nasce aqui como eu é quase gente, quase humano. Mas e o menino, e a mãe?

— A mãe era uma viúva jeitosa, mas teve uma doença e morreu logo depois que casamos. Daí herdei o menino, que é meio arredio, mas mesmo assim tive que criar porque prometi pra mãe. E promessa não se quebra. Ele só tem eu no mundo...

Os dois se deram conta que estavam ali fazia tempo e nada surgiria da situação. Zyt tomou as rédeas:

— Tá bom, então vambora resolver essa joça logo, que eu tenho meus problemas também.

Manont e Zyt caminhavam se equilibrando sobre precárias tábuas de madeira que formavam pontes entre as pequenas ilhas de terra. As tábuas finas e sujas se deformavam com o peso dos visitantes, em especial do humano, que quando passava pelo ponto central da tábua chegava a encostar no líquido. Os dois olhavam para baixo e mediam cada pisada, já que qualquer deslize poderia fazê-los cair naquele pavoroso lodo mefítico! Ali boiavam restos de coisas orgânicas e inorgânicas, as bolhas cresciam lentamente na superfície até estourar e liberar um gás putrefato. E mesmo neste cenário insalubre de aparente desolação a vida abundava: peixes, sapos, crocodilos, cobras, ratos, aranhas e mosquitos eram vistos por todos os lados. Mas o que realmente impressionou Manont foram as apavorantes baratas-do-lixão, que eram grandes como ratazanas e que quando voavam faziam com que até os paladinos mais destemidos se comportassem como donzelas em perigo.

Após uma tensa travessia pelo caminho de tábuas, a dupla chegou aliviada em uma pequena aldeia assentada sobre a maior ilha do pântano. Naquele lugar uma enorme figueira retorcida lançava seus galhos cobertos com barba-de-velho sobre toda a extensão da ilha e tinha na sua base um poço com águas límpidas que abastecia os moradores. As choupanas se espalhavam pela ilha e na região da orla se tornavam palafitas de onde se estendiam píeres na direção do pântano. Um velho leproso, aparentemente o ancião do vilarejo, veio recebê-los junto a uma turma de curiosos. Manont dava uma boa olhada em cada criança que encontrava, já que seu menino podia estar "disfarçado" sob uma camada de sujeira. A conversa era mole e o goblin percebeu que o ancião não tinha a memória lá muito boa quando de repente o chão começou a tremer. A criatura era tão pesada que a terra sob seus pés anunciava sua presença bem antes do seu corpanzil chegar. Manont emudeceu ao vê-lo.

— Precisa ter medo não, esse aí é o Janjão, o nosso gigante gentil.

— Alto lá não sou gigante, ogro sou! Mas aceito de bom grado a alcunha de gentil.

— Esse aí gosta de falar floreado que nem nobre e puxa-saco de nobre, mas aqui no lixão só ele e seu Vann falam desse jeito. Seu Vann fala bonito porque é professor e o Janjão fala porque é metido a besta. Mas ele só parece afetadinho, se dá uma briga vale por uma dúzia. Parece que acabou expulso da tribo de ogro dele porque ninguém aguentava essas conversas floreadas.

— Primeiro, me ofendes por falar desta maneira na frente de minha pessoa. Por favor seja mais polido. E gosto de pensar que me afastei daquele bando de brutos incultos em um exílio auto infligido.

Contrastando com o discurso empolado, o ogro enfiou um dedo no nariz, deu uma boa girada e descartou a meleca no chão. Manont já tinha visto coisas estranhas, mas mal podia acreditar na existência daquela figura bizarramente contraditória. O semblante garboso e bem-apessoado não combinava com o corpanzil desmedido de quase três metros de altura. Os ombros largos e amplos formavam um quadrado sólido sobre o tronco espesso e inchado que terminava em uma barriga roliça sobre duas pernas musculosas que pareciam toras. Emanava peso e força e posava garbosamente com o peito estufado, limpando o suor e sebo do rosto com um pano. Sua única peça de roupa era uma sunga apertada e estava o tempo todo rodeado de moscas que tentava afastar com tapas lentos e desengonçados ou agitando seu pano. Enquanto o ogro estudava o visitante, Zyt prosseguiu.

— Veja bem, amigo Janjão, estamos com um problema. Esse meu amigo humano veio de longe porque perdeu o enteado dele e acha que o moleque tá no lixão.

O ogro lançou um olhar enfadado para a dupla.

— Pequenino Zyt, deves saber que hoje estou de folga da guarda. Não hei de negar ajuda, mas hás de convir que é deveras inconveniente.

— Peço desculpas, ó vossa ogritude, mas só precisamos saber se viu ou ouviu falar de um menino chamado Timo. Como ele é mesmo, seu Mano?

— É um menino gordinho, com cabelo marrom meio comprido. Ele também tem olhos marrom.

O ogro colocou a mão no queixo, fazendo a típica pose pensativa. Olhou para as crianças ao redor. Olhou para o humano e para o goblin. E pensou.

— Não, ínfima e verdinha criatura. Não vi.

— E sabe de alguém mais que pode nos ajudar?

— Neste momento, não. Mas hei de perguntar aos nossos irmãos do lixão. E quando voltar para meu digno serviço de patrulha na guarda, ficarei de olhos abertos aos mendicantes e indigentes infantis.

— O senhor é da guarda mesmo? Nunca ouvi falar de uma coisa dessas. — Manont não estava convencido. Tentou não ser rude na sequência. — Essa cidade é muito estranha mesmo. Lá de onde eu venho goblin e ogro… é bom não mexer com eles.

— Não só sou da guarda como sou condecorado. Patrulho as ruas por profissão e o lixão por vocação. Entendo suas preocupações, andarilho silvícola, mas use seu pensar: se o verdinho ali pode ser cocheiro, por que eu não poderia ser um agente da lei? — Deu de ombros. — E aproveito o momento para intensificar minha retórica indagadora. Um questionamento urge no ordenamento das coisas: porque vosso rebento, ou figura equivalente, se perdeu tão longe de casa? Como isso veio a acontecer… e por quê?

— O pestinha saiu de casa faz dias, foi pro vizinho e quando eu tava chegando lá ele foi pra outro vizinho e depois outro e assim foi indo, quando vi já tinha passado vários dias e eu tava no portão da cidade. Não posso deixá ele sozinho aqui, é muito perigoso, né? E por que fugiu? Não tem como saber, tá naquela idade que todo mundo fica rebelde e que faz as coisas pra irritá os pais. E como ele só tem eu então faz o dobro de estripulia. É um menino levado que devia agradecer por tudo que fiz por ele, mas como que agradece? Me dando mais trabalho!

Janjão, que não tinha jeito com investigações, deu-se por satisfeito com a resposta. Os três ficaram parados ali, pensando no que fazer. Zyt olhou para Manont com um olhar derrotado e deu de ombros.

— Olha, seu Mano, eu quero lhe ajudar, mas não tá fácil. Eu tenho uma família pra cuidar e contas pra pagar. Então agora vou pedir pro senhor se virar.

— O senhor tem onde passar a noite? Já está escuro, e caso não tenha sido advertido o lixão é deveras perigoso sob o manto de Tenebra. Nas sombras espreitam escamoteadores, otyughs, e outras criaturas da noite. Descanse aqui e amanhã continue sua busca. Encontraremos uma rede e um prato de comida.

Janjão apontou para uma das casas próximas. Manont assentiu com a cabeça e pensou quanto mais ainda iria se afundar naquele lugar.

A promessa da rede acabou não se concretizando e Manont dormiu em um monte de palha coberto apenas por outro monte de palha. Comida também não lhe deram, quando descobriram que ainda tinha alguns tibares pediram que contribuísse de "livre vontade". Por fim, descobriu que o pântano era mesmo perigoso quando acordou com gritos de alerta de moradores que perceberam crocodilos entrando furtivamente nas casas para morder e arrastar algum infeliz para dentro da água.

Um pequeno grupo de sentinelas voluntários fazia a defesa improvisada do território com lanças e tochas para afastar os crocodilos monstruosos. Na rara ocasião em que conseguiam matar um, o corpo tinha que ser queimado pois a carne era tão tóxica que nem cozida servia para comer. Como se aquilo não bastasse, havia ainda uma pequena gangue de bugios que arremessavam suas fezes nos moradores por julgar que haviam invadido seu território. Os moradores revidavam com bodoques. Ninguém queria morar naquela parte do lixão, e apenas os mais necessitados e desesperados persistiam. Janjão, uma exceção à regra, era o único sujeito que gostava de morar ali. Pode-se imaginar o porquê.

Quando acordou da noite mal dormida, Manont já tinha começado a criar respeito pelo povo da cidade. Pelo menos dessa parte da cidade, o resto ainda eram nobres irritantes, bandidos ou aproveitadores. Zyt foi trabalhar de cocheiro e Janjão foi trabalhar na guarda. Sem um guia para lhe ajudar foi buscar ajuda com o ancião, mas perdeu tempo com o velho doente. Decidiu voltar para o início do lixão e começar de novo, agora vasculhando cada choupana que encontrasse. Um dia antes, o caçador que tinha contratado para rastrear o menino lhe garantiu que a criança estava ali em algum lugar. Ele xingou o caçador e tentou regatear na hora de pagar a outra metade, reclamando de um serviço mal feito, mas acabou ficando por isso mesmo.

Voltou pelo mesmo caminho que tinha percorrido no dia anterior, acenando e cumprimentando os moradores. Mas, sem um guia ou qualquer ligação com a comunidade, foi tratado apenas com indiferença. Ao chegar perto da entrada principal, à plena vista de todos e sem interferência de ninguém, foi cercado por um bando de pivetes que pediram tudo o que tinha de valor. Como já tinha sido aliviado dos seus tibares anteriormente, só restou dar suas botas, que os jovens delinquentes roubaram mais por maldade que por necessidade.

Mesmo com os pés descalços persistiu e seguiu procurando. Toda vez que avistava ou cruzava com um menino parecido com seu enteado ele o analisava com atenção. Também olhava as meninas de perto, afinal podia ter se disfarçado. Manont subiu os montes de lixo, espiou para dentro das choupanas e dos barracos, foi alvejado por diversos objetos por meter o nariz onde não devia, vasculhou na paliçada e no pântano e não encontrou o que procurava.

Sua sorte mudou ao encontrar um sujeito estranho, talvez ainda mais estranho que Janjão. Ele já tinha ouvido falar de humanoides que viviam nos oceanos, as sereias e os tritões, mas não esperava encontrar um representante daquela raça naquele lugar. A criatura sentada verificava minuciosamente frascos de vidro, que tirava e colocava de sua pasta de couro, um a um. Quando Manont se aproximou do sujeito farejou o cheiro inconfundível de achbuld, um entorpecente fabricado no reino que ele conhecia das suas andanças pelas tavernas do interior. Sabia pouco da droga, apenas o mais importante: que era caro e ilegal, e presumiu que se o sujeito estava manipulando tranquilamente aquelas ervas valiosas no meio do lixão, é porque devia ter as costas quentes.

Vendo que a abordagem era inevitável, o tritão elegantemente vestido guardou seus frascos e fez uma breve mesura, o que surpreendeu Manont, que não estava acostumado a receber mesuras.

O tritão era uma figura esguia de rosto e nariz finos que tinha olhos com grandes pupilas e uma terceira pálpebra. As orelhas eram pontudas e os cabelos estavam cortados na altura do queixo. Suas mãos chamavam bastante atenção por terem membranas interdigitais e unhas compridas. Vestia um sobretudo preto com bordados dourados perfeitamente ajustado para seu corpo delgado e carregava uma pasta de couro marrom-escuro com uma tira que normalmente cruzava seu peito em diagonal, mas que naquele momento estava repousada no seu colo. O tom preto das roupas combinava com o azul-claro da pele lustrosa.

Estavam perto da paliçada, frente à estátua do Deus do Lixão. O tritão decidiu abrir a conversa na esperança de se livrar logo do transeunte.

— Pois não?

— Boa tarde. Seu…

— Vannax.

— Seu Vann. O senhor parece uma pessoa importante, então pra não perder o seu tempo vou direto ao assunto. Eu tô procurando um menino gordinho, com cabelo marrom meio comprido. Ele também tem olhos marrom.

— Deixe-me pensar. — Vannax encarou Manont e ficou em silêncio, o que deixou o matuto bem desconfortável. O tritão colocou as duas mãos sobre a pasta e continuou.

— E por que busca essa criança?

— Que coisa, já é a terceira pessoa que quer saber mais da conta. Eu tô atrás dele porque o menino escapou e é meu filho. É isso.

Vann esperou mais alguns instantes para dar o próximo golpe. Batia os dedos magros na carteira de couro, tamborilando rapidamente.

— E esta criança, sem nome ainda, por que fugiu?

— Já tinha falado que o nome dele é Timo e fugiu porque é levado, é danado e merece um castigo! Já passou da hora dele voltar pra casa. Tô procurando faz dias e quero acabar com isso logo.

— Foi o que ouvi.

— Ah, então o senhor tá sabendo já?

— Sim.

Vann continuava olhando para Manont e deu uma piscada com sua terceira pálpebra, deixando-o desconcertado.

— Então tu sabe de algo? Viu o menino?

— Sim, eu vi. Mas por que eu contaria?

— Como assim por quê? Ele é meu filho, tem que ficar comigo, é como tem que ser.

— Se fugiu do próprio "pai", é porque há algo de errado.

— Olha, não vô ficá discutindo, isso não tem cabimento, me diz logo.

— Ou...?

Manont ficou sem saber o que dizer. Estava irritado e impaciente, mas ali no lixão ele não era *ninguém*, enquanto o tritão parecia ser *alguém*. E Vannax sabia disso. Se levantou e ficou na frente do humano. Uma vez de pé, o tritão parecia muito maior e mais intimidante.

— ...ou nada, certo? Bem, senhor Manont, aqui em Ahlen se quiser algo tem que pagar, seja com ouro ou com serviços. Como sei que é um miserável, não tem nada de valor que eu queira. Por outro lado, posso pensar em algum serviço que possa fazer. Eu sei o que é de verdade e estou me lixando se é um bom pai ou não, mas não vou dar algo de graça. Posso lhe contar onde está a criança em troca de um favor. Ou dois.

O tritão apontou para o banco de onde recém tinha se levantado e o humano obedeceu, complacente. Sentou-se no banco, feição e postura derrotadas.

Parecia que a proposta de Vannax foi talhada na medida exata para Manont. A tarefa era humilhante o suficiente para lhe causar indignação e repulsa, mas ao mesmo tempo também lhe dava um pouco de prazer. Ou bastante. "Como que o tritão sabia sobre mim? Eu nem disse nada demais!". No fim das contas não foram nem um nem dois, mas três os favores, e o último acabou lhe rendendo uns tibares com os quais pôde comprar um conjunto novo de roupas.

Cogitou pegar um quarto serviço, mas preferiu não se afundar mais naquilo por hora. "Vai ter sido bom ficar longe do lixão, assim vão pensar que desisti e vou pegar todo mundo desprevenido." Pensava sozinho com seus planos, deitado numa cama confortável que havia comprado por uma noite.

Uma vez livre dos seus serviços, Manont ficou escondido aprendendo a rotina da casa indicada por Vannax onde o menino deveria estar. O momento ideal não tardou a chegar. Era uma noite de lua cheia e céu limpo. O luar jogava sobre a capital sua luz com tamanha intensidade que quando Mano olhou os vidros das janelas da cidade eles lhe pareceram milhares de estrelas cintilantes. Mas naquela noite todo seu interesse estava voltado para dentro do lixão, dentro de uma casa específica.

Observou a casa e seus arredores pela última vez para se certificar que não havia ninguém por perto. Escondido atrás de uma moita, Manont tinha os olhos fixos em uma casa que, segundo ele, era a melhor do lixão. Até tinha vidros! O lugar que tinha consumido os últimos dias da sua vida era de difícil acesso e ficava bem longe da paliçada, depois do pântano e próximo das margens do rio Yrlan. Naquele lugar havia um bosque esparso ocupado por barracas de indigentes e no fim deste bosque, protegida por um discreto muro verde alto feito de arbustos e trepadeiras, Manont finalmente encontrou a casa que buscava.

Um pequeno jardim de hortaliças ficava entre um muro verde externo e uma casa de tijolos à vista que possuía dezenas de chaminés diferentes. O que mais o incomodava naquela casa era a enorme quantidade de floreiras nas paredes externas. A pessoa que morava ali teve a ousadia de tentar tornar seu cantinho mais digno e habitável com suas flores de diversas espécies! Mas Manont sabia o que aquela pessoa fazia e a julgava indigna de ter aquela casa ou atitude. "Tudo falso e indecente esse povo da cidade."

Pensou, respirou fundo e sentiu o ar entrar vigorosamente pelas narinas. Naquela inspirada profunda, captou o doce cheiro das flores, da fumaça da chaminé, de terra virada da horta, e mais importante — cheiro de gente. Expirou o ar e sorriu.

Era hora de agir. Caminhou na direção da casa e no caminho pisou propositalmente nas hortaliças. Bateu com seu punho na porta bem forte, várias vezes.

— Quem é?

Manont pode sentir a hesitação na voz feminina que respondeu.

— Eu sou o pai do menino. Vim buscá ele.

Ninguém respondeu. "O silêncio deve ser medo", pensou. Continuou.

— Abre logo essa porta ou eu boto ela abaixo.

A voz demorou para responder.

— Vai embora, já chamei ajuda.

Conversavam através da madeira da porta e Manont não levou a ameaça a sério, especialmente depois de ouvir sons de movimentação nervosa do lado de dentro.

— Vim de longe pra pegar meu Timo e não saio daqui sem ele. Se a senhora abrir a porta vai economizar um conserto e me poupar trabalho. — Silêncio. — Tá bom, foi tu quem escolheu assim.

Manont se afastou da porta e ficou parado por alguns instantes. Subitamente começou a se bater no seu peito, na barriga, na cabeça. Arranhou-se com suas unhas sujas de terra. Lembrou-se de todo o trabalho que teve para chegar ali, e de como queria que aquilo acabasse. Olhou para cima e seus olhos se encontraram com a lua cheia, que reluziu na sua íris.

Quando encarou a porta estava crescido e completamente coberto por pelos compridos. O nariz havia se tornado um focinho comprido, as enormes orelhas caninas se mexiam para frente e para os lados, reagindo a qualquer ruído. Os dentes grandes e afiados mal cabiam na boca, seus caninos curvos saltavam para fora. Os olhos levemente esbugalhados estavam injetados de raiva e loucura, e assim como as orelhas, também se moviam freneticamente. Utilizando seus sentidos apurados, se concentrou por um instante e conseguiu ouvir sua caça dentro da casa.

Satisfeito riu entredentes, quase um rosnado, antes de avançar pela horta e atacar a porta com suas garras. A porta de madeira maciça resistiu bravamente a alguns golpes e, assim que foi vencida, seus restos foram afastados do caminho e jogados para longe.

Manont entrou em uma sala de assoalho de madeira que rangeu sob seu peso incrementado. A sala estava iluminada à meia-luz por meia dúzia de velas, e fazendo uso de sua visão aprimorada ele pôde ver um sofá coberto com uma colcha, um armário com livros, estantes com frascos e uma grande bancada de trabalho para alquimia. Havia ali flaconetes, pipetas, elixires, um almofariz, um calcinador, um alambique e uma retorta; equipamentos usuais do ofício, mas que na visão de seu Mano — que não sabia o nome de nada — era apenas bruxaria. Os instrumentos ferviam líquidos e soltavam fumos, e assim que sentiu um cheiro familiar entendeu o propósito daquilo tudo.

— Ah, então é assim que o tritão esquisito ficou sabendo do menino, tu que faz essa porqueira de achbuld. Já desconfiava que aqui na cidade todo mundo era podre, agora tenho certeza.

A voz que saía rouca e canhestra pela boca grande ecoou na sala vazia. Viu duas portas. Uma aberta, que dava para uma cozinha e a outra fechada. Ao se aproximar da porta fechada, ouviu um choro abafado.

— Além de mentirosos são burros, eu dei uma chance pra fazer isso sem sangue. Mas jogaram fora!

Manont caçoou dos residentes apavorados e começou a derrubar a porta do quarto com golpes deliberadamente espaçados, para aumentar o terror. Quando finalmente abriu a porta, foi surpreendido.

— Seu *monstro* asqueroso, depois de tudo que fez ainda tem coragem de aparecer aqui. — Uma senhora de meia-idade apontava um pedaço de pau retorcido na direção de Manont, que estava parado na porta. — Agora eu que te dou uma chance, vai embora e nunca mais volta ou te mato com essa varinha.

O lobisomem olhava ofegante para os dois dentro do quarto. A senhora estava agachada em um canto do quarto, atrás de uma cama que tinha sido derrubada e transformada em barricada improvisada. Viu o enteado escondido atrás dela e percebeu que estava com o cabelo curto e roupas novas. Um pingo de baba viscosa escorreu entre os dentes dele e pingou no chão.

— Ele é meu por direito, fugiu e vim buscar! — Deu um passo. — E tu não tem coragem de atirar… — Deu outro passo. — se tivesse coragem já tinha atirado…

O tempo parou. Um relâmpago cruzou o quarto e apenas o efeito da sua passagem pôde ser registrado pelas retinas.

O lobisomem se encolheu de dor, sentindo o peito arder em carne viva e o sangue escorrer. Suas narinas captaram o cheiro de carne queimada. Uivou de dor e reagiu pulando para frente, movendo freneticamente seus braços enquanto retalhava a barricada e tudo o que tinha atrás dela. Palha, pedaços de tecido e sangue voaram para todos os lados. Quando a poeira baixou, Manont finalmente enxergou a presa que havia perseguido pelos últimos dias: uma criança completamente apavorada e agachada atrás da mulher assassinada.

— Tu só me deu problema — rosnou. — Vamo pra casa e dessa vez tu vai fazer tudo que eu mando sem criar confusão.

Tremendo de medo, com os olhos vermelhos e soluçando, o menino franzino foi sendo arrastado pelo padrasto para fora da casa. Manont não conseguiu avançar muito, quando chegou na sala a criança se agarrou com todas as forças no pé de uma mesa, depois que criou coragem ao ver algo parado na porta. Ele seguiu o olhar do menino.

Janjão olhou friamente para baixo, para os dois. Encarou as garras ensanguentadas. Viu a criança com as calças mijadas. Ele não era bom investigador, mas também não era tão tapado quanto fingia ser.

— Aonde pensas que vai com este inocente infante?

— Sai da frente se não te mato. Já matei uma, dois não me custa nada.

O ogro fez um aceno negativo com a cabeça e se abaixou para entrar na casa. Era ainda mais pesado que Manont, e seu peso quase rachou a madeira do assoalho sob seus pés. O lobisomem soltou a criança, confiante que iria ficar próxima e paralisada de medo. Então pulou com grande velocidade na direção do ogro e um combate entre monstros começou.

Golpes de garra cortaram os braços, peito e barriga de Janjão, mas ele tinha a pele dura e uma camada de gordura para protegê-lo. Revidou com um cruzado que pegou de raspão na cabeça de lobo e emendou um tapão de mão aberta com a outra mão. O segundo golpe foi tão forte que Manont sentiu os tímpanos estourarem. Atordoado, atacou às cegas por instinto e conseguiu abocanhar a barriga do ogro, enterrando os dentes profundamente. Sentiu gosto de sangue, carne e gordura. Mas Janjão era durão e experiente. Com sangue frio colocou suas mãos na mandíbula do homem-lobo e forçou a sua abertura ao máximo. O monstro cedeu à dor e recuou.

A besta ajeitou a mandíbula e estufou o peito, juntando forças para mais um bote. O instante de hesitação foi suficiente para Janjão, que aproveitou o momento e deu um chute reto para frente. A tora de carne e músculos enterrou seu pé na barriga do lobisomem tão fundo que quase encostou em sua coluna vertebral. O chão rangeu e a casa pareceu tremer com a força do golpe. A criatura atingida uivou baixinho de dor e caiu sem forças, lutando para respirar em meio a um enjoo terrível, sentindo o gosto do próprio sangue na boca. Janjão se aproximou com a mão sobre os ferimentos que sangravam profusamente.

Da porta do quarto surgiu a senhora se arrastando, lutando também para respirar e viver. Veio para suplicar.

— Pela graça de Marah, poupe a vida dele.

Ela era uma pessoa estudada e de bom coração, que tinha acolhido a criança pensando em lhe dar o melhor futuro possível, dadas todas aquelas condições adversas. O coração dela era generoso e sempre pendia para a misericórdia. O ogro, por sua vez, era quase um monstro. E este quase era o que lhe permitia viver em Thartann, que tivesse um emprego e que tivesse uma vida quase normal.

O verdadeiro monstro, no entanto, estava a seus pés.

Janjão conhecia esse tipo de pessoa. E para quem era capaz de maltratar uma criança daquela maneira, parente dela ou não, ele só via uma solução.

Ergueu seu joelho, alinhou o enorme pé sobre a cabeça de Manont e desceu todo seu peso sobre ela.

CAPÍTULO 4

CHAMAS DA PAIXÃO

Da testa escorreu uma gota de suor, pingando em outra testa, abaixo da primeira. Estavam tão próximos que Felícia podia sentir as ondas de calor que emanavam entre seus rostos. No balançar e dançar, os corpos trocavam de posição.

O homem estava em cima da parceira com seu corpo musculoso pesado e rijo, seus braços fortes segurando os braços e tronco. Roçava a barba na testa e no pescoço dela, que gemeu. "Tudo bem?", ele pensou em perguntar, não sabia se estava sendo muito duro com ela.

Ela agarrou os braços dele para trocar de posição, mas não conseguiu. Tentou se erguer, mas o peso dele era sobrepujante. Sem escolha, foi obrigada a usar toda sua astúcia e técnica, causando no homem uma dor lancinante, um rasgo penetrante na mão: ela pegou um de seus dedos e virou-o para trás.

Sem escolha e com uma careta de dor, o homem bateu três vezes no chão em sinal de derrota. Ela soltou o dedo. Caiu de lado, ofegante. Felícia se levantou, triunfante.

— Não fui eu que lhe ensinei esse escape, esse... — Respirou. — Truque.

— Esse... eu aprendi nas ruas — disse ela, com um misto de vergonha e orgulho.

— Muito bem então, por hoje está bom — disse o mestre, massageando e sacudindo a mão.

Secou o suor da testa com a manga da roupa de luta e caminhou devagar, com as pernas bambas, até se sentar no seu lugar na roda de alunos que cercava a área destinada a lutas corporais. No trajeto percebeu que a esposa do mestre também estava ali e provavelmente tinha assistido tudo, o que a deixou um pouco desconfortável. A esposa cumprimentou Felícia com um aceno de cabeça, e ela retribuiu o cumprimento com outro igual. Sentou-se e recebeu do colega ao lado um tapinha nas costas, parabenizando-a por ter se livrado do agarrão do mestre. Estava orgulhosa da vitória, mas também preocupada com a mão dele. Teria sido muito bruta?

Ficou sentada segurando os joelhos com os braços, recuperando o fôlego e admirando discretamente o mestre. Aos olhos dela, o homem era lindo, forte, destemido, bom lutador, culto e inteligente. Sempre que ele sorria, ela se enchia de alegria e não conseguia evitar sorrir também. O olhar determinado dele renovava a sua confiança em um futuro melhor.

Lembrava com clareza da primeira vez que o viu — era um dia ensolarado e o homem estava de pé com sua armadura reluzente distribuindo panfletos na rua, tentando angariar devotos para o Deus da Justiça. Os transeuntes riam dele e faziam piadas, desdenhando de seus esforços e de sua fé, mas Felícia não riu, se aproximou e pegou um panfleto. Ele olhou sério para ela e disse "Por favor, venha no próximo encontro." Então se aproximou e sussurrou no seu ouvido "Eu sinto que você é especial. Não é como eles." Desde aquele momento, pensava bastante nele.

Enquanto todos descansavam e esperavam a próxima luta, seu mestre, o paladino Abel, foi dar atenção para sua esposa. Assim que se aproximou ela percebeu o dedo repuxado, pegou na mão dele e fez um carinho, curando o ferimento imediatamente com um milagre. Ela olhou e sorriu para Felícia, que enrubesceu e escondeu a cabeça atrás dos joelhos.

Aquele pequeno grupo de devotos de Khalmyr se encontrava regularmente para ouvir os sermões do paladino, para discutir dogmas e para treinar técnicas de luta, criando assim laços de companheirismo. É verdade que vários estavam ali apenas para aproveitar as aulas e treinos gratuitos, Abel sabia bem, mas fazia vista grossa já que em contrapartida dava sermões para os alunos na esperança de que algum prestasse atenção e colocasse em prática os ensinamentos. Na teoria, deveriam formar uma guarda sagrada de Khalmyr, guerreiros voluntários que protegeriam os inocentes caso um mal maior surgisse em Ahlen. Na prática, poucos eram experientes o suficiente para fazer algo relevante e um número ainda menor deles teria coragem para atender o chamado às armas.

Felícia se deu conta que estava espiando demais seu mestre e tentou disfarçar, mas não era seu ponto forte. Ela não se importava se os outros colegas soubessem que estava atraída por ele, mas se importava se a esposa soubesse. Se sentia mal por gostar de alguém casado, e se sentia pior por ocasionalmente desejar o mal daquela mulher. Tudo aquilo não era certo. Para começar, Felícia deveria gostar dela. Era uma sacerdotisa de Lena, a Deusa da Vida, o que por si só já era uma coisa boa, mas além disso era uma mulher linda, inteligente, sábia, culta e bondosa. E além de já ter todas as qualidades, tinha ele. Para Felícia aquilo parecia um grande desequilíbrio da balança da justiça. "Uns com tanto, outros com tão pouco".

De certo aqueles dois estavam destinados a ficar juntos, sendo tão perfeitos. Se fosse para ela ter uma chance, o destino teria feito com que os dois se conhecessem estando solteiros. Qualquer que fosse a situação, se pegava seguidamente fantasiando um futuro feliz com Abel. Lembrou-se também que seu tio Terle, um vagabundo profissional, havia dito em uma rara ocasião de eloquência que o destino era uma ferramenta de covardes, o cúmulo do conformismo, afinal quando alguém aceitava seu "destino", deixava de tentar. Felícia filosofava repetidas vezes sobre esses assuntos e nunca conseguia chegar a uma conclusão.

— Irmãos sagrados, vamos encerrar nosso treino mais cedo hoje. Dispensados.

Todos se levantaram e começaram a se despedir, alguns resmungando pela aula interrompida.

— Boa luta hoje, irmã sagrada. — Era um colega de turma, também da guarda da cidade.

— Obrigada. — Ainda estava ofegante e ficou sem jeito, pensando em como continuar ou encerrar a conversa que não queria ter. Para sua sorte, o colega também estava com pressa e não disse mais nada.

Os treinos de lutas costumavam ser seguidos por um sermão enquanto os alunos se recuperavam do desgaste físico, porém, devido à presença da esposa, a programação tinha sido encurtada. Decidiu ir para casa mais cedo. Se dirigiu para o vestiário improvisado para se trocar, mas não resistiu a dar uma última olhadela para o casal. Ela estava de lado, exibindo sua barriga de grávida como se fosse o maior troféu deste mundo. E Felícia era apenas uma devota invejosa.

— Ei, Felícia, que cara é essa?

Era o anão Fenbur, o único não humano que frequentava a pequena igreja de Khalmyr. De cabeleira farta com costeletas, barba preta com listras brancas e roupas de trabalho, estava na sala do autômato de treino consertando o maquinário. Se aproximou dele para conversar e aproveitar para ver aquele misterioso artefato aberto. O anão usava uma lupa de pala e empunhava uma ferramenta estranha que apertou para esguichar óleo nas engrenagens e acabou respingando na sua camisa. O anão quase soltou uma sequência de impropérios, mas os engoliu ao se lembrar que estava em um lugar sagrado. Voltou sua atenção para Felícia.

— Não foi nada. É só o cansaço, mestre Fenbur.

— Meus parabéns pela graduação. Como está sendo o serviço na guarda? Fazia um tempo que eu não vinha para a igreja...

— Obrigada. Ainda estou me acostumando, faz apenas algumas semanas que comecei. É uma rotina bem intensa. Por sorte, ainda não encontrei nenhum malfeitor que não pudesse domar com apenas uns cascudos.

— Vai dar tudo certo, Heredrimm olha por nós.

Era como os anões, famosos por sua devoção ao Deus da Justiça, chamavam Khalmyr em sua língua. Aproximou-se dele e se sentou ao seu lado. Ficou observando em silêncio aquele trabalho fascinante. Fenbur tinha doado aquele autômato para que seus colegas pudessem treinar dando golpes mais fortes e também praticarem esquivas. Não era para amadores, e Felícia tinha treinado pouco com aquela coisa.

Em poucos minutos o anão terminou o que quer que estivesse fazendo, se levantou e disse:

— Felícia, se afaste por favor, vou testá-lo.

O autômato, um cone metálico com longos braços articulados, começou a girar depois de ligado, movendo suas extremidades rapidamente e de maneira errática. O anão estava armado apenas com um porrete, com o qual bloqueava os golpes e contra-atacava os pontos fracos do autômato, que encaixavam para dentro da lataria quando pressionados. Felícia ficou surpresa com a agilidade do anão, que tinha erroneamente presumido ser desengonçado. Depois de um minuto intenso de troca de golpes, Fenbur declarou que estava tudo funcionando e se afastou do boneco.

— Quer tentar um pouco? — E ofereceu o porrete a ela.

Aproveitando que ainda estava com o corpo aquecido, ela se levantou, pegou o porrete e começou a se esquivar e trocar golpes com o oponente metálico. Preferiu imaginar um bandido no lugar daquela máquina sem rosto, e assim que visualizou na sua mente um sujeito bem vil e vulgar, Felícia se encheu de motivação. Cuidadosa no início, foi ganhando confiança e aumentando cada vez mais a potência de seus golpes conforme se soltava e pegava o jeito.

Era uma rara chance de descarregar sua raiva e frustração batendo sem culpa em um saco de pancada animado, e ela aproveitou para tentar algumas sequências de movimentos que tinha planejado usar em combate. Seus golpes firmes atingiam o autômato e faziam com que o som do porrete atingindo o metal ecoasse pelo lugar. Conforme batia mais forte os braços do oponente passavam a girar com maior velocidade. Felícia continuou lutando.

Fenbur olhava a ação de perto, pronto para intervir. Chegou a abrir a boca para dizer algo, mas um golpe veloz, vindo de baixo para cima, atingiu Felícia perto da orelha com grande força e a derrubou no chão. As armas do autômato não eram letais, mas ainda eram capazes de machucar muito, ou até nocautear alguém. Ela deu um grito curto e o anão correu para desativar o maquinário. Felícia colocou as mãos sobre o ferimento que sangrava, com os dentes rilhados e lágrimas de dor. A orelha latejava e começava a inchar.

— Mil desculpas! A culpa é minha, devo ter errado no ajuste — disse com as mãos na cabeça e os olhos arregalados.

O anão quis fazer algo para ajudar, mas não entendia de primeiros socorros. Entretanto, não seria necessário. Logo Abel surgiu e se agachou ao lado dela. A mão dele brilhou com uma luz clara e no mesmo instante Felícia foi tomada por uma sensação de paz e alívio. O sangramento parou e a dor sumiu. Ela segurou a mão dele por um instante.

— Está bem? — o paladino perguntou.

— Estou, irmão sagrado. Obrigada. — Olhou para Abel, envergonhada. Não sabia bem o porquê, mas sentiu vontade de chorar. Se conteve com todas as forças.

— É meu dever. Levante-se, vai ficar tudo bem. — Se levantou altivamente e a puxou pelo braço.

De pé e sem jeito, ficou com a mão sobre o ferimento. A dor tinha desaparecido, mas ainda sentia o inchaço e o sangue fresco. Mais uma vez se viu cercada de curiosos, outros alunos e também a esposa, o que a deixou mais envergonhada ainda. Precisava falar algo.

— Desculpe, mestre, fui lutar com essa coisa, mas acho que ainda estava cansada do treino. Devo ter baixado minha guarda. Ou fiquei muito confiante.

— A soberba... — ele começou o ditado famoso entre os devotos de Khalmyr.

— ...é a raiz da ruína. — ela terminou.

Abel assentiu com a cabeça e, aproveitando a proximidade, deu um beijo fraterno na testa dela. Saiu e foi seguido pelos alunos e pela esposa. Felícia foi para o vestiário, e finalmente conseguiu trocar de roupa. Estava com o pé na rua quando decidiu voltar para a capela para se acalmar um pouco.

Olhou fixamente seu mural favorito. Carregado de simbolismo, o mural colorido em alto relevo retratava a luta eterna do bem contra o mal. Iluminado por raios de luz dourada e relâmpagos divinos, Khalmyr descia dos céus sobre demônios, humanos degenerados, goblinoides e outros monstros. No chão, guerreiros olhavam para cima e se erguiam para lutar outra vez, motivados pela mera visão de seu deus. Sábios tocados pelos raios de luz corrigiam injustiças através de sentenças justas e corretas. Outros eram recompensados e ascendiam para Ordine, o mundo de Khalmyr, depois de terem resistido às agruras da vida.

Ela sempre havia enxergado aquele mural de forma figurativa e pensado que ilustrava apenas a luta do deus e seus devotos contra as infindáveis hordas do mal. Mas no último sermão Abel havia explicado que os piores inimigos não são os externos, e sim os que habitam dentro de nós. Disse que todos os monstros reais podiam ser vencidos se o devoto se preparasse adequadamente. No entanto, os monstros internos, nossos defeitos, nossos ódios, preconceitos, invejas, soberbas, cobiças, esses são terrivelmente resilientes. E a batalha interna contra esses monstros também é eterna.

Houve uma época na vida dela, não muito tempo atrás, que seus atos seriam severamente reprovados por Khalmyr e seus discípulos. Esses dias ficaram para trás, ou assim esperava.

Sentiu-se fraca e pequena, foi para casa e rezou para seu deus. Pediu orientação e perdão.

No outro dia levantou-se cedo e foi trabalhar. Depois de três meses entre investigações infrutíferas e bem-sucedidas, Felícia foi designada pelo capitão Corvir para fazer patrulhamento ostensivo. Ela achou aquilo estúpido e contraproducente, afinal recebeu treinamento para investigar crimes e não para tentar impedir os flagrantes delitos. Suspeitava que era uma punição por causar incômodo no departamento com sua vontade de investigar e solucionar os casos, ou que tinha inadvertidamente desobedecido alguma das normas não ditas. Por outro lado, não ia patrulhar as ruas totalmente contrariada, afinal já estava um pouco cansada de ficar dentro da RICS carimbando papéis. E com um pouco de sorte, poderia fazer alguma diferença patrulhando as ruas.

— Bom dia, ó estimada colega Felícia. Me honras deveras pelo prazer da sua companhia.

O ogro almofadinha curvou-se com uma mesura desengonçada, tornada curta pela enorme barriga. Além do uniforme da guarda com uma gola bufante que tinha costurado, usava uma peruca branca penteada de acordo com a moda vigente. Ao ver a modificação, Felícia se lembrou do regimento interno da guarda. "Alteração não solicitada de uniforme da guarda, transgressão do código 79 inciso U." Preferiu não mencionar esse fato.

— Bom dia, guarda Janjão. Qual nosso roteiro?

— Fomos sumariamente designados para patrulhar as duas margens do grão-canal. Repetidas vezes, até nosso expediente lograr conclusão.

"Malditos. Mas são muito safados mesmo!", Felícia pensou. Além de removê-la do trabalho de investigação, os superiores haviam a colocado em um longo percurso que levava horas para ser percorrido a pé. Pelo regulamento, um guarda patrulheiro tinha direito a uma pequena folga no fim de cada percurso completo. Ou seja, percursos longos significavam poucos descansos, e percursos curtos eram moleza. E ainda por cima haviam escolhido como colega de dupla o guarda mais esquisito de todos que, apesar da sua índole gentil, era constantemente alvo de piadas de seus colegas maldosos. Havia entendido bem o recado.

— Está pronto? — ela perguntou, tomando a liderança.

Felícia conferiu seus equipamentos e ele meneou a cabeça. Janjão fez mais uma cortesia, estendendo o braço e a mão na direção do caminho.

— Primeiro as damas.

O grão-canal, um canal artificial construído durante a gestão de múltiplos reis, inicia na frente da fortaleza do rio Yrlanyadish e faz uma grande curva aberta cruzando diversos bairros até desaguar no Yrlan novamente, desta vez próximo dos morretes, uma série de rochedos íngremes ao lado da ponte velha. Dele deriva outro canal de dimensões reduzidas, apropriadamente chamado canal menor, que fecha um círculo ao redor dos bairros nobres e segue mais ou menos paralelo ao rio Yrlan. Os canais foram construídos para distribuir água potável pela cidade, mas os moradores subverteram o propósito original ao despejar seus dejetos na água naturalmente barrenta do rio, tornando-a mais barrenta, agora por outro motivo. Quando acontece das águas do Yrlan ficarem calmas e plácidas, o miasma oriundo dos canais sobe e se espalha pela cidade causando mal-estar e inúmeras reclamações.

A dupla começou a patrulhar perto da fortaleza da ilha e do lado direito da margem, o "lado pobre" do canal, como se costuma dizer. A primeira ponte que cruzaram foi a do lixão, que Janjão conhecia bem. Caminhavam devagar pela rua paralela e procuravam por crimes, cidadãos suspeitos ou subversivos e quaisquer outras atividades ilegais. A lista de atividades consideradas criminosas pela coroa era bem grande e Felícia tinha decorado apenas as mais comuns. Suspeitava que Janjão sabia de cor uma quantidade ainda menor.

Tentar ser discreto ou furtivo com aquele colega de trabalho era praticamente impossível, Janjão chamava atenção de longe. Além de ser bastante indiscreto por diversas razões, o ogro também transpirava uma autoridade natural que vinha pelo fato de ser uma montanha de músculos. Se por um lado pegar criminosos no flagra era difícil quando realizado com um ogro, por outro lado ninguém se atrevia a pisar fora da linha sob a vigilância da dupla.

A primeira coisa incomum que encontraram foi um belo rapaz que discursava para uma pequena multidão de curiosos. Se equilibrava sobre um precário caixote de madeira e provavelmente só continuou a discursar porque estava tão concentrado que não percebeu a dupla de guardas vindo pelas suas costas e parar para ouvi-lo.

— Caros conterrâneos, peço licença para tomar sua atenção por um instante. Também peço que esqueçam seus preconceitos e me escutem com o coração aberto. Com sorte, algumas de minhas palavras penetrarão a couraça das suas convicções e firmarão a semente da mudança. Desde que o mundo é mundo sempre fomos apenas joguetes, sempre lacaios de deuses caprichosos, que seguem apenas suas índoles e vontades enigmáticas. Não precisamos desses deuses para nos dizerem como ser justos ou bondosos. Basta usar sua empatia e amar o próximo. Não cause no outro o que não queira sofrer. Esses preceitos nunca falharão e não exigem nada em troca. Nem reza, nem oferenda.

Felícia pensou "Ah, é apenas mais um pobre ateuzinho. Que Khalmyr tenha piedade da sua alma...". Ateus eram raros em Arton, exceto no reino de Sallistick onde eram maioria, e não costumavam criar nenhum tipo de conflito. Mas, por via das dúvidas, ela continuou ouvindo com atenção.

— Caros conterrâneos, temos que viver por nós e para nós. Ao nascer somos jogados neste mundo e obrigados a obedecer a leis sobre as quais não fomos consultados! Não só somos vítimas dos deuses como também somos vítimas dos tiranos mortais. Aqui em Ahlen nos cobram impostos sobre tudo que temos e tudo o que fazemos! Os nobres não querem saber de nada exceto manter ou ampliar seus privilégios, não querem ceder um pingo de seu poder. Já para os cidadãos comuns não há misericórdia, é porrada atrás de porrada. Não precisamos de reis e nem de suas regras para nos dizerem como nos comportar! O que fazem é ficar criando inimigos nos outros reinos para nos manter sob ameaça de invasão, assim ficamos presos sob o jugo do medo. Mas protestem, rebelem-se. Abaixo o rei! Abaixo as três casas! — Ergueu o punho em um gesto de luta.

Não era raro alguém insultar ou desejar mal ao rei e sua corte, na realidade era bem comum e acontecia a toda hora. Mas normalmente a pessoa tinha bom senso e se manifestava de maneira discreta, afinal era um crime: artigo 35A § 1 do Compêndio Penal Ahleniense. Sedição — Incitar, organizar ou comandar revolta contra o(s) soberano(s) vigente(s) ou seu(s) representante(s). Punição — Caso tenha erguido armas, a pena será capital. Se não houver, hum (ou mais) anos de detenção, conforme gravidade das ameaças, a ser decidido pelo excelentíssimo ilustríssimo digníssimo magistrado apontado. Em Ahlen, quase tudo poderia ser enquadrado em algum tipo de crime ou contravenção caso o magistrado assim quisesse.

O jovem percebeu quando a dupla de guardas começou a abrir caminho na plateia e saltou do caixote com agilidade, correndo por um beco próximo. Felícia e Janjão correram, e a pequena multidão se assustou e também começou a correr, um para cada lado, gerando grande confusão. Depois de se chocarem e desviarem dos citadinos, os dois conseguiram entrar no beco e iniciar a perseguição atrás do jovem rebelde. Vendo que não tinham chance de alcançá-lo, reduziram o ritmo para uma caminhada rápida e então para passos mais leves. Não queriam se desgastar, afinal ainda tinham um longo dia pela frente. Pararam um pouco para respirar e beber água. Voltaram para a rota da patrulha.

Enquanto andava na margem do canal, Felícia viu uma escada que dava acesso ao nível da água e se lembrou que além das ruas e becos, também precisavam ficar de olho no próprio canal. Thartann possuía galerias de esgoto, que além de transportarem detritos serviam como passagens secretas para criminosos — ou aventureiros — desejosos de se deslocarem de forma discreta. Uma atividade tão corriqueira que existia uma patrulha da guarda especialmente designada para a área, que os colegas apelidaram carinhosamente de "cagões", por razões óbvias. E por razões óbvias, ninguém queria fazer parte dela.

Um som alto como um trovão assustou Felícia, pega de surpresa. A mão deslizou rápida para o cabo da espada. Olhou na direção do ruído, e viu Janjão, e entendeu que era apenas o rugido da poderosa barriga do ogro.

— Peço desculpas pelo súbito borborigmo, cara colega. Mas creio ser o momento certo e adequado para um manjar sucinto. Bastará um simples bate-dentes, um acepipe, um pitéu. Não mais que dois minutos.

Ela suspirou. Não queria interromper a patrulha tão cedo, mas se deu conta de que alguém daquele tamanho deveria sentir muita fome.

— Está bem, entendi. Mas sejamos breves mesmo, e só depois do próximo ponto de controle.

A dupla passava próxima dos bairros mais nobres da cidade: Myrvallar e Godrann. Eram bairros protegidos — e separados — do resto da cidade pelo muro de marfim, uma muralha de pedra alva de construção ciclópica que era tão alta que chegava na altura das chaminés das mansões. Os dois bairros eram fortemente vigiados e possuíam apenas quatro entradas oficiais, permanentemente protegidas por sentinelas da guarda que abriam e fechavam os grandes portões de folhas de alabastro para as carruagens. Outra curiosidade era que o muro, que na verdade não era feito de marfim, tinha seteiras, mas os bairros foram crescendo e as casas foram sendo construídas tão próximas do muro que elas perderam sua função original e passaram a ser usadas por conspiradores e mensageiros para trocar bilhetes furtivamente. Como esperado, a patrulha neste trecho foi tranquila e os dois guardas puderam relaxar por alguns minutos.

Ao chegarem em um ponto de controle, como havia prometido Felícia, os dois foram atrás de um breve lanche. Pararam em uma barraquinha de frituras e Janjão logo confiscou três coxinhas de trobo. Tecnicamente estava dentro da lei: guardas poderiam fazer uso de uma obscura prerrogativa de "requisitar" qualquer coisa se fosse uma questão de vida ou morte. Errado não estava, afinal o ogro iria morrer se não comesse. Era uma prerrogativa raramente usada e quando Janjão se afastou Felícia pediu desculpas ao vendedor e pagou pela comida. No fim, não resistiu e comprou uma para si também.

Sentaram-se em uma praça próximos de uma bica, um de costas para o outro como manda o regulamento, e puseram-se a comer. Enquanto se alimentava, Felícia acabou descansando a vista em uma das ruas que derivavam da praça, e ali percebeu um entra e sai suspeito em um beco. Assim que terminou, limpou as mãos na roupa, avisou Janjão e foram averiguar o lugar.

No fim do beco, os guardas encontraram uma fresta em um muro de madeira que dava para um terreno baldio onde haviam sido montadas barracas de jogos. Havia o jogo dhagn'dir, as três conchas, queda de braço, ferradura e outros. O lugar improvisado estava bem movimentado, a maioria dos jogadores parecia ser de rudes plebeus, que deixavam seus tibares de prata nas mãos de Nimb ao tentar a sorte. Julgavam estar testando sua habilidade e astúcia contra a sorte, mas Felícia sabia bem que era contra a banca. E a banca sempre vence.

Figuras estranhas frequentavam o parquinho. Dentre vários encapuzados, um deles tinha tapa olho e uma barba suja mal cortada, outro tinha um gancho no lugar de uma mão e segurava um cajado de mago com a outra. Mas também havia pessoas com roupas mais usuais como um insuspeito padeiro com o avental sujo de farinha ou um entregador da guilda dos mensageiros.

Felícia e Janjão abriram caminho entre os jogadores e começaram a verificar os documentos das bancas e a legalidade de todos os jogos, afinal apenas alguns eram ilegais. Felícia estava focada fazendo seu trabalho quando ouviu alguém assobiar maliciosamente e dizer "...Felícia-delícia!". Congelou por um instante, depois se virou para encarar as figuras ao redor.

— Quem disse isso!? — Sua expressão era de surpresa e fúria.

Era um apelido que não ouvia há muitos anos, desde os tempos em que estivera do outro lado da lei. Um tempo que lhe trazia más lembranças. Esperou uma resposta que não houve.

— Ninguém disse, né? É sempre "'ninguém". Covardes!

Enraivecida, deu um tapa por baixo de uma mesa de jogo e virou-a. O ato fez Janjão entender que os dois iam "dar uma dura" no lugar e começou um quebra-quebra, mas Felícia o impediu antes que o negócio ficasse feio. Depois saiu do beco pisando pesado.

— Vamos embora agora, não tem nada aqui. E Janjão, você nem sonhe em mencionar esse meu apelido na guarda. — Olhava firme para o ogro, dedo em riste.

— Sim, senhora!

Voltaram para o roteiro e logo os ânimos se acalmaram. Felícia sabia que as patrulhas ostensivas eram pouco eficientes, baseadas mais em sorte que em qualquer outra coisa. Ao perceberem a guarda se aproximando, os bandidos e contrabandistas desapareciam, e assim que os agentes da lei se distanciavam, voltavam a seus afazeres contraventores em plena luz do dia. As patrulhas eram como faróis girando lentamente, iluminando pequenas frações da cidade por vez e deixando a maior parte na escuridão, à mercê dos bandidos. Mas ainda assim era melhor que não ter farol nenhum.

Cruzaram outra grande ponte, a do caminho de Tollon, que como o nome diz levava para uma estrada que seguia até o reino de mesmo nome. Por coincidência, uma carroça carregada com a famosa madeira tolloniana estava cruzando a ponte naquele momento. O carroceiro, muito simpático, acenou para a dupla tocando a aba do chapéu de palha. Ao retribuir o olhar, Felícia acabou acidentalmente focando sua vista sobre o palácio Rishantor. Montado sobre o morro Triuno, era visível de quase qualquer ponto da cidade, um lembrete permanente de quem mandava ali, de quem estava literal e figurativamente, acima dos outros. Havia entrado poucas vezes ali, apenas na Noite das Máscaras, a única data em que plebeus e nobres são igualados, escondidos por trás de fantasias, e o palácio é aberto a todos. Alguns achavam a presença do Rishantor opressora, enquanto outros se sentiam tranquilizados pela sua aura de poder e autoridade.

Depois de um longo trecho desgastante, a dupla cruzou a última grande ponte do grão-canal, que levava ao finando reino de Tyrondir. Depois que o reino foi destruído pela Flecha de Fogo e por goblinoides, os ahlenienses não conseguiram entrar em um acordo sobre qual nome deveriam colocar, então fizeram o mais cômodo e mantiveram o de sempre. Postos de controle foram montados às pressas para receber os refugiados e no contrafluxo destes muitos soldados foram enviados para a fronteira para desencorajar os goblinoides a tentar qualquer coisa estúpida. Este caminho também levava até Ni-Lodashyr, também conhecida por Nilo, outra grande cidade portuária de Ahlen. A essa altura a dupla já se aproximava do fim do canal e Felícia, distraída pela falta de ação, pensava em Abel.

Se sentia bem perto daquele homem e ansiava por futuros encontros, mesmo que fossem curtos e ao acaso. A parte do "empecilho" lhe parecia uma piada de mau gosto, como se a vida imitasse as histórias e folhetins com suas coincidências e obstáculos arbitrários. Lembrou-se do dia do treino, lembrou-se do peso dele por cima dela. Da barba dele roçando na sua pele. Imaginou como seria bom ter seu calor e seu amor. Pensava que seria muito feliz ou pelo menos teria, ao menos uma vez, algo que desejava com todo coração. E principalmente, que se ela fizesse tudo como mandam os dogmas, ela seria recompensada.

Continuou divagando.

Enquanto isso, Janjão por sua vez limpava o nariz e observava as casas entre o grão-canal e a muralha do bairro Godrann. As casas eram construídas com pedras beges, tinham um telhado com telhas de barro pintadas de cal branca e suas chaminés altas eram manchadas pela fuligem e pelos excrementos de pássaros. As portas de entrada costumavam ser de madeira pintada de branco, e as janelas, cujo vidro denunciavam a riqueza, eram enfeitadas com cortinas rendadas e jardineiras. As ruas do Godrann eram bastante arborizadas, com árvores grandes e abundantes que projetavam suas sombras pelas calçadas durante o verão ahleniense. Naquele dia, o grão-canal não cheirava tão mal, e os raios de sol que recaíam sobre ele o faziam reluzir.

De repente:

— Pega ladrão!!

Os dois guardas saíram imediatamente de seus devaneios e olharam em volta. Viram um transeunte transtornado apontando na direção de um goblin que corria para longe. Dispararam atrás dele e Janjão foi ficando para trás, desengonçado como era; já Felícia conseguiu seguir o criminoso por duas quadras até que o encurralou em um beco. O goblin não fez menção de lutar, sorriu e simplesmente escalou a parede de uma casa como se fosse uma aranha! Depois sumiu pelos telhados. Aquilo estava além das capacidades dela. Frustrada, começou a caminhar de volta para Janjão ao mesmo tempo em que anotava na sua caderneta de delitos, logo abaixo da entrada do jovem que praticava sedição. "O meliante suspeito, confrontado pelo agente assinante do documento veio a escafeder-se. Empreendeu fantástica fuga após lograr distância vantajosa..."

— Espere! Não se precipite, Felícia. Este caso não foi encerrado. — Janjão apontou para algumas quadras adiante, e ela pôde ver o goblin entrar discretamente em um galpão. Guardou a caderneta e os dois se deslocaram rapidamente até a construção.

Ao chegar perto, Felícia colou a orelha na lâmina da porta e ouviu vozes abafadas seguidas por um som de algo se estilhaçando, que pareceu vidro ou cerâmica. Olhou para cima e viu que todas as janelas estavam fechadas e a única entrada visível era a porta principal. A porta dupla era grande, pesada e aparentemente muito resistente para ser arrombada. Felícia mal tinha começado a pensar em como entrar quando viu Janjão recuar alguns passos e bufar como um touro. A montanha de músculos disparou e jogou o ombro, destruindo imediatamente a trava e fazendo com que a porta se escancarasse com o forte impacto. As paredes do galpão trepidaram e uma nuvem de poeira se levantou, tamanho foi o choque entre as massas.

Felícia, antecipando uma luta em lugar fechado, sacou sua espada curta, passou o braço na alça do escudo e deixou a lança no chão, próxima da entrada. Entrou rapidamente cruzando a nuvem de poeira baixa levantada pelo estrondo e foi encontrar seu colega alguns metros adentro, que estava curvado e tossindo pela poeira. Esquadrinhou o lugar com os olhos e viu duas carroças com fartos mantimentos, um vigia desacordado, uma ânfora quebrada e outras sendo carregadas por três sujeitos. Em um mezanino acima deles havia o goblin e mais um outro. Todos estavam em choque olhando a dupla de agentes se revelar à medida que a poeira ia baixando.

— Mas o que é isso, a gente nem pode mais roubar em paz? Tão pensando que são o quê? — O sujeito que falava do mezanino era um jovem, claramente criado nas ruas, claramente mal-educado e claramente o líder daqueles meliantes.

— Em nome da guarda de Thartann e do rei, cessem todas as atividades e se rendam agora! — Felícia falou com toda a autoridade e confiança que acreditava ter.

— Tu não pode me prender, eu tô na minha área. — Abriu os braços, apontando para tudo ao redor. Seus capangas sacaram adagas. — E quem é teu chefe na guarda hein? Vou reclamar pra ele. Pagamos o arrego bem certinho toda semana e agora tu quer acabar com nosso roubo honesto?

Felícia cogitou explicar que roubar, mesmo sendo sancionado por um agente da lei corrupto, ainda era errado, mas achou melhor focar nos problemas reais e deixar os legais para depois. Janjão parou de tossir e se levantou, rasgou sua casaca para poder lutar melhor e lançou um olhar intimidante para os bandidos, porém o jovem líder não se abalou. Uma vez sem a roupa, o ogro revelou que estava enfaixado no peito e na barriga. E vendo que ele já estava ferido, os bandidos acreditaram ter uma chance.

— Ninguém aqui vai arregar! Se fugirem a guilda pega… e se vencerem, prometo um barril de moedas pra turma. Lutem!

O goblin preferiu ignorar a ordem e caiu fora, desaparecendo por uma das janelas. Um dos outros arremessou a ânfora pesada na direção de Janjão.

O jarro se estilhaçou no peito do ogro, respingando cacos e azeite para todos os lados. O enorme guarda recuou, besuntado pelo conteúdo da ânfora, levemente atordoado. Rilhou os dentes e bateu os pés no chão. Felícia viu os músculos do colega incharem e seus olhos ficarem vermelhos e deu dois passos para trás, enquanto ele rugia de pura raiva.

Janjão deu um passo na direção dos meliantes e foi atingido novamente. O sangue pingou no chão de terra batida, brotando de um virote de que havia cravado acima de seu peito. Felícia olhou para cima e viu o líder com a balestra na mão.

— Cuida desses aí que eu pego o de cima — disse mais para si mesma que para o ogro, que parecia ter regredido para um estado mais primitivo de consciência.

Subiu a escada de madeira pulando degraus e chegou no instante em que o inimigo terminava de recarregar a balestra. Ele apontou a arma na direção dela e disparou. Felícia não teve coordenação para desviar do disparo, mas conseguiu colocar o escudo na frente. O virote bateu com força no metal, tirando seu equilíbrio e fazendo com que quase pisasse em falso. Recuperou o equilíbrio e avançou contra o adversário, que tinha sacado uma rapieira e um sorriso confiante.

— Em nome do rei, dou-lhe uma chance para se render! — Felícia apontou a espada, seguindo o protocolo da guarda.

— Morra, sua porca! — A resposta polida veio acompanhada de uma estocada de rapieira na direção da garganta dela, mas a distância a vencer o atrasou e ela conseguiu aparar o golpe com sua espada. O armistrondo das espadas ecoou pelo galpão e surpreendeu ambos os combatentes, um espanto mútuo com a habilidade alheia. Felícia lembrou-se do autômato e do medo causado por lutar com um adversário acima de sua capacidade. Podia se machucar gravemente. Podia morrer a qualquer instante. Onde estava seu salvador quando ela realmente precisava?

Respirava depressa e tentava ocultar os tremores do nervosismo. O oponente jogava a rapieira de uma mão para outra, fintando e dominando o espaço do pequeno mezanino que rangia a cada passo. Avançou em uma sequência de estocadas frontais, verticais e horizontais, mas Felícia usou o escudo habilmente e foi atingida apenas sobre a armadura. Mesmo assim sentiu dor e o calor úmido do sangue escorrendo de algum lugar. Para retomar a concentração, recitou uma ladainha em voz baixa enquanto mantinha uma distância segura do adversário que recuperava o fôlego para a próxima investida.

Ó rei dos justos, lhe rogo
Me blinde com bravura
Me conceda compaixão
Ó rei dos justos, eu juro
Em seu nome serei justiça
Em seu nome serei bastião.

Felícia avançou golpeando com a guarda fechada, conduzindo o bandido para o guarda-corpo de madeira do mezanino. O bandido, experiente, não se abalou, retrucando os golpes confiante. Atingiu Felícia de novo, de raspão, na parte traseira da têmpora.

— O que foi, rapariga? Se não serve como guarda pode servir seus súditos de outro jeito.

Felícia tinha aprendido no treinamento da guarda que provocações eram uma estratégia comum nas lutas com foras da lei. Só não haviam ensinado que aquilo mexeria tanto com ela. Continuou orando, desta vez em voz alta.

Ó rei dos justos, lhe ofereço
Para vós, reverência
Para este, prudência
Para o contrito, clemência
Para o perverso, penitência!

O bandido foi sendo encurralado contra o guarda-corpo sem que percebesse, e quando tentou se movimentar rapidamente para buscar o flanco da adversária, Felícia atacou certeira no peito dele. A mão do bandido fraquejou e deixou cair a rapieira junto com suas primeiras gotas de sangue. Ele pensou rápido e correu para a janela, que havia sido deixada aberta pronta para a fuga. Desviou dos golpes da guarda, mas quando começou a descer por uma corda amarrada no peitoril, se viu indefeso. Felícia ficou em uma encruzilhada entre a punição e a piedade. Violência ou clemência.

Estava trabalhando sob a égide do rei e seu dever a impedia de deixá-lo escapar, mas também não precisava matar. Guardou a espada e correu até a beira da janela, esticando o braço para tentar agarrar o braço do homem que descia com muita dificuldade. As gotas de sangue caíam abundantes, manchando a parede do galpão pelo lado de fora.

— Seu idiota, prefere morrer a ser preso?

Ele fez uma careta, olhos grogues e sorriso furado.

— Vá pro inferno, sua cordeirinha de Khalmyr.

Pulou para o vazio e tentou fazer um malabarismo para absorver o impacto da queda, mas seus joelhos falharam e ele se dobrou para trás, batendo a nuca na pedra dura dos paralelepípedos. O desagradável som abafado de ossos estalando ecoou na mente de Felícia. O rosto dele pendeu para o lado, boca aberta e olhos vazios.

Ela recuou do peitoril, espiou o térreo e viu Janjão de pé, ferido. O resto da cena embrulhou seu estômago. Um dos capangas tinha sido empalado em um poste de madeira onde se amarram os animais de carga. O segundo estava sem um braço, e agonizava em seus últimos suspiros, chapinhando em uma poça de sangue. O terceiro tinha a barriga aberta por um talho profundo e gorgolejava sangue enquanto se arrastava, completamente desorientado, a meio caminho de um outro mundo. Janjão tinha um olhar travado e respirava fundo, abrindo e fechando os punhos repetidamente. Esperou.

Quando julgou ser seguro desceu as escadas lentamente, e ao chegar no último degrau, fraquejou. Sentiu uma tontura e decidiu se sentar para se recompor. Ainda em choque pelo combate e tudo que tinha acontecido, priorizou o cumprimento do dever e puxou a caderneta, anotando detalhes antes que se esquecesse.

"Roubo de mercadorias alheias. Resistência à captura. Desacato agravado. Crime contra a vida de agente real. Óbito." Só depois se ateve à própria situação: tinha um corte pequeno na cabeça e outros menores no tronco e braço. Não parecia que ia desmaiar nos próximos instantes. "Ótimo, não vou morrer", pensou.

O ogro se aproximou dela, agora com seu costumeiro olhar gentil, e pousou a mãozorra no ombro dela. Vendo que Felícia precisava apenas de um tempo, subiu as escadas e foi até a janela, olhou para baixo e disse:

— Oras, aquele sujeito não é um dos nossos procurados?

Chegou em casa tarde da noite, enfaixada e sem ferimentos graves, depois de ser curada pelos sacerdotes da guarda. O capitão Corvir foi generoso a ponto de lhe arranjar uma carona com um dos superiores. Desconfiou daquele ato de generosidade e não sabia bem o que pensar; até mesmo gestos altruístas podiam ter segundas intenções em Ahlen. "Você está nos devendo um favor", costumavam dizer depois. De qualquer maneira a carruagem era a mais confortável que já tinha usado na vida. Logo esqueceu as politicagens e cochilou no caminho.

Ao vê-la daquele jeito os familiares se escandalizaram, como se tivessem esquecido que lutar contra delinquentes fazia parte do seu trabalho. Foi direto para a cama. A mãe levou-lhe sopa e pão. Comeu em silêncio. Por alguma razão se sentiu frágil e inútil, chorou. Podia ter morrido naquele dia, em um ato que parecia tão fútil quanto tapar o sol com a peneira. A mãe tentou consolá-la.

— Não fica assim, minha filha, tu é corajosa. Vai passar.

O cafuné que se seguiu fez mais efeito que a frase. Mas teve uma noite de sono intermitente, e ficou divagando entre os roncos dos parentes e o raspar constante do eixo central do moinho. Estava arriscando a vida em uma luta sem fim, contra inimigos que pareciam infinitos, e então lembrou-se do mural de Khalmyr, da igreja e do seu paladino. No discurso, a luta contra o mal era gloriosa, mas a realidade era bem diferente. Era apavorante. E tudo para manter a aparência de normalidade do reino.

Aparência, essa era uma faceta tão presente. Ahlen parecia um reino normal, *parecia* ter um governo efetivo, as três casas *pareciam* estar sempre em paz. A realidade usa máscara em Ahlen, e a farsa é mantida pois assim convém.

Rolava na cama. Revisando seus ferimentos, encontrou um roxo causado pelo treino de defesa que tinha feito com Abel. Pelo menos era um ferimento de uma pessoa querida. Colocou a mão sobre ele, acalmou-se e dormiu.

Quando chegou na RICS, Ivarth cumprimentou-a com um aperto de mão vigoroso e um sorriso radiante. Confusa, Felícia olhou ao redor tentando entender o que se passava. Seus colegas todos olhavam para ela, alguns com inveja, outros com desprezo. Sobre sua mesa havia uma caixa com uma pequena medalha ao lado de uma mensagem oficial:

"Congratulações por lograr sucesso na recente captura, prezado(a) GUARDA INVESTIGADORA DE QUINTA CLASSE FELÍCIA DOS RODAMUNDOS, filho(a) do estimado sr. PLEBEU e da estimada sra. PLEBEIA. A remoção das ruas do perigoso meliante de nome DESCONHECIDO, dono da(s) alcunha(s) "DOZE-DENTES", "SUJEIRA" ou "SETE-MESES", que gozava de extensa lista de crimes e estava incluso(a) na lista dos notórios criminosos de Thartann, trará paz e tranquilidade para a coroa e a sociedade ahleniense.

A proteção dos interesses dos supracitados lhe será recompensada com 1 (HUMA) MEDALHA DE CAPTURA — MODALIDADE BRONZE/"B1" E IMEDIATA PROMOÇÃO PARA INVESTIGADOR DE QUARTA CLASSE.

Assinado e verificado por Barão Afanaro, diretor do núcleo real de homologação de títulos nobiliárquicos, promoções e congratulações. Ano real de 1420, pela graça do nosso Rei Nonato Vorlat."

Inacreditável. Nem se deram ao trabalho de olhar o nome de seus pais nos arquivos. Ainda conseguiram errar o cadastro, que era feito pela própria coroa! E já tinha se mudado do Rodamundos para os Moinhos fazia alguns anos. Tudo bem, tanto fazia, depois do dia anterior não tinha mais energia para lidar com aquilo.

Ivarth, que estava feliz por ela, lhe entregou outro papel. Era uma lista de procurados com o nome do meliante riscado. Ela nunca tinha parado para prestar atenção na lista e nos retratos adjacentes apesar de passar na frente várias vezes ao dia, pois não esperava (ou não queria) encontrar nenhum deles. Naquela lista havia outros criminosos famosos com nomes absurdos, pomposos ou jocosos como "Senhor da morte", "o Assassino Safira", "Mestre dos Mendigos" e "Irmão do Mudinho". Alguns lhe soavam como nomes de astros, e Felícia pensou se esses criminosos seriam tão famosos no submundo quanto bardos. Ivarth apontou para o próximo nome da lista.

— Está insinuando riscar todos os nomes da lista?

— Não diria todos, mas pelo menos alguns — respondeu Ivarth.

— Agradeço a confiança, mas acho que você não faz ideia com quem estamos lidando. Essa gente é muito perigosa. — Balançou a cabeça.

O colega parecia ter esquecido que eliminar criminosos famosos também trazia fama ao justiceiro, fama que eventualmente chegaria aos ouvidos dos bandidos, algo que ela certamente não desejava. Já tinha ouvido falar de vinganças cruéis que deixariam os deuses malignos orgulhosos, e acreditava que quanto menos atenção chamasse dessa corja, melhor. Ivarth prosseguiu.

— Bem, agora outra notícia boa. Fiquei sabendo que a partir de amanhã você voltará a investigar.

Disso ela gostou. Sorriu de volta para o colega que se afastou e voltou para o trabalho, deixando-a com seus pensamentos enquanto preenchia a papelada dos eventos do dia anterior junto com os da promoção. Havia dado o melhor de si nos primeiros quatro meses e esperava ser recompensada de alguma maneira, mas não tinha ouvido um elogio sincero sequer. Seria essa promoção uma providência divina? Teria Khalmyr intercedido e dado a ela a chance de lutar com aquele criminoso vil ou seria apenas Nimb, caçoando e brincando com sua vida como sempre faz? Sentiu vontade de amaldiçoar e xingar o Deus do Caos, da Sorte e do Azar.

Melhor não.

Lembrou-se de outro sermão que Abel havia feito, sobre ética e recompensas. O paladino argumentou que se um herói fazia algo somente pela recompensa, o valor ético daquilo seria nulo, pois a pessoa estava na realidade trabalhando para si mesma. No mesmo sermão, também falou sobre recompensas divinas e recompensas terrenas. Felícia admirava sua sabedoria. Estava tranquila quanto aos seus princípios, uma vez que nem sabia que o criminoso que havia lhe rendido a promoção era procurado, então não poderia ter agido por interesse próprio. Dormiria de consciência limpa e poderia falar da sua conquista sem nenhuma vergonha.

Felícia foi caminhar para tomar um ar e se apoiou na balaustrada acima do pátio da guarda. O sol brilhava e ela não sentia a dor dos ferimentos do dia anterior. Sorte, acaso, competência, tanto fazia. Tinha conquistado uma pequena vitória em sua pequena vida. Pelo menos isso.

"Pelo menos Abel vai ficar orgulhoso de mim."

CAPÍTULO 5

SANGUE E SUOR (ALHEIO)

— Mestre — disse a voz timidamente, mas não houve resposta. Ela insistiu. — Mestre, desperte por favor. Está na hora do seu desjejum.

— Bafo de Sckhar não me amole, me deixe dormir.

— Peço desculpas, mas o mestre Belahr me pediu que o acordasse antes da sua lição.

— Será que não tenho paz nem mesmo em casa? Some daqui!

Respondeu à serva, deitado na cama e ainda de olhos fechados. Parcialmente desperto, sentiu seu corpo suado e o rosto seboso grudando no tecido do travesseiro. Tudo lhe era pesado e denso. Virou o rosto para desgrudá-lo do tecido e o pequeno gesto fez explodir dores por toda a cabeça, obrigando-o a abrir parcialmente os olhos. Não enxergava direito, a serva era apenas um borrão; já ela ao ver seu estado fez uma careta de espanto seguida de uma mesura apressada. Saiu pela porta do quarto com passos rápidos.

Mardoc queria continuar dormindo, mas a reação da serva o deixou preocupado. Levantou a cabeça com dificuldade e viu uma mancha de sangue seco na fronha. Sentou-se na cama, esperou a tontura passar e foi até o espelho: o soco sofrido tinha gerado um gradiente de estragos que começava na bochecha esquerda e se espalhava em todas as direções. Os lábios estavam inchados e tinham um corte com sangue seco. A bochecha e maçã do rosto tinham uma escoriação grande e roxa que ia até perto do olho, e ao colocar a mão em cima sentiu que estava adormecida por dentro. As pálpebras estufadas impediam o olho esquerdo de abrir, mas Mardoc forçou com os dedos mesmo assim e verificou que o olho estava vermelho de vasos rompidos. Ficou se olhando por mais alguns instantes.

"É, não está tão ruim assim, tratando deve passar em alguns dias. Ou semanas".

Um pouco mais tranquilo, sorriu satisfeito. Ao fazer isso, viu a falha nos seus dentes e se apavorou. Incrédulo, aproximou o rosto do espelho boquiaberto e ficou examinando o buraco por diversos ângulos.

Com passos lentos e derrotados se sentou na beirada da cama, cabisbaixo e afundado no colchão. Passava a língua freneticamente onde havia perdido o dente e colocava o dedo no vão para sentir as novas arestas. Balbuciou qualquer coisa em voz alta para confirmar sua teoria que a bochecha e os lábios inchados tinham lhe conferido um certo "sotaque". Ficou desorientado, com os ombros baixos e pesados, tentando se acostumar com aquela nova realidade dolorosa. Seus olhos vidrados começaram a se mover pelo quarto, talvez buscando algo familiar para se acalmar.

Seu quarto era espaçoso, tão grande ou maior que a casa padrão de um plebeu e possuía várias janelas, a principal delas com a altura de dois homens altos. Dali Mardoc poderia observar o jardim murado que a mansão dispunha e para além dele os telhados das casas dos vizinhos do bairro nobre Myrvalar. Mas, naquele dia, a vista estava oculta atrás de pesadas cortinas de veludo que bloqueavam a luz do sol e deixavam passar apenas dois feixes de luz pelas frestas. Candeeiros de vidro colorido sobre arandelas dariam conta da iluminação noturna, porém, naquele momento, estavam todos apagados, deixando o quarto mergulhado em uma lúgubre penumbra. A cama de Mardoc seria considerada um luxo extravagante para a maioria dos ahlenienses: o colchão era de palha misturado com penas de trobo, tinha diversos travesseiros sempre mantidos limpos, afofados e perfumados; e era coberta por um dossel feito de lençóis de seda colorida.

Se levantou da cama para se distrair e foi até um grande quadro totalmente coberto. Removeu o pano do quadro e revelou um retrato da Deusa da Humanidade, Valkaria, em uma pose indecente, que só não era considerado uma blasfêmia por conta de umas folhas de árvore magistralmente posicionadas pelo pintor. Os servos, que considerava excessivamente pudicos, não tinham coragem de olhar diretamente para a pintura e por isso sempre o mantinham coberto. Mas ele fazia questão de deixar sua deusa à mostra.

Aos pés do quadro havia um alaúde encostado contra a parede, instrumento obrigatório para jovens fidalgos que querem desesperadamente impressionar as donzelas. Ou seja, todos. Pegou o instrumento, tentou dedilhar qualquer coisa, mas falhou miseravelmente e largou o instrumento. Mardoc havia tentado aprender música mais de uma vez — ele realmente queria impressionar as donzelas — mas não tinha paciência nem para a teoria nem para a prática. Os bardos que via nas tavernas faziam parecer tão fácil! Uma escrivaninha que deveria servir para estudos estava esquecida em um canto e era usada apenas como depósito da sua sela favorita, que gostava de deixar sempre à vista.

Também havia no seu quarto uma coleção de objetos cotidianos, os quais não valorizava. Tapetes, mais cortinas, armários de roupas, arcas, cadeiras, coisas para enfeitar e outras coisas para usar. Uma rapieira de emergência estava sempre ao alcance da mão, do lado da cama. E ainda havia uma adaga escondida dentro de um dos travesseiros.

Mas seus olhos sempre buscavam o mesmo lugar do quarto, que ficava na parede na frente da cama, no sentido mais longo, na posição de maior destaque. Com uma moldura de madeira de Tollon entalhada com temas náuticos, o quadro encantado tinha o singelo título de "Praia em Hongari" e era seu bem mais precioso. A pintura animada e com som mostrava uma cena noturna do Mar do Dragão-Rei visto através de uma praia deserta com palmeiras e falésias nos cantos e uma grande lua cheia no centro do céu. Parou na frente do quadro e ficou imerso dentro daquela cena como tinha feito muitas vezes, vendo as ondas virem e recuarem devagar, as folhas balançando ao vento e a luz prateada refletindo na espuma das ondas. O toque de mestre era o marulhar constante e o som do roçar das palmeiras, ocasionalmente pontuado pelo grasnar de uma gaivota. Gostava de se imaginar sentado naquela praia com a palma da mão aberta sentindo a textura da areia ou dentro do mar, depois da rebentação, flutuando à deriva. Não se sabia quem tinha feito o quadro, se tinha sido um arcanista artista ou um pintor com tintas mágicas. A origem misteriosa lhe agradava.

O quadro ainda tinha outro efeito, que dependia de quem o estivesse admirando. Para Mardoc, trazia lembranças de um tempo mais simples e feliz em que ainda tinha um pai e uma irmã. De um dia em que fizeram um passeio em uma praia e se divertiram, sem imaginar as coisas ruins que lhes aconteceriam. Naquele passado, o presente era bom e o futuro parecia seguro. Também fazia-o lembrar de sua mãe, de como era uma pessoa admirável e cheia de vida. Por fim, o tema náutico também lhe lembrava do seu tutor tritão, Vannax.

— Diabos, minha lição!

Disse em voz alta, e a garganta seca fez com que tossisse. Pegou a moringa e bochechou, sentindo o gosto de sangue. Cuspiu a água imunda. Incomodado, bebeu água até limpar aquele gosto férreo da boca. Uma vez com o gosto ruim foi removido, sentiu fome e decidiu que a lição podia esperar um pouco. "Afinal, saco vazio não para em pé".

Entrou na biblioteca limpando suas mãos engorduradas com um guardanapo, que também usou para tirar os farelos da boca e rosto. Tentou disfarçar o máximo que pôde na frente dos criados, mas comer naquele estado debilitado tinha sido uma experiência muito desagradável.

Se esparramou em um divã que ficava na frente de uma das grandes janelas com vista para o jardim.

— Demorei, mas cheguei! — anunciou, falando alto.

O tritão que estava cochilando em um sofá do lado oposto do divã abriu os olhos e em um instante se pôs de pé ajeitando as roupas e recuperando a pose altiva como se nada tivesse acontecido. Manteve o garbo até que seus olhos pousaram sobre os ferimentos do pupilo. Não precisou dizer nada, a expressão de seu rosto e o silêncio já haviam comunicado o bastante. Mas quem falou foi Mardoc, fazendo gozação da soneca do mestre.

— Noite longa hein, professor? Sei bem como é. — Deu uma piscadela.

— O jovem mestre se demorou e aproveitei para descansar os olhos. — Se aproximou um passo para observar o rosto do pupilo, que ficou sem jeito e virou para o lado. — Nossa lição de esgrima de hoje está suspensa, não me parece em condições.

Costumavam treinar esgrima sempre depois da lição dos saberes, e Mardoc treinava sozinho quando estava entediado, o que acontecia bastante.

— Quer contar o que houve?

Mardoc balançou a cabeça em negativa.

— Pois bem, em outro momento. Podemos começar?

Depois da pergunta retórica, abriu uma pasta de couro e tirou alguns livros — ou incunábulos, como dizia. Puxou uma lousa para fazer rabiscos.

— Porque a pressa, amigo marítimo? Deixe-me digerir um pouco antes de começar a me importunar com seu conhecimento. Não estou bem da cabeça.

— Nem do rosto.

— Rá, hoje começaram cedo as alfinetadas.

Mardoc se espichou mais uma vez no divã e colocou as mãos atrás do pescoço, fazendo a clássica pose de relaxamento.

— Então não está bem-disposto para sua lição…

— E quando estou? Para que perder tempo estudando se minha família tem tibares de sobra?

— O jovem mestre quer apenas colher o presente como um gafanhoto ou pretende semear o futuro? Se não semear, uma hora poderá faltar. Não precisa estudar o tempo todo, mas pelo menos parte do tempo. Moderação é a chave.

— Me poupe de suas metáforas. E moderação é apenas outra palavra para covardia, a fortuna favorece os audazes! Você não entende, não tem o sangue de Valkaria.

Mardoc se virou no divã e esticou o braço na direção de uma mesinha ao lado, pegando um copo de bebida para continuar a conversa. O tutor, que a essa altura já tinha sentado em uma poltrona próxima, ouvia atentamente enquanto tentava entender as motivações do aluno. Sabia que para ser ouvido precisava estar em boas graças com ele ou suas lições seriam rejeitadas de antemão. Mas o jovem não tinha respeito por autoridades, instituições ou protocolos.

— Jovem mestre, se soubesse como nossas fundações são instáveis e como tudo pode mudar a qualquer momento. Digo jovem porque na sua idade você ainda nem se deu conta do quanto ainda não sabe. Acredite quando eu digo que Ahlen pode sucumbir a um inimigo externo em poucos meses, ou nosso rei pode sofrer um golpe, como ocorreu inúmeras vezes, ou sua família pode cair em desgraça e perder toda sua fortuna; e se algo terrível assim acontecer tudo que vai dispor é da sua juventude e do conhecimento adquirido, que é uma das poucas coisas que não podem lhe tirar.

— Eu sei como as coisas podem piorar, é por isso que aproveito tanto. — Suspirou e continuou. — Se tudo acabar, se eu perder essa minha vida boa, então para que ia querer viver? Como um destes servos que limpam meu chão? Acho que não. E acha que não sei como a vida é dura para o povão? Se os deuses me deram riqueza e uma vida fácil foi porque queriam assim, não é? Isso tudo é vontade dos deuses. Se não fosse, eles mudariam.

— Então o jovem mestre acredita em destino.

Mardoc parou para pensar, coçando o queixo. Tocou sem querer o machucado e virou o rosto para disfarçar o incômodo da pontada de dor.

— É... creio que sim, tanto faz. A gente chega aqui nesse mundo pela vontade de algo ou alguém, e tem um caminho traçado para nós. Mas também acredito que podemos fazer escolhas e mudar o que foi planejado.

— Então chegou na questão crucial. Para fazer essas escolhas, jovem mestre, para tomar as decisões corretas, sabe do que precisa? Conhecimento, que vem através dos estudos.

Mardoc sorriu com cuidado para não abrir a boca e mostrar a falha.

— Muito esperto. Jogada digna de Hyninn. — Fez um gesto como se tivesse um chapéu e tocasse a aba dele. — Tudo bem, pode começar, sei que não vai desistir de dar a lição.

Vannax estava em frente à lousa, ainda em branco. Tinha uma mão apoiada na cintura e a outra realizando pequenos malabarismos com um giz.

— Vamos do início, jovem mestre. Muito disso você sabe, mas relembrar é preciso. O nosso reino foi parido logo ali no morro Triuno — ele apontou para a janela —, onde hoje se situa o palácio Rishantor. No ano real de 1089 os três patriarcas das casas Vorlat, Schwolld e Rigaud selaram um acordo de paz e união dando fim a anos de guerra civil e disputas territoriais. Decidiram chamar o novo reino de Ahlen, que quer dizer aliança ou união na língua dos nativos, e que sua capital seria Thartann. O reino teria então três grão-duques, um de cada casa, que alternariam o título de rei entre si. A esse acordo chamamos pelo surpreendente nome de "o acordo".

"Isso tudo eu sei", Mardoc pensou orgulhoso, bebericando em silêncio. Para ele, era a prova que estudar era desperdiçar tempo. Vannax prosseguiu:

— Mas a história de Ahlen começou antes, em 1050, Wortar I, regente de Deheon, concedeu a algumas famílias nobres o direito de explorar e colonizar o território a sudoeste de Arton Norte. Foi uma manobra de Wortar para se livrar das três casas que estavam desde sempre lutando por espaço e tentando ascender para posições de maior poder, como todos os nobres fazem, exceto que, por serem astutas, ou como os detratores delas dizem, ardilosas, causavam inquietação e instabilidade para o rei de Deheon.

— Como diz o ditado, "Problema bem longe não é problema meu".

— Por certo. E Wortar tentou ser astuto ao enviar as três casas para o mesmo pedaço de terra para que brigassem entre si. Mal sabia que tinha caído em uma trama complexa, pois a ideia de "se livrar" das casas foi plantada por um colaborador de uma das três casas. Infelizmente o nome deste herói ou heroína se perdeu. Uma vez tendo chegado ao destino determinado, as três famílias começaram a competir pelos melhores territórios, chegando a tal ponto que se fez necessária uma trégua para mútuo benefício. Cada um foi para seu canto e assim se mantiveram longe por um tempo.

O tritão, que parecia ter sede o tempo todo, pausou por um instante para tomar água da moringa. Pela cara e silêncio de Mardoc, julgou que tinha conseguido fisgar sua atenção.

— Só havia um detalhe: o sudoeste de Arton Norte não era desabitado. Não foi como colonizar uma terra de "monstros" como por exemplo, Galrasia ou o continente sul, onde vivem os duyshidakk. Os nativos que aqui habitavam também possuíam virtudes e conhecimentos, e dizem que tinham semelhanças com os deheoni. Mas as diferenças pesaram mais que as semelhanças e logo a cordialidade se tornou inimizade. Os nativos que tinham boa-fé foram explorados pelos colonos, os que tinham força foram vencidos por ardis, e os que eram astutos foram seduzidos e comprados. Com o passar dos anos, foram sendo varridos para debaixo do tapete da história. Hoje em dia os nativos e seu legado vivem entre nós através de topônimos, como Thartann, vocábulos, como achbuld e em alguns costumes, como o jogo dhagn'dir.

— Pois é. Perderam porque eram bárbaros fracos. E burros.

— Não há como vencer uma luta que se desconhece. Quando as casas chegaram havia terra para todos e não houve sangue derramado. Os conflitos e traições só vieram mais tarde, quando os donos se viram presos na própria terra. Muitos morreram, desapareceram ou migraram. Este é o verdadeiro ensinamento dessa parte da história: mais importante que tecer armadilhas é saber evitá-las. Sempre desconfie do estrangeiro, não o subestime.

— Então o erro deles foi não estarem prontos. Diferente de nós, que estamos mais fortes do que nunca! O novo rei mal começou e já mostrou serviço.

Vannax foi pegar mais água. Mardoc continuava deitado, e parecia não querer sair dali por nada.

— Jovem mestre, tenhamos foco e voltemos ao passado. Muita coisa aconteceu depois que as casas chegaram e conquistaram a região. A Noite das Máscaras marcou a ascensão do primeiro rei. A Batalha de Danshed, as Excursões da Aliança Negra, a Concordata de Collen, a Guerra-Relâmpago Tolloniana, as Escaramuças Dracônicas, as múltiplas sucessões das casas. E nos últimos tempos, a Guerra Artoniana e a pacífica união com Collen. Pretendo explicar cada um destes eventos em lições separadas.

— Blá blá blá, mais história de novo. Por que precisa saber tanto?

— Estudar história é estudar a síntese do reino e de seu povo. Queremos que aprenda a identificar certos padrões na história de Arton, padrões que tendem a se repetir, para que possa tomar a melhor decisão ou evitar armadilhas — disse, fazendo um gesto com as mãos: uma mão era o ardil, e a outra mão, fazendo duas "perninhas" com os dedos, pulava a armadilha. — E junto a isso, é muito importante saber de tudo que está acontecendo no presente. Quem são seus amigos, quem são seus inimigos, quem pode vir a ser seu amigo e quem serão seus inimigos. Sem informação não podemos tomar decisões fundamentadas. Informação é poder, como disse no outro dia.

Mardoc fez uma careta de cansado, exagerando o bocejo e sinalizou com a mão.

— Já pode parar um pouco agora. Minha paciência já se esgotou.

— Está mesmo cansado hoje.

— É, não é todo dia que costumo ficar... desse jeito.

— Quer falar sobre isso? — Apontou para o rosto machucado do nobre.

— Não quero.

Ficaram em silêncio. Vann fingiu consultar os livros da estante e tomar notas. Mardoc continuou deitado fingindo um cochilo.

O tritão acabou por encontrar um livro realmente interessante e começou a ler, mergulhando no texto e perdendo a noção do tempo. Quando voltou a si percebeu que o pupilo estava cochilando de verdade. Fechou o tomo bruscamente de propósito, para acordar Mardoc.

— Me perdoe se insisto na lição, jovem mestre, mas é meu trabalho. E faço isso pelo seu bem. Acredito no seu potencial.

O tutor esperou que o aluno se ajeitasse no divã. Depois prosseguiu com ânimo renovado, na esperança de que o pupilo se animasse.

— Ahlen pode ser a terra dos ardis, mas também é uma terra de oportunidades, talvez a terra mais próspera nesse sentido em todo o mundo. Com determinação e ambição pode-se ascender a posições de grande poder e conforto. Os velhos e experientes que se agarram ao poder podem sucumbir à sua arrogância, enquanto os jovens têm vontade e energia para mudar a ordem vigente. Talvez possa ascender a uma posição de poder e realizar algumas mudanças, jovem Mardoc da casa Tivanor.

Mardoc riu alto e balançou a cabeça à sua maneira debochada.

— Eu? Acho difícil, Nimb teria que contribuir muito para isso acontecer. Não tenho planos, nem pretensões, nem empatia; o que tenho dentro de mim é escuridão e desprezo. Não sei por que vocês perdem tempo comigo, sei que não presto, nem para salvador nem para vilão. Ninguém presta nesta terra. E sei que você também não presta, mesmo com toda essa sua pose de sabichão. Aquela história de levar mantimentos para os indigentes do lixão é apenas uma fachada para comprar achbuld da velha da cabana. Cá entre nós, já me disseram que é um dos melhores.

Vannax não conseguiu esconder a cara de ofendido. Respirou fundo, engoliu as várias verdades que gostaria de dizer, e se concentrou em agir profissionalmente. Continuou.

— Primeiro: quase todos que almejam se tornar um governante não conseguem, disso todos sabem. Mas aqueles que nunca pretenderam às vezes acabam se tornando, e alguns desses descobrem que têm jeito para o cargo. De qualquer maneira, é preciso estar pronto! E segundo: — O tutor mudou de tom e falou sério. — Apenas para esclarecer, jovem mestre, eu não uso, apenas revendo para meu sustento. As lições que administro não geram proventos suficientes, e como estrangeiro não humano em Ahlen preciso pagar onerosos subornos para manter meus direitos mais básicos. Coisas que vossa pessoa nunca precisou fazer.

— Claro, claro.

Mardoc sentiu que tinha tocado em um ponto sensível e se arrependeu. O almofadinha mimado não tinha como compreender a vida de uma pessoa que precisava trabalhar para se sustentar em um ambiente repleto de adversidades. Não humanos não eram bem-vistos em Ahlen. Tinham menos direitos e mais impostos. Ainda assim, Mardoc não abriu mão de provocar seu mestre, mas desviou habilmente para um assunto menos sensível.

— Percebi a maneira que olha para minhas amigas, ou para a soprano LePrunec, quando me levou naquela vez para assistir a ópera no Theatro Real. Se quer uma dica, pegue uma senha para a fila dos admiradores, porque é bem longa. Também vi como aprecia nossa criada, aquela mais jeitosinha. Não tem vergonha?

Riu e sacudiu a cabeça em falso sinal de desaprovação. Para os olhos de um humano, Vannax era um tipo estranho, de pele azulada e orelhas pontudas, mas não totalmente desprovido de beleza. Suas membranas interdigitais e a terceira pálpebra lhe conferiam um toque selvagem. Certamente havia donzelas que apreciavam sua aparência exótica. O professor voltou a se defender.

— O jovem mestre insiste em tornar todo assunto pessoal.

— É claro. Tudo é pessoal quando estamos tratando de pessoas! Insulte a ideia ou a fé de alguém e verá que ofendeu sua pessoa. Não tem como separar. Se um homem vira inimigo de um rei, vira também de seu reino e de seus aliados. Somente tolos acreditam que as autoridades agem em nome das instituições. Experimente ofender um guarda sem ter um título de nobreza.

— Sei bem do que são capazes.

Mardoc sentiu que havia atingido outra parte sensível e ficou quieto. Continuou.

— Vamos mudar de assunto. Chega da história chata do nosso reino, fale-me algo diferente, algo interessante de verdade. Conte-me das cidades submersas do seu povo.

O professor ficou surpreso, era a primeira vez que Mardoc perguntava sobre sua origem de maneira tão direta. Astuto, ele teve a ideia de transformar a conversa fiada em uma lição de história e geografia. Levantou-se, foi até a lousa e fez um rabisco. Era o mapa de Ramnor, o nome mais formal de Arton Norte, com a região do Reinado destacada. Ao redor do Reinado, circulou outra área.

— Aqui é o Reinado. E toda essa área, maior que o Reinado, fica abaixo da superfície. É conhecida como Doherimm, o reino dos anões.

— Sim, isso eu sei. Ninguém pode ir para lá exceto os anões. Mas por que fala disso se é um tritão? Só pode ter vindo do oceano.

— Vim. Mas não o da superfície.

Mardoc o olhou confuso e deu de ombros, pedindo mais explicações. Vann continou e explicou que Doherimm não era apenas o reino dos anões, mas sim um vasto mundo subterrâneo sob o Reinado e que este mundo inclui um mar, de onde vinha. Descreveu em detalhes a geografia, os muitos povos, sua história e suas culturas. Tanto o pupilo quanto o mestre submergiram naquele mundo e perderam a noção do tempo. Quando Mardoc se deu por satisfeito, voltou a perguntar sobre o professor.

— Bom, mas *você*. Como aprendeu seu ofício? Imagino que tritões não tenham livros de papel.

— Bem observado, de fato não temos. Acontece que não sou um indivíduo típico da minha raça. O conhecimento básico que possuo me foi ensinado pelos meus irmãos aquáticos, e meu conhecimento avançado foi adquirido mais diante, quando fui estudar com os anões no porto de Dhukaz, na Guilda dos Pensadores. Depois de me formar subi para me aventurar na superfície. Passei pelas Uivantes, depois Zakharov, Deheon, e as circunstâncias me conduziram até o Mui Exaltado Reino de Ahlen.

Mardoc, agora completamente desperto, se sentiu um parvo ao perceber apenas naquele instante um pingente sobre a camisa do tritão que mostrava ondas estilizadas e uma mão com membranas como a dele. Certamente um símbolo sagrado do deus Oceano. Pela primeira vez tentou imaginar o que seria viver décadas de intensas viagens e experiências pelo mundo afora, e admitiu para si uma admiração profunda pelo mestre. A curiosidade sobre o mundo afora, para além dos muros de Thartann, foi bastante atiçada.

— Quero saber mais sobre tritões. Como é aquela história do canto da sereia? Funciona mesmo?

— Bem, o canto ou "a voz" se manifesta diferente para cada indivíduo. Nossos anciãos dizem que cada um recebe de acordo com o que tem na sua alma. Nosso canto pode fazer com que quem a escute obedeça a sereia ou tritão por algum tempo. Também pode causar pânico, causar sono, atordoar oponentes ou até mesmo estilhaçar objetos.

— E *você*, o que pode fazer? — Mardoc acreditava que o tritão, tão longe de sua terra natal, tinha perdido seus poderes.

— É segredo — respondeu sucintamente, o que só reforçava a suspeita de Mardoc. Mas também não estranhou, afinal era comum que ahlenienses ocultassem suas habilidades de combate.

— O que mais pode me dizer sobre sua raça?

— O óbvio. Que podemos respirar debaixo d'água e nadamos com mais desenvoltura do que caminhamos. O preço que pagamos por viver nesses dois mundos é precisar sentir todos os dias o abraço de Oceano. Em outras palavras, precisamos nos banhar em água diariamente.

— Agora a pergunta que *realmente* importa: as sereias são tão belas quanto dizem? Eu nunca vi uma de perto.

— Ah sim, jovem mestre. E como! Ainda sinto saudades do submundo, mesmo preferindo ver a face de Azgher todos os dias. Uma das coisas que mais me dá saudade foi uma companheira que tive... — O olhar de Vannax vidrou-se e sua mente vagou no passado. Um breve sorriso se manifestou no rosto, mas se dissipou quando o tritão aproveitou habilmente para jogar sua isca. — E você, foi por ofender uma donzela musculosa que recebeu esse *tratamento especial* no rosto?

— Mas você não desiste nunca? — Fechou os olhos com força e ergueu as mãos ao céu. — Tudo bem, vou contar. Foi uma briga. Na taverna. Mas consegui dar o troco, se é isso que quer saber. — Deu um sorriso orgulhoso, sempre cuidando para esconder a falha do dente perdido. — E essa nem foi a melhor parte, porque isso aconteceu depois de ter conhecido uma donzela formosa, que não resistiu ao meu charme. E fomos muito felizes juntos. Está satisfeito agora?

O tutor se afastou e abriu novamente a pasta de couro, de onde retirou um frasco. Entregou para o aluno, que tirou o lacre de cera e cheirou o conteúdo. Mardoc o olhou intrigado.

— Beba. É para seu rosto. Vai passar sua dor e ajudar com o inchaço.

— Se tinha uma poção de cura porque não me deu antes? Tive que aguentar toda a lição sofrendo. Seu peixe podre!

— A dor é um grande professor.

— É, diferente de você...

Mardoc tomou o frasco de um gole só. Instantes depois estava melhor e sorriu, revelando sem querer a falha. Ficou sem jeito e quis mudar de assunto rapidamente.

— Agora que estou me sentindo melhor, que tal aquela lição de esgrima que tinha suspendido?

— Mas que tipo de piada infeliz é esta? A criada tinha me avisado, mas pelos deuses, seu imbecil, está parecendo um goblin atropelado! — disse Belahr, bufando.

O jovem ouvia calado as ofensas, sentado na mesa de jantar, com as mãos no colo e cabeça baixa. Na mesa estavam ele, o tio e a mãe. O tio Belahr era rude com as palavras, mas refinado nos gestos, e enquanto mastigava um filé de peixe conseguia falar com a boca cheia sem parecer um plebeu destreinado nas maneiras da corte.

— Quando vai começar a fazer menos cagadas? Já não basta ser um inútil, agora ainda vai começar a se estropiar e me dar trabalho? O que me diz, querida irmã Elvira, este seu rebento tem jeito ou devemos encomendar um novo?

— Hm.

A dama sentada, mesmo tendo deixado a mocidade para trás há tempos, ainda possuía beleza e elegância admiráveis. Mas igualmente admiráveis eram seu discurso lacônico e distanciamento. Mastigava desalentada, sorvia o vinho em goles profundos e depois soltava o ar devagar pelas narinas. O olhar perdido dela acabou eventualmente pousando sobre Mardoc, e o jovem teve certeza de que ela percebeu seu estado lastimável. Porém, nenhum dos dois se manifestou.

O tio terminou de comer e puxou um exemplar da Gazeta do Reinado, tapando o rosto enquanto continuava a falar com o sobrinho.

— Talvez quando parar de se comportar como um palhaço para seus amigos, que são também uns palhaços, crie juízo.

— É só um dente, alguma magia deve resolver. — Mardoc falou timidamente.

O tio baixou o jornal.

— E quem vai financiar? — Silêncio. O jovem olhou para a mãe, mas não obteve nenhum apoio ou reação.

— Foi o que pensei.

Reergueu a Gazeta. Um criado se aproximou, sussurrou no ouvido de Belahr e depois lhe entregou um bilhete. O tio leu rapidamente o pedaço de papel e então o queimou em um pequeno braseiro, feito especialmente para cumprir esta tarefa. Dirigiu um olhar fulminante para o sobrinho.

— Depois que terminar vamos ter uma conversa no meu escritório.

Mardoc detestava "conversas no meu escritório" e espichou a janta o máximo que pôde. Repetiu o prato, comeu a sobremesa e depois a segunda sobremesa e depois o chá e depois o queijo e depois o licor. Quando não podia enrolar, nem aguentava comer mais, pediu licença e levantou-se para ir ao escritório.

A mãe não percebeu, estava olhando em silêncio para fora da janela.

Seu tio Belahr era um conspirador profissional: um ofício regulamentado em Ahlen que consistia em ensinar aos outros a arte de criar conspirações, complôs e conluios, aumentando as chances de sucesso de qualquer que fosse a empreitada. Tinha ouvido de sua fama através de terceiros, mas Mardoc tinha sérias dúvidas pois nunca havia visto o tio encontrar nenhum cliente, o que atestava que ou ele era um fracasso completo ou era de fato extremamente talentoso. Além de sua suposta ocupação principal, o tio também era um fidalgo e estava envolvido nos negócios da família Tivanor. Entretanto, para Mardoc era apenas uma coisa: um babaca. Um merda que tinha piorado a vida dele e de toda a família desde que havia surgido, muitos anos atrás.

Belahr se empertigou e apoiou as costas no espaldar da cadeira de dimensões exageradas. O tio, que era baixinho, acreditava que o espaldar alto o fazia ficar mais imponente. Mardoc por sua vez, acreditava que a cadeira apenas ressaltava sua pequenez.

— Não estou nem aí se quiser acabar com a sua cara ou com a dos outros, mas pelo menos me poupe de limpar sua sujeira.

— Que sujeira?

— Ora, não se faça de rogado. Aquele "presunto" que deixou perto da taverna aonde sempre vai. Se os abobados da patrulha da guarda ainda não juntaram dois mais dois, meus amigos lá de dentro juntaram. Estou me lixando para qualquer plebeu que tenha despachado para algum mundo dos deuses, mas realmente detesto queimar tibares com gastos desnecessários. Tive que pagar para arquivarem sua patacoada.

— Mas você nem sabe o que aconteceu de verdade!

— Foda-se, não importa. Não é a primeira nem a segunda vez que faz merda e não consegue nem admitir nem pedir desculpas.

— Agora eu que me ralo e ainda tenho que pedir desculpas? Que absurdo, nem tenho por que pedir perdão.

— Se pedisse, não ia ganhar! Essa janela nos seus dentes será a marca da sua estupidez, estampada bem aí no seu rosto!

O tio se levantou bruscamente e foi pegar uma bebida. Mardoc preferiu ficar calado. Se a coisa piorasse quem sairia perdendo era ele. Pela sua experiência o caminho menos doloroso era ouvir o tio protestar por alguns minutos até que esgotasse a paciência e o expulsasse do escritório. Seus olhos se perderam na sala e acabaram encontrando um grande e arcaico lustre feito de metal avermelhado que pendia sobre os dois. Ele tinha um aspecto sinistro e seu *quase* imperceptível balançar incomodava Mardoc.

Como previsto, Belahr reiniciou o sermão.

— Já chega de você ficar de papo para o ar. De agora em diante vai ter que carregar seu próprio peso. Primeiro vai passar uns dias nos entrepostos da família para ver se encontramos alguma vocação nesse seu corpo inútil. Além disso, vai ter mais lições de luta; se é para se envolver em brigas é melhor que não perca, já que ainda não temos um herdeiro na família. Investimos muito tempo e dinheiro em você, não pretendemos jogar tudo isso no lixo junto à sua cova! E por falar em herdeiro, vamos ver se encontramos uma mocinha para arrumar um bom negócio entre famílias.

Sobre a última parte, Mardoc sabia que este dia ia eventualmente chegar. Já havia sido apresentado a algumas moças, mas nada de concreto tinha acontecido. Parte dele estava ansiosa por um compromisso a longo prazo, mas a outra parte estava morrendo de medo.

— E meu dente?

— Se cumprir suas tarefas de maneira digna vai voltar a ter um sorriso digno.

— Mas…

— Sem mas!

— Vai me contar pelo menos o que realmente aconteceu com meu pai?

A morte súbita do pai, um dos fatores que explicavam o estado atual da mãe, vinha lhe assombrando desde o acontecimento. E as evasivas do tio sobre o assunto, para ele, eram um forte indício que ele sabia muito mais do que dizia saber.

— É o que eu já disse: ele morreu.

— É, eu sei, mas por quê?

— Por azar. Ainda é jovem para entender.

— Lorota.

— Ponha-se no seu lugar e obedeça. Manda quem pode, obedece quem tem juízo.

— Muito conveniente para quem manda…

— Cale-se! Não me faça perder tempo com asneiras. Agora preste atenção e aprenda algo útil. Vou lhe contar o básico para que não chegue no entreposto e se comporte como um dos boçais que trabalham lá.

Mardoc calou-se. Àquela altura só queria que o tio terminasse logo para que ele pudesse fugir dali, daquele escritório, daquela mansão, daquela cidade sufocante. No entanto, já que estava sendo obrigado a ouvir, decidiu prestar atenção, afinal era a primeira vez que as engrenagens da família lhe eram reveladas. O tio lhe explicou que a principal tarefa dos Tivanor era cuidar dos entrepostos alfandegários das fronteiras. Aquilo lhe pareceu mundano e nada importante, mas rapidamente o tio lhe esclareceu que aquilo lhes dava o poder de impor taxas extras (que iam para os bolsos deles), declarar a mercadoria subsidiada (que beneficiavam aliados) e por último, mas não menos importante, lhes permitia controlar parte significativa dos contrabandos do reino todo. Aquilo não lhe pareceu tão ruim ou complicado quanto esperava, e no fim estava quase com vontade de conhecer as fronteiras.

Ao terminar a explicação Belahr se levantou outra vez, foi até uma cristaleira, abriu-a com uma chave que carregava em uma correntinha e tirou um cálice ricamente decorado, seguido por uma pequena garrafa de vinho.

— Agora já sabe o mínimo. Da próxima vez, vai aprender em campo, e vai ver que é bem fácil. Em nome da família, declaro que está pronto.

Em silêncio e cerimoniosamente, despejou a bebida no cálice, ergueu-o na direção de Mardoc e declamou o lema da família Tivanor:

— Sangue e suor.

Então bebeu todo o vinho da taça.

O lema completo era "Sangue e suor (alheio)", mas a última parte não era nem escrita nem dita, era passada em segredo apenas para os familiares. O tio pegou a garrafa e serviu novamente, mas desta vez ofereceu o cálice para Mardoc. Era a primeira vez que não havia sido expulso depois de um serão. Era também a primeira vez que lhe oferecia bebida.

Relutante, bebeu.

A mão com os dedos abertos deslizou pelos cabelos compridos, chegou até o topo da cabeça e fez carícias. Desceu até a barriga e depois apertou com desejo as coxas e nádegas. Como era bom estar ali ao lado dela, mesmo que só por alguns instantes. Beijar seus lábios de mel e sua língua de seda. Admirar os olhos ofídicos, sentir as costas longas e a pele fria. Naquele momento fora do tempo, sempre se encontrava com ela, sempre faziam amor.

— Quero te ver novamente.

— Não pode, meu jovenzinho. Nem em sonhos.

— Até dos meus sonhos vai sumir?

Najane confirmou com a cabeça. Deu mais um beijo nele.

— Vou, porque já acabei com você. E seu destino é outro.

— Mais um falando dessas bobagens de destino…

— Mas antes vou lhe dar um presente. Atenda a porta.

Ele olhou ao redor. Os dois estavam deitados na cama de uma estalagem qualquer.

— Mas não tem ninguém batendo.

— Tem sim.

Ouviu batidas. O volume foi aumentando à medida que não respondia.

Mardoc acordou.

— Ah não, de novo não! Por que não me deixam dormir em paz?

Levantou o tronco e ficou apoiado nos dois cotovelos, olhando na direção da porta. Sentiu o rosto voltar a doer, o corpo ainda lhe pesava. A porta se abriu devagar e da fresta saiu um pequeno goblin. Entrou timidamente, pé ante pé.

— Amo, Zyt lhe traz uma entrega. Disseram que é importante. — Se manteve afastado da cama.

— Ah, seu merdinha, agora vai se explicar. Por que não veio ontem à noite? Devia ter me esperado na saída! Tem ideia do problema que me causou?

— Mil perdões, amo, mas o mestre Belahr me chamou com urgência para um de seus trabalhos noturnos — disse, se encolhendo. Zyt sabia que o tio era a única pessoa que Mardoc não questionaria, e ele não teve o menor escrúpulo em mentir para se safar da enrascada.

— Eu devia ter suspeitado — bufou. — Tá, e agora, o que quer?

O goblin se aproximou da cama trazendo um cesto que abraçava na altura do peito. Era feito de vime e tinha seus conteúdos ocultos por um pano, que Zyt removeu quando chegou na frente do patrão. À primeira vista não havia nada além de um monte de palha. Mardoc enfiou a mão na palha e remexeu até encontrar e retirar um objeto. Era um ovo de casca esverdeada.

Ergueu e olhou-o com atenção. Era, sem sombra de dúvida, um ovo.

— Zyt, quem deixou essa cesta?

— Uma donzela. Bem bonita, meu amo.

— Só isso? Fale-me mais.

— Também magrela, alta e de cabelo comprido.

Najane? Mardoc ficou confuso e incrédulo. "Por que ela me mandaria isso? Seria uma ameaça? Um presente? Preciso falar com ela… agora tenho uma desculpa para falar com ela!", pensou. Se voltou para o goblin cocheiro.

— O que ainda está fazendo aqui? Some daqui, seu pestinha! — Fez um sinal com a mão, e o servo saiu.

Colocou com muito cuidado o ovo no travesseiro ao lado do seu. Deitou-se e ficou olhando para ele até pegar no sono.

CAPÍTULO 6

VELHOTES

— Nome?

— Lenna.

— Lena, como a deusa?

— Quase. É com dois enes.

— Certo. E conforme está indicado neste documento, você solicitou para que eu fosse a pessoa a tomar seu depoimento?

— Bom, o correto seria que eu fosse entrevistada por alguém da DICN, mas fui instruída por um magistrado a dar meu testemunho para uma pessoa não nobre da RICS. E dos investigadores da sua repartição que avaliei, você é a melhorzinha. Por ora vai servir.

— Guarda Ivarth, por obséquio suprima essa última parte do documento.

Felícia virou-se para o colega e fez um gesto com a mão. Estavam em uma salinha da RICS que quase nunca era utilizada, possivelmente porque era muito úmida e tinha um forte cheiro de mofo. Assim que os dois agentes entraram na sala foram logo escancarando a janela e a porta para criar um corredor de vento, mesmo sabendo que um interrogatório com porta aberta era irregular. Volta e meia um guarda ou servo passava pelo corredor e espiava curioso para dentro, logo sendo enxotado pela dupla de investigadores que fechava a porta na cara do sujeito. E quando o sujeito se afastava, a abriam novamente. O único móvel da despojada sala era uma mesa de madeira com dois candelabros sobre ela e onde todos estavam sentados. Lenna continuou.

— Para ser honesta, os últimos indivíduos com os quais falei a respeito do meu caso não me deram a atenção devida. Quero contar tudo o que aconteceu para que possa me defender da melhor maneira.

— Então a senhora…

— Senhorita — Lenna corrigiu.

— Então a *senhorita* deve estar ciente que as acusações que recaem sobre sua pessoa são graves. O tesouro desaparecido, na sua forma de itens mágicos, é de vultosa quantia. Inclusive poderá haver incidência da taxa de herança sobre os itens caso fique provado o óbito dos três desaparecidos. Aqui no relatório preliminar pude ler que alguns dos itens estão marcados como sendo propriedade da coroa ahleniense, mas vou me certificar de verificar este detalhe depois. E tão grave quanto a supressão dos tesouros foi o desaparecimento repentino dos senhores, fato que chocou a sociedade.

— Primeiro: se não houve óbito, não tem como haver herança ainda, simples assim. E quanto aos itens, que tanto parecem preocupar a coroa, vamos eventualmente chegar neste assunto.

Felícia respirou fundo, encostou as costas na parede — a cadeira dela estava com o espaldar quebrado — e cruzou os braços. Sentiu o frio contra a roupa, e pressentiu que a noite ia ser longa. Fez um gesto para Ivarth, que confirmou com a cabeça.

— Se estiver pronta, estamos prontos.

Lenna pigarreou.

— Era uma manhã nevoenta e úmida, e eu conduzia meu cavalo com cuidado para que não patinasse nos paralelepípedos molhados pelo orvalho. Mesmo assim o animal escorregou diversas vezes até chegar na estrada de chão batido que vai para o norte, depois da ponte velha e dos Burgos-novos. Na noite anterior eu tinha escutado sem querer meu tio conversando com seus companheiros e combinando de sair em segredo na manhã seguinte para uma última aventura. Eu sempre fui muito próxima do meu tio (ele não teve filhos) e fiquei muito preocupada, principalmente pelo tom da conversa. Decidi ir atrás deles para saber o que iam fazer. Eu não tinha ideia no que estava me metendo.

— Por favor, senhorita, atenha-se apenas aos fatos. Não é como se estivéssemos escrevendo um romance, só precisamos tomar o seu testemunho, que é central na resolução do caso. Queremos ter certeza do que aconteceu e como aconteceu. — Felícia preferiu contrariar a nobre e cortar o problema pela raiz a ficar a noite toda recebendo um depoimento longo e penoso. O braço de Ivarth agradecia.

— Está bem. Encontrei os três paspalhos não muito longe, a algumas horas de Thartann. Eles tinham saído para o norte pela estrada que leva a Midron, e ainda estavam na parte civilizada.

— Para esclarecer: quando disse "paspalhos" está se referindo aos "Garotos Doirados do Rishantor", heróis da Guerra-Relâmpago Tolloniana.

— Sim, correto.

— Mais especificamente, o trio é composto pelos senhores Clarion Schwolld, Basthil Vorlat e Malthur Rigaud. E oficialmente, qual sua relação pessoal com estes indivíduos?

— Sou sobrinha do senhor Clarion, o "tio Clarí". Os outros dois conheci através de ocasiões diversas, das festas que frequentamos. Sempre soube que eram amigos íntimos do tio, tanto pelas histórias contadas quanto pelas muitas vezes que os vi juntos.

— Então confirmando, você foi atrás do seu tio apenas porque estava preocupada, e não sabia nada que eles haviam planejado.

— Exatamente. E a primeira coisa que eu vi…

Foram três bundas.

Três ancas, na verdade.

As ancas de três cavalos de guerra enormes, montados por três cavaleiros garbosos. Vistos de longe ainda passariam por heróis épicos, mas à medida que Lenna foi se aproximando do trio começou a perceber a postura desleixada, os ombros caídos e as armaduras velhas marcadas pelo uso. Os três estavam concentrados conversando em voz alta e Lenna conseguiu, com facilidade, se aproximar sem ser percebida.

— Basthil, preciso lhe dizer, como consegue usar esse corte de cabelo ridículo *na sua idade*? Onde se viu um velho cabeludo? Já passou da hora de visitar o barbeiro. — Quem falava era Clarion, que guiava tranquilamente seu cavalo usando apenas os estribos. Aproveitava as duas mãos livres para se apoiar na traseira do bicho.

— Ah, é? Repita isso para os elfos! São bem mais velhos que eu e mesmo assim usam cabelo comprido. E diz isso porque tem inveja, seu pouca telha. Não pode ter o que eu tenho, essas minhas madeixas maravilhosas. — Basthil contra-atacava, entrando na brincadeira. Usou uma das mãos para jogar a cabeleira para trás em um gesto exagerado.

— Só que você não é elfo! Ponha-se no seu lugar, podia pelo menos amarrar essa melena volumosa. — Clarion insistia na brincadeira com um sorriso largo no rosto. Parecia adorar o passeio.

— Dessa vez hei de concordar, principalmente porque em uma contenda o cabelo avantajado pode ser uma desvantagem. — Malthur sempre tinha algo a acrescentar com seu tom sabichão. Gostava de participar das zombarias.

— Sempre obcecados com a minha aparência, desde antes do encanto. Certas coisas nunca mudam. Pelo grande bufão, me esqueçam. — Ficou mexendo no cabelo e fazendo poses de diva. Por fim acabou pegando uma presilha e amarrou o cabelo em um rabo de cavalo.

— Ô Malto, dá uma olhada no mapa de novo porque eu não lembro daquele pequeno bosque ali. Ou a memória me falha ou faz tanto tempo que passamos aqui que este bosque nem existia ainda! — Clarion sempre recorria ao amigo cartógrafo quando precisavam se localizar.

— Bom dia, senhorita. — Basthil tirou o chapéu e fez uma mesura longa com o tronco e um dos braços, enquanto segurava as rédeas com a outra mão.

Quando foi percebida, ela já estava cavalgando quase ao lado deles. Imediatamente, os outros dois se empertigaram sobre os cavalos.

— Lenna! Por Lena, o que está fazendo aqui? — Ele adorava falar esse trocadilho.

— Bom dia, tio Clarí. — À maneira de Basthil, ela fez uma mesura longa, tirando seu chapéu emplumado com uma mão enquanto segurava as rédeas com a outra.

— Por que está aqui? Seu pai sabe?

— Tio, tenho mais de vinte e sete, não sou mais criança. Não importa se meu pai sabe! E vim porque quis, porque ouvi que estavam saindo para uma aventura. Mas já passaram da idade para isso! Vejam só, consegui chegar do lado dos senhores sem perceberem. Se eu fosse um bandido tinham sido emboscados.

— Viu? Não estava louco, avisei que tinha alguém nos escutando naquele dia, quando fizemos os planos. As paredes têm ouvidos no Rishantor! — Malthur não perdia uma chance de mostrar que estava certo.

— Lenna, por favor, rogo que volte para casa. Esta aventura será muito perigosa.

— É justamente por isso que estou aqui. Não posso deixar os três patetas seguirem sozinhos.

— Clarion, creio ser mais fácil Azgher faltar um dia ao serviço que sua sobrinha desistir de ir conosco. Além do mais, a donzela é uma adorável companhia. Eu não vejo empecilhos. — Basthil estava sendo charmoso e diplomático, como sempre costumava ser. Malthur deu de ombros, mas parecia também gostar da companhia.

— Dizem isso porque não é um parente de vocês que está correndo perigo.

— Se eu não for com vocês, aí é que vão estar em perigo. Esqueceu que venci competições de esgrima? E que cavalgo desde criança?

— Pff. Não sabe como é lutar no mundo real, não é que nem nas competições. Você não pode pedir para seu oponente parar. — Clarion argumentava.

— Já chega, amigos. Se ela quer vir conosco, não devemos impedi-la. É contraproducente nadar contra a maré. — Malthur queria pôr um ponto final.

— Tudo bem, reconheço uma causa perdida e que sou minoria. Mas os deuses são testemunhas que eu não concordei com isso. E rogo que nos protejam.

— E então se juntou a eles, mesmo havendo certa resistência.

— Sim.

— Certo. E por estar bem familiarizada com eles, pode descrevê-los?

Lenna fez uma expressão de frustração, mas entendia que Felícia precisava fazer as perguntas de praxe. "É claro".

— Barão-herói Clarion Schwolld. Passado dos sessenta verões, tem cerca de um metro e oitenta e muitos e é o fortão da turma. Costuma usar uma armadura completa e uma espada bastarda, e dessa vez não foi diferente. Deu pra notar que a armadura foi ajustada para os avanços da idade, no caso dele foi um ajuste na pança. Eu sempre fui próxima do meu tio, desde criança nos dávamos bem. Dentro da nossa família ele é famoso por ser um grande guerreiro e um nobre honrado. — Esperou Ivarth terminar e prosseguiu.

— Visconde Basthil Vorlat. Homem charmoso e hirsuto, guerreiro competente e astuto. Também possui pouco mais de sessenta anos e é um pouco mais baixo que o tio. Hábil no arco e na lança. Ele é, como diz o ditado, "velhoso, mas charmoso" e cavalga seu garanhão Madufax, um cavalo majestoso de sangue élfico.

Felícia ficou intrigada.

— Um cavalo com sangue de elfo?

— Por que não? Já ouviu falar de centauros e já ouviu falar de elfos, certo? Agora é só usar sua imaginação. — Ela piscou.

— Ivarth, não precisa anotar essa última parte.

O parceiro estava com o braço imóvel. Não tinha anotado nada, e quando seus olhares se cruzaram, Felícia viu que estava enrubescido.

— Por fim, o ilustre Numismatomante Malthur Rigaud. Certamente o sábio entre os três. Apesar de ter o menor porte, sabe se defender utilizando escudo e maça. Conhece feitiços de vários tipos, alguns de combate e outros que aprendeu só para entreter convidados nas festas palacianas. Já foi tesoureiro real, mas hoje em dia está aposentado. Tem cabelo curto e usa óculos especiais para esconder os olhos saltados dos quais tem vergonha. — Olhou para Ivarth com o canto do olho. — Os seus inimigos lhe apelidaram de "zoiúdo", mas seus amigos lhe chamam de Malto, sabendo que ele não gosta do apelido. Cavalga com grande destreza o Prefeito, sua montaria fantasma que invoca com um anel mágico.

— Presumo que Madufax e o Prefeito, ou melhor, o anel mágico que invoca ele também estão desaparecidos, assim como suas algibeiras e todos seus pertences.

— Isso mesmo.

— Também presumo que as taxas e devidos formulários para requisitar uma aventura dentro do reino de Ahlen não tenham sido encaminhados ao Centro de Controle de Aventuras.

— Não que eu saiba. Como disse, eles saíram na calada da noite. E se *eles* foram se aventurar, acredito que *eles* deveriam ter previsto esta parte burocrática.

Felícia também precisava da descrição da própria Lenna, mas por discrição preferiu ela mesma complementar o relatório transcrito por Ivarth, no dia seguinte à entrevista. Era uma mulher no fim da mocidade, estatura abaixo da mediana, cabelo escuro e comprido, nariz adunco. Olhos profundos com sombra ao redor das órbitas. Pensou consigo que parecia um guaxinim, mas não escreveu. No dia do testemunho apresentava-se com trajes de viagem, ostentando algumas joias, notadamente um amuleto de prata na forma de um cão, mais um broche com o brasão dos Schwolld e vários anéis.

— Pode continuar, por obséquio. Qual foi o primeiro evento relevante da viagem?

— No primeiro dia apenas cavalgamos e acampamos, meu tio estava inconformado com minha presença. No segundo dia já estávamos bem adentro nos ermos. Era uma manhã fria quando aconteceu.

Ao despertar e descobrir que não havia uma sentinela no último turno da alvorada, Lenna ficou extremamente indignada por ter sido exposta a um grande perigo em potencial. Chutou e acordou todos aos gritos.

— Podem me dizer por que dormimos completamente expostos? Será que esqueceram de montar guarda, já estão ficando gagás?

— Ei, calma aí, Lenna, não nos subestime. Claro que tínhamos uma sentinela — respondeu o tio, esfregando os olhos.

— Se não foi nenhum dos senhores que fez guarda, então quem foi?

— Nosso majestoso Madufax, o melhor entre nós!

O cavalo pastava tranquilamente até ouvir seu nome, então virou o rosto na direção deles e encarou Lenna. Fez uma mesura educada, dobrando uma das patas frontais, curvando sua cabeça para o chão. Piscou e sorriu.

— Mas era só o que faltava, um cavalo montando guarda. Uma besta! — Lenna protestou.

— Não o chame assim, por favor. Madufax merece ser tratado com respeito, e além do mais tem o faro e audição de uma dúzia de homens. Ele não é *um guarda*, é o *melhor guarda*.

O cavalo pisou no chão uma vez, sinalizando que concordava. E voltou a pastar, já que o turno dele tinha terminado. Os três velhotes tinham dormido de pijamas, o que ela achou muito arriscado, mas logo se levantaram e começaram a colocar suas armaduras, um ajudando o outro em fila indiana. Lenna foi convidada a entrar no fim da fila para ajudar e enquanto os auxiliava ficava ouvindo queixas do excesso de dureza ou fraqueza de partes do corpo, e pôde perceber que algumas eram brincadeiras e outras verdadeiras. Depois ainda teve que catar lenha para fazer o fogo do café da manhã, sendo escoltada de perto pelo prestativo Madufax, que também a ajudou recolhendo alguns galhos com a boca. Aqueceram e comeram as rações que tiraram dos alforjes e logo estavam avançando pela rota definida por Malthur. O dia nublado convidava aos assuntos menos importantes.

— Tio, nunca me contou como se conheceram.

— Bem, nunca perguntou.

— Perguntei sim, e sempre disse "mais tarde, mais tarde". Acho que agora é "mais tarde".

— Está bem...

Suspirou como se estivesse prestes a executar uma tarefa extenuante. Mas como todo bom velho, adorava falar do passado. Clarion começou:

— Como sabe, de nós três só eu tive berço nobre, os outros dois nasceram de famílias menos importantes. Mas essa minha sorte no berço não se refletiu em riqueza real; o ramo da família que nasci era seco e sem frutos. Como meus pais não podiam pagar tutores particulares, fui matriculado no Liceu de Thartann, que era uma opção mais barata. Estudei lá desde criancinha mas só fui conhecer esses dois nos últimos anos, quando éramos adolescentes.

Basthil continuou.

— Agora pense nas longas tardes à frente de livros intermináveis e nas tarefas repetitivas e desgastantes. Se achava as suas lições chatas, as nossas eram in-su-por-tá-veis. Nossa tutora, como toda devota de Tanna-Toh, era obsessivamente precisa e detalhista. Então para evitar o enfado e não enlouquecer com aquilo, cabulávamos aulas para vadiar caminhando pelas ruas e vielas da cidade. Nenhum lugar era proibido para nós.

Malthur concluiu.

— Mas a cidade grande ficou pequena para nossas escapadas. Logo estávamos cavalgando pelos arredores, e sem perceber acabamos sendo arrastados para algumas aventuras. Aquilo era ainda mais emocionante, ainda mais quando feitas em segredo! Cada um foi naturalmente se especializando no que gostava mais, e assim que nos graduamos saímos para desbravar o mundo de Arton.

— E por onde andaram? Me contem mais. Eu tive umas aventurinhas por aí, nunca saí de Ahlen. — Ela forçou uma cara triste.

Os quatro cavalgavam lado a lado, ocupando toda a estrada vicinal enquanto se aproximavam de uma grande floresta, com árvores de copas imensas balançando com o vento e soltando folhas. Lenna olhou ao redor, pressentindo algo, e ficou sem entender por que os outros estavam tão despreocupados.

Clarion respondeu enquanto Basthil pontuava com comentários.

— Começamos uma turnê pelo Reinado: Deheon (a primeira vez em Valkaria a gente nunca esquece), Zakharov (tem os melhores equipamentos e piores preços), Bielefeld (quase fomos presos porque me engracei com uma linda princesinha hynne), Khubar (passeamos em um tumarkhân!), Hongari (tem mesmo o melhor fumo), Portsmouth, Sambúrdia (que fim de mundo) e Tyrondir (outro fim de mundo).

— Não se olvide dos reinos do leste: Tollon (tem as melhores florestas), Collen (tem as mulheres com os olhos mais belos), Lomatubar, Fortuna, Petrynia e Hershire. Faz tanto tempo que isso aconteceu que vários desses lugares já trocaram de nome!

— Que saudade daquele gorad quente. — Malthur lambeu os beiços.

— Mas em Tapista não fomos. Eles não gostam dos ahlenienses, e os ahlenienses não gostam nem deles nem do seu deus cornudo — disse Clarion.

— Esqueceu de falar daquele nosso lucrativo contrato com os Yudennach.

— Quieto, linguarudo! — Clarion colocou um dedo sobre os lábios.

— Aquilo não foi nada comparado com nossos anos de pirataria — respondeu Malthur.

— Calem a boca! Não preciso que minha sobrinha fique com uma imagem errada de nós — Clarion protestou, inconformado.

— Como se isso fosse possível, tio. Já ouvi tantos boatos...

— E a maioria é mentira. É um preço alto que pagamos pela fama. Os falastrões ficam com inveja, e como não podem sair na porrada conosco nos atacam com boatos. Infelizmente, funciona.

Malthur cortou a conversa ao erguer um braço reto para cima com a mão aberta espalmada. Todos se calaram. Lenna não entendeu nada. Clarion levou a mão ao cabo da espada.

— Cãozinho? — perguntou Clarion.

— Cãozinho —Malthur respondeu.

Lenna só entendeu o que estava acontecendo quando viu um pequeno amuleto de prata na forma de um cão de guarda pendurado no pescoço de Malthur. Os olhos do amuleto brilhavam e ele vibrava, fazendo tintilar a correntinha que o prendia. O motivo do cão estar exaltado logo se revelou: um bando de goblins surgia por detrás das árvores e dos arbustos.

— Não acredito que o cãozinho ativou por essas pestes! — Basthil protestou enquanto sacava o arco curto com agilidade.

Em instantes todos os velhotes estavam armados e o arqueiro Basthil já tinha atingido um dos goblins com uma flecha. Então avançaram com suas montarias, que esmagaram as primeiras criaturas com suas patas poderosas. Mas elas não paravam de surgir e contra-atacavam com lanças e azagaias que passavam zunindo como uma chuva reversa de dardos que surgia do nível do chão.

Lenna se juntou ao confronto caótico, sacando sua espada, estocando e golpeando de cima do seu cavalo da maneira mais prudente possível. Sentiu uma onda de calor intensa e ao olhar para trás viu Malthur queimando um grupo de inimigos com um cone de fogo mágico. Clarion não tinha sacado sua espada e continuava usando a montaria para atacar, atropelando os pequeninos. Basthil mantinha distância segura e disparava com seu arco em uma velocidade espantosa. Sangue brotava por todos os lados, mas eventualmente os quatro humanos prevaleceram sobre os atacantes.

Ofegantes, cessaram os ataques e ficaram observando a correria dos últimos goblins, que gritavam e desapareciam da mesma maneira repentina que haviam surgido. Clarion limpou o suor da testa, sorridente e orgulhoso.

— Não foi tão ruim assim, né, amigos? Apenas alguns goblins selvag...

Mas os outros não sorriam, pois olhavam para o cão de guarda. Seus olhos ainda brilhavam e ainda vibrava. E desta vez era com maior intensidade.

Uma flecha voou e passou zunindo do lado do ombro de Clarion, outra estourou contra sua armadura de placas, e uma terceira atingiu em vão a montaria fantasmagórica de Malthur. Dentre as árvores e arbustos surgiu um segundo bando. Desta vez eram hobgoblins musculosos cobertos com pinturas de guerra.

Basthil estava ofegante e pálido, segurando a rédea com uma mão e o arco com a outra. Madufax tinha conseguido manter seu cavaleiro a salvo e distante de seus inimigos, e pela movimentação parecia que iria manter essa estratégia. Clarion se prontificou a ser o defensor contra essa nova onda e finalmente sacou sua espada bastarda, investindo contra o bando montado a cavalo. Lenna mal acreditou quando viu o tio erguer a arma e golpear rapidamente fazendo o ar zunir — era quase sobrenatural. Já Malthur preferiu conjurar taticamente seus feitiços de longo alcance, ajudando a controlar a posição e avanço dos inimigos.

Lenna decidiu ajudar e investiu a cavalo, perfurando um dos hobgoblins que estava de costas, mas o golpe não foi o suficiente para derrubá-lo. Ele se virou e berrou a plenos pulmões, seguido pelos seus companheiros.

— Duyshidakk za'thragh!!

— Thwor Ayrrak!

Malthur localizou os arqueiros que estavam ocultos no bosque e fulminou a maioria com uma bola de fogo, mas não antes de ser atingido por flechas. Clarion estava cercado por vários hobgoblins e com grande esforço e concentração conseguiu derrubá-los um por um com seus golpes poderosos, até que um dos inimigos decepou uma das patas do cavalo, fazendo-o tombar para a frente. O cavaleiro caiu como um saco de batatas metálico e Lenna pode vê-lo gemendo de dor enquanto rolava no chão.

— Tio, cuidado!

Dois hobgoblins avançaram, ambos com machados cheios de rebarbas. Lenna investiu para engajar um deles e começou a estocar de cima do cavalo, distraindo o primeiro. O segundo estava prestes a descer o machado quando foi alvejado por uma flecha certeira de Basthil. O oponente não tombou, mas os heróis ganharam preciosos segundos. Clarion conseguiu se levantar e erguer a guarda.

A troca de golpes continuou intensa, e ao ver que o grupo principal havia cercado o tio e a sobrinha, tanto Malthur quanto Basthil investiram rapidamente. Em pouco tempo de luta o chão estava lavado de sangue e os humanos acabaram por prevalecer mais uma vez. Assim como os goblins, alguns hobgoblins conseguiram fugir pela floresta.

Completamente exaustos e com os corações retumbando no peito, o grupo só relaxou depois que tiveram certeza absoluta de que o perigo já havia passado. Então revistaram os corpos, como bons aventureiros.

— Alguns têm pedaços de uniformes do tempo da Aliança Negra. Devem ser de uma nova tribo, grande. Possivelmente batedores. — Malthur apontava para os símbolos que todos eles portavam pintados nos corpos e armaduras.

— Se estão aqui ao norte de Thartann, não é bom sinal — disse Clarion.

Malthur tentava manter a compostura e tecer comentários sagazes e úteis como sempre fazia, mas precisou se sentar para aguentar a dor. Algumas flechas haviam penetrado sua proteção mágica e sangrava em vários pontos. Lenna foi até a montaria que estava se contorcendo de dor pela falta do membro e se abaixou ao lado dela. Madufax se aproximou e olhou com profunda tristeza para seu amigo tombado, então abaixou a cabeça para encostar os focinhos e consolá-lo.

— Alguém pode fazer algo? — Lenna perguntou, com o coração partido.

— Não. Ninguém aqui tem poder de cura desse nível.

Olhou mais uma vez para seus companheiros com um olhar sério, e o tio respondeu tristemente com um sinal positivo com a cabeça.

— Que Allihanna o acolha em seu lar.

— Não tive escolha e precisei dar um golpe de misericórdia.

— Então estavam todos feridos?

— Sim, feridos e exaustos. Eu consegui sair quase ilesa, protegida pela minha cota de malha e montaria. Mas digo uma coisa: não queira enfrentar esses goblinoides, são medonhos! Eles não têm misericórdia, vão moer e matar se não forem impedidos.

— Me surpreende saber que os mesmos homens que derrotaram sozinhos um forte inteiro de Tapista levaram uma dura de um bando de hobgoblins.

— Eu também. Mas o que posso dizer? As pestes eram mesmo fortes. Acho que andaram treinando bastante. Talvez se não estivesse lá, os Garotos Doirados teriam virado os Garotos Enterrados.

Felícia e Lenna pausaram quando entrou na sala um jovem pajem trazendo uma moringa. As duas moças e Ivarth esvaziaram o jarro por completo e pediram para trazer mais. Depois retomaram o interrogatório e Felícia decidiu acelerar o processo.

— Houve mais algo relevante neste dia?

— Depois da emboscada cavalgamos o máximo que pudemos até montar acampamento. Ou melhor, *eu* montei o acampamento, fiz quase tudo sozinha. Sem falar que o grupo ficou mais lento com um cavalo a menos. Nos refugiamos em um pequeno vale de um riacho e eu e o Malthur tratamos dos ferimentos.

À noite, o desânimo pousou sobre o grupo como um pássaro de asas agourentas. As piadas e brincadeiras sumiram. Estavam sentados ao redor de uma minúscula fogueira comendo rações prontas.

— Já sei do que precisamos! — exclamou Basthil.

Foi até os alforjes de Madufax, que estava inconsolável pela perda do seu amigo, e sacou uma garrafa de vinho fortificado. Os olhos de Clarion e Malthur brilharam. Também trouxe um baralho e dados.

— Wyrt, agora? — Lenna não pareceu animada.

— Wyrt com vinho é uma combinação abençoada por Hyninn.

Malthur, enólogo entusiasmado, pegou a garrafa e arrumou os óculos para ler o rótulo. Não reconheceu, mas pela embalagem luxuosa no estilo tapistano, julgou ser um bom vinho. Exclamou:

— É, vai servir. Não que tenhamos muita opção.

— Ó, já vou avisando que não é para apostar nada com o Basthil, sabia que foi campeão de Wyrt? — disse Clarion.

— Ora, cale-se, seu alcaguete, agora acabou com a minha estratégia!

— Até parece que tem uma, usa sempre os mesmos truques.

— É porque vossa estupidêcencia sempre cai!

— Sacripanta!

— Somítico!

— Khalmyrista!

Lenna interveio abrindo a primeira garrafa, estourando a rolha sonoramente.

— Acalmem-se. E tem razão, um golinho de vinho fortificado deve mesmo ajudar.

A bebida aliviou a dor, acalmou os ânimos e abriu sorrisos. Logo estavam jogando enquanto Madufax vigiava o acampamento. Os truques usados na jogatina realmente eram velhos, mas eram bons e Lenna, que também levava jeito, aprendeu bastante entre amigáveis adversários.

— Agora, uma última rodada antes de dormir! Hora das apostas finais. Graciosa dama Lenna, se eu for vencedor gostaria de ter a honra de convidá-la para um passeio noturno em minha carruagem.

Posso lhe mostrar a cidade como nunca viu. — O velho Basthil fazia jus à fama de mulherengo.

— É mesmo? Duvido. Mas mais importante, o que vai apostar em troca?

— Que tal um milharzinho de tibares? Já dá para comprar algumas bobagens. Vai negar um último desejo a este homem no fim da sua carreira?

— Por este valor seria pouco sábio não considerar. Eu aceito — disse fazendo um gracejo.

— Clarion?

— Eu aposto um milhar para ajudar minha sobrinha. Vou ganhar e você vai ficar a ver navios.

— Malthur?

— Vou me abster e ficar só apreciando o jogo.

— Então, senhores e senhora, vamos começar.

— Senhorita — ela corrigiu.

Seguiram a tradição do Wyrt: um embaralha, o próximo corta, o seguinte dá as cartas. Os três olharam as mãos recebidas, pensativos. O princípio do jogo é simples: somar as cartas da mão da mesma cor para que se atinja o total mais próximo do total dos dados. Madufax se aproximou de Malthur e ficou de pé observando o jogo como se entendesse tudo. As expressões de profunda reflexão dos três, imersas em trevas e iluminadas parcialmente pela luz da fogueira, poderiam facilmente fazer parte de um quadro famoso exposto na galeria de arte do Rishantor.

Lenna ponderava em silêncio quando o tio lhe falou:

— Se quer que um de nós ganhe, é melhor tirar seu dado.

— Agora estão se aliando contra mim? — protestou Basthil.

— No Wyrt e no amor pode tudo, desde que não seja pego. Mas como sei que não me disse isso para ganhar tudo sozinho, tio?

— Schwollds não traem Schwollds.

— Sabe que isso não é verdade.

— No meu caso é. Confie em mim.

Lenna retirou seu dado e Clarion terminou com o jogo pedindo que mostrassem o que tinham. Basthil venceu por pouco.

— Mas que porcaria, isso foi pura sorte! Nimb vai te cobrar caro depois por esse arrego. — Clarion não parecia feliz.

— Aquela raposinha na segunda rodada decidiu o jogo. "Um dia da caça, outro do caçador". — Lenna perdeu, mas não estava frustrada.

— Sabia que iam se aliar contra mim. Ao menos valeu a tentativa. Clarion, pendura aquele milhar, depois acertamos. E quanto ao nosso passeio... verei uma data especial na minha agenda. — Piscou.

O velho charmoso fez uma mesura exagerada, então guardaram as cartas e foram dormir. Estavam todos deitados e cobertos quando Malthur falou:

— Pessoal, minhas juntas começaram a doer. Acho que vai chover amanhã.

— Perdemos o dia seguinte inteiro. Choveu aos cântaros.

— Então no terceiro dia ficaram apenas acampados.

— Exato.

— E em algum momento a senhora...

— Senhorita.

— A senhorita percebeu, digamos assim, um desejo de "autodestruição" vindo da parte dos seus companheiros?

— Não. Não era isso, era mais complicado.

— É que a senhorita disse que eles estavam saindo para uma *última* aventura.

— É, foi o que disseram. Mas se me deixar continuar, vai entender melhor.

— Por favor, prossiga.

— No quarto dia estava tudo bem até que decidimos sair da rota programada...

— Tem certeza de que esse desvio valeu a pena? Quanto tempo vamos perder? — disse Clarion desanimado.

— É claro que sim, Clarion. E não vamos perder tempo, vamos ganhar! Não ouviu o nome? É a Cachoeira da Sorte. *Da sorte.* Sabe que precisamos de toda que pudermos juntar. — Malthur estava decidido.

Devido ao nome pomposo, o grupo esperava ver algo grandioso e mágico. Mas a cachoeira mal tinha a altura de dois homens, e o lago de água cristalina que sua queda formava era bem modesto. O lugar era rodeado de arbustos e árvores viçosas, trepadeiras que cobriam as paredes adjacentes à cachoeira, cogumelos verdes nasciam dos troncos, e o conjunto todo tornava o lugar bastante acolhedor. Se Malthur não tivesse cabulado tantas lições, teria percebido que a cachoeira era um bosque sagrado de Allihanna, Deusa da Natureza.

— Eu gosto da ideia de um banho, estou todo sujo debaixo da armadura. E ademais... — Basthil olhou discretamente para Lenna, que não percebeu.

— Mas você nunca desiste, não é? — protestou Clarion.

Como um sinal de que a escolha fora acertada, as nuvens se afastaram e raios de sol recaíram sobre o grupo indeciso. Clarion, o mais calorento da turma, tirou a armadura por completo e entrou no lago. Sem querer passar por borra-botas os outros dois seguiram o exemplo dele e assim que entraram na água fizeram uma expressão de surpresa.

— Que água mais morna, será que são águas termais? — Malthur era o mais ativo e nadava devagar perto da borda do lago.

— Não faço ideia. Mas tanto faz, só sei que vou relaxar minhas costas. — Basthil entrou com cautela e foi até onde dava pé.

— E eu minhas pernas! — Clarion mergulhou e ressurgiu logo depois, com os cabelos grudados no rosto.

— Só falta você, senhora Lenna. — Basthil piscou. — Acredite em nós, a água está ótima.

— É senhorita. E boa sorte, seus velhos tarados, sei que querem me ver em trajes mínimos.

— Ora, não seja tão cheia de si. Você não tem nada para apresentar que não tenhamos visto. Falo de coração quando digo que merece um banho completo. — Basthil insistia.

Ela tirou as botas e subiu as calças até os joelhos, sentando-se na beira do lago e molhando os pés. A água estava tão boa que chegou a soltar um suspiro de alívio sem perceber. Relaxados, os velhotes começaram a relembrar histórias e contar causos, e Lenna se aproveitou para levantar um assunto que sempre havia lhe atiçado a curiosidade.

— Me contem sobre o dia da grande vitória! Quando derrotaram o forte de Tapista sozinhos.

— Já contamos esta história tantas vezes. Até mesmo os bardos estão cansados de repeti-la!

— Mas quero ouvir *de vocês.*

Se entreolharam. Ninguém parecia animado com a ideia, e um ficou esperando o outro começar.

— Se contarem, eu entro na água.

Naquele mesmo instante, Basthil disparou:

— Foi no ano de 1361, quando Thorngald Vorlat ainda era jovem. Anos antes de anexarem Hershire, os cornudos já estavam de olho nas nossas terras aqui da costa do mar de Flok. Eles provocavam todos os reinos vizinhos tentando criar pequenos conflitos ou disputas para que se alguém revidasse eles teriam uma desculpa para invadir o reino. E depois, usando propaganda, convenceriam a população que fazer parte do império era a melhor coisa do mundo. Não demorou muito e conseguiram encontrar alguém disposto a brigar...

— Mas se esqueceram que estavam lidando com Ahlen. Thorngald sempre foi esperto e nunca mordeu as iscas dos minotauros, mas infelizmente o primo dele, o Conde Vander Vorlat, mordeu uma isca e criou um conflito. Os inimigos então finalmente tinham a desculpa para trazer uma centúria e fazer um acerto de contas com o conde. O que eles fizeram foi erguer uma fortificação, que chamam de "castro", no nosso lado da fronteira com Tollon. — Malthur tinha a voz anasalada e falava pausadamente. Ficava manuseando o amuleto do cão de guarda enquanto flutuava na água.

— Eu não me recordo exatamente nem quando nem porque decidimos atacar a fortaleza. Foram vários fatores. O primeiro foi o acaso, estávamos passando perto do lugar enquanto trabalhávamos de guardas para uns "facilitadores" de madeira Tollon. Quando vimos toda aquela boiada fomos dar uma conferida, como faria qualquer bando de aventureiros. Tiro meu chapéu pra eles, pois conseguiram erguer uma bela paliçada de madeira em apenas alguns dias; mas o resto era apenas um monte de barracas e fogueiras. A edificação principal estava no início da fundação. Podíamos ver as carroças com material de construção chegando a toda hora. Aquilo tudo cheirava a esterco... — Clarion mergulhou novamente, desaparecendo por alguns segundos.

— Outro fator importante é que Estella estava trabalhando conosco naquela época. Ela era uma ilusionista de primeira, conseguia conjurar tanto ilusões de monstros que apavoraram os inimigos quanto musas fantasmagóricas que os encantavam. Foi graças a ela que entramos no castro sem sermos percebidos. — Basthil falava com sua voz melodiosa enquanto penteava e lavava os cabelos com um pente elegante, que Lenna acreditou ser mágico pelos resultados apresentados.

— Outra coisa que nos motivou foi que semanas antes havíamos sido agraciados com uma espécie de "bênção" e por causa disso estávamos cheios de disposição e coragem. Em retrospecto, hoje podemos dizer que aquela era uma missão suicida, mas éramos jovens e ansiávamos por glória e renome. Como sabe, a linha tênue que separa a coragem da estupidez é chamada sucesso. Era tudo ou nada.

— O último fator foram os nossos últimos contratantes: eram um bando de anões negociadores de madeira Tollon. O chefe deles ficava se exibindo com um barril que dizia ser explosivo. Isso foi bem antes da pólvora chegar ao Reinado e a gente mal sabia o que era aquilo, mas ele explicou que uma explosão era como dez bolas de fogo, só que sem fogo. Juntamos todos os nossos tibares e fizemos uma oferta irrecusável.

— Agora, nosso mérito, o plano. Esperamos pacientemente parte da centúria sair para buscar mais material para as obras. Estella nos encantou com invisibilidade e silêncio, e assim passamos da paliçada com facilidade, em plena luz do dia! O problema era aquele barril, pesado pra dedéu. Porque uma coisa é carregar um barril, outra é carregar todo seu equipamento de aventureiro mais a porcaria de um barril cheio! A solução foi içar o troço com uma corda pelo lado de dentro da paliçada e torcer para não ser visto. E deu certo. Por pura sorte.

— Uma vez lá dentro, tivemos sorte outra vez: era hora do almoço e a maioria dos soldados estava ocupada na fogueira central, ruminando as comidinhas deles. Nosso plano inicial era destruir a tenda dos oficiais, mas mudamos de ideia e fomos rolando o barril até o grande grupo de soldados.

— Eu estava apavorado por estar rolando um barril explosivo no meio de um acampamento inimigo! Só mesmo sendo jovem para fazer uma loucura dessas... — Clarion balançou a cabeça, sem acreditar no que ele próprio havia feito. — Chegamos o mais perto possível sem sermos percebidos, então saí correndo com o barril nos ombros e arremessei no meio deles. Aquilo se espatifou e levantou a nuvem de pólvora, e o Malto tascou uma bola de fogo. A coisa explodiu tão forte que abriu uma cratera, voei para longe e caí no chão. Acho até que ele ficou meio surdo.

— Hein, o que disse? — o amigo respondeu, fazendo uma concha com a mão atrás da orelha.

— Com nosso disfarce pelos ares, começou a pancadaria. Nos primeiros instantes tomamos poções e o Malto nos encantou com uma magia de velocidade. Começamos a bater neles, todo mundo ainda meio aturdido com a explosão, e fomos indo na direção da tenda dos oficiais. Essa parte até que foi fácil — disse Basthil.

— Quando encontramos os oficiais é que a coisa ficou feia. Nunca esqueço da cara do centurião. Ou melhor, do focinho dele. Tinha o pelo todo preto, chifres avermelhados e reluzentes e a cara de minotauro mais mal-encarada que vi na minha vida. O desgraçado era um poderoso sacerdote de Tauron, o Deus da Força que eles gostavam tanto, e cada golpe que dava deixava amassos na minha armadura e estalava meus ossos. Mas com todos os nossos ataques focados nele junto com o fator surpresa, o chefe não durou muito — disse Clarion.

— Só que ainda tinha os outros oficiais e o resto da centúria. Fomos cercados e o pau comeu solto. Foi feio. Logo estávamos sem nenhuma poção de cura — lamentou-se Malthur.

— E prontos para fugir — admitiu Basthil.

— Mas o destino sorriu para estas raposas. Catapultas surgiram próximas do forte e começaram a arremessar pedras na paliçada e para dentro do castro. Batiam com tanta força que destroçavam a madeira e lançavam lascas pelos ares. Outras pedras caíam e rolavam próximas de nós, abrindo crateras e erguendo terra como chafarizes. Curiosamente as pedras não atingiam nenhum dos minotauros, que acharam que tudo aquilo era um ataque coordenado e optaram por bater em retirada imediata.

— Acontece que Estella estava inspirada naquele dia e conseguiu conjurar aquela impressionante ilusão das catapultas. Era tão boa que nós também caímos nela!

— Para completar a nossa boaventura, a metade da centúria que havia saído do castro encontrou um batalhão de mercenários inimigos jurados deles, e depois de uma luta sangrenta eles tiveram tantas baixas que se viram obrigados a recuar de volta para casa e nem voltaram para o acampamento.

— E foi assim, minha sobrinha, com uma combinação de sorte e ousadia que estes três velhotes e uma amiga derrotaram um castro tapistano. Sempre que eu conto essa história eu sinto que foi há um século atrás…

Lenna ficou em silêncio. Já conhecia a história do feito, mas a versão pública omitia alguns detalhes e aumentava outros, enaltecendo os “Garotos Doirados de Rishantor” ainda mais. Ahlen havia sido sempre um reino carente de heróis, por isso os que surgiam eram coberto de louros. Mas o que interessava era que tudo aquilo era verdade de fato. Um feito histórico. Talvez se não fossem eles o império teria se expandido e colocado seus cascos em Ahlen. Lenna permaneceu com os pés dentro d'água, pensativa, imaginando se ainda era jovem o suficiente para se aventurar e realizar uma façanha tão grande.

Olhou novamente para os três e enxergou apenas três velhotes pelados e murchos na água. Não pareciam nem capazes de vencer uma briga de taverna. Quis saber um pouco mais.

— E que fim levou essa maga, Estella?

— Sabe que não sei? — respondeu Clarion.

— É mesmo, que fim levou a Estella? — perguntou Malthur.

— Não sei. Ela tinha um perfil discreto, nunca gostou de se promover como nós. Evitava festas e multidões. Parece que se candidatou a uma vaga de professor na Academia Arcana, mas foi reprovada, mais tarde tentou entrar na corte no Rishantor, mas como tinha um desafeto próximo do rei, ficou a ver navios no Yrlan. Depois disso, nunca mais ouvi nada. O Malto que era mais próximo dela, talvez saiba algo — disse Basthil.

— E mesmo sendo o mais próximo perdi o contato depois de um tempo — lamentou Malthur.

— E isto tem a ver com o que estamos fazendo aqui? — perguntou Lenna.

— Não — decretou Basthil.

— É... talvez um pouco. Veja bem, podemos falar sobre isso mais tarde — evadiu Clarion.

— Podem me dizer pelo menos aonde estamos indo?

— Tudo bem, estamos indo para o pico Gusmenic. Prometo que explicamos mais tarde, agora aproveite a água mais um pouco — disse o tio, mergulhando novamente.

O som da cachoeira tinha um efeito relaxante, e Madufax pastava tranquilamente ao lado dela depois de ter bebido bastante da água cristalina do lago. Quando perceberam, a noite estava chegando.

— Se a cachoeira deu sorte ou não, não sei. Pelo menos para mim deu, afinal estou viva e contando a história...

— Porque disse "viva"? E o que aconteceu de fato?

— Calma que estou chegando lá.

Felícia suspirou. Ivarth suspirou. Lenna tomou água para molhar a garganta, seca de tanto falar.

— Então no quarto dia o grupo apenas se banhou e trocaram histórias? Essa aventura está mais para umas férias.

— Quem me dera. Acontece que a noite chegou e junto com ela veio uma tempestade. Madufax foi quem nos salvou, ele encontrou uma trilha escondida saindo da cachoeira que levava para uma mansão. A mansão abandonada no meio dos ermos era enorme, decrépita e... assombrada! Fomos recebidos com lamentos e espectros, visões tão apavorantes que quase saí correndo do lugar. Mas era tudo mentira! Ou melhor, faz-de-conta. Em um daqueles encontros que só podem ser obra do "acaso", a casa que tínhamos invadido era da Estella, aquela ilusionista da Guerra-Relâmpago! A mansão não era decrépita de verdade, era normal, só estava protegida por uma poderosa ilusão. Depois de tudo esclarecido, ela ficou muito feliz em reencontrar os três velhos amigos.

— Espere um pouco que meu colega ainda está anotando. É bastante coisa que acabou de nos relatar.

Ivarth continuou escrevendo por alguns segundos enquanto Lenna esperava em silêncio.

— Pode continuar.

— Naquela noite dormimos bem, em camas limpas e confortáveis. E ainda comemos uma deliciosa comida quente preparada pelo aprendiz dela. Quando puxamos o baralho de Wyrt, a velhota quase chorou de emoção. Sentia muita falta das jogatinas em grupo e seu aprendiz, que mesmo sendo muito inteligente, era um fracasso no jogo das duas raposas. A turma ficou jogando e conversando até de madrugada. Já eu fui aproveitar o colchão o máximo que pude.

— Então esta... maga ou feiticeira, dona Estella, vive isolada na floresta?

— Parece que sim. Pelo que entendi ela não tinha paz na cidade porque todo mundo procurava seus serviços de maga, então decidiu se mudar para os ermos. Não é como se fosse o primeiro arcanista a fazer isso. Ela disse que só aceitou ter um aprendiz porque ele cozinhava muito bem e porque não se pode conversar com seus Servos Invisíveis. É um feitiço que se utiliza para arrumar e limpar ambientes.

— Eu sei o que é, tive aulas de magia. — Lenna fez uma leve expressão de surpresa. — Alguma coisa a mais de notável na casa?

— Andei pelos corredores e achei tudo muito bonito, a velhota deve ser muito boa no que faz para poder pagar por todo aquele luxo. Também percebi uma porta que levava para o andar de baixo, imagino que seja o laboratório dela.

— Ivarth tome nota para verificar se esta tal de senhora Estella tem registro no conselho real de arcanos e também se tem licença para operar um laboratório de magia. Aproveite e veja se ela tem uma propriedade em seu nome, ou qualquer pendência com a justiça do rei.

Lenna e Felícia se calaram, respiraram fundo e perceberam o cansaço mútuo. Ivarth também estava cansado, com os olhos caídos e meio perdidos. Aproveitou a pausa para estalar as juntas dos dedos e esticar os braços. Começou a limpar os óculos. Neste instante um pajem entrou na salinha e anunciou cerimoniosamente:

— A ceia está servida, minha senhorita. — Fez uma mesura e indicou o caminho com o braço.

— Ceia? — perguntou Felícia.

— Sim. E chegou em boa hora, estava precisando de uma pausa. Venham comigo! — disse Lenna.

Ela se levantou e saiu andando pelos corredores, seguida por Felícia e Ivarth, que a acompanharam sem entender nada. Quando os dois investigadores chegaram na humilde cantina da guarda descobriram que o lugar tinha sido adaptado para servir aos propósitos de um banquete; com toalha, candelabros, servos e todos os outros apetrechos necessários.

— Meus criados não poderiam deixar de me servir, certo? E por esta noite estenderei meu *irrecusável* convite a vocês dois. Sentem-se. — Um servo arredou a cadeira da nobre e ela se sentou à mesa.

Os dois guardas se sentaram do lado oposto da mesa constrangidos, confusos e curiosos. Era a primeira vez que eles participavam de uma ocasião tão formal. Lenna fez um sinal e diversos pratos começaram a ser servidos. Tanto Felícia quanto Ivarth se esforçaram para se portar da melhor maneira, mas assim que provaram da deliciosa comida, não conseguiram evitar suspirar e fazer caretas de júbilo. Era a melhor refeição que Felícia tinha comido em toda sua vida, pelo menos no nível de refinamento dos pratos.

Ela não resistiu e tomou um cálice do vinho fino que havia à disposição na mesa, o que causou espanto em Ivarth. O líquido era simplesmente uma delícia, tinha o equilíbrio perfeito de doçura e acidez e desceu como um veludo pela garganta, relaxando seus ânimos.

Felícia ficou pensando nas motivações de Lenna, que tinha sido estranhamente magnânima ao compartilhar a refeição com dois plebeus. A maioria dos nobres não iria permitir tal ultraje de classes. Talvez fosse apenas um jogo de poder com nuances de intimidação. Talvez fosse outra coisa. Àquela hora, Felícia não sabia mais de nada e só quis aproveitar a boa comida.

Sentadas frente a frente, ambas mastigaram e beberam sem dizer coisa alguma, em um acordo de silêncio mútuo. Uma cansada de falar e a outra cansada de ouvir, as duas querendo terminar logo com aquilo. A que normalmente obedecia sem questionar estava questionando, e a que normalmente mandava agora deveria se explicar. Ela, reles plebeia, degustando pratos luxuosos. Para Felícia e Ivarth, tudo parecia ao revés naquela noite.

As duas partes tinham construído um respeito mútuo nas horas que passaram juntas; cada lado percebendo que o outro não era apenas um estereótipo da sua classe social. Uma descobriu que a plebeia não era nada burra, e a outra que a nobre não era (tão) arrogante. As duas pensavam se em outras condições elas poderiam ser amigas, mas não disseram nada, impedidas pela convenção social vigente.

Terminaram de comer. Antes de voltar para a sala e terminar o depoimento, os três ficaram sentados digerindo por alguns minutos. Enquanto os dois guardas organizavam alguns papéis, Lenna puxou um pente elegante e começou a pentear seus cabelos sem cerimônia. A cada passada ficava mais arrumada e quando terminou assumiu uma postura altiva e charmosa.

O pajem tinha terminado de servir o banquete e aguardava ordens ao lado dos três em pé e em silêncio, como uma estátua. Ele percebeu as olhadelas que Ivarth dava para Felícia e ela fingia não ver, e as olhadelas que Lenna dava para Felícia e ela fingia não ver. Já Felícia tinha olhos apenas para os papéis do trabalho. O pobre rapaz revirou os olhos discretamente. Ele só queria ir para casa.

— Voltemos ao seu testemunho. Gostaria de lhe pedir que tentasse ser sucinta nos detalhes.

— Tentarei. Em poucas palavras, depois de passar a noite na mansão de Estella, cavalgamos e andamos até chegar ao pico Gusmenic, quando no começo da noite fomos atacados por um grande enxame de estirges.

— Não estou familiarizada — disse Felícia.

— Estirges são monstros hematófagos voadores, um meio termo entre mosquito e morcego. A envergadura da asa tem dois palmos aproximadamente e são bastante agressivos. No nosso reino são raros, ocorrem apenas perto de lagos.

Quando Ivarth terminou, as duas o olharam com uma cara de surpresa.

— O que foi? Eu gosto de ler sobre monstros.

— Bem, prosseguindo. Levamos uma surra feia, dessa vez pior que a dos goblinoides. Além de graves ferimentos causados pelas probóscides e garrinhas, essas coisinhas infernais tinham sugado nosso sangue. Estávamos uns trapos, uns fiapos…

Malthur sacou um pergaminho e conjurou uma poderosa magia com gestos intrincados, componentes mágicos e complexas invocações verbais. Luzes e purpurinas criaram uma porta camuflada na parede da colina próxima do objetivo final, que foi aberta e revelou um salão amplo com uma mesa, bancos, lareira e redes. Havia conjurado um refúgio seguro e camuflado.

— Por que não fez isso antes? — Lenna protestou.

— Porque só tenho um "disso", e porque custou bastante do meu poder mágico — Malthur se justificou enquanto fazia um gesto para entrarem.

Todos entraram rapidamente no pequeno santuário e foram logo tirando as armaduras e se deitando nas redes. Lenna tentou animar o trio exausto e ferido cozinhando uma sopa na lareira do refúgio mágico. Ela também estava frustrada e preocupada com o dia vindouro, e a tarefa mundana de preparar e cozinhar alimentos ajudou a acalmá-la.

Quando começou a cortar os ingredientes, suas mãos ainda estavam tremendo pelo combate recente, mas quando terminou de preparar a sopa se sentia mais tranquila e confiante. Orgulhosa do resultado da comida, Lenna se virou para os velhotes que tinham deitado apenas para "descansar os olhos", mas que já estavam até roncando. Ela se sentou virada para os três, cruzou os braços e protestou:

— Olha só, eu ajudei e me arrisquei por vocês por dias e ainda não disseram o que estão tramando. Será que alguém pode me dizer?

Os três amigos acordaram de vez e trocaram olhares em silêncio, ainda deitados nas redes. "Contamos?", "Você conta", "Eu conto?" No fim, os olhares de Basthil e Malthur recaíram sobre Clarion, incumbido da penosa tarefa.

— Tudo bem, vou contar. — Deu de ombros.

Clarion sentou na rede virado para ela com as pernas balançando e os ombros caídos, as mãos apoiadas nos joelhos.

— A verdade... é complicada. — Pensou um pouco antes de continuar. — Resumindo... eu acho que somos uma fraude. Fachadistas.

— Fraude?

— Não nos *tornamos* heróis. *Fomos tornados* heróis.

Estava confusa.

— Sabe por que nunca ouviu de nossos feitos antes da Guerra-Relâmpago? Porque não há feitos, há apenas andanças pelo reino. Três jovens que passeavam a cavalo e apanhavam de goblins, como ironicamente aconteceu dias atrás. Foi sempre assim e teria sido sempre assim até que um dia, há quatro décadas, estávamos andando pela região procurando ruínas para saquear e vimos uma luz esverdeada que emanava de uma caverna. Sabe onde era isso?

— No pico?

— Exato, no pico Gusmenic. Escalamos até o topo e lá encontramos três lindas bruxas que nos ofereceram bênçãos. Em suma, cada um teria direito a um desejo para se aprimorar.

— Eu escolhi força e vitalidade. — Clarion flexionou o bíceps.

— Eu escolhi inteligência, sabedoria e um pequeno ajuste anatômico. — Malthur, mostrando seu livro de magias e um sorriso amarelo.

— E eu escolhi agilidade e carisma. — Basthil sorriu e deu uma piscadela.

— Em um passe de mágica fomos transformados em heróis. Depois disso, todos os desafios antes impossíveis se tornaram possíveis. Essa é a verdade, simples assim. — Clarion deu de ombros.

Lenna ouvia com muita atenção, esperando o resto da história.

— Entendi... mas algo não faz sentido. Porque elas deram esses desejos, qual foi o preço?

— Ah, o preço. Este é o problema — respondeu Malthur. — Elas disseram: "Quando o último de vocês completar sessenta e seis verões, retornem ao nosso lar. Teremos uma última busca para vocês. Mas se falharem ou negligenciarem esta demanda, todos seus entes queridos e descendentes sofrerão uma terrível maldição. Para sempre!"

— Para sempre? — perguntou Lenna. — E... *todos*? — Os outros três concordaram com as cabeças.

— Quando você é jovem, quatro décadas parecem uma eternidade, uma vida inteira. Mas bastou um piscar de olhos e cá estamos. Prestes a encontrar as bruxas novamente e pagar, ou não, nossa parte da barganha — respondeu Basthil.

— Agora vem a questão principal. Se completarmos a busca das bruxas pode ser que elas fiquem mais poderosas, talvez a ponto de colocar o reino *inteiro* em risco. Elas já eram poderosas antigamente, hoje em dia então… — Clarion deu de ombros.

— Mas se não completarmos a busca tudo o que conquistamos até hoje vai ser corrompido, e da galeria de grandes heróis vamos ser transferidos para a galeria de grandes vilões. E mais importante de tudo, ninguém quer ver seus parentes amaldiçoados! — Malthur disse com um tom levemente desesperado.

Ficaram calados por um instante. Clarion finalmente levantou da rede e foi pegar um prato de sopa. Lenna o serviu e também pegou um pouco.

— Talvez se fosse você, que é mais esperta, talvez tivesse recusado a oferta, que era boa demais para ser verdade. Mas é difícil recusar algo tão… *tentador.* — Clarion suspirou e balançou a cabeça.

— Não se culpem tanto, podem ter certeza de que eu ia ter muita dificuldade de recusar três desejos de três lindas bruxas.

Lenna queria muito ajudar seus companheiros, mas depois de ouvir aquela história fantástica, a situação lhe parecia acima das suas capacidades. Os três estavam bastante abatidos, sorvendo a sopa lentamente como velhos em um asilo. Tentou encorajá-los com palavras.

— E não acho que sejam fachadistas, seus feitos são reais! Suas aventuras e seus atos heroicos foram reais. E vejam bem, com o poder concedido poderiam ter se tornado grandes vilões em Ahlen, ou até mesmo ameaçado Arton inteira, mas não o fizeram!

— Para ser sincero, na esmagadora maioria dos casos nos aventuramos a troco de tesouro e de reconhecimento. Raras vezes ajudamos sem pensar unicamente na recompensa — disse Clarion.

— Bem, mas não são todos os aventureiros assim? Fingem fazer pelos outros, mas na verdade querem apenas riqueza e experiência para poder matar mais e saquear mais. Existem aventureiros genuinamente bondosos e altruístas, mas acho que são a minoria.

Lenna pausou por um instante e desviou a conversa para um lado mais pragmático.

— Vamos pensar na solução. E se matarem as bruxas?

— Consideramos isso. Estudei o assunto e suas implicações mágicas a fundo, mas não consegui chegar a uma conclusão satisfatória. Temo que se fizermos isso também terminemos por amaldiçoar nossas famílias. E como pode ver, não estamos mais no nosso auge. Pode ser que elas nos pulverizem em segundos. É bem arriscado — disse Malthur.

— E se tentarem negociar? — Lenna arriscou.

Malthur apenas balançou a cabeça.

— Talvez essa última demanda não seja tão ruim assim, talvez elas tenham decidido se aposentar que nem nós...

Ela ficava pensando em uma solução, mas por mais que tentasse não conseguia encontrá-la. "Que droga, ahlenienses deviam ser espertos. Tem que ter uma saída!"

— Nem tudo tem uma resposta fácil, querida sobrinha. Deixe isso conosco, esse fardo não é seu, é nosso. Parece que chegamos a um impasse... — disse Clarion.

— ...mas isso não quer dizer que não tenhamos algumas cartas na manga — completou Basthil, sorrindo enquanto embaralhava suas cartas de Wyrt.

Lenna serviu a todos e se serviu, terminando com a sopa. Olhava aqueles três velhinhos encolhidos nas redes e pensava no passado deles, tentando imaginar o quanto tinham vivido, e se ela viveria tantas experiências quanto eles. Sentiu vontade de montar um grupo de aventureiros e ser melhor do que eles, deixá-los orgulhosos. Ela achava que estavam arrependidos dos atos da juventude e que buscavam se redimir do que tinham feito.

— É uma decisão difícil, que postergamos até hoje de noite — iniciou Malthur.

— Foi uma mão de Wyrt que parecia boa no início. Não era — continou Basthil.

— Mas não se preocupe, querida sobrinha. Amanhã tudo isso acaba. Vá dormir, nos veremos logo — terminou Clarion.

Lenna respirou fundo e pausou. Estava completamente exaurida.

— Então eu peguei no sono. Quando acordei estava ao relento, do lado de uma fogueira em brasa e fora do esconderijo mágico. Apenas eu e meu cavalo. Nunca mais os vi.

— Desapareceram, assim… do nada?

— Acredito que depois de tudo que eu disse, não acho que vão pensar que foi "do nada". Mas suponho que subiram o pico e encontraram as bruxas.

Felícia realmente esperava um final melhor para aquela história. Mas contra fatos não há argumentos. Se era o que a nobre estava contando, era assim que tinha acontecido. Olhou para o lado e viu Ivarth com os olhos semicerrados e com uma expressão que implorava por um travesseiro e uma cama. Colocou os dedos nos lábios, pensativa.

— Então está me dizendo que você e os três heróis cavalgaram nos ermos, lutaram contra goblinoides, nadaram em um lago e encontraram uma velha amiga arcanista. Depois a deixaram para trás, e então desapareceram da noite para o dia.

— É. Daí para saber o que aconteceu, só com bola de cristal. Se eles morreram lutando contra as bruxas, seus pertences provavelmente ficaram com elas. E se não morreram, mais cedo ou mais eles vão dar as caras!

— Há quantos dias aconteceram esses fatos?

— Cheguei em Thartann faz três dias. Mas como fiquei perdida nos ermos demorei mais de uma semana até conseguir achar o caminho de volta. Tive que fugir do perigo várias vezes. Não foi nada divertido!

— Poderia explicar por que demorou tanto para vir prestar esclarecimentos?

— Passe pelo que passei e entenderá. E ainda por cima ter que me explicar, sendo uma Schwolld, é muito humilhante. Só fiz porque fui aconselhada.

— Desculpe insistir nisso, mas você realmente não faz ideia onde eles estão?

— Não.

— E quanto aos seus pertences e suas montarias, também desconhece?

— Exato.

— Então acredita que os itens possam estar no pico, no lar das criaturas?

— É possível, eu é que não vou voltar lá para verificar, tenho amor à minha vida.

— Então acredito que temos o que precisamos. Você é a única testemunha do desaparecimento dos "Garotos" e de todo seu equipamento, que vale uma fortuna. Como guarda real tenho obrigação de orientá-la a não deixar a cidade até termos um veredito ou segunda ordem do Magistrado responsável.

— Eu deveria era estar sendo amparada, ao invés de ser interrogada! — falou com indignação, mas rapidamente se acalmou. — Mas entendo que está fazendo seu trabalho. Portanto, obrigada e boa noite.

Finalmente Lenna se levantou, vestiu um casaco e começou a sair. Mas Felícia ainda tinha uma última pergunta.

— Senhora Lenna. Acredita que os "Garotos" ainda podem voltar? Que derrotaram as bruxas?

— É senhorita. — De costas para os dois, deu de ombros. — Acredito que conseguiram fazer algo bom. — Se virou. — E... pareço amaldiçoada para você? — disse, sorrindo.

Felícia e Ivarth observaram a nobre indo embora pelos corredores vazios da RICS até ela sumir da vista. Lenna foi até o estábulo, montou em um cavalo majestoso de sangue élfico e desapareceu cavalgando noite adentro.

CAPÍTULO 7

AS PLACAS

Era a manhã seguinte à noite do depoimento de Lenna Schwolld e Felícia só estava acordada e de pé porque seu senso de dever a proibia de faltar ou se atrasar para o trabalho. Mal tinha entrado na guarda quando o capitão a chamou para seu gabinete. Quando ele a viu não resistiu a fazer uma brincadeira.

— Que cara, hein, Felícia! Tava boa a festa ontem? — Deu uma risada forçada. Ela fechou a cara e não respondeu nada, o que fez com que o capitão adotasse um tom sério.

— Bom, ainda bem que chegou! É urgente, corre lá antes que os fofoqueiros descubram.

E entregou-lhe um formulário padronizado, do qual Corvir tinha preenchido apenas o campo do endereço. Ao ver a cara confusa, o capitão seguiu.

— Lembra das aulas, certo? Uma vez é um acidente, duas vezes é coincidência, três vezes é...?

— Um padrão? — Felícia respondeu, ainda mais confusa.

— Exatamente. Agora siga para o endereço que você vai entender!

Quando chegou no endereço do formulário, uma choupana no fim de uma ruela, teve ainda mais uma surpresa. Quem a recebeu não foi Ivarth, mas um inesperado novo assistente.

— Bom dia, investigadora Felícia, estou aqui para auxiliar você no caso. Meu nome é Jano. — Fez uma rápida saudação marcial e entregou para Felícia um conjunto de pergaminhos.

Ela analisou rapidamente o homem, para ver se o conhecia. Tinha cabelo curto e raspado dos lados, barba feita, roupas limpas e passadas, postura profissional. A figura não atiçou sua memória.

— Bom dia, senhor Jano.

Olhou os papéis entregues. Eram diversos relatórios periciais, meticulosamente preenchidos. Começou a ler. Primeira vítima: goblin (varão) plebeu, profissão desconhecida, nativo. Causa da morte: sangramento devido a cortes no peito. Segunda vítima: humana (virago) plebeia, comerciante de tecidos, nativa de Tyrondir. Causa da morte: sangramento devido a cortes no peito e abdômen. Terceira vítima: humano (varão) plebeu, padeiro, nativo. Causa da morte: sangramento devido a cortes no peito e abdômen.

— Por aqui. — Seu novo colega sinalizou.

Felícia entrou na choupana e confirmou seus temores ao ver o corpo de um humano morto, aparentemente devido a múltiplos cortes no peito. Havia uma grande poça de sangue debaixo do corpo retalhado e o cheiro forte tinha se espalhado e impregnado o ambiente. Era difícil manter a compostura frente à cena grotesca, ainda mais ouvindo o choro triste que vinha do lado de fora, provavelmente de um ente querido. Era uma morte escancarada, gráfica, gritante. As tripas reluziam. As mãos estavam encharcadas de sangue seco, provavelmente da tentativa vã de evitar sua própria estripação. Pensou nos últimos instantes da vítima, no seu provável estado de puro horror e desespero. A pobre criatura foi incapaz de gritar, com a barriga aberta daquele jeito.

— Me deixe sozinha um pouco, por favor — disse Felícia. Jano assentiu.

Ela também queria sair para tomar um ar e se recuperar da enxurrada de informações, mas preferiu ficar sozinha com o corpo, sem curiosos em volta. Avistou um banquinho próximo e sentou-se. Leu os papéis novamente.

Eram relatórios detalhados sobre as vítimas e condições em que haviam sido encontradas, com diagramas dos lugares e posições dos corpos. Estranhou a qualidade superior dos relatórios. Nada ligava as vítimas por enquanto, exceto a causa da morte: uma dezena de cortes profundos na parte frontal do corpo, com a característica de terem sido feitos de baixo para cima.

Um pouco mais calma, levantou-se e observou o corpo dilacerado. Percebeu que eram cortes demais para terem sido feitos por uma sequência de golpes de espada ou machadinha, então deduziu que a arma devia ser uma adaga ou espada curta e que o criminoso provavelmente era mais baixo que as vítimas — exceto no caso do goblin, no qual os rasgos pareciam ser frontais. Não havia sinal de execução ou morte ritualística e pelos relatórios não parecia que as vítimas tivessem lutado contra o agressor, o que provavelmente queria dizer que foram pegos de surpresa. Se morreram sangrando, por que não pediram ajuda?

Mas a ligação inconteste entre as três vítimas eram as placas. Felícia se agachou para ver a que estava colocada do lado daquela vítima: uma placa de metal reluzente com um endereço entalhado em letras maiúsculas: "RUA. DOS. COMENDADOS. 55". Conferiu nos relatórios e confirmou que as placas das outras vítimas eram idênticas, exceto pelo endereço entalhado. "ALAMEDA. DO. MERCADÃO. 17", "PRAÇA. RAINHA. HELEVINA. TAVERNA. DO. BODE-NA-SALA. FUNDOS". O assassino queria marcar suas vítimas e apontava para algo. Visitar esses endereços era o primeiro passo óbvio na investigação.

Também havia uma conexão temporal, já que as vítimas surgiam com intervalos regulares de um mês. Ou o assassino era metódico ou por alguma razão só podia agir com essa frequência. De qualquer maneira, respirou aliviada. Era um caso gravíssimo, mas tudo indicava que teria um mês para encontrar o culpado e evitar uma próxima vítima.

Antes de sair, orou para que Khalmyr, em seu julgamento justo, enviasse a alma da vítima para um bom mundo dos deuses, qualquer que fosse ele. Quando saiu da choupana insalubre e pisou novamente na rua, foi ofuscada pela claridade do dia. Havia passado um bom tempo na cena do crime e a manhã já estava fervendo. Olhou ao redor.

— Guarda, cadê nosso colega que estava aqui? O rapaz se apresenta, diz que vai ajudar, mas logo desaparece! — ela perguntou para uma sentinela da cena do crime.

— Foi embora faz tempo. Disse que ia estar na guarda.

Os curiosos que passavam pela rua diminuíam os passos e se espichavam na direção da choupana. Os mais descarados tentavam espiar para dentro da casa através das frestas nas paredes. Felícia enxotou alguns, mas viu que era uma batalha perdida e se afastou. Com os papéis em mãos e a mente tomada por um turbilhão de pensamentos, voltou para a RICS.

— Por que não me falou do caso antes? Quem é esse tal de Jano e por que ele não está aqui agora? — Ela quase bateu o punho na mesa do capitão, que abocanhava um pão acompanhado de queijo e vinho. Quando percebeu que ela estava furiosa com a situação, o chefe recolheu os comes antes de falar.

— Calma aí, Felícia! Isso estava fora das minhas mãos! — disse, limpando as migalhas da boca. — Primeiro. Até ontem não era um caso.

A primeira vítima foi arquivada porque não parecia ser nada demais. Quando surgiu a segunda foi que esse tal de Jano apareceu dizendo que ia cuidar de tudo. Mas parece que não deu conta do recado. Só quando cheguei hoje fiquei sabendo desse terceiro corpo e decidi falar com você.

— E de onde veio esse colega?

— Ele é da guarda. A guarda é grande e tem muitos membros.

— Quer dizer que não conhece.

— É, não pessoalmente. — Deu de ombros. — Me parece um agente sério, chegou sempre cedo nas cenas dos crimes e fez relatórios exemplares. Não voltou aqui hoje, mas deve aparecer. Certamente não é uma sinecura qualquer.

— Tudo bem, capitão, dou um jeito. É meu dever.

Um pouco mais tranquila, fez uma saudação protocolar e saiu da sala, passou perto da mesa de Ivarth e chamou-o para uma diligência. Era hora de conferir os endereços.

Investigaram os três endereços minuciosamente, revirando todos os cantos e questionando os moradores e vizinhos. Buscavam pistas, qualquer coisa que apontasse para um suspeito ou criasse mais alguma conexão entre as vítimas. Mas nenhum objeto que pudesse ser vinculado ao crime foi encontrado e as respostas foram na maioria negativas. Os lugares (uma casa, um depósito e uma casa de leilões) pareciam ser negócios legítimos e sem ligação aparente, exceto que tinham espaços amplos, talvez para reunir pessoas ou realizar rituais. Mas não eram do mesmo dono nem frequentados pelas mesmas pessoas. E o mais estranho: pelo que conseguiram levantar, não tinham ligação direta com as vítimas.

Então, o que seriam estes endereços?

O dia seguinte começou bem. Não houve uma nova vítima, indicando que a tese das vítimas mensais poderia estar certa.

Felícia aproveitou o expediente mais calmo para estudar os relatórios e buscar novas pistas, rotina que haveria de se repetir pelos próximos dias. Ficou inquieta após a leitura dos documentos perturbadores, e a única maneira que encontrou de se acalmar foi visitando os endereços de novo. Mas não encontrou nada. Quando retornou para a RICS pegou um mapa da cidade e rabiscou nele as posições das vítimas para tentar encontrar um padrão, porém, mais uma vez, não encontrou nada. Pegou mais papéis, fez listas e diagramas para cruzar informações. Qualquer luz ou caminho seria muito bem-vindo. Jano não foi visto na RICS novamente. Ivarth era o único que se importava com o caso, e ela gostava de discutir suas teorias com ele.

— Temos os "onde", "quando" e "como". Algo crucial nos falta: o porquê. O que fizeram para serem vítimas? Qual a motivação? Seria vingança pessoal?

— Pode ter sido uma escolha aleatória, ou pode ter sido circunstancial. Me parece que o corpo é apenas uma desculpa para chamar atenção para as placas, que são uma maneira de marcar as vítimas como sua obra. Não seria o primeiro a fazer isso, é só lembrar dos casos de outros criminosos em série que vimos na academia: O Ladrão das Lareiras, Melinda "Come-Faces", o Assassino Safira... Os corpos estão definitivamente marcados, mas não sabemos quem é o "dono" da obra — disse Ivarth.

— É, não seria o primeiro. Só que todos os assassinos que estudamos estão presos ou aposentados, menos o Assassino Safira. Mas não é a marca dele. E por que escrever endereços ao invés de uma mensagem mais marcante?

— Deve ser uma pista cifrada que ainda não conseguimos desvendar. Para nosso infortúnio, alguns desses malucos gostam de atiçar os investigadores com charadas.

Os dois voltaram a ler e escrever notas do caso. Àquela altura a notícia das mortes já tinha vazado para as ruas e se espalhou que nem fogo de palha. O assassino recebeu o apelido de "o Retalhador das Placas", um nome que ofendia Felícia pelo aspecto sensacionalista. Os demais colegas da RICS pareciam despreocupados e davam graças ao Panteão por não precisarem participar da investigação. Como um deles disse: "uma hora esses crimes se resolvem. Ou o assassino cansa, morre, foge ou mata todo mundo!" Pensando nos outros colegas, lembrou-se de um que brilhava pela sua ausência. Depois do primeiro encontro, Jano tinha aparecido na RICS apenas mais um dia.

— Ivarth, você se lembra de ver esse Jano em classes ou na academia da guarda?

— Não, não lembro. Para dizer a verdade nunca o tinha percebido na guarda, mas algo me diz que é familiar. E parece ele ser experiente, então talvez tenha sido transferido de outra região para a nossa.

— É. Quando ele aparecer vou tentar descobrir algo. Mas hoje decidi ir atrás das placas. Acho que conheço alguém que pode me ajudar.

— Realmente, muito incomuns. Estou surpreso. E olha que não é fácil me surpreender com essas coisas.

Fenbur cofiava a barba e bigode enquanto analisava a placa com sua lupa de pala. Também acariciou e apalpou o metal da placa, sentindo a textura.

— Não posso lhe dizer nada conclusivo ainda, vou precisar de uns dias para fazer testes.

— Tudo bem, posso esperar alguns dias — suspirou Felícia.

— Não se preocupe que não vou demorar muito, nem teria como, logo estou indo embora de Ahlen. Ainda não decidi se vai ser antes ou depois da próxima Noite das Máscaras.

Felícia fez uma careta de surpresa. Sempre tinham lhe dito que anões eram uma raça confiável e estável, e ela sempre imaginou que seu colega de igreja iria manter aquela loja de joias aberta para sempre. Não sabia se deveria parabenizá-lo pela decisão de deixar Ahlen ou se lamentava o fato. Decidiu que ia sentir falta dele.

— Puxa, que pena! Vamos sentir sua falta. Vai voltar para o reino dos anões?

— Nah, chega de Doherimm para mim. Já tive o suficiente. Vou para as ilhas ao sul.

— Que surpresa. A região de Collen não é especialmente próspera.

— É por isso mesmo que vou! Pode não ter nada para fazer agora, mas nesses lugares é que surgem as grandes oportunidades. E justamente por causa do casamento real e da nova situação do reino, há uma grande expectativa de mudanças.

— Bem, então lhe desejo boa sorte! Que Khalmyr olhe por você.

— Obrigado, mas guarde a despedida para a próxima vez.

— Quanto lhe devo pelo serviço? Tenho uma verba real de investigação e gostaria de anotar no relatório oficial.

— Hmmm. Quer saber? Estou de bom humor, não vou cobrar a coroa de Ahlen. Como é para ajudar o povo e não os nobres, vou fazer por eles. Por nós. Fique com a verba real.

Ela olhou feio para Fenbur.

— Você certamente quis dizer "devolva a verba real".

— Ah sim, claro. Foi o que eu quis dizer. Perdoe esse anão atrapalhado. — Sorriu sem jeito.

Nos próximos dias Felícia seguia sua rotina normalmente. Trabalhava e depois ia para casa descansar e cuidar da família. Fora isso frequentava apenas o templo de Khalmyr onde rezava e treinava junto com seus irmãos sagrados. Gostava de passear com o sobrinho Nuno nos dias de folga, quando aproveitava para lhe ensinar pequenas lições de vida. Mas aquilo era apenas uma fachada de normalidade. À medida que a data de um mês completo do primeiro assassinato se aproximava, pior ela dormia, angustiada pela proximidade de uma nova vítima.

Sozinha no escuro, deitada olhando para o teto e ouvindo o ranger do eixo do moinho, se perguntava.

"Será que vou falhar nesse caso como falhei no caso do Lakki e do dente? Quantas vítimas mais vão precisar acontecer até eu conseguir descobrir quem é o assassino?"

Virou-se na cama, inquieta. O ruído repetitivo do eixo girando lentamente lhe lembrava o som da areia caindo dentro de uma ampulheta.

O vendedor anunciava o produto com sua voz retumbante:

— Ouçam todos, ouçam agora! O Retalhador das Placas faz mais uma vítima! Thartannianos clamam por justiça! Onde estão os guardas de nosso Rei? Leiam sobre isso e muito mais no Arauto de Ahlen, por apenas dois tibares de cobre!

Felícia correu para o rapaz, incrédula. Nem lhe ocorreu se apresentar como oficial, deixou que o uniforme fizesse essa parte.

— O que sabe sobre o Retalhador? Por que está dizendo essas coisas?

— Ei, calma lá, dona guarda! Só estou repetindo o que está no jornal. — Alcançou um dos papéis dobrados para ela, que era apenas uma grande página de papel impressa dos dois lados e dobrada.

— Esse é o Arauto de Ahlen — prosseguiu o rapaz — É como a Gazeta do Reinado, só que com notícias de Ahlen. É coisa nova, e tem vendido como pão quente!

Pagou o rapaz e conferiu a data do impresso: era o primeiro dia de Pharstyth, o décimo mês, de 1420. Faltavam três dias para completar um mês desde a terceira vítima. Isso significava que o assassino não era tão metódico assim. Além disso, achou um absurdo que uma informação de bastidores fosse escancarada a público daquela maneira. Nem sabia de uma quarta vítima!

Pescou no texto o endereço do crime e foi lendo o resto enquanto caminhava rapidamente para lá. O jornal não tinha revelado o local exato, apenas o bairro do ocorrido e que o corpo tinha sido encontrado de madrugada. Ficou aliviada ao ver que o resto do texto eram apenas bobagens sensacionalistas e especulativas e que nada importante da investigação tinha sido revelado. Algumas informações estavam tão erradas que ela quase se permitiu rir.

Ao chegar na cena do crime foi reconhecida como investigadora por dois transeuntes, que lhe dirigiram comentários. "Faça alguma coisa, isso tem que ter um fim!" "Essa guarda não serve para nada mesmo, se fosse em Deheon esses crimes já teriam sido resolvidos!" Já um homem barbudo de meia-idade não teceu comentários sobre ela, mas sim sobre a vítima: "Esse merdinha encrenqueiro não vai fazer falta. Longa vida ao rei!" Como havia muitos curiosos dessa vez, guardas de patrulha foram convocados para fazer um cordão de isolamento na área e dar um pouco de paz para os investigadores.

Lá dentro, deu de cara com Jano.

— Parece que hoje você não foi o primeiro a chegar.

Era uma casa humilde de teto baixo, de piso úmido forrado de palha. Novamente o cheiro de sangue atacou suas narinas. O colega de guarda a recebeu com uma mesura e um meio-sorriso.

— Realmente. Parece que algum vizinho encontrou o corpo de madrugada e avisou o "Arauto" ao invés de avisar a guarda. Isso nos deu uma certa dor de cabeça, mas já resolvi colocando o pessoal lá fora. Pelo lado bom, não parece ter havido nenhuma alteração na cena do crime.

Jano abriu a janela da casa para iluminar e ventilar o ambiente. A luz do dia revelou o horror da morte. A agonia estampada no rosto intacto contrastava com o peito e o abdômen retalhados. A famigerada placa metálica ao lado do corpo estava lá mais uma vez, reluzindo sob os raios do sol que entraram pela janela. Assim que seus olhos se acostumaram, uma coisa lhe chamou atenção na cena do crime. Havia uma "falha" na mancha de sangue.

— Parece que tinha algo neste local. Uma caixa, talvez? — ela disse.

Observava com atenção a forma da não mancha, que era razoavelmente quadrada, mas um pouco irregular devido ao avanço do sangue. Jano complementou com outras teorias.

— Pode também ser algo redondo, uma semiesfera. Um pilar. Uma hipótese que não podemos descartar é que o assassino tenha sido "invocado" pela vítima.

Aquilo não tinha ocorrido para ela. Decidiu que pesquisaria essa hipótese mais tarde. Jano se aproximou e lhe entregou suas notas e Felícia foi até a janela para poder ler. Quarta vítima: humano (varão) plebeu, profissão músico ou artista, nativo. Causa da morte: cortes na barriga e peito. Nos dizeres da placa: "RODAMUNDOS. BECO. DA. LAMA. SALÃO."

O nome Rodamundos saltou à sua vista. Felícia conhecia bem o lugar, havia crescido no bairro lamacento da periferia. Finalmente algo mais fácil de investigar. Aproveitou a deixa para tentar saber mais sobre o colega.

— Que coincidência, já morei no Rodamundos. E o senhor, conhece bem os bairros de Thartann?

— Não. Não sou daqui na verdade, sou de Ni-Lodashyr. Mas já morei em Gorsengred e Jharydanshar.

— Sério? Estive uma vez em "Nilo" quando era criança. A praia do Kraken é linda.

— Verdade, verdade. Só acho a água um pouco fria para meu gosto.

— E quanto tempo tem de guarda?

— Fui transferido faz pouco tempo, antes disso fiz parte do exército real pela casa Rigaud. Por isso as várias transferências. — Levantou uma manga e revelou com orgulho uma tatuagem. Era o lobo com duas coroas dos Rigaud.

— Imagino que tenha muitas histórias dessa época. Muitas batalhas?

— Até que não. Algumas escaramuças enquanto estava no forte Shiarydon. Estradas cheias de mercadorias e fazendas carregadas de comida são uma tentação grande demais para goblinoides e bandidos...

Jano se sentou com as pernas abertas em um banco que havia na sala, e a ponta dos seus pés quase encostou na poça de sangue. Felícia percebeu que hesitou antes de continuar.

— Nada além de goblinoides e bandidos. Como se diz por aí "a diferença entre um forte e Thartann é que no forte os bandidos ficam do lado de fora das muralhas, e na capital, do lado de dentro!"

Riu alto e deixou Felícia desconfortável. Não parecia certo gargalhar na frente de um corpo. O peso na consciência fez com que se sentisse uma guarda inútil, não muito diferente dos outros burocratas que nada faziam e recebiam seu soldo. Se ela não prevenia nem desvendava crimes, para que servia?

Perdeu o interesse em Jano e decidiu caminhar pelo cômodo humilde em busca de pistas. Encontrou roupas, utensílios, quinquilharias. Os únicos pertences que destoavam dos objetos cotidianos eram instrumentos musicais: uma flauta, um alaúde e um pequeno tambor, certamente os pertences mais importantes da vítima. Tirando a falha na mancha de sangue, todo o resto seguia o padrão conhecido.

— Seria bem mais fácil com um pouco de magia. Me contentaria com qualquer ajudinha que fosse — Felícia desabafou.

— O uso de adivinhações oficiais não foi autorizado. Na verdade, continua proibido em todo o reino desde o decreto de nossa majestade real. Não podemos fazer nada a esse respeito — Jano respondeu resignado.

— Então acho que terminamos por aqui. Podemos pedir para removerem o corpo.

— Ainda não fiz meu desjejum. Aqui perto tem uma coxinha de Trobo que é uma delícia, vou lhe mostrar.

Era um lindo dia de folga, ensolarado.

Dias haviam se passado e Felícia estava caminhando junto com seu xodó, Nuno, que estava muito animado naquela manhã pois tinha ganhado uma espadinha e um escudinho de madeira. Brandia e golpeava inimigos invisíveis enquanto caminhava erraticamente, obrigando Felícia a cuidar o tempo todo para que não acertasse ninguém.

Mesmo que algumas vezes Felícia sentisse que sua família lhe demandava mais recursos do que seria razoável, tinha acabado por aceitar esse fardo com um misto de resignação e orgulho. Famílias eram tão diferentes quanto pessoas, e sabia que havia situações bem piores que a dela, principalmente porque já as tinha presenciado. Sustentá-los era um preço razoável para manter seus parentes satisfeitos e na linha. Exceto o tio, que era um trambiqueiro. E exceto Nuno, que considerava especial. Se dependesse dela, ele seria o campeão que ela mesma não conseguiu ser.

Andando distraída, se permitiu aproveitar o passeio com o calor no rosto e a brisa nos cabelos. Seu sossego terminou quando o sobrinho encontrou algo no caminho.

— Olha o que eu achei, tia. Um papel colorido!

Assim que leu o que estava escrito no papel viu que Nuno não o tinha encontrado por acaso:

Para: Investigadora Felícia. Encontre-me no Panóptico na banca cinco-cinco. Procure um chapéu de cor vinho. Tenho uma proposta irrecusável.

Olhou para Nuno, preocupada. Já estava longe demais para voltar agora e precisaria fazer um desvio muito grande para deixá-lo de volta em casa. Pelo menos estava com uma cota de malha sob a roupa e carregava sua arma oficial, só lamentou não estar com seu escudo.

— Nuno querido, hoje vamos em um mercado que fica mais longe. Não saia de perto de mim, tá?

O enorme prédio de dois andares tinha uma forma circular e se localizava no encontro do grão-canal com o canal-menor, em frente aos morretes. O nome pomposo, dado pelo visionário Arquiarquiteto Real Oscar Zinfraud, era devido à sua forma circular e pela torre de vigilância da guarda localizada no centro do mercado. A torre possuía uma visão panorâmica completa de todas as lojas, escadas e passagens, mas eventualmente foi desativada para economizar despesas e acabar com certos "desentendimentos" entre guardas e comerciantes. Na base dela, um conjunto de fontes e bicas de metal se encontrava à disposição dos fregueses e dos animais de carga para matar a sede. Os bancos de pedra próximos das fontes eram disputados pelos clientes que pretendiam descansar as pernas antes de voltar para casa.

Já a parte importante, as bancas do mercado, ocupavam toda a parte interna do anel da construção, tanto no térreo quanto no andar superior. Para acessá-lo, o transeunte poderia escolher qualquer uma das diversas escadarias de ferro fundido, famosas pelos seus enfeites de temas agrícolas e efígies de Allihanna, a Deusa da Natureza, e de Tibar, o Deus Menor do Comércio. Uma vez no segundo andar, o freguês tinha o privilégio de passear tranquilo, protegido do sol e da chuva por um toldo de lona. Felícia se perguntava por que o rei havia construído algo de tamanha qualidade e tão útil para o povo. Quando a esmola é grande, o plebeu desconfia.

A banca cinco-cinco vendia refrescos de todos os tipos e cantos do mundo. Os fregueses esperavam pacientemente na fila para ter uma chance de provar raridades como a aguardente Sarmadin, a Yudennach Feuerwasser, o hidromel da Pondsmânia ou o misterioso suco-de-besouro, cuja origem desconhecida gerava tanto piadas quanto preocupação genuína. O lugar fervia e todas as mesas estavam ocupadas exceto uma, que tinha um assento convenientemente vago. Antes de ir para a mesa Felícia deixou o menino em um balcão próximo, entretido com um copo de suco e tira-gostos.

Ao sentar-se no lugar livre, se viu de frente com uma jovem dama que usava um grande chapéu emplumado de cor vinho.

— Nos encontramos novamente, guarda investigadora Felícia dos Rodamundos.

— Senhora Lenna? — disse hesitante.

— Senhorita. — A mulher sorriu e fez uma breve e charmosa mesura.

— Algo me diz que este encontro não é sobre o caso dos garotos do Rishantor...

— Não, não é. Esse assunto já morreu e foi enterrado.

Lenna bebeu até terminar a taça que tinha em mãos e sinalizou para o garçom trazer mais. Felícia aproveitou para conferir se Nuno estava bem.

— Então, qual o motivo? Não acho adequado que nos encontremos fora do expediente...

— Já ouviu falar do Arauto de Ahlen?

— Sim, por coincidência essa semana descobri que existia.

— Ótimo. Sou uma das pessoas responsáveis por descobrir notícias e fatos do dia a dia publicáveis que possam interessar a todos. E o Retalhador das Placas interessa a todos.

— Entendi. Se acha que vai me usar para alimentar seu jornal com segredos da guarda, está enganada.

Felícia fez menção de se levantar.

— Não — disse Lenna. Depois colocou a mão sobre o broche com o brasão Schwolld. — Quero lhe ajudar.

O garçom se aproximou e deixou duas taças com bebidas na mesa.

— Quer me ajudar com a investigação?

— Isso mesmo. Todos querem saber sobre esse assassino! As nossas edições que falavam do assunto foram as que mais venderam. E se sua investigação não andar, não terei sobre o que escrever. Até poderia inventar algo, mas não é a mesma coisa.

Felícia a fulminou com o olhar. De raiva pegou sua taça e bebeu um grande gole. A bebida tinha cheiro de rosas, sabor adocicado e um coice de mula. Desceu queimando e o vapor alcoólico subiu de volta pelas narinas.

— Senhorita Lenna. Esses crimes não são brincadeira. É sério, muito sério. Pessoas estão morrendo de verdade e seus parentes sofrendo a cada dia que as mortes passam sem punição…

— Mas eu quero ajudar a todos, inclusive os parentes!

— Eu duvido.

— Acredite no que quiser, mas leve em consideração o que lhe entreguei.

Só então Felícia percebeu que tinha um envelope no colo. Abriu discretamente e viu que continha papéis.

— O que é isso?

— As fichas criminais das vítimas.

— Bobagem, as vítimas não tinham fichas criminais. Foi uma das primeiras coisas que procurei nos nossos arquivos.

— E não iria encontrar mesmo, pois não cometeram nenhum crime. Oficialmente. Mas é melhor que você mesma veja os documentos.

— Onde conseguiu isso? E como descobriu que eu era a responsável pelo caso?

— Tenho contatos na RICS, na DICN e em outros lugares. É assim que sei das coisas. E uma das coisas que sei é que está empacada na investigação e que vai continuar mesmo assim, porque ninguém mais vai lhe ajudar. Ninguém quer desvendar a verdade.

— Parece que todo mundo conhece alguém que sabe das coisas, menos eu.

— Agora você tem alguém. *Eu* — disse Lenna.

— Alguém de posse de documentos Reais sigilosos, o que é extremamente irregular. Poderia abrir uma denúncia contra você.

— Poderia tentar, mas não vai. Porque está morrendo de curiosidade e porque sabe que quero ajudá-la de verdade. E além do mais... quem está com os documentos sigilosos é você!

Estava de fato curiosa, mas não podia olhar os documentos naquele lugar público. Sentia grande culpa por estar sendo manipulada e por agir debaixo dos panos. E mesmo achando que estava fazendo algo terrivelmente errado, não conseguia evitar.

Por que em Ahlen tudo tinha que ser sempre *desse* jeito? Se lembrou da frase "Justiça torta não é justiça" que ouvia seguidamente nos sermões de Abel. Mas seria mesmo preferível nenhuma justiça quando existe uma alternativa, mesmo não sendo a ideal?

Felícia estava pronta para ir embora, mas antes sabia que precisaria cumprir sua parte da barganha. Suspirou.

— Agora que já me tem no seu bolso, pode me dar o golpe de misericórdia. O que quer em troca?

— Falando desse jeito parece que vou roubar sua alma ou algo assim. Calma. Não vou pedir nada irregular, sei que não o faria.

— Então...

— Quero que lembre de mim assim que descobrir algo interessante ou tiver resolvido o caso. Se quiser se lembrar de mim em outros momentos, também não vou me importar — disse, terminando com uma risada contida.

Nuno se aproximou da mesa limpando a boca na manga depois de ter terminado sua comida e olhou para Felícia. Era hora de voltar para casa. Levantou-se, despediu-se e saiu, carregando o envelope.

Antes de deixar o lugar, olhou para trás. Lenna estava bebericando sua taça e quando seus olhares se encontraram ela ergueu um brinde na direção de Felícia.

— Ao nosso sucesso!

Felícia havia conseguido resistir algumas horas antes de ceder à tentação. Pelo deslize, decidiu se punir mais tarde com uma penitência. "É por um bem maior", justificou-se.

Os papéis altamente irregulares que Lenna lhe passou eram cópias manuais das fichas criminais das vítimas, supostamente tiradas do arquivo secreto da Guarda Preventiva de Crimes contra a Coroa, ou "GPCC", um órgão de alto escalão que obedece às ordens diretas do rei ou de seu guarda-costas real. Sua função oficial era proteger o soberano e seus parentes mais próximos, mas diferente da guarda pessoal do castelo Rishantor, que estava restrita ao palácio e ao seu complexo, a GPCC teria liberdade para agir em qualquer parte do mundo para "neutralizar ameaças". O órgão não fazia um trabalho investigativo como sua sigla dizia, nem um trabalho ostensivo como os guardas do palácio, mas sim um trabalho preventivo. Baseado no pouco que ouviu nas aulas e em fofocas que corriam à boca miúda, suspeitava que quando alguém era escolhido para entrar na Força o indivíduo abandonava sua identidade verdadeira e desaparecia, passando a agir como uma sombra do Rei. Uma sombra zelosa, poderosa e assassina.

Os papéis fornecidos por Lenna eram timbrados e tinham carimbos oficiais da GPCC, ou seja, a pessoa que os copiou teve acesso aos documentos originais e também ao almoxarifado oficial. Até poderiam ser falsificados, afinal os falsários de Ahlen eram de longe os melhores de Arton, mas Felícia não via indícios para acreditar que aquilo era uma conspiração complexa. Não ainda.

Os dados encontrados nos documentos batiam com tudo que havia levantado anteriormente sobre as vítimas, o que era um bom sinal. Por fim, quando terminou de ler, encontrou a primeira pista concreta.

Segundo os documentos, todas as vítimas eram criminosas, declaradas culpadas do mesmo delito: sedição.

Ou em outras palavras, *alta traição*. Em Ahlen um acusado desse crime deveria ser preso, julgado publicamente, e por fim condenado. A condenação era quase certa, e a pena mais comum era a execução sumária. Mas se todas as vítimas eram "traidores" da coroa, bastaria isso para motivar os assassinatos? Não seria melhor prender, julgar e executar, dentro dos caminhos legais? E ainda não havia explicação para os endereços das placas ou para a natureza dos golpes fatais.

Quando terminou de ler os papéis, Felícia ficou confusa e um pouco decepcionada. Não parecia mais coisa de um assassino sequencial. Talvez o dia seguinte lhe trouxesse uma nova pista.

— É para mim? — perguntou o anão segurando o pacote, surpreso e sorrindo.

— É. Uma lembrancinha de despedida e também um agradecimento pela ajuda. Teve uma vez na igreja que disse que gostava desse prato, e eu me lembrei disso.

— Ora, não precisava! Muito agradecido.

Fenbur enfiou o nariz e a barba no pacote de comida, e deu uma bela cheirada, de olhos fechados.

— Que delícia! — Lambeu os beiços em antecipação. — Bom, vamos direto ao assunto que eu sei que é uma guarda ocupada. As placas. Pois é, infelizmente não tenho nenhuma grande notícia. Mas tenho algumas suspeitas.

Felícia se apoiava no balcão com uma mão. Mesmo sendo mais um dia cansativo da sua rotina habitual, ela estava bastante atenta.

O anão começou a falar enquanto segurava a placa e fazia uma demonstração prática da sua pesquisa.

— O que acontece é que esse metal não deveria existir aqui no Reinado! Por sorte, anos atrás decidi comprar um livro de consulta da Guilda dos Ferreiros que tem uma lista completa de todos os metais descobertos pelo meu povo. E com ele pude confirmar que o metal é deste mundo, mas só pode ser encontrado em Arton Sul. Mas o mais estranho de tudo ainda é a mão de obra: o tipo de corte marcado nas laterais, o polimento e a maneira de entalhar essas letras modulares e padronizadas não é comum nem no Reinado nem no subterrâneo. A conclusão que eu cheguei é que a pessoa que confeccionou as placas não é daqui. É um estrangeiro como eu, mas de terras ainda mais distantes.

Felícia suspirou, esperava algo mais concreto.

— Isso não diz muito. Arton é… enorme. Tem alguma pista, alguma direção?

— Não sou investigador como você, mas andei pensando. Se quiser ir atrás do metal raro, pode começar olhando lojas de importados ou perguntando para outros ourives e ferreiros. Com sorte também podem ter alguma pista sobre a origem dessa mão de obra.

— Sinto que estou procurando uma agulha em um palheiro — ela desabafou.

— Ora, não desanime! Heredrimm olha por nós, ele vai lhe ajudar. E mais uma última coisa: se o assassino é mesmo um estrangeiro como eu, ele precisa ter chegado na cidade alguma hora, certo? E depois se hospedou em algum lugar. Se está aqui, uma hora irá encontrá-lo.

— A essa altura, com todas essas coisas estranhas que estou descobrindo… não sei se quero encontrá-lo.

"Investigar é caminhar", já dizia um instrutor da academia que gostava de ditos populares. Investigar é caminhar, repetia para si mesma, tentando se motivar quando sentia as pernas pesadas. Investigar é caminhar, falou para Ivarth quando os dois foram seguir a pista das placas e quando visitaram o Rodamundos para conferir o endereço da quarta vítima. As caminhadas os levaram a becos sem saída.

O último mês tinha sido especialmente difícil, de pouco descanso e muita dor de cabeça. Mais um corpo havia surgido seguindo o mesmo padrão, totalizando cinco vítimas do assassino das placas. A pressão e os boatos só aumentavam, ainda mais porque nenhum suspeito tinha sido apontado ainda. Todos nas ruas já conheciam a fama do assassino e Felícia pressentia que se ela não o impedisse, uma grande tragédia aconteceria.

A comoção era tanta que chegou a ser confrontada em casa pelos próprios parentes. A mãe questionou a sua capacidade e o tio duvidou da integridade da guarda. Mas outras pessoas ainda tinham fé nela. Ivarth, Fenbur e Abel a encorajavam. Até mesmo Janjão a apoiou, quando se encontraram por acaso durante uma das patrulhas do ogro.

— Fiquei sabendo do misterioso insano facínora que aterroriza e rouba o sono dos inocentes. Que Tanna-Toh ilumine suas ideias e consiga encontrar este nefasto malfeitor!

E apertou a mão dela tão empolgado que a machucou por alguns dias.

A pressão para resolver o caso, tanto interna quanto externa, era enorme. Felícia sofria de insônia todas as noites pensando no que poderia fazer, o que a deixava cansada e dificultava ainda mais as coisas, perpetuando um ciclo de fracasso e frustração. Mas algo lhe dizia que tinha todas as peças necessárias para montar aquele quebra-cabeça. E mesmo assim não conseguia resolvê-lo.

Precisava acabar com o caso antes que ele acabasse com ela.

Depois de gastar um tempo arrastando coisas e movendo pilhas de papéis, estavam prontos para começar.

Felícia tinha combinado com o capitão Corvir que naquela noite ela e Ivarth ficariam sozinhos na RICS para estudar o caso, já que de dia a repartição era muito movimentada e barulhenta. Cruzou com os colegas da guarda que estavam saindo no fim da tarde e assim que liberaram os lugares juntou quatro mesas para poder colocar todas suas notas em um único "mesão". Ivarth chegou em seguida, sorridente e animado.

As primeiras horas foram um pouco improdutivas, estavam sem foco e sobrecarregados pela quantidade de informações e hipóteses. Estavam em busca de uma fagulha, uma ideia que pudesse inflamar a grande revelação. E para que ela surgisse, os dois friccionavam suas mentes com teses e réplicas.

Enumeraram e revisaram todas as pistas. Todas as vítimas haviam sido mortas da mesma forma e marcadas como traidoras pela GPCC, um órgão secreto do Rei. Nas cenas do crime, não havia sinais de luta nem pegadas, o que dava a entender que o assassino teria algum meio de surgir diante de suas vítimas e pegá-las de surpresa. Poderia ser através das misteriosas placas, que Fenbur tinha concluído que provavelmente eram de um agente estrangeiro hospedado na cidade.

Felícia estava sentada e suspirou, exausta. Ivarth, ao lado, seguia o ritmo imposto pela colega. Ela aproveitou o respiro para reclamar da GPCC. Seu único pedido de colaboração com a investigação havia sido sumariamente ignorado. Ivarth, por sua vez, levantou um ponto curioso.

— Acho aquele guarda, Jano, um tanto estranho. Deveria nos ajudar, mas tudo que fez foram aqueles relatórios. Sei que ele não fez nada de errado, mas e se a gente o considerasse um suspeito?

— Será? Vejamos. Ele certamente é meio esquisito. Fica se esquivando. Sempre chega cedo na cena do crime, ou seja, alguém o avisa antes de nos avisar. Por outro lado, as marcas nos corpos não parecem ter sido feitas por um humano.

Aos poucos o assunto foi sendo deixado de lado, e acabaram se concentrando no que realmente tinham de material na mão: as placas.

— Por que não estudamos a data do primeiro crime? Seu amigo Fenbur sugeriu que podiam ter relação com as placas.

— Já pensamos nisso, mas não havia nada relacionado com as vítimas. — Felícia deu de ombros.

— Não com as vítimas. Com a cidade.

— Como assim?

— Eu já volto! — Ivarth disse.

E saiu correndo. Demorou um bom tempo até voltar esbaforido, carregando dois grandes tomos.

— Peguei esses registros do departamento de eventos oficiais do reino.

— Mas o departamento deveria estar fechado a essa hora…

Ivarth pensou em silêncio.

— É que — fez uma pausa — alguém esqueceu a porta aberta. Não se preocupe, devolvemos os registros logo e ninguém vai perceber.

— E estamos procurando o que exatamente?

— Qualquer evento interessante que tenha ocorrido próximo do primeiro crime, quando o assassino chegou com suas placas.

E colocou os tomos pesados em cima da mesa, causando um estrondo com seu peso. Sob a luz dos lampiões que ardiam, começaram a folhear as páginas com atenção, procurando datas e nomes. Estavam com os ombros colados, os dois concentrados na tarefa e tomando notas. Felícia estava focada e não percebia quando, às vezes, Ivarth a espiava discretamente e sorria.

— Espera um pouco! — disse ela. Por um instante Ivarth achou que era com ele, mas Felícia apontava para uma palavra específica no livro.

— Vectora? — ele leu.

A mente da policial fervilhava, sentindo a fagulha que buscava há tanto tempo!

— Sim! — disse Felícia, de olhos arregalados. — Faz todo sentido.

Vectora, o Mercado nas Nuvens, era uma das maravilhas de Arton. Erguido pelo mago Vectorius para demonstrar seu poder, voava colossal em um trajeto por todo o Reinado, parando nas suas principais cidades. Ela continou.

— Vectora chegou em Thartann poucos dias antes do primeiro crime! E como de costume ficou flutuando sobre a cidade por mais alguns dias. Essa é a chance dos comerciantes e nobres daqui comprarem o que há de melhor no mundo. E se você fosse um estrangeiro de terras distantes como Fenbur teorizou, qual a melhor maneira de chegar na cidade se não pelos céus? Não há registro oficial nosso das pessoas que sobem e descem pelos transportes mágicos e grifos, só há o registro da própria Vectora. Que a essa altura, está completamente inacessível.

— Entendi. Seria um jeito inteligente de evitar os postos de controle das fronteiras, que por mais corruptos que sejam sempre têm uma chance de registrar corretamente as entradas e saídas. — Ivarth coçou o queixo, ainda mastigando a dedução.

— Exato! Agora temos que descobrir onde o assassino se escondeu. Não acho que ele teria ficado na casa de algum aliado, isso seria muito comprometedor. E por ele ter vindo de Vectora vou supor que o sujeito deve ser alguém de certo prestígio ou poder, e que iria buscar um lugar isolado onde pudesse planejar seus movimentos sem ser incomodado.

— Faz sentido. Mas… onde?

Felícia fechou o livro de supetão.

— Me siga.

Os dois saíram da sala, percorrendo rapidamente os corredores vazios da guarda real até chegar na porta que dava acesso ao departamento de residências e locais públicos. Lá dentro havia um arquivo gigante com todas as construções da capital, incluindo proprietários, inquilinos, templos e até mesmo a coroa.

Ela testou a maçaneta. Fechada.

— Droga! Segundo o regulamento essa porta deveria estar aberta!

Suspirou e baixou os ombros, frustrada. Estava prestes a desistir quando Ivarth tirou uma chave do bolso fazendo uma careta estranha, um misto de vergonha e orgulho.

— Você tem a chave mestra da guarda? Como conseguiu?

— Tenho, mas apenas destas alas. Peguei… emprestado.

Os dois se permitiram sorrir com a situação.

— Não esqueça de devolver quando terminarmos.

— Claro que sim, eu prometo!

Entraram e acenderam as tochas, velas e um lampião que havia no lugar. Caminharam cerimoniosamente entre as estantes e seguiram direto para a prateleira de pergaminhos que continham os índices.

— O que estamos procurando? — Ivarth estava a um passo atrás dela, tanto na distância quanto no raciocínio.

— Casas longe do centro, alugadas ou arrendadas nas datas próximas da chegada de Vectora. Procure para além da muralha, depois do grão-canal.

Se jogaram no trabalho em silêncio total, embarcando na penosa tarefa de conferir todas as propriedades alugadas no período próximo da chegada de Vectora. Foi um trabalho exaustivo que consumiu quase quatro horas e uma dúzia de velas do departamento. Primeiro conseguiram compilar uma lista completa com todos os negócios e acordos fechados naquelas datas. Depois reduziram a lista para apenas os lugares discretos. Por fim, foram reduzindo a lista imaginando qual seria a casa mais conveniente para o assassino.

Um desses locais despertou grande interesse nos dois. Era uma propriedade nos limites da cidade, uma mansão de grandes dimensões abandonada há anos, supostamente porque seus últimos donos enlouqueceram ao realizar um ritual para Nimb, o Deus do Caos, da Sorte e do Azar. Após o incidente ninguém havia demonstrado interesse em comprar ou alugar o espaço e os boatos diziam que a mansão não era assombrada, mas sim algo muito pior. Era "abençoada" por Nimb!

O que interessava é que o lugar havia sido finalmente alugado justo no período que estavam analisando, por uma pessoa identificada apenas como "Sr. M. de Vectora". O tempo de locação também despertava estranheza: um ano com pagamento adiantado. O tipo de quantia capaz de calar a boca de qualquer locador em caso de interrogatório. Um ano era também o tempo até a volta de Vectora a Thartann. Uma coincidência bem conveniente.

— Mal acredito! — disse Felícia — Nosso suspeito não tem bem nome nem rosto, mas pelo menos temos um lugar por onde começar. Finalmente!

Ivarth ficou fascinado pela empolgação da companheira, iluminada apenas pela luz das velas. Sua imaginação o levou para uma outra imagem, em que as velas estariam numa mesa de jantar e os dois estariam conversando, rindo, enquanto ele segurava na mão dela, longe daquele lugar poeirento, longe daquele caso. Mas logo passou e se viu embolado com as palavras, tentando engatar de novo uma conversa mais mundana.

— Esse lugar é longe, não? — disse Ivarth, ajeitando o cabelo.

— Depois da alfândega sul, na estrada de Tyrondir. Não é exatamente um problema. "Investigar é caminhar" — repetiu Felícia. Já tinha adotado a frase como sua. — Pode ser que não seja o esconderijo, mas talvez seja a ponta do novelo de lã. Não se preocupe, eu pego um cavalo.

— Como assim eu? Vai sozinha? E agora?

— Agora. Não posso arriscar mais uma vítima, está quase fechando mais um mês, e o assassino já se mostrou não ser tão exato com datas. Vou começar por esse endereço e ir até o fim da nossa lista.

— Pois então *vamos*, não têm por que se arriscar sozinha.

— Tenho sim. Caso algo aconteça você não está pronto para uma luta pesada. Não vai me convencer, eu lembro de você treinando durante a graduação. E além do mais, alguém tem que avisar os outros aonde estou indo.

— Ainda assim... Vamos, eu fico do lado de fora da mansão. Prometo não me arriscar à toa!

— Tudo bem. Mas fique de olho. A noite de Thartann pode ser mesmo perigosa.

Seguiram até o armorial para colocar seus equipamentos de guarda ostensiva. Enquanto se trocavam algo chamou a atenção de

Felícia: Ivarth já não era tão franzino, sua postura estava mais ereta e no geral tinha um aspecto mais saudável. Estava visivelmente se esforçando para melhorar a forma física. Talvez conseguisse se virar no fim das contas.

Pegaram as montarias oficiais e dirigiram-se para a propriedade que ficava nos arrabaldes da cidade depois da alfândega sul, seguindo pela estrada de Tyrondir. Quando chegaram no local abriram um portão duplo de entrada e cruzaram um amplo jardim tomado pela vegetação, que foi a primeira confirmação do longo desuso. No fim dele lá estava a mansão abandonada, cheia de manchas de musgo e umidade, madeiras rachadas pelo sol e janelas tapadas por tábuas. Não parecia o tipo de casa que alguém alugaria por um ano.

Assim que se aproximaram da casa perceberam um cavalo solitário nos estábulos. Os dois foram conferir o animal.

— Parece que tem mesmo alguém morando aqui. — disse Ivarth.

— Não morando, visitando. — Felícia tirou a mão do lombo do cavalo. — Está quente e suado. Quer dizer que alguém veio trotando faz pouco tempo. Talvez um mensageiro. Venha, vamos nos esconder.

Armaram a tocaia ocultando seus cavalos e aguardando atrás dos arbustos mais densos. Depois de alguns minutos, a sorte sorriu para os dois, e um vulto saiu da mansão e montou no cavalo.

— Não pode ser!

— Quem é? Não consigo ver, está muito escuro — sussurrou Ivarth, ajeitando os óculos.

— Jano! — sussurrou Felícia.

— Sabia que tinha algo de errado. Então ele é o assassino?

— Pode ser... ou é só um menino de recados. Vou entrar na mansão. Siga ele e veja se descobre alguma coisa.

— Tem certeza?

— Tenho. Confio em você. — Deu um tapinha no ombro do amigo. — E quando acabar, volte para cá. Pode ser que eu precise da sua ajuda no fim das contas.

Estava de frente a uma placa, igual a todas que havia encontrado anteriormente do lado dos corpos, com a mesma tipografia e o mesmo metal. Exceto que desta vez não estava escrito um endereço. Desta vez a mensagem era bem mais pessoal:

OLÁ. FELÍCIA. PARABÉNS. PROSSIGA.

Ela estremeceu.

Mesmo estando no encalço do criminoso há meses, a mensagem a pegou de surpresa. A placa confirmava duas coisas: que suas hipóteses sobre o assassino estavam corretas e que corria perigo imediato.

Mas era tarde demais para recuar. Como agente da lei, mas principalmente como devota de Khalmyr, não podia dar chance para o assassino escapar. Prosseguiu mansão adentro.

A decoração do interior fazia jus a sua fama caótica. Tinha colunas espiraladas de mármore, abóbadas feitas de vitrais, cortinas decoradas com borlas, tapetes de peles pintadas de rosa e amarelo, móveis de madeira branca reluzente e janelas redondas com vidro colorido. Felícia nunca tinha visto nada igual e nem sua imaginação teria ousado decorar um lugar de maneira tão escalafobética. Mas sobre todo aquele luxo exótico havia uma camada de abandono.

A poeira e desordem eram os verdadeiros senhores daquele lar negligenciado. À medida que avançava percebeu que algumas tábuas do chão, parede e teto se moviam lentamente, como se respirassem. Envergavam a ponto de quase se desprender, mas sempre retornavam à sua posição original. Também sentia que estava sendo observada o tempo todo. Rezava cochichando enquanto avançava passo a passo.

Ó rei dos justos, lhe rogo
Me blinde com bravura
Me conceda compaixão
Ó rei dos justos, eu juro
Em seu nome serei justiça
Em seu nome serei bastião

Mesmo contando com a proteção divina, mantinha lança e escudo erguidos, observando atentamente os dispositivos estranhos que se apresentavam pelo caminho. Caixas, esferas, roldanas e outras peças metálicas estranhas espalhadas pelos corredores e cômodos. Não entendia o que eram, então assumiu que eram todos perigosos.

"Porque sempre termino me metendo nessas enrascadas?", pensou.

Depois de passar por uma antessala abriu uma porta dupla e se deparou com um salão de entrada típico de mansões, de onde subiam duas escadas curvas para o pavimento superior e derivavam muitas portas para diferentes alas da propriedade. Observando a quantidade de portas e a disposição delas, Felícia começou a suspeitar que as dimensões internas não condiziam com o tamanho da mansão vista de fora. Ou seja, magias e milagres estavam envolvidas na criação daquele lugar, como afirmavam os boatos. A luz que iluminava os corredores e salões provinha de arandelas mágicas fixadas nas paredes, mas era fraca e esparsa, contribuindo para o nervosismo de Felícia. O fato delas estarem acesas em uma casa "abandonada" a incomodava mais ainda.

Abriu lentamente a porta dupla à sua frente, e saiu em um salão com móveis cobertos por lençóis brancos, janelas fechadas e uma camada de poeira no chão que lhe chamou a atenção. Esperançosa, procurou pegadas, mas encontrou apenas as suas. Decidiu voltar e abrir outra porta.

Esta dava para um longo corredor reto que terminava em uma porta dupla cujas frestas deixavam escapar uma luz avermelhada que coloria o ambiente e iluminava objetos metálicos estranhos espalhados por todo o percurso, diferentes das que tinha encontrado antes. Tomou a luz vermelha como sendo uma pista, entrou no corredor e foi percorrendo-o devagar, sempre se mantendo o mais longe possível dos objetos. Mas bastava passar próximo de alguns deles para que pulassem e se abrissem repentinamente, emitindo sons estranhos e se debatendo compulsivamente. Apesar da algazarra, nada daquilo a machucou.

Depois de abrir a porta no fim do corredor, chegou em uma ampla cozinha que tinha uma escadaria que dava acesso a um porão. Em cima do fogão, mais uma placa.

SE. ARMADILHAS. FOSSEM. VERDADE. TERIA. MORRIDO. QUATRO. [4]. VEZES. PROSSIGA.

"Armadilhas? Aquelas coisas? Por que o assassino está me testando?", pensou.

Hesitou por alguns segundos. A cada passo mansão adentro crescia nela a sensação de que estava caminhando para sua ruína. Mas por bem ou por mal, era tarde demais, longe demais para voltar.

A escada do porão deveria descer. Era isso o que a mente de Felícia lhe dizia quando olhava para baixo e caminhava degrau por degrau. Mas suas pernas sentiam que, na verdade, estavam subindo e sentia que ia cair para cima a cada degrau que ganhava. Precisou encostar a mão na parede para manter o equilíbrio. Quando terminou o percurso Felícia sentiu um alívio imediato ao perceber que seu corpo voltou a ter o mesmo peso de sempre. Respirou fundo algumas vezes para se livrar do enjoo. Olhou para a escada para ter certeza de que tinha descido, e só a mera ideia de subir-descer a escada novamente já a deixou ansiosa.

Examinou o lugar com os sentidos entorpecidos pelo mal-estar e viu um grande salão com o teto fechado por uma claraboia de vidro colorido e janelas lacradas por placas metálicas espessas. Viu também vários móveis espalhados desordenadamente pelo salão, cobertos por panos e muita poeira. Viu uma série de grandes quadros nas paredes. Todos eram retratos, possivelmente de membros da alta sociedade a julgar pelas roupas coloridas afetadas e as poses dignificadas e protocolares. Não quis gastar tempo com eles e foi direto para um corredor que tinha chamado sua atenção.

O corredor não era muito longo e tinha portas metálicas fechadas que diferenciavam do estilo extravagante da casa. Pareciam portas de oficinas. Preferiu seguir direto para a pesada porta no final do corredor. Ao abri-la e entrar na sala seguinte, sentiu que era um lugar importante.

Era de formato quadrado e tinha as paredes e o teto alto abobadado completamente recobertos com placas metálicas de bronze. Os mesmos maquinários estranhos que tinha visto antes estavam espalhados por toda a sala exceto no centro dela, onde havia um bloco de metal que parecia servir de mesa.

Se aproximou da mesa, que tinha sobre ela uma placa muito semelhante às outras que tinha encontrado, mas ainda assim um tanto diferente. Estava ligada à mesa e ao invés das letras serem entalhadas elas se formavam através de partes móveis reconfiguráveis que ficavam mudando e trocando rapidamente. Então as letras pararam de se mover, formando uma frase:

— OLA. HUMANA. FELICIA. ACREDITEI. QUE. IRIA. COMPLETAR. MEUS. TRABALHOS. SEM. OBSTACULOS. ME. ENGANEI. SEJA. BEM. VINDA.

Uma das placas metálicas que recobria as paredes deslizou para cima e revelou uma janela de vidro protegida por espessas barras também de metal. A janela na parede estava à frente dela e lá dentro ela conseguia ver, com bastante dificuldade, o vulto de uma figura coberta por mantos, oculta nas trevas. Com o escudo erguido e empunhando a arma, gritou:

— Se sabe de mim, também sabe que estou aqui para cumprir meu dever e trazer a justiça para esta mansão bizarra!

— CORRETO. SEI. QUE. QUER. TAMBEM. SEI. TAMBEM. MUITOS. FATOS. POR. EXEMPLO. SE. DER. PASSO. PARA. LADO. VAI. MORRER.

Os espaços e janelas da placa com as letras metálicas mudavam freneticamente, formando palavras e frases com uma velocidade espantosa. Felícia olhou para os lados procurando armadilhas, mas não viu nada. Não quis pagar para ver.

— Então é assim que você mata? Com máquinas e armadilhas? Não tem coragem de enfrentar alguém usando os próprios punhos?

— PRIMEIRA. REPLICA. NAO. MATEI. NINGUEM. TODOS. MORRERAM. POR. SUAS. PROPRIAS. MAOS. COMO. VOCE. TAMBEM. VAI. PROVAVELMENTE.

As letras cessaram por alguns segundos e Felícia encarou o vulto imaginando se a geringonça havia enguiçado. Voltou a escrever.

— SEGUNDA. REPLICA. CORAGEM. NAO. SER. QUALIDADE. SER. DEFEITO. JOGADORES. NAO. PRECISAM. CORAGEM. PRECISAM. ASTUCIA. ISSO. BOM. UTIL.

— Se você fosse tão astuto assim não estaria cometendo esses crimes nem eu o teria encontrado. Mostre-se!

— PEDIR. MINHA. OBEDIENCIA. FUTIL. NAO. DESPERDICE. TEMPO. LIMITADO. AGORA. JOGADORA. LHE. DOU. DUAS. PERGUNTAS. ANTES. INICIO.

Felícia estava frente a frente com o assassino das placas, e pelo visto teria apenas duas chances para encerrar o caso. Queria fazer bem mais do que duas perguntas.

— Quem é você?

— SOU. VISITANTE. DISTANTE. NAO. TENTE. ME. CATALOGAR. SUA. ONOMASTICA. FALHARA. MAIS. FACIL. DIZER. MEU. OFICIO. SOU. COMO. JOGADOR. PARECIDO. NESTA. TERRA. CHAMADA. AHLEN. MAS. CONTRARIO. PESSOAS. AQUI. NAO. APOSTO. MESQUINHARIAS. SO. COISAS. VERDADEIRAMENTE. VALIOSAS. ULTIMA. PERGUNTA. ANTES. COMEÇAR.

— Por que matou?

— ASTUTA. APRECIO. FATO.

O vulto ganhou movimento imerso nas trevas e removeu o capuz que escondia seu rosto. Uma pequena luz se acendeu acima da criatura e revelou sua face. Era um crânio dourado com as órbitas vazias e dentes de um vidro azul brilhante. Felícia conseguiu perceber minúsculos parafusos e emendas, mas não entendia se aquilo era um elmo, uma entidade ou um autômato.

— JA. DISSE. NAO. MATEI. SO. INICIEI. APOSTA. FIZ. POIS. PRECISO.

As letras cessaram por alguns segundos e Felícia ouviu um zunido incessante vindo das profundezas da mansão.

— ESCREVO. POIS. NAO. TENHO. VOZ. TRABALHO. POIS. NAO. TENHO. LIBERDADE. PRESO. POR. CONTRATO. POR. DESEJO. ASSIM. COMO. VOCE. SOU. APENAS. PEAO. PEÇA. NO. TABULEIRO. PEAO. ASTUTO. GOSTO. PENSAR. AGORA. VEREMOS. SE. TAMBEM. E.

Na mesa à frente, três pequenas escotilhas se abriram e de dentro delas surgiram três objetos, elevados por plataformas internas até a altura do tampo.

— TODOS. JOGADORES. ANTES. TIVERAM. CHANCE. MAS. FALHARAM. PODERIAM. GANHAR. APOSTA. MAS. PAGARAM. COM. VIDA. NÃO. ERAM. ASTUTOS.

Antes de analisar os três objetos, Felícia instintivamente olhou para trás e viu que a porta por onde havia entrado na sala agora estava coberta por uma chapa metálica com um buraco de fechadura.

— PROPORCIONO. JOGO. JUSTO. VOCE. POTENCIAL. VENCER. QUANDO. ENTROU. AQUI. INICIOU. APOSTA. BOM. ALTO. RISCO. ALTA. RECOMPENSA. APROVEITE. TEMPO. PASSANDO.

"Como essa coisa ousa falar em justiça?", pensou. Então voltou sua atenção para os objetos metálicos. Eram uma pirâmide, uma esfera e um cubo. Não havia nenhuma abertura nos objetos e todos tinham entalhes geométricos, que ainda não sabia identificar. Deduziu que um deles conteria a chave da fechadura e os outros dois apenas morte. Com o coração acelerado e as mãos longe dos objetos, passou a analisar os desenhos. A esfera tinha desenhos circulares, o triângulo tinha símbolos sortidos e o quadrado era coberto por formas estelares e pontiagudas.

Olhou para o algoz e sua caveira dourada reluzente protegida pelas barras grossas. O resto do corpo estava oculto por mantos e trevas. Felícia imaginava que a criatura era mais inteligente, educada e habilidosa que ela, e que aquele jogo não seria um jogo justo. Mas que típico de Ahlen!

Lembrou-se da quarta vítima e da sua mancha de sangue, que tinha a estranha falha na forma de quadrado. Olhou para os objetos da mesa e viu que tanto a base da pirâmide quanto a do cubo eram do tamanho aproximado daquela falha. Também percebeu que se um daqueles objetos estivesse no chão e o sujeito fosse se abaixar para interagir a vítima ficaria obrigatoriamente exposta à armadilha. Imaginou a caixa se abrindo e executando uma sequência de golpes praticados por lâminas afiadas e atingindo as vítimas na parte abdominal, exatamente como as havia encontrado.

Se deu conta que estava encarando as armas do crime! Mas quem as teria transportado até as casas das vítimas? Só poderia ter sido Jano, já que mobilidade não parecia ser o forte daquela criatura; sem falar que não poderia caminhar na rua sem um ótimo disfarce. A placa de entrada "Parabéns, Felícia" também acabou lhe confirmando que o contato não só transportou as armadilhas como também passou informações.

— Me diga, monstro, quem é seu cúmplice? Deve ter sido indicado pela mesma pessoa que o contratou.

— DEDUÇÃO. COMPETENTE. POREM. INCOMPLETA. ESTA. PERTO. JOGA. JOGO. AMPLO.

Voltou sua atenção para a armadilha. A esfera era coberta por entalhes circulares de diversos tamanhos, alguns deles entrelaçados e outros concêntricos. Varreu com os olhos toda a superfície à procura de padrões e exceções, sempre a uma distância segura. Encontrou dois círculos pequenos que não tocavam nenhum outro, e estavam diametralmente opostos na esfera. A solução estaria em um deles ou em ambos. Respirou fundo. Limpou o suor da testa. Depositou a lança e o escudo no chão, apostando que a criatura não iria atacá-la. Aproximou as mãos abertas para tocar na esfera. Hesitou. Olhou para a caveira, que não demonstrou nenhuma reação. Pegou a esfera com muito cuidado e a trouxe para mais perto da borda da mesa para poder observá-la de perto. Deu uma leve empurrada e viu que era surpreendentemente pesada. Olhou mais uma vez a esfera bem de perto e percebeu minúsculos furos espalhados pela superfície. Furos do tamanho de agulhas. A morte, diferente das outras duas armadilhas, não viria pela frente. Viria por todos os lados.

— Por que as vítimas deveriam causar sua própria morte? Nenhuma delas sabia que estava apostando sua vida. Isso me parece bem desonesto!

— PORQUE. REGRAS. JOGO. PORQUE. SAO. TOLAS. CURIOSAS. DEMASIADO. SEGURAS. TÃO. HUMANAS. MAIS. DESONESTO. MODO. LOCAL. LOGO. VALIDO.

— E ainda se considera superior a nós. Vanglória, pecado maior frente a Khalmyr.

— NOMES. TOLOS. PARA. SENTIMENTOS. TOLOS. APENAS. CUMPRO. MEU. OFICIO. IMPORTA. APENAS. GANHAR. APOSTA.

— Então aqui está minha jogada.

Afrontando a criatura, Felícia apertou os dois botões simultaneamente, com grande esforço arremessou a esfera na direção da criatura. E se escondeu atrás da mesa.

O objeto atingiu as barras de proteção e assim que isso aconteceu, cada um de seus minúsculos furos emitiu um feixe mortal de energia branca, marcando o teto, o chão, as paredes e até mesmo o vidro. Teria com certeza matado Felícia se ela não tivesse se protegido.

Olhou para a esfera caída e viu que tinha um compartimento aberto. Lá dentro, a chave que garantiria sua escapatória. Correu e pegou-a, torcendo para que nenhuma surpresa surgisse.

— Eu apostei minha vida e venci o jogo — gritou na direção de seu oponente. — Qual é a minha recompensa?

— GANHOU. DIREITO. SAIR. MANSÃO. AVISO. TER. CAUTELA. ARMADILHAS. CAMINHO. HA. HA. HA.

— Maldito trapaceiro, vou voltar, eu prometo!

— JOGO. CONFORME. REGRAS. LOCAIS. CERTAMENTE. VOLTARA. . . SE. VIVER.

A luz acima do crânio se apagou.

Felícia correu imediatamente para a porta, pressentindo um perigo opressor quando o zunido de fundo cessou. Abriu a porta metálica com a chave e finalmente se viu livre para sair da sala mortal.

Uma música circense composta por três melodias sobrepostas e ocasionais uivos de animais irrompeu num volume ensurdecedor, brotando das paredes. A mansão havia despertado e parecia estar viva!

Felícia correu. Disparou com todas as forças. Não havia tempo.

As tábuas de madeiras do chão dançavam caoticamente, gerando lacunas e buracos no piso que não pareciam se conectar com o andar de baixo. Pegou impulso e saltou por cima do maior deles. Rolou do outro lado e se agarrou no pouco que não se movia para ficar em pé. Mal via as paredes que passavam ao lado num borrão.

Uma das placas da parede caiu e da fresta saltou uma serpente multicolorida. Felícia desviou, ágil, e seguiu pelo corredor. Mas a serpente imediatamente deu um outro bote e se agarrou na sua perna com muita força. Quando ela foi golpear a criatura para se livrar, não havia mais nada. Apenas uma fumaça púrpura salteada de purpurina dourada. Seguiu correndo.

No salão superior as figuras nos quadros se mexiam como se estivessem vivas. A primeira apontava para ela e ria tanto que teve um chilique. A segunda chorava compulsivamente se esvaindo em prantos. A terceira transformou-se em um pudim que balançava ao som da música.

Felícia olhou para cima viu o lustre balançando em grande velocidade, arremessando cacos de vidro por todo o salão. Se protegeu cobrindo a cabeça com um pequeno tapete e andou até a balaustrada do mezanino. Olhou para baixo, no salão térreo.

Analisou a escada e percebeu várias falhas além de mecanismos que pareciam ser de armadilhas. Decidiu não arriscar descer por ali. Passou a perna por cima do parapeito, deixou o corpo deslizar e se agarrou em uma coluna do balaústre. Depois se soltou, pronta para cair no andar de baixo.

Caiu, porém, para cima, flutuando até a abóbada de vidro no "teto". Seu peso estilhaçou o vidro. Ainda em choque pela mudança repentina, conseguiu se segurar em uma das barras de metal do vitral. Seu corpo estava rijo, esticado para cima como se fosse cair em direção ao céu. Esticando os braços conseguiu avançar barra por barra até chegar no fim da claraboia, adjacente ao telhado. Balançou as pernas e depois o corpo em um movimento pendular, saltando na direção do telhado da mansão. Sentiu um grande alívio quando caiu, desta vez para baixo. Rolou, parando antes do beiral e a alguns centímetros da queda livre. Respirava rapidamente.

"Está tudo bem, sobrevivi. Só preciso descer."

Com muita cautela, deu alguns passos. Quando chegou na beira do telhado e olhou para baixo viu Ivarth, com a expressão mais confusa que já havia visto no rosto de alguém. Ele gritou, gesticulando desesperado.

— Felícia! Está bem? O que é essa barulheira toda?

"Eu não sei!", pensou em dizer, mas não teve tempo.

Foi empurrada por uma força incompreensível que a fez voar por cima do beiral. Todo o nervosismo e apreensão tiveram seu pico nos breves instantes de pânico durante a queda livre.

Logo depois, tudo estava acabado.

"Escândalo! Guarda real é preso e executado pelos crimes do Retalhador das Placas. Thartannianos respiram aliviados!", dizia a manchete da edição extraordinária do Arauto de Ahlen.

Felícia estava tendo dificuldade para ler o periódico. Por mais que tentasse, não encontrava nenhuma posição em que a perna imobilizada não causasse incômodo. Depois de receber um punhado de curas mágicas para lidar com os ferimentos imediatos, o curandeiro da guarda tinha lhe dito que a recuperação completa da fissura ainda demoraria.

Descansou uma semana em casa e quando não aguentava mais seus parentes voltou para a RICS, onde lhe passaram alguns trabalhos burocráticos para que pudesse trabalhar sentada. Além do Arauto de Ahlen, tinha sobre a mesa uma pilha de relatórios para fazer e revisar.

Mal percebeu quando Ivarth chegou.

— Vou fazer uma diligência, precisa de alguma coisa?

— Não, obrigada. Não pretendo ficar muito mais, só um relatório... ou dois.

Ivarth olhou fixamente para Felícia e sorriu, deixando-a sem jeito.

— Ué, o que foi? — ela perguntou.

— Seu cabelo, não consigo me acostumar.

Dias depois da noite maluca na mansão de Nimb, seu cabelo passou a mudar involuntariamente para as mais variadas cores. Apesar de não ter nenhum controle sobre o fenômeno, notou que os padrões seguiam de alguma forma suas mudanças de humor. Obviamente não tinha ideia de por que isso acontecia, mas tinha certeza de que o fenômeno era fruto da sua excursão na mansão, onde entrou em contato com o Deus do Caos. Poderia estar errada, claro. Se magia já fazia pouco sentido, a magia de Nimb então...

Como um consolo, imaginou por um instante se isso atrairia finalmente a atenção de Abel, mas logo chacoalhou a cabeça para afastar aqueles pensamentos. Era errado e ela sabia. Mas mesmo assim...

— Eu gostei — disse Ivarth — Ficou bonito. Com licença. — Fez uma mesura e saiu.

A tarde de trabalho na RICS se arrastava e ela não conseguia se concentrar. Mais que seu corpo, sentia que sua mente ainda não tinha se recuperado de tudo que havia acontecido nos últimos dias. Sentia que era a única sobrevivente de um evento cataclísmico enquanto todos ao redor viviam como se nada tivesse acontecido. Ficava olhando pela janela, remoendo o caso.

Depois do encontro com o assassino na mansão, ela e Ivarth conseguiram convencer o capitão a tentar capturar Jano, mesmo que isso causasse grande atrito dentro da guarda. No dia seguinte, um contingente foi enviado até a mansão para averiguar. Quando chegaram lá os cômodos estavam todos vazios exceto por um.

Um corpo, o último daquele caso.

Jano jazia no salão principal, com uma das placas metálicas ao seu lado.

Ela dizia:

EU. CONFESSO. SER. ASSASSINO. PLACAS. NÃO. POSSO. VIVER. COM. CULPA. VIDA. LONGA. AO. REI.

Felícia sabia que aquilo era uma armação, uma queima de arquivo.

O guarda Jano foi usado e descartado, mais um corpo moído pelas engrenagens ahlenienses. Provavelmente lhe prometeram uma promoção ou algum outro tipo de vantagem em um acordo que nunca pretenderam cumprir. Talvez nem soubesse quem eram as vítimas, talvez fosse um monarquista ferrenho querendo mostrar serviço. De qualquer forma, o motivo da série de assassinatos estava claro: alguém queria os revoltosos do reino silenciados. E por debaixo dos panos, mascarando as execuções por trás de um suposto assassino serial, afastando a atenção de qualquer responsabilidade da coroa. E quando o criminoso fosse pego, a guarda — e por sua vez, o rei — seriam exaltados. Um plano quase perfeito.

Já a criatura com o crânio dourado e suas engenhocas, era como se não tivessem existido. Desapareceu para nunca mais ser visto. O caso foi encerrado, ela recebeu mais uma pequena promoção e uma semana de descanso. Naquele dia, quando retornou mancando à RICS, encontrou um bilhete escondido sob uns papéis da sua mesa.

Sabemos onde mora. Sabemos que gosta muito do seu sobrinho. Pare de meter o nariz onde não foi chamada e nada vai acontecer com ele.

Claro que não estava assinado.

Passado o choque, guardou o bilhete no bolso. De certa maneira, era a prova de que estava fazendo a coisa certa.

Foi caminhar para pegar um ar, mas ainda não estava acostumada com andar de muleta. Depois de alguns corredores, precisou se apoiar na parede para se equilibrar.

— Guarda. Está bem?

Era uma voz anasalada e sisuda, e pertencia ao homem à sua frente. Era o Adivinho com seu olhar inquisidor, coberto com seus elegantes mantos, chapéu cilíndrico pretos, de braços cruzados dentro das mangas. Emanava poder e autoridade.

— Boa noite, meu lorde. — Felícia fez uma mesura formal e polida. — Estou bem, acho que foi o cansaço.

Por um acaso do destino o cumprimento floreado fez com que o bilhete caísse de seu bolso. Se esticou para pegá-lo rápido, mas errou o passo. O homem se abaixou calmamente e pegou o pedaço de papel. Segurou-o por um instante e entregou-o de volta a Felícia.

— Vejo que fez alguns inimigos. Isso me recorda um provérbio: "A única forma de garantir que uma adaga não estará apontada para seu pescoço é segurando seu cabo". — Abriu um sorriso. — Você merece descansar, guarda investigadora Felícia. Trabalhou muito bem no seu último caso. — Fez menção de se afastar.

Surpreendeu-se por ele saber seu nome, mas surpreendeu-se mais quando percebeu as palavras que saíam de sua boca de encontro a uma das figuras mais poderosas do reino.

— Descansar? Eu poderia descansar se tivéssemos impedido aqueles crimes. Por que você não nos ajudou? Se tivesse usado sua magia arcana poderia ter salvado vidas!

O rosto do mago se manteve inerte.

— Tentei. Nas minhas visões vi armadilhas e vultos, mas os culpados sempre estavam ocultos por energias turvas e caóticas.

"Que conveniente", ela pensou.

O Adivinho tirou sua mão da manga e tocou o braço dela perto do ombro, depois subiu a mão e passou os dedos no cabelo multicolorido. Felícia ficou assustada e desconfortável.

— Seu cabelo… que efeito interessante. Certamente mágico — disse ele, fazendo uma expressão de interesse.

— Foi um acidente de trabalho.

Felícia afastou a cabeça para longe da mão.

— Vá para casa e tire alguns dias de folga para pensar. Eu autorizo.

Ela não respondeu, só queria se afastar o mais rápido possível dele e da RICS.

Mais tarde, já em casa, ao tirar a roupa de trabalho, notou um retângulo de papel em um dos bolsos.

"Outro bilhete?", pensou inconformada.

Era mesmo um bilhete, mas não da maneira que esperava. Era um ingresso para a Ópera no Theatro Real de Thartann, um bilhete de entrada para o espetáculo que aconteceria no próximo mês.

Atrás do papel havia um recado curto, obviamente escrito pelo Adivinho.

Me sinto generoso. Aproveite sua folga com classe.

Era um lindo dia de folga, ensolarado. Felícia foi mais uma vez encontrar-se com Lenna no Mercado Panóptico. Mesmo lugar, mesma mesa.

— Temos muito o que conversar — disse assim que se sentou. — Tenho muitas perguntas e acho que você tem algumas respostas. Ou dicas, pelo menos. Posso estar metida em maus lençóis.

— Ora, ora! Vejam quem voltou. E sim, temos muito o que conversar. — Lenna levantou o braço para pedir uma bebida. — Agora… por onde começamos?

— Antes de tudo, você teria um vestido para me emprestar?

CAPÍTULO 8

O ESTRANGEIRO

Sr. Fenbur,

Sei que você é amante da Baronesa e não tenho outra escolha senão denunciá-lo aos órgãos competentes por este ultraje aos nossos valores.

Repensarei minha posição caso deixe à minha disposição dez tibares de ouro em uma pequena sacola de veludo que buscarei amanhã.

Faço questão de retirá-la pessoalmente.

O anão estava de pé atrás do balcão quando leu o bilhete, e ficou pasmo. Amassou o bilhete com raiva, somente para depois desamassá-lo e ler mais uma vez, buscando alguma pista de quem poderia ter escrito. Não encontrou nada.

"Pelas barbas de Heredrimm, só me faltava essa." Bufou de raiva.

Dez tibares de ouro totalizavam cem tibares de prata e era uma grande quantia mesmo para aquele anão trabalhador contumaz: era joalheiro, engenhoqueiro e também fazia bicos de fachadista. Para um cidadão comum de Ahlen, cem tibares de prata equivaliam a cinquenta meses de salário, e seria uma quantia impagável, ainda mais de um dia para o outro. Mesmo assim, Febur estava disposto a desembolsar cem tibares para se livrar do problema; mas algo lhe dizia que não seria tão fácil assim.

Não se importava de ser denunciado publicamente por se deitar com uma nobre e quebrar dois tabus ao mesmo tempo — ser plebeu e não humano —, afinal já não era querido por boa parte da população de Ahlen. Provavelmente quem não gostava dele ia continuar não gostando, e os cidadãos mais esclarecidos e despidos de preconceito não iriam se importar com isso. De fato, Fenbur tinha bastante orgulho da sua conquista amorosa, tanto que já tinha contado para todos seus amigos mais próximos, e não se importaria que mais pessoas soubessem. Talvez até lhe trouxesse prestígio. Mas não faria nada que prejudicasse sua amada, mesmo que isso lhe custasse dinheiro.

Passou a mão na vasta cabeleira, coçou a cabeça e depois penteou e massageou a barba com seus dedos curtos.

"Já sei!", pensou. "Vou contratar um espião pessoal e quando o sujeito vier amanhã me cobrar, vai cair numa arapuca. O detetive então que faça seu trabalho e se vire para descobrir algum ponto fraco do achacador. Vou combater fogo com fogo."

O sino da porta de entrada badalou. Fenbur olhou e viu que não era ela. Desanimado, deixou cair os ombros.

Fenbur lembrava com clareza a primeira vez que ela havia entrado na sua loja.

Era início da noite, fim do seu longo expediente — naquele dia o movimento tinha sido intenso — e o sino da porta de entrada badalou anunciando mais um freguês. Estava prestes a reclamar pois queria sair para encontrar seu melhor amigo na taverna, mas engoliu a reclamação assim que viu a bela dama.

Seus olhos se encontraram de baixo para cima, e o anão sentiu no olhar dela um misto de desprezo e curiosidade. Eram lindos olhos púrpuras, uma "herança de Collen", viria ela a lhe explicar em uma de suas confissões de alcova. Sua pele era alva e o cabelo era comprido, de um negro intenso, criando um contraste que era especialmente atraente para um anão com os gostos de Fenbur.

— Ouvi dizer que você entende de pedras e gemas — disse a dama com uma voz sedosa por detrás do seu abanico, levantado na frente do rosto na altura do nariz.

Alguns nobres e conspiradores de Ahlen tinham a mania de esconder os lábios com abanicos para que não fossem lidos, e acabavam repetindo o gesto mesmo em ambientes que julgavam seguros.

— Noite abençoada, gentil senhora. Não sou o melhor dentre os anões, mas certamente sou o melhor deste amado reino. E mais importante: as minhas avaliações são as mais justas e honestas. Juro por Khalmyr.

Fenbur fazia questão de jurar pelo Deus da Justiça. Para combater o preconceito contra não humanos, jogava o nome do deus-paladino na conversa logo de início, para deixar os ahlenienses mais calmos e menos desconfiados. Os habitantes da superfície esperavam que qualquer anão que encontrassem pela frente fosse um conhecedor de metais, rochas e pedras preciosas; e mesmo que aquilo não fosse verdade, Fenbur dançava conforme a música. O anão era seguidamente requisitado, e sem que soubesse era usado como referência balizadora de preços das gemas em toda a capital. Se era honesto ou não nas avaliações, não importava. Importava que eles achassem que era honesto.

— Por obséquio, dirija-se corretamente à minha pessoa. Sou a baronesa Roxana Renoard de Ilyria. — Abaixou o abanico, revelando seus lábios pintados com batom cor vinho-escuro.

— Pois não, baronesa Roxana. Como posso ajudá-la?

De uma elegante algibeira, a dama despejou no balcão um punhado de pedras preciosas. Primeiro lhe chamou a atenção as mãos dela, graciosas, delicadas e protegidas por fina luva de pelica de cor preta. Depois analisou as pedras.

Só de bater o olho viu que não eram nada demais, um serviço trivial, ridículo; exceto por um rubi, muito bonito e habilmente lapidado. A partir dali fez de tudo para espichar o tempo o máximo possível. Para começar, puxou sua lupa de pala e pegou as outras ferramentas. Testou e mediu cada joia, usando seus instrumentos com grande pompa e dignidade. Com a dama próxima do balcão, o grande nariz de Fenbur apreciava o perfume que emanava: rosas, vinho e algo mais — algo ferroso; que equilibrava com o doce das rosas.

Discretamente estudou a (suposta) dona das joias para decidir que tipo de resposta daria: se ela era do tipo que queria que aquilo fosse muito ou pouco valioso. Havia aprendido que "o melhor valor é aquele que o cliente quer ouvir", e pelo contexto da situação julgou que deveria dizer que o valor era alto. Não obstante, a dama protestou.

— Só isso?

— São gemas finas, baronesa, mas este é o valor adequado. Este rubi em particular é a estrela da pequena coleção. Sinta-se livre para pedir mais por elas caso tenham algum valor adicional, como histórico ou sentimental.

— Está certo. Você não tem culpa se fui tapeada e as pedras não valem muito. Agradeço seu tempo. Quanto lhe devo?

— É apenas isto, baronesa? Posso lhe mostrar alguns produtos ou oferecer outros serviços...

— Sim, apenas isto. Quanto?

— Oh! Para a senhora nem um único tibar. Sua mera presença já me serve de abundante pagamento.

Fez uma mesura exagerada por detrás do balcão e ao se curvar, sumiu da vista dela por uns instantes. Quando se ergueu de volta ela estava rindo com o leque na frente do rosto, e Fenbur sorriu de volta pois soube que tinha agradado. Todos amam um bom desconto, mas aquele sorriso não era só pelo desconto.

— De acordo, mestre anão. Se vosso serviço tiver sempre estes preços agradáveis, serei obrigada a retornar.

— Será um prazer.

Saiu. Mas antes de fechar a porta abaixou o abanico e lançou um olhar de raposa para sua vítima. Soprou-lhe um beijo e fechou a porta.

A partir daquele instante ficou em transe, enfeitiçado pela misteriosa baronesa.

A centelha que se instalou em seu coração se tornou uma chama ardente dias depois naquela mesma semana, na noite de culto a Tenebra. A celebração à Deusa das Trevas era malvista em boa parte do Reinado — "Um absurdo!", Fenbur nunca se cansava de protestar com o dedo em riste contra esse preconceito — e por isso as liturgias precisavam ocorrer longe dos curiosos, ocultas por muros e protegidas por devotos.

Os celebrantes se reuniam em jardins ao ar livre, formando um círculo ao redor de um grande pentagrama com uma estrela de cinco pontas circunscrita, que só se revelava nas noites de lua cheia e nova, e somente para os devotos da senhora da noite.

Todos ao redor da estrela usavam hábitos púrpuras com capuzes fechados para ocultar seus corpos e rostos. Era essencial que se mantivessem anônimos para preservação mútua.

Mas ali, naquele lugar sagrado, perdido em meio às preces de todos, Fenbur ouviu a voz da baronesa. Aproximou-se da pessoa em volta em mantos que imaginava — sabia! — ser sua amada. Sentiu os mesmos perfumes que havia sentido em sua loja.

— Minha cara baronesa — sussurrou omitindo o nome dela. Não queria expô-la para os outros. — Coincidências como esta não podem ser mera coincidência. Deve ser a mão de nossa deusa conduzindo nosso destino noite adentro.

Ela não respondeu, mas não o afastou.

A baronesa estava deslumbrante sob a luz do luar, com a luz prateada destacando as formas do corpo ocultas sobre o hábito. Aos olhos do anão devoto ela só podia ser uma criatura divina. Depois disfarçou o máximo que pode durante o resto da liturgia e foi para casa ansiando por um próximo encontro, com o peito em chamas e cabeça nas nuvens.

No dia seguinte ao bilhete chantagista, Fenbur passou o dia com os olhos fixos na porta. Passou a manhã, o almoço — que comeu apressadamente no balcão — e a tarde olhando com atenção cada um que entrava, tentando adivinhar quem seria o visitante misterioso. Quem teria coragem de recolher o dinheiro da chantagem justo ali, na sua própria loja.

Era fim de tarde quando o sino da porta de entrada badalou anunciando mais um freguês. Uma garota humana surgiu, recolheu a sombrinha ao entrar, bateu o pó da rua do vestido rendado com suas mãos cobertas por luvas brancas e tirou a lama das botas no raspador. Caminhou até o balcão com uma empáfia notável até mesmo para padrões ahlenienses.

— Boa tarde, mestre anão — disse tranquila. — Vim buscar uma encomenda: uma pequena sacola de veludo.

Presumiu que ela tinha em torno de vinte anos, mas humanos não eram sua especialidade. Na opinião dele os filhos de Valkaria eram muito alongados e murchavam rápido demais. Se sentiu ultrajado por estar sendo extorquido por aquela "criança". Ainda assim, engoliu o orgulho e decidiu ser cauteloso. As aparências enganam neste mundo: uma criança pode ser um deus, uma jovenzinha pode ser uma fada, um velho pode ser um artista marcial lendário.

Puxou a sacola em silêncio, hesitou ao sentir o peso das moedas, mas acabou entregando. Ficou pensando que aquela pirralha cresceria para se tornar mais uma víbora conspiradora no ninho de Ahlen e sentiu certa pena. Ela fez uma mesura, agradeceu e se dirigiu para a porta.

— Espere — disse o anão no último momento.

Ela olhou para trás.

— A jovem senhorita tem intenção de retornar? Em breve?

— Assim que esta bolsa esvaziar.

Evasivas. Era o que esperava. Há de se ter cautela em Ahlen, pois as ruas ouvem e os becos veem. Isso torna todos mais discretos, e também mais xeretas, afinal uma informação pode ser vendida ou trocada. Exatamente como na extorsão que estava sofrendo.

Mas Fenbur havia contratado um espião como planejado, e descobriu — como suspeitava — que a fidalga residia em Ilyria, a mesma província da baronesa. Isso tornava as coisas bem mais fáceis. Era só comunicar o incômodo a sua amada e de certo ela cuidaria do problema. Intriga era a sua especialidade, e se uma baronesa não conseguisse lidar com aquilo, ele não conseguiria.

No entanto, ninguém gosta de ser o porta-voz de más novas, ainda mais para quem se ama. Pela primeira vez não ansiou pelo próximo encontro.

Enquanto esse dia não chegava, porém, se perdeu em lembranças de quando ainda estavam descobrindo o amor um pelo outro.

Depois do encontro fortuito no culto de Tenebra, Fenbur dava sempre um jeito de ficar ao lado dela no círculo e de segurar sua mão quando o protocolo do ritual pedia. Queria tanto vê-la fora dali que passou a trabalhar até mais tarde na esperança de receber uma visita como havia sido a do primeiro encontro. E funcionou!

Em uma noite comum, o sino badalou e a baronesa entrou, caminhando até o balcão.

— Ouvi dizer que você entende de pedras e gemas. E também que tem bons preços. — Ela sorria, já com o leque abaixado. Fenbur se sentiu o anão mais sortudo do mundo.

— Boa noite, formosa senhora. É bom saber que a minha reputação me precede, estarei muito honrado em servi-la. Quanto aos preços, há um desconto especial para minhas "companheiras de noite". — Fez o trocadilho, mas se arrependeu logo em seguida. "Anão estúpido", disse para si e quase pediu desculpas. "Não vá estragar tudo!"

— Sendo desta maneira, então veja isto.

Tirou a luva de pelica, revelando um grosso anel de prata no dedo médio. Fenbur olhou cobiçosamente para a mão de pele alva primeiro, e depois percebeu que o anel não era prata, mas sim mitral, um metal muito raro e valioso. Tinha diamantes cravejados formando constelações, e entalhes desenhando nós entrelaçados. O anão estava absorto mais na mão que segurava do que na joia quando foi interrompido.

— Não o anel, tolinho. Ele é só para disfarçar caso estejamos sendo observados. Isto! — falou com o leque cobrindo o rosto.

Fenbur percebeu que com a outra mão ela havia discretamente lhe passado um bilhete. Ficou imaginando quem seriam os melhores prestidigitadores em Ahlen: nobres ou batedores de carteira? Difícil saber.

Pegou o papel discretamente e seu coração começou a bater como um tambor desgovernado ao imaginar o que estava escrito. Roxana retirou sua mão e colocou a luva de pelica de volta, puxando com força para que o tecido ficasse liso e sem marcas de amasso. Trocaram amenidades para manter o engodo e ela saiu. O bilhete tinha um endereço.

Quando a loja fechou, foi correndo até o destino. No caminho, cruzou na frente de um boticário e decidiu comprar um frasco de perfume caro. Passou no corpo, mas, nervoso, acabou colocando demais. Tentou tirar o máximo que pode com um pano molhado, arrependido. Ficou pensando se conseguiria agradá-la. Era tudo que queria.

Na cultura de Doherimm, seu reino nativo, os anões não costumavam ter tempo ou paciência para cortejos ou namoricos. Eram afetivos, se apaixonavam, mas de um modo pragmático e objetivo. Em Ahlen, esperava-se que o interesse fosse demonstrado através de gestos, sinais e insinuações. Ser direto é considerado rude, e visto como um comportamento tosco e deselegante; coisa de plebeu que se deita que nem gado. Bilhetes e intermediários eram armas comuns no jogo da conquista.

Fenbur inicialmente teve dificuldade em entender os protocolos ahlenienses, mas depois de viver por anos no reino começou a apreciar as sutilezas. Interessadas não lhe faltavam — seu exotismo chamava a atenção, e fosse onde fosse, o proibido sempre era mais gostoso. No caso dele, encontrar uma nobre humana devota de Tenebra em segredo era uma delícia.

A estalagem que o endereço indicava era de alto padrão e o quarto que ela havia escolhido ficava no último andar. Tinha um balcão com uma vista panorâmica da cidade, parcialmente bloqueada por cortinas diáfanas perfeitas para ocultar a identidade dos ocupantes do quarto. Bem ao estilo de Ahlen.

Quando ele entrou, ela estava em um divã, de pernas dobradas sob a saia, pés descalços, lendo um livro e segurando uma taça. Ele sentou-se em uma poltrona à frente dela. Não conversaram muito, apenas os preâmbulos necessários para algo mais interessante. Bem mais interessante.

E não foi apenas bom, foi uma experiência sublime, quase espiritual. Saiu da estalagem cambaleante, olhando para o céu e pensando "Sombria mãe graciosa! O que fiz para merecer tamanha graça? Não sou merecedor de tamanha dádiva."

A partir dali viveria de verdade apenas a cada duas semanas, quando se encontravam. Estava enfeitiçado. Ela era inteligente, perspicaz, educada, lúgubre e muito bela. Aqueles olhos de Collen nunca deixavam sua mente, sempre prontos para aparecer a qualquer momento como uma miragem. Nos encontros gostavam de falar de tudo e todos, mas especialmente sobre assuntos sombrios. Ela adorava ouvir histórias sobre Doherimm. Seus diversos níveis, florestas de cogumelos, cachoeiras secretas no reino dos finntroll, as raças humanoides, as guerras travadas, as mais de cem espécies de morcegos, seus cantos mais remotos e misteriosos.

Fenbur por sua vez descobriu que o marido, o tal barão, não se importava com ela ter um amante na capital, ou não suspeitava, ou até gostava, pois assim se mantinha ocupada e afastada dele, para que também pudesse ter suas amantes. Ela dizia que ele era um paspalhão, e que nas festas o chamavam de "barão-bundão". Ela e Fenbur combinavam, se gostavam, riam juntos e se amavam.

Mas — sempre existe um "mas" — o ímpeto estava começando a se aquietar. Ainda era uma das melhores coisas na vida de Fenbur, se não a melhor, e uma das poucas coisas que o prendiam a Ahlen. Mas havia uma dúvida. E a dúvida é sempre a semente do fim.

Voltou de seus devaneios quando o sino da porta tocou. Era noite e ele estava estendendo o turno de trabalho, coisa que fazia inconscientemente àquela altura. Olhou radiante para a porta, porém, não era uma dama quem aguardava, era um cavalheiro.

Um tritão elegante.

— Ei, o que houve? Se esqueceu de hoje à noite?

Noite recém, ambos relaxavam em uma taverna pequena à beira do Yrlan, refúgio de estrangeiros e não humanos. Junto com a cerveja petiscavam peixe frito com queijo de cabra e algas empanadas, que Fenbur cedeu para o amigo.

— E assim, meu amigo, agora estou sendo chantageado.

— Francamente não esperava outra coisa. Essa é uma das razões por que me abstenho de relacionamentos duradouros. Evita vários problemas.

— Bah, desculpas! É porque ninguém quer aguentar esse seu fedor de peixe.

Tampou o nariz com uma mão e abanou o ar com a outra, fazendo graça. Vannax olhou sério para ele e fechou a cara. Depois riu.

— Você tem bom humor para um anão. Mestre pintor de rodapés.

— E você para um tritão. "Sabidão". — Não conseguiu encontrar nada inteligente para revidar.

Fenbur ergueu o caneco de cerveja na direção do amigo, benzeu com um gesto e tomou, fazendo uma careta e sacudindo a cabeça.

— Eca, que coisa ruim. Que saudade de uma Cerveja Real, um Yuthiano ou, Khalmyr que me perdoe... até mesmo uma Baba de Troll. — O anão estava relembrando com saudade das cervejas de sua pátria.

— Já eu sempre gostei de um Verme no caneco. Ou um bom Peixoso na beira do cais. — Vann também tinha suas preferências.

— Mas que cais o quê! Lembra daquela taverna na ilha dos tritões em Dhukaz, que tem as sereias cantando? Que lugar divino. — Fechou os olhos por um instante.

— Isso faz tanto tempo, muita água já cruzou pelo meu peito. Eu também adorava aquele lugar, e era um dos poucos que adequavam a cerveja ao gosto dos tritões.

— Nem me diga, outro dia pedi uma cerveja anã e acredita que veio adulterada?! A pachorra do taverneiro, achando que vai enganar um anão que toma cerveja desde antes de o vô dele nascer! Me vinguei depois, no banheiro.

Vann fez uma cara de espanto e ofensa.

— Calma! Não é o que está pensando, tá me achando com cara de Trog? Deixei uma pichação bem bonita, denunciando o crime dele.

Estavam nas melhores mesas da taverna Pescador Peralta, que ficavam na varanda da cobertura e eram separadas das demais para que os comensais tivessem mais privacidade. Aquela taverna no porto não era o lugar favorito do anão, mas aceitava esse sacrifício para ver seu amigo. Depois de algumas amenidades foram direto ao principal assunto da noite.

— E o que vai fazer a respeito? — indagou Vann.

— Eu? Nada. Vou conversar com ela primeiro.

— Faz bem. As mulheres entendem de intriga, especialmente as nobres.

— Não queria trazer mais problemas para a nossa alcova, mas não posso ignorar isso. Ultimamente tenho sentido ela mais distante. É triste dizer isso, amigo, mas como alguém que viu e viveu muito, estou bem preocupado.

Vann preferiu não dizer nada, apenas fez cara de preocupação. Às vezes um amigo não busca aconselhamento, busca apenas um ombro para desabafar.

O tutor ia começar uma história para distrair o anão quando dois guardas reais subiram pela escada que dava acesso à cobertura, avistaram a dupla e começaram a caminhar na direção deles, sorrindo. O anão cerrou os olhos, abaixou a cabeça e apertou o dorso do nariz.

— Pelas barbas de Khalmyr, mas não tenho sossego um minuto.

— Senhores — disse um dos guardas. — Os documentos de estrangeiros.

Os dois tiraram os papéis dobrados de suas algibeiras e mostraram para o primeiro guarda.

— Hmmm. Certo, certo. Ambos residentes. Taxas anuais em dia. Certificados de doenças raciais do templo de Lena. Selo das guildas em dia. Hmmm. Aqui no documento diz que o senhor... Vannax é usuário de magia.

— Correto, mas apenas um truque inocente, e mesmo assim...

— Então o senhor admite que é um usuário de magia. E onde está o registro da guilda de magos de Thartann?

— Bem, não sou um arcanista como acabei de explicar. Mas...

— Baixe o tom de voz seu inumano, aqui você obedece, não questiona. Se eu digo que tem que ter, tem que ter. Eu sou a lei em nome do rei.

Vann ficou calado por instantes e olhou derrotado para Fenbur.

— Eu não costumo sair com ele, não é de praxe que seja...

— Agora é de praxe! — Deu um soco na mesa. — E por não portar um documento obrigatório terei que multar você em dez unidades de serventia punitiva, ou seja — puxou e consultou uma tabela de multas — vinte e sete e meio tibares de prata.

Estendeu a mão.

— E tu aí, anãozinho, deixa eu ver os documentos — disse o segundo guarda.

Fenbur já se preparava para receber sua sentença, mas o primeiro guarda, satisfeito com o valor arrecadado, sinalizou para irem embora.

— Por hoje está tudo em ordem. — Devolveram os documentos, deram as costas e se afastaram.

Se não fosse o registro da guilda de magia teria sido outra coisa. Bastava um distintivo ou título qualquer para que seu portador se tornasse "dono" de Ahlen. Os outros frequentadores, que eram na maioria não humanos, apenas viraram os rostos e não disseram nada, cruzando os dedos para não serem achacados também.

Em Arton, um mundo de aventureiros e heróis, seria de se esperar que uma voz se erguesse contra esse tipo de injustiça, e de fato até acontecia algumas vezes. Mas se alguém fizesse algo a respeito nesse lugar seria pior, pois o lugar seria marcado como ponto de encontro de não humanos rebeldes e encrenqueiros, dando mais argumentos para o lado opressor.

Comeram em silêncio até que os guardas deixaram a taverna, e então voltaram a conversar.

— Estou farto disso. Hoje foi você, mas poderia ter sido eu. Da última vez eu tinha tudo, então fiquei nervoso… e eles me multaram por desacato! Aqui só respeitam minha competência no ofício e mais nada — disse Fenbur.

— Também estou farto. — O tritão balançou a cabeça enquanto contava o que havia sobrado dos tibares. — Os ahlenienses já não gostavam muito de não humanos, agora com a ideologia purista juntaram a fome com a vontade de comer. Os olhares que tenho recebido… — Pausou. — Outro dia uns jovens me jogaram legumes, só porque estava caminhando pela rua deles!

— Não sente vontade de se vingar de algum modo? — falou, sussurrando.

— Tenho e não tenho. Precisamos entender que todo povo tem seus preconceitos, tem seus inimigos naturais. Mas tudo tem limite.

O anão terminou de comer, suspirou e se jogou para trás na cadeira. Terminou a cerveja e ergueu o caneco, sinalizando que queria mais para o garçom.

— Agora, preste atenção, amigo conterrâneo, pois fiquei sabendo de umas coisas bem interessantes. Já ouviu falar daquelas ilhas ao sul, certo? Claro que ouviu, sabe tudo de geografia! Então sabe também que por muito tempo foram ignoradas pelo rei e as três casas. Acontece que as ilhas nunca tinham sido declaradas parte de Ahlen mesmo estando perto da costa, mas agora as coisas mudaram com a união com Collen. As casas decidiram fincar suas bandeiras nessas ilhas para poder explorar a região; parece que o rei e eles têm planos de longo prazo de dominar o mar de Flok, ou o Mar Negro. E convenhamos, de uma coisa não podemos reclamar: ahlenienses são bons de planos.

O tritão estava com a mão no queixo, ouvindo com atenção. Ligeiro e perspicaz, já tinha entendido sobre o que o Fenbur estava falando.

— Está mesmo pensando em deixar a capital para embarcar em uma aventura como um simples colono, em uma ilha praticamente deserta?

— Colocando desta maneira, concordo que parece uma má ideia. Mas não é para ir com as mãos vazias. Recebi uma proposta muito boa. Por serem províncias novas e precisarem de imigrantes, estão dizendo que as leis serão mais brandas. Não só isso, vou ganhar terras e direitos! Nada mais de precisar carregar os papéis ou sermos achacados. Vejo muitas oportunidades de negócio, tudo com parceiros novos, ao contrário daqui na cidade onde tudo está saturado e nas mãos da guilda.

— E não desconfia da proposta?

— Claro que desconfio, é Ahlen! Mas o contratante tem boa reputação segundo muitas fontes diferentes, o que é raro. E também nem tudo é golpe, boas oportunidades também surgem por aqui — com riscos e recompensas maiores. Pode ser que as casas tentem me extorquir, pode ser que a guilda ou outro sindicato do crime tente também. Mas é uma chance única, a última vez que terras assim foram colonizadas por aqui foi na fundação de Ahlen.

— Foram anos de caos até que as casas conseguissem... — Vannax sem querer entrou no modo professoral.

— Eu sei, eu sei, já me explicou isso mais de uma vez.

Mais uma pausa, Vann estava pensando. Fenbur terminava mais um caneco.

— E então, não ficou nem um pouco com vontade?

— Preciso estudar melhor os termos e condições deste contrato, mas admito que estou cansado de muitas coisas daqui. E viver perto do mar ia me fazer bem, ao contrário desse rio fétido e barrento. Vou pensar no caso.

— Assim que eu gosto! Qual é a pior coisa que pode acontecer? Se não gostar, pode voltar.

Os dois brindaram.

Fenbur falou sobre a fidalga depois do ato amoroso, porque antes iria acabar com o clima romântico da noite.

— Uma pirralha, é? — ela perguntou, buscando saber mais.

— Uma jovem humana, perto dos vinte. Eu acho. Bem vestida, olhos negros. Cabelos castanhos cortados assim. — Ele não soube descrever, e usou as mãos para indicar como era.

Roxana fechou os olhos para pensar por alguns segundos.

— Hmm. Acho que sei quem é. Uma nada, insignificante, de uma família rival em Ilyria. Gosto dela, acho que tem potencial e talvez possa fazê-la trocar de lado. O problema é que sendo uma fidalga inexperiente costuma ser boca aberta e pode dar com a língua nos dentes sobre nós. Vou pensar em uma solução, por enquanto continue cedendo aos pagamentos.

Assentiu com a cabeça. Confiava nela e sabia que o problema ia ser resolvido, de uma maneira ou de outra. Depois de se banharem, era hora de se alimentarem. Fenbur cumpriu o seu papel na refeição alegremente. De barriga cheia, os dois conversavam amenidades.

— Ainda esta semana me lembrei daquela vez que fui na sua cidade, morceguinha. — Fenbur deu uma gargalhada profunda.

— Você queria me matar de verdade! O susto que levei quando o vi no salão comunal... — Ela olhou para cima e colocou uma mão na cabeça. — Se tivesse sido descoberto pelo barão ia ser uma merda tão grande que você podia ser preso e executado na hora.

— Mas não fui! Eu não ia ser descoberto, não sou tapado como pensa que sou. Vesti aquele meu disfarce de monge de Khalmyr e pintei a barba de loiro! — O anão gargalhava com a lembrança. — Dei até lição de teologia para uns jovens fidalgos, que me ouviram com muita atenção. Modéstia à parte, sou bom de religiões.

— Como pôde ser tão ousado? Ou melhor, descarado.

— Chame como quiser. Estava morrendo de saudades, precisava vê-la novamente de qualquer maneira. E quando nos encontramos, ah, que coisa maravilhosa. — Fenbur fez uma cara safada e a encheu de beijinhos.

Ela mordeu os lábios e virou o rosto para o lado com um pouco de vergonha. Então virou o rosto de volta na direção dele, subitamente.

— E se foi por causa dessa vez que você foi descoberto?

— Mas eu estava disfarçado. Não acho que…

— O seu disfarce era apenas aceitável, pode ter funcionado com os guardas e os fidalgos mais parvos, mas algum inimigo meu pode ter suspeitado. E se foi seguido na saída? Aqui em Thartann eu uso magia para não ser seguida, então tenho certeza de que eu não fui. — Ela olhou fixamente para ele.

— Então a culpa é minha agora? — Fenbur disse, arrependido de ter relembrado a história.

— Não estou dizendo que sim, mas é o que parece.

Ele abaixou a cabeça e ficou em silêncio. Havia mais um assunto que queria conversar, mas tinha medo de começar, porque achava que sabia como iria terminar.

— O que foi, meu pequeno amor? Desembuche logo, não tenho a noite toda.

Fenbur às vezes se esquecia que Roxana era uma nobre perita em ler e manipular pessoas. Ficou pensando se era um livro aberto para ela.

— Tem mais um assunto importante. É sobre as ilhas do sul.

Ela ouviu com atenção o anão explicar seus planos em detalhes e ele interpretou o silêncio dela enquanto falava como um mau sinal. Desta vez foi mais enfático e mais otimista — bem mais otimista — quanto ao seu desempenho na empreitada, especialmente por conta do entusiasmo nulo da parceira.

— Lá haverá muitas oportunidades, enquanto aqui sou apenas um mercador de um ofício exótico. Poderei ser um engenhoqueiro ou comerciante. Estou levando uma pequena fortuna para investir em uma loja. Disseram que vão até mesmo leiloar títulos de nobreza! Assim um dia poderei ser fidalgo, quem sabe um barão, e você poderá ser minha baronesa legítima!

Ela riu alto. Até a risada debochada dela ele gostava. Roxana lhe fez um carinho na barba com a mão, e ele sentiu seu toque frio na pele do rosto.

— Meu pequeno, tão vivido, mas tão ingênuo ainda. Um barão anão, em Ahlen? Eu duvido muito. Se conseguir essa façanha eu serei sua baronesa. Mas até lá não deixarei nenhum dos meus confortos.

Fenbur já tinha antecipado que a negativa viria, mas não deixou de lhe doer. Sem poder mais negociar ou barganhar, só lhe restava desabafar.

— Morceguinha, só quero viver em um lugar que meu valor seja reconhecido tanto quanto um cidadão comum. Eu sei como é, já tive isso quando morava em Doherimm. Imagino que também queira o mesmo.

— É diferente. Eu simplesmente não posso me revelar. Minha não vida depende disso. E francamente, sabe que tenho muito mais a perder do que a ganhar. Temo que não exista um lugar no mundo para nós. Nem ilhas, nem metrópoles, nem subterrâneo.

Ele fez uma pausa e tomou fôlego.

— Vou ser sincero, cartas na mesa e sem truques na manga. Estou apaixonado por você, mas acho que chegamos no nosso limite. Nunca seremos um casal se eu não estiver no mesmo nível que você. Não quero ser mais o amante, o outro. Quero ser o principal. Mesmo que tenha que remover o barão atual. Ou me tornar um novo barão.

— Isso não vai acontecer, você ainda não está no mesmo nível.

A dor no peito fez Fenbur se encolher. Se sentiu minúsculo e a voz saiu fina.

— Vai ser assim, o nosso fim?

— Sim, é o fim.

Destroçado, se levantou devagar, pegou suas coisas e começou a se arrumar para sair. Já estava pensando nas suas últimas palavras antes de cruzar a porta, mas ela falou antes.

— Não fique tão triste assim, pequeno. — A voz era um pouco condescendente, mas o olhar era sério. — Se conseguir aquele título de barão, me escreva uma carta que vou lhe visitar.

Ela olhou intensamente para Fenbur com aqueles olhos púrpuras que haviam lhe conquistado, e disse:

— E quem sabe eu fico.

Uma carroça passou descendo a Rua do Porto, tão rápida que o chão tremeu e levantou a poeira acumulada entre os paralelepípedos. Quando a poeira baixou, revelou um anão tossindo e batendo a poeira das roupas, sentado com suas malas perto do cais. Eram apenas duas malas e um saco de estopa remendado que carregava nas costas.

Fenbur havia lutado fortemente contra seus instintos de anão de ser ligado a bens materiais de qualidade e tinha vendido a maior parte seus objetos, muitos com valor sentimental. Entre eles, uma estatueta de Khalmyr que havia comprado durante um passeio por Khalandir, uma cidade turística de Doherimm; uma pequena coleção de chapéus, seus móveis de Tollon entalhados por um velho amigo, e outras coisas que tinha chegado à conclusão de que eram apenas tralhas. Mesmo assim, ainda eram tralhas sentimentais, e isso lhe doeu duas vezes. Uma por ter vendido, e outra por ter vendido abaixo do preço.

Entre seu povo, acostumado com tremores de terra no subterrâneo, dizia-se que quando um terremoto começa é preciso primeiro correr para se salvar, deixando tudo para trás. E que quando retornar para contar o prejuízo, o que estiver inteiro tem valor e o que foi destruído não presta. Fenbur pensou naquele ensinamento na semana anterior muitas vezes, mas não logrou ser iluminado pela sabedoria contida nele. Teria o seu relacionamento ruído por um terremoto, e ele corrido covardemente para se salvar? Ou Ahlen tinha enfim acabado com ele?

Era uma noite nublada e abafada, e o ar carregado de umidade realçava o cheiro de peixe e o cheiro barrento das águas do Yrlan. Olhava constantemente para os lados, com medo de ser achado e achacado por guardas, mas por sorte não havia nenhum por perto. Além das duas malas e o saco nas costas, estava sentado sobre um baú pequeno, que pretendia levar em mãos durante a viagem. Ali estavam suas economias, seus planos, sua vida vindoura.

Sabia que a amada morceguinha não viria para se despedir, mas ainda tinha esperança de ver seu amigo tritão uma última vez. Desde que haviam conversado na taverna, Fenbur sentia que Vann alimentava dúvidas sobre o plano.

"Não acredito que aquele bundão prefere ficar nessa cidade mesmo com todos os problemas. Não faz sentido… a menos que tenha algo que ele não me contou. Talvez seja coisa de devoto de Oceano. Bom, eu fiz uma boa oferta e ele jogou fora. Se o tolo não tomou as rédeas da vida vai ser sempre um coadjuvante. Eu não sou peça no tabuleiro dos deuses, me movo sozinho. Mas o ingrato podia pelo menos ter vindo se despedir."

— É só você mesmo?

Estava tão distraído remoendo o abandono que não viu o capitão se aproximar, junto com seu ajudante.

— Sim. — Só depois que falou percebeu o quão patético tinha soado.

— Quer ajuda com suas coisas? Para sua cabine.

— Sim, podem levar. Menos o baú, esse fica comigo.

O ajudante pegou as malas e o capitão humano se compadeceu ao ver o anão com aquela cara.

— Vamos demorar um pouco para sair, se quiser fazer algo antes...

— Não pretendia, mas se não se importar vou ali na taverna buscar um pouco de coragem líquida.

— Temos mais ou menos uma hora, não se atrase.

— Eu sei, eu sei. Não se preocupe, promessa de Khalmyr.

Pegou seu bauzinho debaixo do braço, abraçando-o bem forte, e foi até a taverna mais próxima de frente ao cais, que por coincidência era a Pescador Peralta. Trocou o cheiro de peixe do lado de fora pelo cheiro de cerveja e de suor de gente animada. A algazarra e a música eram tão altas que tapou os ouvidos ao entrar, mas logo as destapou ao perceber que era o único fazendo isso. Enquanto caminhava para o balcão, ficou imaginando como seria a taverna da pequena vila para onde ia se mudar, se seus novos vizinhos seriam chatos ou animados. Se haveria cerveja boa para relaxar.

— Ô taverneiro! Me vê uma cerveja. Uma especial, lá da minha terra.

— Claro, mas de Doherimm temos apenas a Real.

— Pode ser essa mesmo, baixa uma.

— É meio cara...

— Olha pra minha cara. É óbvio que eu sei, né? Traz logo que estou com pressa.

Pegou suas moedas discretamente na algibeira e depositou no balcão, esperando ansiosamente o taverneiro voltar. Era muito ouro para apenas um caneco. Mas valia a pena. Para ele não era só uma cerveja, era uma lembrança tenra, uma volta ao passado. O taverneiro saiu para buscar o produto valioso na sua adega secreta e voltou com um caneco enfeitado minutos depois.

Melancólico, pensava se além de Vann — e supostamente a amada — alguém mais tinha se afeiçoado a ele nesses anos em Ahlen. Conseguiu pensar apenas nos conhecidos do templo de Khalmyr, principalmente a jovem Felícia e o paladino Abel. É, Felícia era uma boa pessoa. Abel também. Talvez estivesse sendo excessivamente rígido com os ahlenienses. Nem todos eram ruins.

Antes de beber o primeiro gole, ficou passando a ponta dos dedos nos entalhes do caneco anão que, imaginava, o taverneiro havia comprado especialmente para usar com a cerveja contrabandeada. Cheirou longamente a bebida — um cheiro marcante sempre potencializa as lembranças — e pensou no esforço enorme que tinha sido empregado para trazer o líquido da sua terra natal para a superfície.

"Quanto trabalho tiveram para que eu pudesse saborear isto aqui."

Fechou os olhos. Sorveu o líquido devagar, goles lentos.

"Adeus, Ahlen. Adeus, meu conterrâneo. Adeus, minha morceguinha. Nos veremos um dia, se Khalmyr me der forças e Tenebra me julgar merecedor."

Vannax chegou atrasado, minutos depois da partida do navio, mancando e esbaforido. Havia tido um dia cheio no trabalho, e seu mais recente sucesso havia aumentado sua infâmia no submundo. Se apoiou com uma mão em um poste de ferro da Rua do Porto, respirando fundo enquanto olhava o navio descer o Yrlan. Era longe demais para enxergar seu amigo em cima do convés. Imaginou se ele já estaria fazendo novos amigos no navio.

Se afastou do poste e foi se sentar em um banco de pedra de frente para o cais, sentindo o corpo pesado e fraco. A pedra fria fez com que seus ferimentos e escoriações doessem, mas mal sentiu, parcialmente sedado pela sensação ruim que pairava sobre ele.

Vannax ficou sentado sozinho no porto com aquela sensação estranha que se tem quando alguém próximo embarca para uma aventura, talvez sua última, e a outra parte fica no mesmo lugar, com a mesma vida e as mesmas expectativas.

Se levantou do banco frio encolhido de dor. Caminhou lentamente para casa, com a cabeça cheia e o coração vazio. Agora sem o seu amigo que tanto prezava, se dedicaria apenas ao trabalho.

Não aquele que consistia em dar aulas para Mardoc. Era outro, bem mais sinistro.

CAPÍTULO 9

A PRISÃO

— Boa noite, senhoritas e senhoritos honestos!

— Pelos bigodes do Ladino, mas que cara é essa? — Explodiram em risadas Boris e Heckard.

— Nem é para tanto, não está tão ruim assim. — Sorriu sem jeito revelando a falha nos dentes, o que fez a turma inteira cair na gargalhada até as lágrimas saltarem e as barrigas doerem.

Era a noite seguinte após o fatídico acidente no beco e o rosto de Mardoc continuava bastante inchado. Seguia passando compulsivamente a língua na fresta entre os dentes e sentindo o gosto de sangue coagulado. Aquele sabor férreo e amargo lhe dava sede, e a dor constante o fazia desejar algo mais forte que água.

Havia voltado para a Homens Honestos pelo mesmo trajeto com a mesma carruagem guiada pelo mesmo cocheiro Zyt, que ficou repreendendo ao longo de todo o trajeto por ter falhado na noite anterior. "Sim, amo, certo. Mil perdões", o goblin respondia.

Repetir sua rotina naquelas novas condições havia lhe causado uma sensação estranha e incômoda, que ele não conseguia compreender. Entendia apenas que não era só pelo rosto ferido, mas era algo mais profundo, anímico. Talvez fosse o fato que o tio Belahr lhe avisara que aquela seria sua última noite de farra por um bom tempo:

"A partir de amanhã terá que trabalhar para receber suas mordomias. Acabou a moleza!" A frase voltava recorrentemente à sua cabeça e toda vez que a ouvia, reforçava suas intenções de aproveitar cada minuto daquela noite.

— Tirando o rosto deformado e o dente perdido, espero que esteja tudo bem com nosso Mardoc, certo? Ou pelo menos vai ficar. Então vamos mudar de assunto! — disse Selandra com um risinho nervoso. — Hoje estamos celebrando que minha querida irmã recebeu uma proposta de casamento!

— É, está tudo bem, eu só preciso me distrair e tomar uma para passar essa dor chata. E parabéns! Quem é o felizardo?

— É o belo Selan Rigaud. Seu parente distante, pelo que conseguimos descobrir.

— Haha! Não creio, aquele pateta.

— Então o conhece? Nos conte umas fofocas, deve saber algo.

— Bem... ele não é tão parvo assim como dizem por aí, e certamente é um colírio aos olhos, mas pelo que ouvi o seu... dote é tão pequeno quanto seu título. — Mardoc fez uma careta e um gesto com a mão.

Todos riram da piada infame, inclusive Mardoc, que gemeu e contraiu seu rosto pela dor. Em resposta, levantou o braço e pediu sua bebida predileta. Nallia, a recém-comprometida, falou por trás de seu abanico.

— Mas você é um brincalhão mesmo, como se isso fosse um problema! Nesse quesito o que importa é que o rapaz consiga produzir um herdeiro. E se não conseguir eu dou um jeito e ainda me divirto um pouco! — Riu e todos fizeram coro.

Chegaram as bebidas e aperitivos, que de tantos e tão variados quase cobriram toda a superfície da mesa. Mardoc pescou dentre os aperitivos o seu suco moedor-de-ossos e virou o copo imediatamente, e o arrependimento bateu em seguida. A dor intensa o fez tremer e lacrimejar. Disfarçou rindo, respirando e soprando depois de enxugar as lágrimas.

— Mas como conseguiu perder um dente de ontem para hoje? Quando o deixamos estava tudo bem.

— Aconteceu um acidente, ora. Não ia me arrebentar assim por nada, né?

— Foi uma briga? Problemas em casa? — perguntou Nallia.

— Algo assim — mentiu Mardoc. Como todos tinham "problemas em casa", aceitaram a resposta como verdadeira. — Mas isso não importa, importante mesmo é o seguinte: vou me ausentar nos próximos dias. Semanas. Talvez meses.

— Ué, por quê? — perguntou Heckard.

— Meu escrotíssimo tio decidiu que preciso aprender os ofícios da família, e por isso estou sendo enviado para a fronteira. Para aprender e ajudar nos afazeres.

Deu de ombros e fez uma careta triste. Foi respondido por um coro de lamentações, algumas legítimas e outras de gozação.

— Mas que lástima! Agora quem será nosso falhador de estimação?

— Pois elejam outro, se virem! O problema é de vocês. Vai passar rápido e logo voltarei para nos reunirmos neste mesmo local com as mesmas companhias. E antes que eu esqueça, brindemos à futura… futura o que mesmo?

— Dama Nallia Rigaud. Talvez futura baronesa, se os deuses ceifarem os herdeiros na ordem certa! Ou se sofrerem acidentes…

— Então que Lena abençoe seu ventre e seu futuro marido!

A comemoração prosseguiu na mesa mais animada da Homens Honestos por cerca de uma hora intensa que passou como um piscar de olhos para seus celebrantes. Arrefecida a euforia inicial, abriu-se uma pausa alongada na conversa e Mardoc percebeu que o lugar estava menos animado que de costume. Perguntou para os amigos, que perguntaram para os outros e assim logo descobriram que os funcionários estavam tristes e cabisbaixos porque um colega querido chamado Lakki havia falecido na noite anterior, assassinado em um beco ali perto. Sua reação externa foi de espanto e indignação:

— Que horror! — disse com a maior naturalidade. — Esta cidade está mesmo perigosa.

Levantou-se depois de dar uma desculpa qualquer para os amigos e foi procurar o que seu coração desejava. Depois de procurar nos quatro cantos da taverna, decidiu falar com um dos rapazes que atendiam o balcão.

— Ei, não estou encontrado sua colega Najane, ela não veio hoje?

— Não.

— E amanhã?

— Nem amanhã. Foi embora, deixou o emprego e parece que vai embora da cidade.

Ficou sem chão. Perguntou, incrédulo, depois de um silêncio alongado.

— Ela não disse quando iria embora, ou por quê?

— Não.

O rapaz deu de ombros e depois deu as costas, voltando às suas tarefas. A mão de Mardoc rapidamente foi à algibeira e pescou um montinho de tibares, estendendo-o na direção dele, que primeiro pareceu ofendido com o suborno descarado, mas depois mudou de expressão no instante em que somou a quantia mentalmente.

— Ela não disse para onde ia, mas eu acho que foi para longe. Para fora de Ahlen certamente. Lembro que ela tinha planos de conhecer Deheon ou Wynlla. Depois que o Lakki morreu vieram uns guardas e fizeram um monte de perguntas, e isso a deixou bem nervosa. Ela não gosta de guardas, teve várias experiências ruins que torraram sua paciência e seus tibares; e também não gosta de muitas perguntas. Então decidiu se mandar. Foi isso.

Colocou as moedas no bolso e se afastou para atender outro cliente.

Mardoc retornou para sua mesa com passos pesados, inconsolável. Sentou e ficou ensimesmado pensando na vida, até que Heckard chamou sua atenção.

— O que foi, Janelinha, em que mundo anda?

— Nada, estou bem! Por falar nisso, amigos bufonistas, este lugar está mais morto que capanga de necromante. Sugiro uma mudança de ares.

Provocou o movimento da turma para disfarçar o seu estado lastimável, colocando em prática um ensinamento popular no reino: "É mais fácil enganar alguém distraído do que alguém atento."

Os outros quatro se entreolharam. Os homens assentiram, as damas recusaram.

— Só se for agora! — começou Heckard.

— Com certeza! O lugar é praticamente um avatar do enfado — prosseguiu Boris.

— Então divirtam-se, meninos. Nos vemos logo — disse Nallia ao se despedir.

— Boa viagem, Mardoc, se cuide — respondeu Selandra, terminando com uma mesura.

Heckard se levantou bruscamente, perdendo o equilíbrio depois de dar um solavanco na mesa. Riu e ajeitou os óculos, as mangas e as calças. Mardoc ajudou com o equilíbrio passando um de seus braços por cima dos ombros.

— Deixe-me apenas terminar esta bebida. E o acepipe ali também...

O sólido e fornido Boris esvaziou rapidamente sua taça, depois limpou o suor do rosto com suas mangas bufantes e penteou o cabelo com os dedos inchados. As irmãs Nallia e Selandra aproveitaram para retocar o pó da maquiagem enquanto os rapazes davam os últimos goles e mastigadas. O bando deixou a taverna junto e parou na saída para se despedir. As moças abraçaram Mardoc e lhe desejaram boa sorte, depois embarcaram na carruagem. Os três rapazes seguiram a pé.

— Agora que as meninas foram embora... quer contar o que houve ontem? — Heckard decidiu pressionar depois de uma sugestão sussurrada por Boris.

— Não. Talvez um dia, se Nimb quiser. Por enquanto fiquem imaginando. — Riu para os amigos com seu sorriso avariado, agora menos constrangido sem a presença feminina. Os outros dois reclamaram em um tom brincalhão. Sabiam que provavelmente em algum momento iria deixar escapar o que havia acontecido.

A noite plena pairava sobre a cidade, com poucos e corajosos pedestres caminhando na rua. Thartann era famosa por ser perigosa a qualquer a hora do dia, mas os jovens estavam confiantes, acreditando que fidalgos de pouca importância como eles seriam apenas assaltados. Afinal era para isso que tinham a algibeira do ladrão. Também carregavam dentro de si uma boa quantia de coragem líquida.

Perambularam pela Rua do Porto sem se importar com o orvalho que caía nem com o cheiro de peixe impregnado nas casas e ruas, e seus passos incertos acabaram levando-os na direção da Freguesia Otomar. Depois de cruzarem a alfândega do porto começaram a observar e avaliar as tavernas da rua, todas cheias de luz e som, mas nenhuma delas foi atrativa o suficiente.

Um sujeito baixinho e sinistro brotou das trevas de um beco próximo e interpelou os rapazes:

— Boa noite, senhores, estão procurando diversão? — Abriu um sobretudo e mostrou bandoleiras cheias de frascos coloridos.

A figura tinha um sorriso tão suspeito que chegava a ser culpado. Ignoraram a oferta do sujeito e se afastaram depressa somente para algumas quadras depois serem abordados outra vez, dessa vez por uma senhora de carnudos lábios carmesins:

— Ei, garotos, buscam companhia? Tenho amigas jovens, bonitas e muito, muito amigáveis… — A senhora também era suspeita, mas bem menos que a figura anterior, e os jovens decidiram arriscar.

Ela os conduziu para dentro do bairro na direção do canal-menor e perto do beco da traição. O grupo entrou em um porão escuro onde havia um túnel oculto por uma cortina. O clima ficou tenso durante a travessia, e todos colocaram suas mãos sobre suas adagas ocultas, mas o cheiro familiar de incenso e bebida que surgiu na porção final do trajeto dissipou a tensão. Quando deram por si, estavam em um ambiente bastante animado e exclusivo.

Estavam no bordel da madame Ladriel, cujo lema era "Aqui seus desejos se realizam, aqui seus segredos ficam." Apesar do bordão infame o estabelecimento era de qualidade e oferecia a seus clientes salas exclusivas para pequenos grupos, e foi em uma dessas salas que os três se fizeram à vontade.

Logo começaram a entrar na sala jovens moças e rapazes, dispensados à medida que não agradavam ou que se insinuavam caros demais para aqueles pirralhos. As cortesãs selecionadas sentaram-se e começaram a conversar em um tom formal e polido que não tardou a degringolar para obscenidades, ditas pelos jovens para as moças com gosto e bom humor. Depois foram para seus quartos e colocaram em prática seus discursos, também com gosto.

Debilitado e pensativo, Mardoc aproveitou a cortesã, mas apenas o aspecto mecânico do ato. Sua mente estava distante, perdida em conjecturas sobre o destino de Najane. "Para onde ela foi? Será que partiu por que se sentiu ameaçada pela guarda, que apareceu por causa da morte daquele infeliz?"

No fim, se reencontraram todos na sala.

— Senhores, está na hora, vamos — disse Heckard.

— Hora do quê?

— Temos um compromisso agora e precisamos correr para chegar no horário, se não perderemos a vaga. — Heckard parecia bem decidido e revigorado.

— Que vaga, que compromisso?

— Uma mesa de Wyrt, é claro. Uma mesa especial! Espero que a vossa bolsa esteja pesada, hoje é noite de apostas gordas.

De volta às ruas os jovens caminharam apressadamente, desceram na direção da Freguesia Otomar, subiram a lomba do arvoredo, cruzaram a ponte do Jejum e viraram para o sul, seguindo pela margem do canal-menor até os fundos do Theatro Real. Entraram na Rua dos Comendados para evitar passar perto do Mercado Panóptico, desencorajados por boatos de que uma figura perigosa rondava o lugar à noite. Brincaram entre si, tentando adivinhar o que poderia ser o suposto perigo. Um fantasma da ópera. Um maluco de Aharadak. Um indigente possuído por um demônio. Ou um paladino justiceiro fanático, bradando uma espada sagrada e atacando os desonestos. A última hipótese foi a que mais os assustou, tremeram de medo e se benzeram.

Já próximos do objetivo, os três cruzaram a praça da Rainha Helevina onde pararam brevemente para beber água da bica junto com os sem-teto que ali se reuniam. Depois da praça e duas quadras além do Orfanato, finalmente chegaram em um trecho mais amplo do grão-canal onde havia uma linha de barcos ancorados.

Ao se aproximarem da margem, um dos vigias do barco percebeu-os e encostou uma escada na margem do canal para que os discretos convidados pudessem descer e embarcar. Pagaram um ingresso — uma prática comum, já que não era raro clientes tentarem sair sem pagar — e foram conduzidos para um salão longo e amplo com poucas janelas e um espaço muito estreito para transitarem, apenas um palmo entre as mesas e cadeiras.

Cada um foi conduzido para uma mesa diferente para que não pudessem combinar jogadas e como o teto no lugar era baixo, os três precisaram caminhar curvados para não bater a cabeça. Mardoc sentou-se em uma mesa apertada com mais cinco jogadores e um juiz-crupiê. Juízes de Wyrt eram raros, presentes apenas em mesas de alto nível, o que era um péssimo sinal para o jovem relativamente inexperiente.

"Estou frito!", pensou e lançou um olhar receoso para seus amigos, cujas caras felizes pareciam alheias à violência lúdica que estava prestes a acontecer.

Um candelabro com velas mágicas pairava sobre a mesa e quase encostava nos narizes dos jogadores quando o barco sacolejava. Entre candelabro, cotovelos e cadeira pequena, não havia quase nenhum espaço para se mover ou esconder as cartas.

A mesa de Mardoc era composta por uma jovem humana de expressão séria, um goblin muito parecido com Zyt, mas que não podia ser ele pois seu cocheiro não usava óculos nem bigode, um almofadinha que parecia ter a mesma idade de Mardoc e que pitava um cachimbo compulsivamente, uma senhora cheia de joias e ares de velha sábia, e um anão esquisito de cabeleira farta e barba preta com listras brancas.

O anão levantou a mão e pediu para analisar os dados. Ficou comparando pesos e medindo com uma lupa de pala antes de decretar que estava tudo certo. Mas antes de começarem oficialmente os jogadores tinham que cumprir uma regra adicional, uma regra da casa: todos deveriam beber de um gole só um copinho de cuspe-de-fada, uma mistura de aguardente com um minúsculo cubo de achbuld. Todos viraram os copos ao mesmo tempo e Mardoc sentiu o drinque descer ardendo como uma bola de lava pela garganta até tocar o fundo do estômago. Quando isso aconteceu sua consciência foi sublimada por alguns instantes intensos e flutuou à deriva em um mar de luzes cintilantes.

Quando todas as consciências retornaram à mesa, o jogo finalmente começou. Deram as cartas, jogaram os dados e então começaram as análises e blefes. Três rodadas foram suficientes para aniquilar seus tibares e sua certeza de que sabia jogar Wyrt. Quando viram que seu ouro tinha acabado, foi convidado a se retirar da mesa. Saiu ainda sob o efeito da bebida, embalado pelo balançar do barco e sentindo que estava pisando em nuvens de algodão espesso. Com passos lentos e calculados chegou na escada que subia para o convés onde encontrou Boris e Heckard.

— Olha quem chegou. Você até que durou! — Heckard aplaudiu duas vezes e deu um tapinha nas costas. O tapinha quase o derrubou. — Ganhou alguma coisa?

— Ganhei só essa tonturinha aqui...

— Pois eu ganhei a segunda rodada por pura sorte e aproveitei para sair da mesa! — disse Boris, com um sorriso tão grande que repuxou todo seu rosto. Levantou sua algibeira recheada na altura dos olhos de todos.

— Esconde isso seu idiota, não mostra assim! — Mardoc o censurou.

— E você, tomou todos os cuspe-de-fada? — perguntou Heckard.

— Tomei.

— É um falhador mesmo. Na minha mesa menos da metade bebeu. Essa regra da casa é só pra ferrar os novatos. E você caiu direitinho!

— Mas como? — Mardoc se sentiu de fato um fracassado.

— Truque de mãos. Outro dia lhe mostro como se faz. Mas vamos sair de perto antes que alguém ouça.

Subiram a escada de volta ao mundo em que o chão não balançava. Se entreolharam.

— E agora?

— Vamos comer algo, estou com fome — sugeriu Heckard. — O Boris aqui vai pagar. — Sorriu na direção do amigo vencedor, que não negou o pedido.

— E você, Janelinha? — perguntou Boris.

— Não me chame desse jeito! Mas sim, acho que umas mastigadas vão fazer bem.

Os três jovens caminharam sobre os paralelepípedos frios e molhados até chegarem em uma discreta lanchonete onde puderam saciar sua fome. Esses estabelecimentos eram a última moda em Thartann: uma sala com acesso direto pela rua e com apenas uma mesa e quatro banquinhos onde o cliente, ou pequeno grupo, podia fazer seu pedido e fechar a porta da rua, ficando assim isolado e protegido. Além da privacidade, se alguma informação vazasse dali os prejudicados poderiam voltar e tirar satisfação com o dono do lugar. Mas naquela ocasião o dono não escutou nada de interesse pois os três jovens cansados trocaram poucas palavras até a comida chegar, e quando chegou o silêncio imperou. Mastigaram em silêncio e com muita vontade suas batatas valkarianas e seus pães com carne e molho.

Quando saíram estavam atordoados pela combinação de comida gordurenta com uma noite cheia de eventos, e talvez por isso tenham demorado a perceber os tons azulados surgindo no céu, as cores que prenunciavam a chegada de Azgher.

Mardoc inspirou fundo o ar úmido e gelado da madrugada. Sentia-se embriagado, satisfeito e vivo. Mas mesmo tendo vivenciado uma noite digna de Ramknal, o paraíso de Hyninn, algo o incomodava. Antes que pensamentos mais profundos pudessem surgir, sua mente divagou quando passou sua língua nos dentes, sentindo a falha diversas vezes.

Ao perceber a expressão derrotada dos amigos, foi obrigado a decretar:

— Acho que por hoje encerramos.

— Sim. Parece que fui mastigado por um dragão e cuspido no chão. — Heckard estava com os olhos quase fechando.

— Vamos prosseguir mais um pouco, agora que ganhei esta bolada me sinto tocado por Nimb, preciso retribuir. — Boris estava acostumado a um estado semipermanente de empanturramento e era o único que ainda tinha energia.

— Fale baixo! Quer morrer? As ruas têm ouvidos. É bom correr para casa de bico fechado.

A despedida foi breve.

— É, está certo. Por hoje chega então. — Boris abraçou os outros.

— Boaventura na vossa viagem, Mardoc. — Heckard se despediu com o costumeiro tapinha nas costas. — Que Hyninn guie seus passos.

— Que ele fique com vocês.

Foi o primeiro a chegar na taverna, ansioso para rever os amigos. Enquanto aguardava pediu uma tábua de frios e o costumaz moedor-de-ossos. Saboreou o momento tão antecipado durante a viagem. Enfiou o nariz bem em cima do copo e ficou sentindo o cheiro. Virou o copo. Fechou os olhos. A dor, as lágrimas, o alívio.

— Veja quem está de volta.

Heckard foi o primeiro a chegar, de braços abertos. Mardoc levantou-se para abraçá-lo. Com uma barba rala e desgrenhada, revelou a janela nos dentes ao sorrir, e o amigo não se aguentou.

— Mas você realmente está parecendo um camponês, só falta o chapéu de palha!

— Nem me diga, dois meses foram o suficiente para me mostrar que Thartann pode não ser o melhor lugar do Reinado, mas certamente é o melhor lugar de Ahlen. Que povo mais tosco esse do interior!

— Quero saber mais, desembuche. — Se sentaram.

— Espere os outros chegarem. Não quero contar duas vezes a mesma história. Enquanto isso você é que deve me contar o que tem acontecido por aqui.

— Ah, nada de mais. — Pausou. — Minto, lembrei de algo: vão demolir tudo que estiver na margem de lá do grão-canal e entre a estrada de Tollon e a estrada sul. O decreto real foi espalhado pela cidade faz poucos dias pelos arautos. Vão chamar a nova avenida de "Estrada Majestade Thorngald Vorlat", em homenagem ao falecido.

— Isso vai dar confusão, é muita gente que vai ser desalojada! E vão para onde? Vão ser recompensados? Ah, espere... eu não me importo! — Mardoc debochou.

— É, sei que não se importa. Mas tenho alguns parentes que moram ali e vão precisar se mudar para casas piores.

— Oh, me desculpe. — Ficou sem jeito.

Nallia e Selandra chegaram ao mesmo tempo que Boris. Mesuras e abraços, todos riram ao ver a aparência de Mardoc. Ele ria junto, mas detestava a situação. Chegou a contestar o apelido:

— Podem rir e me chamar de camponês, mas saibam que estão redondamente enganados. Voltei a ser um legítimo cidadão thartanniano, o treinamento lá não deu certo.

— E diz isso com orgulho? É mesmo um fracassado.

— Bem, já que todos chegaram então vou contar como foi. Vamos, se ajeitem aí.

Pediram mais bebidas e seus amigos ficaram atentos, ansiosos pelas novidades. Mardoc gostava de ser o centro das atenções. Falava bem à vontade.

— Pra começar fiz uma viagem por estradas horríveis, cheias de buracos, até chegar em Ulgote, perto do Forte Jharydanshar...

— Como é a cidade? Só saí de Thartann algumas vezes para ver as praias de Nilo. Meu sonho é conhecer Valkaria! — interrompeu Selandra. Seus olhos viraram para cima, imaginando como seria viver na capital do Reinado.

— Chamar de "cidade" é um elogio. É uma vila, as ruas são de terra batida e dá para ver as árvores do bosque próximo de praticamente qualquer ponto. As casas vão de barracos e choupanas miseráveis até, no máximo, algo do padrão desta taverna. As melhores edificações são os templos. Tem um de Marah, um de Valkaria e uma capelinha de Khalmyr. Fui recebido na casa de um tio-avô meu que mais parecia uma múmia e que vive em um sobrado fedido e mofado que deve ser tão velho quanto ele. Um buraco! Minha cama era de palha, os lençóis estavam puídos e só tinha meia dúzia de serviçais. Como a cama tinha percevejo eu preferi dormir no chão na primeira noite. No outro dia mesmo comprei uma cama decente com meu dinheiro.

— Fez bem, imagina dormir em uma cama de plebeu. Inaceitável, ultrajante! — concordou Selandra.

— E quem tinha que ter pago essa cama era seu tio! — protestou Boris.

— Como ia dizendo, tem um posto de controle bem grande na estrada do lado da "cidade". É feito de pedra e cheio de guardas. Pois vejam bem: tudo que chega no nosso reino por aquela estrada precisa ser verificado e taxado de maneira adequada. Há um monte de livros explicando quanto pagar para cada tipo de mercadoria, quanto cada um pode levar consigo e quais itens são desprovidos de taxas. E esses guardas-fiscais-fidalgos sabem essas taxas de cor, ou fingem saber, porque fui conferir alguns e não batiam. E isso é bem conveniente para os meus parentes que tomam conta do lugar porque podemos pedir um pouco menos para quem não pode pagar ou um pouco mais para quem tem sobrando. Depois liberamos as pessoas e mercadorias com documentos, atestados e permissões que têm o selo real e que são apresentados nas outras cidades. Muitas dessas coisas acabam vindo para cá, para Tyrondir ou para os portos do sul.

— Que enfadonho, falou tanto quanto um burocrata! Quase cochilei aqui — Heckard ironizou com um bocejo exagerado e tapando a boca com a mão.

— Também achei enfadonho, por isso não fiz questão de ficar, não tenho talento para carimbador, mesmo tendo a parte divertida dos "por fora". Mas o pior seria viver naquela pocilga. Impossível. Nas últimas semanas me deixaram verificar as mercadorias sozinho e até ganhei uns troquinhos. O primeiro abono ninguém esquece. Foi fácil, o próprio cliente ofereceu, de tão acostumados que estão.

— E você verificou todas as cargas?

— Verifiquei assim... olhando por cima. Até parece que vou ficar levantando mercadorias, tenho que evitar a fadiga.

— Então foi você o tapeado! Esses mercadores malandros chegam a ter o fundo falso do fundo falso! O sujeito deve ter oferecido propina pois queria dispensá-lo rapidamente e evitar uma revista. Janelinha, você comeu mosca!

Todos riram e Mardoc riu também pois não queria aquele cargo de qualquer maneira. Mas logo a conversa virou para outro assunto, e ele ficou pensando em silêncio enquanto o resto do grupo ficou trocando amenidades e fofocas. Ficou chateado ao perceber o quão rápido tinham se desinteressado pela sua jornada. Ainda tinha muita coisa para contar, mas nenhum deles parecia realmente ter sentido falta dele, ninguém mandou cartas ou mensageiros enquanto esteve longe. Se morresse talvez nem fizesse diferença.

Quanto ao trabalho não achava que tinha se saído tão mal, mas depois do que Heckard tinha dito se perguntou se não serviria nem mesmo para ser um fiscal medíocre. Ficou pensando enquanto virava os copos de bebida. Lembrou-se da última noite fatídica, a última noite que lhe importou. Lembrou de Najane. Decidiu puxar outro assunto.

— Boris, e aqueles tibares daquela noite?

— Vem fácil, vai mais fácil.

— Qualquer hora precisamos voltar naquele estabelecimento que fomos antes do barco...

— É, devemos.

— Barco? Estabelecimento? — perguntaram as irmãs.

— É uma casa para homens se divertirem.

— Deve ser um lugar muito chato então! — As irmãs riram alto.

— Ei, Janelinha, conte-nos um pouco mais. — Era Boris.

— Tudo bem. — Mardoc fingiu desinteresse, brincando com seu copo vazio, mas sentiu um alívio. — O lugar é um buraco, mas por um lado foi bom, gostei de ficar livre dos compromissos e dos meus parentes. Teve um dia que saí sem avisar ninguém e fiquei cavalgando a esmo por horas, explorando a região em volta do forte. Foi muito bom. Agora entendo um dos motivos por que as pessoas se tornam aventureiros, porque descobrir o mundo te deixa bem empolgado. Também aproveitei para praticar esgrima com o meu tutor lá, e não é que o almofadinha perna-de-pau sabia estocar!?

— Rá, ele devia estar querendo estocar você! Estocada surpresa pelas costas, à moda ahleniense. — Boris fez uma pantomima obscena para demonstrar o tal ato.

Rindo e se distraindo, com a tranquilidade de quem não vai trabalhar no dia seguinte, a noite passou. As novidades de Mardoc serviram para quebrar a monótona vida dos jovens fidalgos, mesmo que por uma noite apenas.

Seguiram se fartando com vinho, coxinhas de trobo desfiado e bombons de gorad. As irmãs estavam de ótimo humor e subiram ao palco para cantar junto com os bardos, enquanto os três rapazes aplaudiam do mezanino. Mardoc aproveitou o momento para escapar para o balcão das bebidas. Chamou uma das atendentes.

— Alguma novidade sobre a Najane? Algum recado ou avistamento?

— Não, nada.

Deixou o balcão esgotado. Havia pensado nela várias vezes durante sua estada fora da capital e tinha grandes esperanças de encontrá-la naquela noite. Voltou para os amigos e passou o resto da noite desanimado.

No dia seguinte Mardoc começou outro treinamento, desta vez em Thartann e sob a tutela do tio Belahr e de Vannax.

A noite não era a seguinte, era uma noite bem mais distante. Por vários motivos, os encontros na taverna haviam ficado mais esparsos. Mardoc apareceu sem avisar.

— Olhe quem está vivo! — Boris foi o primeiro a perceber Mardoc se aproximando do grupo e o primeiro a perceber algo diferente. — Mas o que é isso aí, Janelinha, além de faltar nossos encontros agora viciou em ficar machucado? Qual vai ser a próxima? Vai chegar sem parte de uma orelha?

— Não me chame desse apelido.

Mardoc ergueu o punho fechado ao lado da cabeça e fez menção de socar Boris no rosto. Todos estranharam aquela atitude, em especial Boris, que se encolheu, mas ninguém disse nada. Baixou o punho antes de falar e sorriu com os dentes cerrados, mostrando a "janela" propositalmente.

— Além do mais, vocês estão exagerando. Isso aqui é só um roxo, coisa que vocês frouxos não aguentariam. Se bater um vento forte já se desmancham. Machucados são ossos do meu novo ofício. — Puxou uma cadeira e se sentou, apoiando o braço na mesa e de pernas abertas.

— E vai nos esclarecer o que é este novo ofício?

— Não.

— Ora, como assim, não? Somos seus amigos!

— Sim, mas estes são os negócios da família, é segredo. Amigos ou não, vocês abrem o bico. Se falarem vou me enrascar e vocês também, portanto é melhor deixar assim — disse, em um tom definitivo.

— Quanto mistério, Mardoc. Gostei. — Selandra puxou o abanico e balançou-o energicamente. Parecia ter ficado com calor.

— Não seja assim, estamos em Ahlen. Leis não são regras, são apenas diretrizes. Não precisa nos dizer exatamente o que fez ou que faz, mas pode contar alguma outra história interessante de um primo seu, entendeu? — Nallia piscou o olho, tapando parte do rosto com o abanico.

Mardoc não resistiu ao charme das damas. Revirou os olhos.

— Tudo bem. Mas só um pouquinho, e só depois do meu moedor.

Fez o pedido a uma atendente e ao ver a moça jeitosa lembrou-se de Najane. Só então percebeu que tinha pensado pouco nela nas últimas semanas, e aquilo o entristeceu um pouco. Afora isso, cumpriu todo seu ritual de beber o moedor em silêncio, da dor extrema ao alívio completo.

— Pare de enrolar e diga o que fez então — pressionou Heckard.

— Tudo bem, tudo bem — respondeu Mardoc. — A verdade é que estou precisando desabafar, ando me sentindo cansado e irritadiço.

— Desabafar?

— É, esse trabalho é ruim para os nervos. Chego exausto em casa e os "acidentes" — apontou para o roxo no rosto e arregaçou as mangas, revelando machucados — estão ficando frequentes. Também tem meu tio, ele é um bosta, não me trata com respeito e fica me subestimando. Até meu tutor Vannax, que considerava meu amigo, agora é apenas um colega de trabalho. O sujeito não é nobre e quer ficar mandando em mim! Gostava mais quando era eu que mandava.

— Ainda não disse o que anda fazendo…

Fez uma pausa dramática.

— É simples. Damos lições nos tontos que não entendem recados.

— Lições, como seu tutor? — Selandra riu para disfarçar o que já tinha entendido.

— Ex-tutor. É, lições nos espertinhos. Fingem que não entenderam, mas quando a gente aperta eles entendem na hora. E acreditem: este reino de malandros está cheio de espertos, então há muitas lições a serem dadas.

Ao entenderem o que o amigo andava fazendo o clima pesou. Ninguém conseguiu pensar em um assunto qualquer, uma amenidade para descontrair e mudar o rumo da conversa. Mardoc percebeu o desconforto e mesmo assim prosseguiu. Sua voz tinha um certo orgulho.

— Vejam bem, quando um sujeito não entende o recado, vai receber uma lição. E há muitas maneiras de dar lições. A mais óbvia é a pessoal, mano a mano, cara a cara. Ou também podemos dar a lição nas pessoas que o espertinho gosta; porque se a pessoa for durona ou corajosa é só achar alguém querido dela e apertar que dá quase na mesma. Mas acreditem ou não, um dos métodos mais eficientes é bater onde dói mais. No bolso. No patrimônio. Pode ser um cavalo caro, uma carroça, ou coisa maior, uma casa ou loja. Usem a imaginação.

Seus amigos estavam chocados. Ali ninguém era ingênuo e quase todos tinham algum tipo de conexão, mesmo que leve, com o submundo do crime. Certamente se quisessem poderiam seguir o mesmo caminho. Mas não queriam.

Mardoc sorriu maliciosamente sem mostrar os dentes.

— Se me dão licença, agora tenho um compromisso. — Pegou uma das comidas e saiu mastigando.

Os encontros se tornavam cada vez mais esparsos, e as faltas de Mardoc só aumentavam. A taverna Homens Honestos aos poucos ia perdendo seu encanto, tanto para ele quanto para os outros.

Sua ausência o transformou no assunto de boa parte das conversas. Onde não há fatos as teorias abundam, alimentadas pela curiosidade e imaginação. Seus amigos teciam muitas teorias a respeito de Mardoc.

E nenhuma delas era boa.

Visivelmente abatido, com olheiras e um cheiro de fumaça nas roupas, o jovem Mardoc entrou na taverna e sentou-se à mesa sem cumprimentar ninguém, como se tudo estivesse como sempre. Ergueu o braço e fez seu pedido, observado pelos amigos em silêncio. Os dois lados se estranharam.

— O que foi? — disse Mardoc.

— Como assim o que foi? Você chega sorrateiro, parecendo um carniçal e ainda nos pergunta o que foi? — rebateu Heckard.

Ficou quieto, só deu de ombros. Selandra falou pelo grupo.

— Você está bem? Não aparece já faz tempo, estamos preocupados.

— Estavam é fofocando sobre mim.

— Não diga isso, ficamos conjecturando pois não tivemos notícias.

Mardoc não respondeu e todos ficaram em silêncio até a garçonete chegar. Quando pegou o copo e os outros perceberam o que havia pedido, ainda tentaram adverti-lo.

— Dose dupla, Janelinha, não acha que é demais?

— Não me chamem assim — rosnou.

Virou o copo sem pestanejar. Os amigos observaram chocados enquanto os olhos de Mardoc ficavam vidrados no vazio.

O gosto amargo concentrado e adstringente do suco moedor correu como ácido pelo esôfago. Quando atingiu o estômago sentiu um peso seguido de uma queimação que parecia um vulcão, e fez com que soltasse ar quente pelas ventas e pela boca. Os músculos se retesaram e assim ficaram. Depois vieram as ondas de dor nos ossos cada vez mais intensas. O festival de dor culminou na boca, nos dentes trincados que pareciam latejar. Os olhos pareciam que a qualquer momento iam colapsar para dentro das órbitas.

Foi demais para Mardoc. Desmaiou antes de usufruir da melhor parte, o doce alívio do efeito se esvaindo do corpo.

Heckard deu-lhe uns tapinhas de leve no rosto para ajudar a se recobrar. Desorientado, limpou a baba no canto da boca e tomou um copo d'água oferecido por Boris. Seu corpo estava flácido e lento.

— Quanto tempo dormi?

— Quase nada, só uns minutos — Boris respondeu.

— Sente-se melhor agora? — Nallia perguntou.

— Um pouco. Me desculpem, tem sido... difícil. Só preciso descansar. — Respirou profundamente e esfregou a mão no rosto. — E vocês, o que têm feito? Quais são as novidades?

Heckard, Boris, Selandra e Nallia se entreolharam. Sem saber o que fazer, agiram naturalmente e falaram um de cada vez, contando suas atividades e eventos.

Mardoc ouvia apenas com a fachada do seu ser, no seu interior não absorvia nada do que diziam. Estava muito ocupado com uma luta interna, uma disputa entre duas facções. Um dos lados queria pedir desculpas e abraçar todos, o outro queria xingar e cuspir na cara daqueles fracotes. Indeciso, acovardou-se e não conseguiu nem pedir desculpas nem dizer o quanto queria que as coisas voltassem a ser como antes, mais simples e inocentes.

Falou depois que os quatro terminaram e foi a vez dele de contar as novidades.

— Eu vi muita merda nessas últimas semanas. Coisas ruins de verdade. Vocês me conhecem, não tenho pena de plebeus e dos servos fracassados, eles que se danem, não é problema nosso, certo? Mas ultimamente meus colegas têm exagerado, têm passado do limite. Eu vi…

Parou a frase no meio, a boca pendeu incerta até que finalmente fechou. O olhar procurou o chão. Foi consolado pelas irmãs.

— Tudo bem, tudo bem. Tome aqui algo para acalmar.

Deram-lhe uma bebida não muito forte mas também não muito fraca — depois daquele duplo moedor tudo lhe pareceria fraco — e ao sentir o cheiro de comida teve seu apetite aberto. Logo estava mastigando e ouvindo a conversa em silêncio.

Mardoc suspeitava que seus amigos já nem contavam mais com a presença dele nas suas reuniões. E sua suspeita estava certa, os quatro já tinham inclusive escolhido um novo lugar para seus encontros, a casa da recém-casada Nallia Rigaud. Não comentaram naquela noite por causa da situação delicada, mas a ausência de Mardoc no casamento dela tinha sido um golpe duro em sua reputação. Tinha se afastado do grupo como um barco à deriva, e o grupo não lhe jogou nenhuma corda.

Na saída da taverna todos se despediram, e Mardoc não pôde deixar de notar um tom condescendente. Heckard fez questão de caminhar um pouco com seu amigo.

— Ei, Janeli… Mardoc. Não entendi direito o que está acontecendo com você, mas seja o que for não precisa sofrer sozinho. Se quiser desabafar, pode contar comigo.

Mardoc ponderou antes de responder. Em Ahlen, desabafar podia ser muito perigoso, mesmo que fosse para amigos. Foi a primeira vez que sentiu ter segredos comprometedores. Pela primeira vez suspeitou de Heckard.

— Não quero desabafar. Nem por você nem por mim.

Caminharam em silêncio por uma quadra, até que falou outra vez.

— Sabe o que é pior? Daquelas coisas horríveis que falei que presenciei, nem todas me causaram repulsa. Já não tremo de medo ou nervosismo como nas primeiras vezes e acho que estou começando a me acostumar com essa violência toda. Algumas eu até gosto, uma em especial. Então, o que isso me torna, hein? Sou um capanga qualquer, só que com peruca de nobre.

— Não diga isso, por favor, Mardoc, você é nobre e ainda tem um nobre destino pela frente. Não se rebaixe.

— Você fala da boca pra fora, sabe que é balela. Foda-se a cor do sangue, o que importa é quem é o mais fortesperto. Quando chega a hora, quando a porca torce o rabo, nobre e pobre é tudo igual.

Com um movimento único, Mardoc sacou uma adaga. Encostou a lâmina no pescoço do companheiro, paralisado de susto. Foi pressionando a adaga até estar prestes a cortar a carne. Se aproximou bem com os olhos arregalados.

— Viu? Quando o sujeito entende que vai ser espancado, vai morrer, vai ser violado… ele se borra todo. É todo mundo igual. Queria saber o que eu vejo, o que eu faço? É isso o que vejo: dor, medo, sangue. A troco de um ouro sujo. Satisfeito?

Mardoc tirou a adaga do pescoço de Heckard e desapareceu noite adentro, sem se despedir.

— Vou ser sincero, jovem mestre, estamos preocupados com seu desempenho no bando. E seu estado mental. Principalmente seu estado mental — começou Vannax.

— Estado mental? Que tipo de piada é essa? — respondeu Mardoc, sentado enquanto usava sua adaga para limpar a sujeira debaixo das unhas.

Os dois estavam sozinhos em uma das salas da sede da família. O casarão ficava próximo da Academia Ahleniense de Letras e tinha túneis secretos que se conectavam com o grão-canal e com o bairro Godrann. Mardoc suspeitava que a sede tinha mais túneis secretos que levavam para outras partes da cidade, mas que não tinham sido revelados a ele porque ainda era um novato. Além dos túneis, a sede possuía salas de treinamento e locais de reunião confortáveis onde os membros podiam conversar com discrição.

— Pode não ter percebido, mas suas ações e humor se tornaram mais erráticos nos últimos meses. Tememos que possa piorar. E um "colaborador" maluco não tem nenhuma serventia para nós.

Mardoc respondeu com um grunhido. Terminou de limpar as unhas e continuou:

— Não acho que estou perdendo a razão, só ando com o pavio mais curto. E se estão insatisfeitos com meu desempenho, só lamento. Quem me forçou a trabalhar foi meu tio, reclame com ele.

— Jovem mestre, não é assim que funciona, o senhor Belahr é quem manda. Ele levantou essa questão na nossa última reunião. E nessa mesma reunião, acabamos deliberando sobre suas funções. Achamos que não serve para os serviços mais violentos, então…

— Só agora descobriram isso? — Mardoc interrompeu, debochando.

— …então pedi para que a partir de agora fosse designado exclusivamente para serviços de sabotagem. Notamos que tem uma certa aptidão nesta área.

Ainda sentado, Mardoc sorriu em silêncio. Abriu uma garrafa ao lado da sua poltrona e se serviu em um pequeno cálice, uma réplica minúscula daquele que seu tio tinha no gabinete. Bebeu tudo de um gole só.

— E então? Pode continuar, sei que tem mais a dizer.

— Então temos um serviço feito sob medida para suas habilidades. Basta ir no lugar, encontrar seus colegas, atear fogo, se certificar que espalhou o suficiente e ir embora. Deve ser fácil, o escopo compreende apenas uma loja e suas mercadorias.

— Colegas? Eu não preciso de colegas. Não gosto de colegas. Além do mais, quanto mais gente mais chama a atenção.

— Isto não é uma discussão. Já foi decidido.

— Quem são?

— Mordamir e Raghat.

— Você só pode estar brincando! Escolheu os dois mais escrotos, desprezíveis e nojentos de propósito? Odeio esses caras! Se pudesse eu mesmo *dava um jeito* nos dois! — Se permitia ser sincero com seu professor somente porque compartilhava uma relação especial com ele.

— Cuidado com as palavras, jovem mestre. Sabe muito bem que aqui as paredes têm ouvidos. Vou relevar o que disse. Aqui na família exigimos lealdade absoluta. Ninguém bate em ninguém, e *especialmente* ninguém mata ninguém. Deixe isso para as lideranças resolverem.

Mardoc quis continuar protestando, mas se segurou. Decidiu poupar suas forças e paciência para depois. Vannax colocou a mão no ombro do ex-pupilo:

— Nenhum tipo de traição é aceitável, nem mesmo para os membros que têm sangue nobre. Escapar não é uma opção. Ninguém deixa a família.

Enquanto cavalgava até o seu objetivo, sentindo o sacolejar do trote, Mardoc ruminava os eventos dos últimos meses, emaranhados em pensamentos que pesavam sobre sua mente e sua consciência. Se sentia perdido, deslocado e sua memória retrocedia, buscando encontrar algum significado, um rumo.

Nascido e criado com mordomias, confirmou nos últimos meses o que sempre tinha suspeitado: que o ouro da família que propiciava essas mordomias estava banhado em sangue e suor (alheio). Até aí tudo bem para ele, em Ahlen isso não surpreende ninguém. Mas não esperava *tanto* sangue e sofrimento.

Presenciou seus familiares e capangas trabalhando no ofício nefasto, viu torturas e espancamentos que lhe causaram repulsa e muitos pesadelos. E não por coincidência, várias tinham sido cometidas por Mordamir e Raghat, dois capangas que na visão dele se excediam na crueldade e depravação. Ele podia não saber exatamente o que queria, mas tinha certeza absoluta de que não queria fazer parte daquilo.

No começo achava certa graça daquelas situações pois achava justo, na lógica de um devoto de Hyninn, que a pessoa menos esperta fosse punida pelos seus erros. Depois passou a ficar calado ao perceber que a punição não era bem proporcional ao suposto crime ou deslize cometido. O justo não lhe parecia mais justo.

Começou a se compadecer das vítimas e aos poucos nutrir um desprezo pelos seus similares, passando lentamente a sabotar seus trabalhos, fazendo corpo mole e se evadindo. Sabia que não ia conseguir enganar seus superiores por muito tempo, mas também não sabia mais o que fazer. Se fosse descoberto, confiava que o seu sangue nobre iria poupá-lo de uma punição mais severa. Nisso estava certo.

Começaram a lhe confiar também pequenos serviços de sabotagem, uma forma de intimidação indireta e muito conveniente. Saíam os espancamentos, entrava a destruição do patrimônio. De alguma forma essa nova função lhe parecia mais digna, até mais justa. Concorrentes foram tirados do caminho e devedores aprenderam a não esconder seus tibares. Tudo com uma mínima fagulha bem posicionada.

Uma preocupação surgia seguidamente à sua mente, e durante a cavalgada havia se manifestado outra vez. "Quando eu completar esse serviço, o que vem depois? Isso vai ter fim um dia? E se eu não entrei nessa por vontade própria, então não posso sair por vontade própria? Que tipo de lógica é essa, como assim não posso sair?" Aquela prisão sem paredes o incomodava profundamente.

Enquanto cavalgava cruzando os bairros da capital, pensava em uma saída para aquela situação. Estava farto. Se aquilo não ia ter fim nunca, ele precisava escapar.

Mas não vislumbrava nenhuma saída. Nenhuma saída segura.

A cavalgada arrefeceu quando chegou no Moinhos, bairro populoso da periferia oeste de Thartann, já noite plena. Desceu do cavalo e o conduziu calmamente, vizinhança adentro, com passos curtos e leves para não chamar atenção. Gostava do manto da noite, da anonimidade, da sensação de estar caçando. Estava começando a ficar à vontade e entrar "no clima" quando ouviu:

— Faaaala, Mardoquinho! A gente tava te esperando.

— Tu demorô. Tamo esperando faz um tempão.

Mordamir e Raghat saíram de um beco próximo. Os dois humanos estavam encapuzados.

— Vamos acabar logo com isso — disse Mardoc, evitando o contato visual com os capangas.

— Ah, agora tu tá com pressa, Janelinha? Então não devia ter se atrasado! — Os dois capangas riram alto.

Amarrou a montaria em um lugar próximo, pegou suas coisas nos alforjes, sacou uma cópia da chave que tinha sido fornecida por Vannax, abriu a porta casualmente e ligou os lampiões assim que entrou, como se fosse o próprio dono do negócio. Os capangas vieram atrás.

Era uma loja térrea adjacente a diversas construções, sendo a mais notável delas um grande moinho, o que não era de se surpreender, afinal estavam na Freguesia dos Moinhos. Mardoc fez uma análise rápida e iniciou seu trabalho, ao mesmo tempo que Mordamir subiu em uma escada portátil e abriu um alçapão escondido no teto que levava para um andar superior. Raghat ficou olhando para cima, segurando a escada e esperando.

Mal tinha começado a espalhar o material combustível quando ouviu sons e vozes. Sons de luta, resistência e gritos vindo do andar superior. Mardoc então se deu conta que se ateasse fogo no lugar, as chamas iriam se alastrar para cima em questão de minutos.

— Não era para ter ninguém aqui — sussurrou Mardoc. — Matar gente que não tem nada a ver com o serviço!

— Tu é muito frouxo, Mardoquinho. Tem que criar culhão, não pode se abalar por essas coisinhas — disse Raghat.

Seu comparsa Mordamir desceu e fechou o alçapão. Depois disse:

— É por isso que a gente tá aqui, seu parvo! Pra garantir que tu não vai amarelar. Agora termina teus preparo e toca fogo no negócio. Vai aprender a ser cascudo na raça!

Mardoc ferveu de raiva por dentro, e mil pensamentos cruzaram sua cabeça. Queria muito terminar com aquilo. Mas não via saída.

Se se negasse, ia pagar um preço alto, talvez não ali, mas certamente depois. Já tinha gasto a boa vontade dos superiores.

Relutante, continuou a espalhar o material combustível. Tentou enrolar um pouco o procedimento para que as pessoas do andar de cima encontrassem uma saída.

Enquanto ele trabalhava, os dois capangas tinham outra preocupação.

— Raghat, olha o que eu achei! Tem um monte de coisa de valor aqui. Vamo pegar umas, ia queimar mesmo — disse Mordamir, apontando para dentro de um pequeno depósito no térreo, abarrotado de bens.

— Tá, mas tem que ser rapidinho. Enquanto isso tu fica frio aí, rapaz. Só liga esse fogo quando a gente tiver lá fora.

Os dois entraram no depósito e começaram a saquear. Era a chance que havia esperado. Mal acreditava na estupidez e na ganância dos capangas! Terminou de espalhar o material combustível, dessa vez com grande velocidade e precisão, então se posicionou discretamente do lado da porta do depósito. Fechou os olhos. Contou até três.

Então fechou a porta rapidamente e colocou nela dois calços que tinha separado, acendeu o material combustível, fechou e trancou a única janela, depois saiu e chaveou a porta de entrada.

No instante seguinte era dia dentro da loja, e os raios de luz intensos que escapavam pela janela de vidro com grades iluminaram o rosto de Mardoc. Seus olhos cintilaram em seu rosto quadriculado pela sombra das grades da janela.

Podia ouvir os dois capangas batendo contra a porta e gritando impropérios, mas o som abafado era ininteligível. O desespero daqueles homens desprezíveis ainda teria um lado prático: iriam acabar alertando os moradores do andar de cima, que talvez conseguissem fugir das chamas e se salvar a tempo. Parece que Nimb sorria para ele naquela noite. Ele sorriu também e se afastou até chegar em uma distância segura, próxima do seu cavalo.

Ficou admirando as chamas e labaredas crescerem e se alastrarem pela construção, transformando a matéria sólida e inerte em movimento, luz, som e calor. As chamas já tinham dominado a base da construção quando uma explosão surpreendeu o jovem e o seu cavalo, que se assustou com o estrondo, relinchou e empinou. Se Mardoc tivesse olhado o depósito teria descoberto que a loja também tinha um pequeno depósito ilegal de fogo alquímico e de pólvora.

Quando viu as chamas que subiram como uma coluna de fogo e fizeram chover fogo alquímico nos telhados das casas vizinhas, entendeu que aquilo estava completamente fora do seu controle. Em poucos instantes, o fogaréu cresceu e se espalhou depressa pelos telhados de palha e paredes de madeira das casas germinadas e do moinho.

O Esquadrão Real de Combate a Incêndios chegou atrasado e se viu impotente perante um fogo que rugia e ardia com grande ímpeto. As pás dos moinhos giravam ardentes, brilhando e formando uma espiral de fumaça que subia. Fagulhas se soltavam nas pontas das chamas como efêmeras borboletas de fogo. A fumaça cinzenta refletia os tons alaranjados da terra ardente.

Mardoc não viu nada daquilo. Estava totalmente concentrado cavalgando o mais rápido que seu cavalo era capaz de aguentar.

A casa de Mardoc estava envolta por um silêncio, uma inquietante paz sepulcral, que parecia amplificar o som dos cascos do cavalo cansado batendo no piso de pedra do caminho da entrada da mansão. Ao invés de deixá-lo nos estábulos, preferiu desmontar e sair caminhando, deixando-o solto no jardim. A montaria não se importou de ficar por ali mesmo, e assim que se livrou do ginete começou a pastar.

O rapaz entrou pelos fundos, passou na frente da porta da cozinha e sentiu cheiro de comida. Isso o fez perceber que estava com fome. Se certificou que não havia nenhum servo, pegou algumas comidas e colocou metade na boca e metade em uma sacola. Subiu para seu quarto com uma sensação de angústia e de ansiedade crescentes. A mente de Mardoc era um caldeirão de sentimentos, dúvidas e resoluções que se dividiam entre uma certa culpa pelo incêndio e a vontade de escapar e sair impune.

Abriu as gavetas, baús e armários da maneira mais silenciosa possível, como se fosse um ladrão em sua própria casa. Hyninn ficaria orgulhoso da situação absurda. Como não tinha nada preparado para uma fuga, improvisou usando o lençol da cama como uma trouxa e colocou ali as roupas que mais gostava. Parou depois de jogar algumas peças.

"Mas o que que eu tô pensando? Bando de coisas inúteis."

Ignorou as roupas que tinha separado, mergulhou em um baú cheio de coisas esquecidas e instantes depois emergiu dali com uma mochila velha que nunca tinha usado, um presente recebido quando era criança e que diziam ter pertencido a um antepassado aventureiro.

"Melhor assim, pelo *menos* a *mochila* vai saber o que está fazendo."

Encheu-a de coisas práticas, mas sem valor sentimental. Essa parte deixou para o final.

Caminhou até seu bem mais querido, o quadro encantado, e mais uma vez admirou a cena enquanto segurava a moldura. Se não fosse sua mente muitíssimo agitada logo estaria imerso nas ondas e no melancólico céu noturno. Planejava usar o quadro para se acalmar futuramente quando encontrasse um lugar seguro, mas levar a obra de arte emoldurada seria um grande estorvo. Procurou uma maneira de tirar a moldura da tela. Pensou em cortar a tela junto a borda mas preferiu aplicar força nas juntas da moldura, primeiro de leve e depois com mais vontade. Foi aumentando a força até ouvir o estalo seco.

Crec.

O quadro e o feitiço que o tornava especial começaram a se despedaçar enquanto um atônito Mardoc segurava em cada mão uma metade da moldura partida, como uma criança que quebrou um brinquedo. A água marinha escorreu em grandes ondas e cobriu todo o piso de madeira do quarto, desaparecendo nas frestas. A praia com sua areia e palmeiras desmoronou e formou um montículo a seus pés. As minúsculas gaivotas saíram voando pelo quarto. Um éter mágico purpurinado e efervescente emanou do centro do quadro e se espalhou em todas as direções.

Presenciou as peças daquele panorama mágico cuidadosamente montado serem desastrosamente destruídas. Permaneceu estático olhando os restos mágicos se desintegrarem.

Seus músculos fraquejaram e os braços penderam segurando a moldura partida. Suspirou e deixou cair as molduras.

"Mais uma coisa que estrago."

Sentou-se na beira da cama e ficou estático olhando o chão, abalado pelo duro golpe. Mas a noite ainda lhe reservava mais surpresas.

Um som discreto o tirou do transe. Vinha de dentro de um cesto tapado por um pano que em seguida removeu, revelando um ovo de casca verde. Estava chocando naquele exato momento. A casca trincada subia e descia, sendo forçada repetidamente pelo lado de dentro. Incerto se deveria intervir, aproximou o rosto do ovo e ficou olhando fixamente.

A casca enfim se quebrou e uma minúscula cabecinha de cobra rompeu a película. Experimentou o ar com sua língua bifurcada e virou a cabeça para Mardoc, piscando seus pequenos olhinhos pretos. Para surpresa dele a cobra verdinha recém-nascida saiu da casca com agilidade e começou a se mover na sua direção. Ele estendeu a mão sem saber bem por que e ela subiu serpenteando pelo seu braço. Com muito cuidado, Mardoc passou a ponta do dedo suavemente sobre sua pele fria e sentiu suas pequenas escamas lisas.

— Tudo bem, pequenina. Se você não é um sinal divino, então não sei de mais nada. Vamos sair daqui.

Mardoc desistiu de ser discreto e desceu rápido as escadas, dois degraus de cada vez, e uma vez no térreo seguiu com passos velozes pelo corredor principal. Cruzava as portas e passagens com a vista focada apenas à frente quando pouco depois de passar pela biblioteca seu cérebro registrou um vulto sentado dentro da sala escura. A curiosidade o fez voltar.

O vulto era uma mulher.

— Mãe, o que está fazendo aí?

Elvira não respondeu nem reagiu à presença do filho. Mardoc duvidou por um momento que ela estivesse mesmo ali.

— Parece um fantasma — continuou.

Ela virou seu rosto devagar. Desta vez, os olhos não estavam vidrados pelo achbuld como Mardoc estava acostumado a presenciar. Estavam vazios.

— Oi, filho. Sou eu. Não estou fazendo nada.

Por instantes, ficaram em silêncio sem saber o que dizer um para o outro. A expressão da mãe mudou quando, num instante de lucidez, percebeu que seu filho não era uma alucinação. Fechou o xale que usava sob os ombros para se aquecer, recompondo parte da sua postura.

— Você está chegando ou saindo?

— Saindo. Para sempre.

Ela abaixou a cabeça, parecendo pensar em algo. Não disse nada.

Mardoc chegou a pisar de volta no corredor para ir embora finalmente, mas lhe veio uma vontade enorme de dizer coisas que guardava apenas para si há muito tempo. Se aproximou da mãe, que continuou sentada. Ela se encolheu e apertou o xale contra o corpo.

— Por que não reage? Por que não sai desse estado patético? Faz anos que os dois morreram. Sua vida não acabou, vá fazer qualquer coisa!

— É fácil para você dizer, ainda é jovem. E falar é sempre mais fácil. Só que eu... não consigo.

Reuniu forças antes de continuar.

— Quando sua irmã morreu fiquei oca por dentro. Logo depois os deuses levaram seu pai, o amor da minha vida. — Deu de ombros, resignada. Não lhe parecia que aquilo tinha acontecido anos atrás, parecia que tinha sido ontem. — E sobrou você, o preferido dele. Mas estava em uma fase difícil. Me afastei, te deixei ficar solto. Cá estamos, o tempo passou e eu fui carregada pelos dias.

— E pelo achbuld.

— Vai me culpar por isso? Sei que também se entorpece, enche a cara quase todos os dias. Pelo menos quando estou nos braços da rosa eu volto a sonhar e ficar com eles. Eu sempre os vejo... é tão real! É muito melhor que aqui fora, aqui dentro. — Com o corpo ereto na cadeira virou a cabeça para a janela e ficou olhando para a escuridão.

— Quer saber? Eu tenho pena de você. Todos morrem um dia, a vida segue, não foi fácil para mim também. Eu também os perdi!

Fez menção de sair mais uma vez, mas se interrompeu ao ouvir o início de um choro débil.

Se antes faltava pouco para o vulto solitário sentado na biblioteca no escuro parecer um fantasma, agora o quadro estava completo. Seus lamentos escapavam por entre os dedos das mãos que tapavam o rosto, junto com soluços e algumas palavras desconexas.

Aquilo atingiu Mardoc profundamente. Sabia que tinha uma parcela de culpa e só então deu-se conta que se nunca mais voltasse para casa essa seria a última lembrança que teria dela, essa última conversa triste. Voltou para a biblioteca mais uma vez. Se aproximou e se abaixou na frente dela.

— Ei, ei, pare por favor, não acorde os outros, vai ser pior. Vai ficar tudo bem, eu acho. Eu quero que fique bem. E também não sou tão fortesperto quanto acha que sou. Na verdade, sou um covarde. Falei que estou indo embora, mas estou fugindo.

Ela parou de chorar, destapou o rosto e ficou enxugando as lágrimas com um lenço. Pousou uma mão sobre o joelho e Mardoc colocou uma mão sobre a mão dela.

— Para onde vai?

— Não sei. Para longe, para sempre. Se quiser pode vir comigo, deve ser melhor que viver aqui. Damos um jeito.

— Não. Esse é o seu destino. Se consegue ir embora, mesmo fugindo, então já é mais forte que eu. Às vezes coragem é conseguir fugir da prisão ao invés de esperar cumprir toda a sentença. Já eu... estou condenada.

Elvira ergueu o queixo e olhou o rosto de Mardoc, iluminado pela luz da lua que entrava pela janela. A luz branca e fria projetou uma sombra nas órbitas dos olhos que brilhavam no escuro e que vertiam umas poucas lágrimas de despedida. Ela tocou gentilmente sua face.

— Vá, meu filho, vá embora. Esse reino maldito me tirou tudo mesmo, já não me importo se ficar sozinha ou que me casem de novo, os deuses que decidam. Mas você, vá e decida o que quer. Pode ir.

Ela segurou forte a mão do filho por alguns instantes. Depois beijou e lhe lançou um olhar maternal que ele não via há muito tempo. Soltou a mão dela e partiu em silêncio, sem forças para dizer adeus.

"Cuide-se" disse ela, mas o som da voz não o alcançou.

Mardoc já estava montando no cavalo.

CAPÍTULO 10

O THEATRO

Era noite de ópera no Theatro Real, e seus frequentadores faziam hora e trocavam amenidades no saguão principal, adjacente à sala de concertos. Tudo ocorria normalmente, até que alguém viu algo muito interessante lá fora e chamou seu amigo, que chamou seu amigo, e assim todos seguiram todos pois ninguém queria ficar de fora. O fluxo de pernas e bengalas da multidão foi tão intenso que os lustres do saguão balançaram.

Assim se formou uma pequena plateia confusa e ansiosa na frente do Theatro. As varandas também estavam apinhadas de gente curiosa nos andares superiores da fachada, o que tornava o próprio Theatro Real uma atração para os transeuntes.

— O que está acontecendo? — disse uma dama de vestido longo, segurando uma taça de cristal. — Não vejo nada de mais.

— Olhe para cima! — respondeu um jovem ajeitando o próprio chapéu.

Logo todos viram que as nuvens que pairavam pesadas sobre a cidade estavam iluminadas na parte de baixo, pintadas de uma cor laranja amarelada.

— A Tormenta está chegando, vamos todos morrer! — gritou um senhor. Alguns correram.

Os olhos mais atentos buscaram a fonte daquele fenômeno e encontraram no horizonte labaredas enormes e colunas gigantes de fumaça subindo, dançando e se misturando aos céus. A tragédia espetacular que não parava de crescer emudeceu os espectadores. Ninguém teve coragem de fazer uma piada ou gracejo, mesmo sabendo que pela distância do centro, aquele incêndio estaria afetando apenas plebeus.

Ouviram o badalar frenético de sinos seguido pelo som ritmado e crescente de cascos batendo contra paralelepípedos. Na sequência, ouviram os gritos dos guardas que tentavam enxotar os pedestres do caminho do comboio que avançava em alta velocidade.

Os veículos do Esquadrão Real de Combate a Incêndios causaram grande comoção quando surgiram no fim da rua e começaram a desfilar na frente do Theatro. Eram três carroças adaptadas que carregavam enormes barris d'água nas carrocerias, puxadas cada uma por quatro possantes cavalos. Iniciou-se um inevitável coro de questionamentos.

"Para onde vão?"

"Onde é?"

"É grave?"

Todas as perguntas eram feitas pelos espectadores, que desfrutavam da tranquilidade de quem sabe que está longe do perigo. Bem diferente da preocupação genuína da jovem que se desgarrou de repente da multidão.

Tentou correr na direção dos veículos, mas devido à perna parcialmente imobilizada por uma tala, conseguiu apenas mancar rapidamente. Por pouco não perdeu o equilíbrio e se estatelou no chão. Irritada, jogou seus sapatos finos para longe e mancou de pés descalços.

A mulher atlética trajava um vestido modesto para a ocasião, que tinha sido emprestado por uma amiga e ajustado pela avó. Ao se ver como um elemento isolado, passou imediatamente a ser julgada pelas damas, que não tardaram a dar-lhe a sentença: inadequada. Plebeia, pobre, sem classe.

Ela parou no meio da rua para interpelar as carroças, fazendo um gesto para que diminuíssem a velocidade.

— Onde é o incêndio? — gritou para um dos guardas da carroça que tinha reduzido a velocidade a contragosto.

— Boa noite, senhorita. Foi ordenado que fôssemos para a região dos Moinhos. Agora se nos der...

— Tem certeza? — O olhar dela tinha medo.

— Temos certeza.

— Então vou com vocês. — E a voz tinha autoridade.

— Absolutamente não! Este veículo é apenas para oficiais em serviço.

De um bolso escondido no vestido ela sacou e mostrou sua insígnia.

— Sou Felícia dos Rodamundos, guarda investigadora de terceira classe e estou oficialmente requisitando transporte oficial. Vamos!

Se agarrou com força na lateral da carroça e escalou-a, fazendo esvoaçar sua saia. O líder do comboio esperou ela subir e depois as carroças arrancaram novamente na direção do incêndio. Algumas pessoas da multidão, julgando que tinham presenciado uma performance artística, aplaudiram e ovacionaram.

"Muito realista, até parece de verdade!"

"Bobagem, nem tem guarda mulher, só pode ser uma atriz."

"Claro que é teatro. Não viu a peruca colorida da moça?"

Após a passagem dos veículos do esquadrão, a multidão se deu por satisfeita e uma vez tendo sua curiosidade arrefecida, começou a retornar para as entranhas do Theatro.

Lá dentro, o espetáculo estava prestes a começar.

O maestro assumiu seu posto e fez mil mesuras sob uma chuva de aplausos. Esperou os aplausos cessarem e então autorizou a orquestra a afinar seus instrumentos. No instante seguinte uma efêmera cacofonia musical tomou conta do salão. Violinos choraram, flautas cantaram como pássaros, tambores rufaram, e um címbalo solitário bateu os seus pratos, em perfeita sintonia simultânea. O maestro bateu a baqueta cerimoniosamente no apoio da partitura e deu início à ópera.

Notas vibrantes se acumularam num crescendo, apenas para cessar bruscamente. O palco escureceu e fez-se silêncio. Então, navegando numa barca de fantasia, carregada por um mar que só poderia ser fruto de um efeito arcano, entrou Marie LePrunec, cantora sensação em Deheon.

Uma tempestade de aplausos se seguiu, e na galeria superior os fãs mais devotos jogaram pétalas de rosas negras em sua direção. Fingiu-se modesta e indiferente à recepção calorosa, esboçando apenas um sorriso com o canto da boca antes de cantar. Seus olhos reluzentes lançaram um olhar cúmplice, um misto de malícia e de inocência. O pescoço longo era enfeitado por uma gargantilha preta que combinava com o laço preto que usava para amarrar seu coque. Projetou a voz de soprano com graça, elegância e esmero, espalhando-a para todos os cantos da plateia, que fascinada, movia magneticamente suas cabeças acompanhando sua posição no palco.

Entraram em cena outros cantores, atores e figurantes, povoando o exuberante palco e amplificando a escala e a magnitude do espetáculo. Cenários mudavam de tempos em tempos enquanto a história cantada e declamada era contada, fazendo lágrimas brotarem num momento, eclodindo em gargalhadas em outro.

No fim, tudo o que era supérfluo saiu de cena, tudo o que não era Marie LePrunec. Sozinha, carregando consigo uma última nota que não era alegre nem triste. Apenas era.

Choveram aplausos e ovações.

Os espectadores que deixavam o Theatro Real podiam ser divididos em duas categorias: metade estava emudecida pela experiência sublime que acabara de presenciar, e a outra metade não conseguia parar de falar sobre o assunto.

E quando pisaram na calçada rumo a suas casas, ninguém mais se lembrava que naquela noite havia ocorrido um incêndio de grandes proporções.

CAPÍTULO 11

A FLORESTA

Passadas cegas, pesadas e cansadas arrastavam folhas e aravam a terra. As samambaias, arbustos e moitas se abriam e fechavam após sua passagem no oceano verde sem fim. O corpo à deriva pisava desatento em poças de água que refletiam o céu nublado. Uma chuva acontecia por fora, uma tempestade por dentro, por fora cheiro de barro, mato molhado. Ela tinha se desgarrado das estradas, perdido as trilhas, então eram grandes árvores com longas sombras. Lembranças e lágrimas se repetiam, intermitentes e incessantes. A paisagem mudava, borrada e difusa. Quase tudo que via logo virava um fantasma que trazia lembranças à tona. Borrões. Madeira. Muleta de madeira. Quebrados, galhos e madeira. Uma estalagem pequena e longe de tudo. Vultos ao redor, sombras e chamas. Muito frio por dentro e mesmo assim se sentou afastada da lareira.

O fogo havia queimado a vida de Felícia e o rastro daquele fogo a perseguia.

Precisava de calor, mas não conseguia acender uma simples fogueira. Compensava com mantos, trapos que havia encontrado. Andava no escuro. Fugindo do passado recente que sempre era ontem e com uma neblina de cinzas ao seu redor, vagava. A fumaça do acontecido permeava tudo com seus eventos e sentimentos. Galhos e galhadas majestosas passavam sobre sua cabeça. Folhagens se tornavam breves véus feéricos de filigranas silvícolas e no instante seguinte eram apenas galhos pesados e antigos que pendiam sobre ela. O buraco no peito tragava o tempo e expelia fumaça. As lágrimas escorriam até se esgotar apenas para escorrer e esgotar novamente. Seu corpo se movia a esmo com sua mente presa em um momento, aquela nuvem de fumaça e rastro de fogo nunca se dissipavam, seguindo-a aonde quer que fosse.

A culpa e a dor.

Em contraste às suas pernas que avançavam, seus pensamentos retrocediam no tempo, sempre para o mesmo instante, o do choque. O do evento. Mergulhada em luto tateava com os pés, cabisbaixa e movida por um impulso inercial. Penitência. Estava fugindo à toa, não podia fugir daquilo que estava dentro dela. Prosseguiu. Dias? Semanas. Vazio sobrepujante. O silêncio da noite na floresta a lembrava do silêncio da noite na cidade. Constante, revigorante. Cheiro de musgo e orvalho. Quebrado por alguns animais notívagos que caçavam, e suas presas que resistiam. A linha do horizonte no céu da floresta era igual à cidade, uma linha de escuridão contra o firmamento estrelado. Percebeu estrelas que nunca tinha visto. Certo dia, Allihanna, a Deusa da Natureza, decidiu agraciá-la com a manhã mais nebulosa e serena que viu em toda sua vida. Naquela manhã as fumaças de dentro se sentiram consoladas pelas brumas. Com olhos mais secos, navegou as névoas por horas até não aguentar mais e acabou com um estalo, um esgotamento. A dor das pernas incansáveis foi anestesiada pelo excesso, e suas necessidades negligenciadas disseram "basta!". Mas tinha que seguir. Cabelo desgrenhado e unhas imundas, olhava para si quando seus sentidos lhe enviaram um alerta total. Ao longe, viu um vulto humanoide. Estava sendo seguida. Tomada por um pavor anímico, disparou. A criatura também, balbuciando coisas que ela não entendia, mas nem queria entender, embargada pelo pânico. Na dúvida, todos são inimigos. Chegando em uma ribanceira de mata fechada a terra cedeu, ela caiu, rolou, machucou, desfaleceu. Acordou mais suja e mais esfolada. Do outro lado do córrego um cervo majestoso que bebia água fitou seus olhos fixamente enquanto ela se arrastava na lama argilosa da margem. Os dois se observaram por um longo instante. A criatura silvestre, pura e gentil, parecia entender a situação miserável que a humana suja à frente dela estava passando, ou pelo menos ela achou. O animal afastou-se cerimoniosamente, com uma pose altiva que nenhum nobre de Ahlen jamais poderia replicar. Felícia tentou respirar fundo e tossiu, quando a garganta seca se irritou com a passagem do ar. Bebeu a doce água do córrego, um alívio líquido e abundante.

De pé de novo, sozinha de novo, vagou mais. Até quando?

E quanto, quanto tempo tinha passado? Começava a se sentir como aquele cervo. Ela um animal doente, diferente dele. Os olhos doíam, deu-se conta que as pernas também. Os braços pendiam. Sentiu o peso de Arton sobre ela e cedeu a ele. No chão não conseguiu se levantar. O rosto aplastado, virado para o lado. Um pássaro preto pousou à sua frente, estalando as folhas secas do chão e aproximou seu rosto dela. O bico dele bem próximo e o olho é preto como a noite. O escuro. Desistiu, dormiu. Sonho? Não, pesadelo. Muito profundo, recomeçava quando acabava. Os olhos abertos. Luz quente, mas não a do fogo daquela noite. Caibros. Céu de palha. Dúvida e surpresa. Uma janela aberta, uma brisa úmida. Uma mesa de madeira coberta de ingredientes, um caldeirão suspenso borbulhava sobre uma chama. Caça pendurada no teto, defumando. Uma cama que não era dela, mas era boa. Muito boa. Calor por dentro e por fora. Chão de terra batida coberta com feixes de plantas. Uma velhinha curvada. Sentia os olhos pesados, mas não mais dor nas costas.

Acolhida.

Seus membros inertes a deixaram assustada e inquieta. Onde estou agora? Quem é essa? E eu, quem sou? Felícia dos Rodamundos, uma guarda devota do Deus da Justiça. Sou isso, mas não só isso, ninguém tem só uma faceta. Eu gosto do Abel, um sonho de homem, pena que aquela vagabunda da esposa dele é perfeita, assim não dá pra competir! Se Khalmyr quisesse que ficássemos juntos ele me teria feito perfeita, mas não fez. Ela que é, eu não sou. Por que não? Porque, não tenho fé o suficiente, não sou boa o suficiente? O que preciso fazer para que um deus ou ele me perceba? Olhava e falava para a velha que falava e olhava para ela de volta. A senhora estava perto, mas distante. Dormiu, descanso bom. Agora a velha perguntava e queria saber quem era ela. Já falei.

Sou Felícia dos Rodamundos, uma guarda devota de Khalmyr. Vivo em Thartann desde criança com meus parentes, mas eles se foram. Mas não foram a única coisa que perdi, teve outra perda que foi grande. Essa dói porque é ferida aberta. Tenho uma filha que nunca vi. Quando ela nasceu o pai roubou de mim, para longe do Reinado, para fora do mapa. Fiz da minha avó uma bisavó. Chorei muito, demais. Me lembro do primeiro choro dela, o único som, a única memória que restou. Essa dor nunca vai embora, sempre volta. Sou uma falha, imprestável. Imperfeita. Se Khalmyr me fez perfeita quando nasci, estraguei tudo depois. Aconteceu faz tanto tempo, parece uma vida, eu era criança na cabeça e moça no corpo. Era fácil gostar dele, tão bonito e resoluto! Era a imagem de Khalmyr e a alma de Hyninn. Um cafajeste mentiroso filho da puta covarde traidor; no fundo era parte Sszzaas. Um traidor. Por que eu, meu protetor? Me tira esse manto de mártir, não quero ele! Chega de provações. Quero paz. Prova. Prova o quê? Prova, minha filha, essa sopa está boa, tem até pedaço de carne. Quem é essa velha? Mesmo, quem é você. Acho que ela responde, mas não sei quem é então não faz diferença. Ela é tão gentil comigo. Estou tão cansada sempre durmo noites pesadas, afundo nessa cama. Quem é você? Ela responde voz ríspida e fina de velhinha, que bonitinho até parece uma bruxinha. Lembra minha vó.

A minha vó morreu.

Aconteceu mesmo. Fisgada, dor intensa. Tapa invisível no rosto. Lágrimas. Eu não tenho mais parentes. Eles morreram todos no fogaréu maldito da maldita noite da ópera. Suas almas subiram junto com a fumaça. Senti um vazio interno, um fosso de dor que me tragou, uma fisgada no âmago. Quem sou? Te disse, mais de uma faceta. Fui criada na rua e na rua levei tapa, cuspe na cara, coisa pior. Pirralhos, pivetes.

Cada ano nas ruas de Thartann vale por dez. A dor pode ter passado, mas a revolta não. Se todo mundo rouba, ninguém é ladrão. Chega. Isso ficou no passado, um passado antes de me converter. Esse passado das ruas me deu o traste, que roubou meu futuro com minha filha.

Já Khalmyr me deu a lei, me deu eixo, me centrei.

Eu sou a âncora da minha família.

Eu era.

Seus olhos estavam vidrados no caldeirão e nas chamas que lambiam seu fundo até o momento em que passaram a percorrer o ambiente no limiar da consciência.

Em uma prateleira acima do caldeirão viu dezenas de ervas e frascos, embaixo dela móveis, e do lado destes uma velha sentada, costurando.

Ouvia o borbulhar do líquido do caldeirão e a arenga constante da senhora que parecia falar sozinha, mas eram sons difusos, apenas resmungando no fundo de sua mente. Gradualmente foram se tornando inteligíveis e Felícia começou a entender o que a velha estava falando.

— Se soubesse quem era você mandava alguém te buscar, a minha paciência tá começando a acabar.

— Onde estou? — A voz de Felícia escapou fraca e rouca.

A velha a encarou com um olhar de surpresa. Era a primeira reação coerente que tinha ouvido dela em mais de uma semana.

— Acordou mesmo? Qual seu nome, minha jovem?

— Felícia. Dos Rodamundos. Da maldita Thartann. Achei que já tinha dito.

— Não, não tinha me dito nada ainda. Se você acha que respondeu deve ter sido coisa da sua cabeça. Fico feliz que tenha acordado, assim pelo menos posso conversar com alguém enquanto melhora. Pra falar a verdade, já não tinha certeza se ia voltar depois de tantos dias. Se não voltasse logo ia ter que dar um fim a esse seu sofrimento e achar um uso pra você.

— Que brincadeira estranha, senhora...

— Molira. E não estou brincando.

A velhinha baixou a cabeça e ficou tricotando.

Felícia sentiu o cheiro de ar puro e fresco da floresta misturado com o cheiro de fumaça e de ervas do ambiente. Se sentia suja, como se estivesse coberta por uma película de fuligem. Passava a mão sobre a pele, mas a sujeira não saía.

— Quero me sentar, estou com as costas suadas. E um banho depois... — Tentou se levantar, mas sentiu tontura e uma fraqueza.

Tudo o que conseguiu foi se erguer parcialmente e ficar apoiada nos cotovelos.

— Calma, minha filha. Vai ficar bem, agora que voltou vai se recuperar mais rapidinho.

— Não me chame assim!

A brisa entrou pela janela acariciando as chamas do caldeirão, fazendo-as dançar. As duas ouviram caladas o farfalhar das folhas das árvores do lado de fora. Felícia se sentiu fraca. E agora uma mal-agradecida. Cedeu.

— Me desculpe. Que dia estamos? Quanto tempo passou desde que cheguei?

— Não sei, jovenzinha. Aqui na floresta os dias não importam, só as estações. Se faz alguma diferença para você, estamos na primavera.

Felícia tentou retroceder no seu calendário mental, mas tropeçava na memória cheia de lacunas. O farol cegante que era o incêndio no Moinho ofuscava as lembranças anteriores e servia de divisor temporal. Havia um passado distante, uma ferida cicatrizada; e o passado presente, uma ferida aberta. Pensar naquilo bastou para que retornasse à tragédia. Dor em cima de dor. Odiou-se, teve pena de si. Lágrimas começaram a brotar nos cantos dos olhos.

— Ei, ei, chega disso, minha... quero dizer, jovenzinha. Já chorou demais. Seja lá o que aconteceu, um dia a dor vai passar, acredite em mim. Vamos, deixe lhe ajudar. — Sem fazer cerimônia, pegou Felícia pelos ombros e a ajudou a sentar na cama. Apesar da aparência débil, ergueu-a como se não pesasse nada.

Ela permaneceu sentada, tomando lentamente a sopa oferecida. Quando terminou, a velha pegou a cumbuca e saiu, dando a entender que ela deveria descansar mais. Ficou de olhos fechados sob a luz do fogo minguante, refletindo. Queria dormir e se recuperar logo, mas não conseguiu.

Ficou pensando qual seria a reação esperada de alguém frente a uma tragédia daquela magnitude, se é que alguém poderia responder de maneira razoável a algo tão terrível e devastador. Da casa dela não havia restado nada, da família dela não havia restado nada. Ela tinha fugido durante o incêndio, não teve coragem para ficar no lugar. Não ficou para ver as chamas se apagarem e os escombros fumegantes.

Lembrou-se que tinha deixado a cidade a cavalo e de ter cavalgado por uma estrada, mas não conseguia lembrar do que tinha acontecido depois. Teve a mente e o corpo separados pelo choque: o corpo solto, sem controle e sem saber o que fazer, se pôs em movimento. Já a mente, ela acha que ficou de castigo, prisioneira de uma dor circular.

Agora os dois estavam de volta no mesmo lugar, talvez por ela enfim ter parado de se mover, e estava em sincronia novamente com a dolorosa realidade.

No outro dia se levantou, mesmo que ante protesto de seus músculos que ainda pediam repouso.

Era o fim de uma manhã qualquer e Felícia decidiu explorar a casa depois de ter chamado a dona diversas vezes e não obter resposta. Analisava seus objetos e decoração, tentando associá-los com a estranha proprietária para assim entendê-la melhor. Era assim que havia aprendido na guarda.

A velha Molira tinha cabelos compridos e desgrenhados, um nariz descomunal, era corcunda e andava com a ajuda de uma bengala retorcida. Vestia-se como uma maltrapilha, usava um colar com esferas vermelhas que lembravam olhos (assumiu que era um item mágico) e nunca se separava de uma sacola de pano cujo fundo era marcado por uma mancha gosmenta. Uma senhora com aquela aparência, morando sozinha em uma cabana no meio de uma floresta, só poderia ser chamada de uma coisa.

Já a casa tinha um aspecto centenário, era de grande tamanho e tinha vários cômodos, cada um pintado de uma cor. O telhado feito com feixes de palha era marcado por manchas de mofo de onde nasciam cogumelos de cabeça para baixo. Suas paredes de sapê eram cobertas por trepadeiras do lado externo e seus ramos entravam na construção através de frestas no barro seco. O chão batido era coberto por uma camada de feixes de vegetais secos e sobre estes havia tapetes espalhados de maneira desordenada, que eram tão velhos, desbotados e puídos que era possível ver os feixes através de buracos neles. Felícia descobriu também que vários cômodos tinham portas e alçapões trancados. Decidiu ignorá-los e escapar do cheiro de mofo.

Do lado de fora encontrou uma pequena horta que se espalhava ao redor da casa. Reconheceu alguns legumes, temperos e hortaliças junto a ervas coloridas desconhecidas. Galinhas passaram ciscando o chão, vindas de um pequeno galinheiro que ficava no limiar entre a floresta e a clareira da casa, fronteira que era delimitada por um muro alto de madeira coberto de trepadeiras.

Lentamente foi se afastando depois de passar por um dos arcos que serviam de passagem no muro, olhou para trás e foi surpreendida com o que viu. A casa, oculta parcialmente pelo muro verde, estava perfeitamente mimetizada com a floresta. Ninguém jamais a encontraria se não soubesse de sua existência. Seria magia, o trabalho de um hábil artesão ou um milagre de Allihanna?

Começou a caminhar a esmo com um cobertor sobre os ombros, buscando memorizar pontos de referência para não se perder. Mas era muito difícil. A mata era um mundo novo para ela, que conhecia o ambiente principalmente por histórias e relatos, às vezes de segunda ou terceira mão. Como sobreviveu e chegou até ali era um mistério, ou nem tanto; era claramente uma intervenção de Khalmyr. O que mais seria… acaso? Ao pensar nisso, rezou piamente e agradeceu ao seu protetor diversas vezes.

Felícia estava descobrindo que adorava tudo aquilo: o ar limpo, o canto dos pássaros, o silêncio. Principalmente o silêncio! E não havia ninguém ali para lhe importunar, para lhe interromper ou lhe ameaçar. Se sentiu livre e solta, se sentiu muito bem. Pisou com vontade nas folhas e prestando atenção no som delas se quebrando.

Acariciou os musgos nos troncos das árvores e caminhou tranquila até encontrar o que buscava, um córrego onde pôde matar sua sede e finalmente se banhar. A água corrente, fria e cristalina, quebrou seu torpor por definitivo com um banho vigoroso. Tirou a terra debaixo das unhas, limpou o cheiro de fumaça. Aproveitou para lavar suas roupas, que soltaram um caldo marrom.

"A imundície de Thartann me persegue", pensou.

De volta à casa, parou na soleira e chamou por Molira. Nada. Foi direto para a fogueira do caldeirão e ficou se secando, mas o frio e umidade pareciam se ater às suas roupas. Depois de hesitar por um instante foi vencida e resolveu procurar alguma roupa seca.

Essa foi a desculpa que deu para si mesma, mas uma vez investigador sempre bisbilhotador, e ela tinha a intuição que ali havia alguma coisa. Começou pela sala principal: era ao mesmo tempo cozinha, quarto de hóspedes e sala de estar. Uma revista minuciosa não revelou nada suspeito exceto um alçapão escondido debaixo das palhas do piso que Felícia preferiu não arrombar. Em uma pequena sala adjacente encontrou um grande tear próximo a pedaços de couro e materiais de costura, com marcas de uso recente. Notou que havia bastante poeira acumulada na cortina pesada, o que indicava que a janela não era regularmente aberta. Parecia que Molira não precisava da luz do dia para costurar. Ou aquele colar vermelho tinha algo a ver com isso ou a anfitriã não era humana.

Mais adiante encontrou uma despensa, que revelou ter itens demasiado "urbanos" para o gosto de Felícia. Deduziu que a velhota provavelmente tinha algum fornecedor de gêneros. Ali encontrou um xale pendurado que pegou para ajudar a se aquecer e fortalecer seu álibi.

A investigação a conduziu a uma passagem oculta por uma pesada tapeçaria pendurada na parede. Terminava em uma porta de ferro com diversas runas inscritas que pareciam mágicas. Felícia tentou se lembrar das aulas de magia da academia da guarda, mas não identificou nenhum daqueles símbolos. Sentiu uma onda de coragem, ou talvez fosse imprudência, e tocou na porta. Não aconteceu nada. Suspirou aliviada. Empurrou a porta de ferro com bastante dificuldade, mas ela se abriu arranhando o chão com seu peso. Percebeu no chão várias marcas de abertura anteriores. A conclusão era que Molira era mais forte do que parecia.

Instintivamente, sua mão foi na direção da cintura buscando uma arma, mas não havia nenhuma. Cogitou pegar uma faca na cozinha, mas desistiu ao imaginar que se houvesse algum monstro ali estaria muito acima da capacidade dela.

Foi surpreendida por um cômodo comprido com paredes recobertas por azulejos de vermelho intenso, reluzente, de qualidade digna do Rishantor. Uma luminosidade mágica amarelada preenchia o ambiente e destacava as incontáveis imagens de Felícia refletidas nos azulejos. O teto era feito com a mesma palha mofada dos outros ambientes, mas ao invés do mofo criar cogumelos, gotejava uma substância viscosa rubra. Pelo som de gotejar, Felícia deduziu que deveriam formar poças no chão, mas o líquido misteriosamente era absorvido pelas frestas dos azulejos. Nas paredes do cômodo enxergou duas séries de cortinas pretas, uma à esquerda dela e outra à direita, que pareciam tapar algo pendurado nas paredes atrás delas, que pela altura julgou que fossem quadros.

Avançou pé ante pé e afastou uma das cortinas para ver o que tinha atrás. Ficou embasbacada ao ter, diante de si, a visão de um outro mundo. Atrás da cortina havia uma espécie de janela de vidro incrustada na parede, na qual podia ver uma paisagem viva, que certamente não era da floresta do lado de fora.

Era de uma cidade construída ao lado de um grande oásis, rodeada por um deserto que se estendia até onde se podia ver. Sobre a paisagem ardiam seis sóis e foi por causa deles que Felícia identificou o mundo de Magika, o mundo da deusa Wynna. Mesmo sendo leiga em magia compreendeu que aquela janela de vidro era algo semelhante a uma bola de cristal ou um espelho mágico.

Ela abriu a próxima cortina e viu outro mundo, e neste Felícia se deteve, em choque. O lugar tinha florestas de simetria perfeita feitas por árvores idênticas. As nuvens eram espaçadas com um padrão repetitivo e flutuavam com uma velocidade constante acima do campo. Um rio seguia em trajetória perfeitamente reta, cortando a paisagem exatamente na metade. Agarrou as bordas da escotilha com suas mãos, sorriu e deixou correr uma lágrima de emoção. Era Ordine, o mundo de Khalmyr, o mundo do seu deus. Naquele instante se sentiu abençoada por ter o privilégio de ver aquelas paisagens sagradas ainda em vida, mesmo que esse privilégio tivesse acontecido por acaso.

Seus olhos devoravam cada detalhe, que seriam chatos e repetitivos aos olhos de qualquer outro, mas para um devoto eram cheios de minúcias e pequenos milagres. Respirou fundo, se recompôs e decidiu continuar. Quanto mais caminhava para o fim do corredor, mais bizarros e sinistros os lugares ficavam.

A última janela, fechada por uma cortina de veludo preto com bordados, lhe pareceu a mais importante. Felícia foi em direção dela.

— É bom parar por aí.

Felícia se assustou e se virou para encarar a velha com um dedo apontado para ela e a outra mão apoiada na bengala retorcida. Seus olhos buscaram uma rota de fuga, mas o único caminho estava obstruído pela mulher.

— Não precisa ter medo, não está correndo perigo agora — disse Molira baixando a mão.

— "Não tenha medo" é exatamente o que um assassino diria.

— Menina, se quisesse matar já teria feito isso. Esteve à minha mercê por vários dias. — A velhota se aproximou lentamente, batendo a bengala no piso a cada passada.

— Pode ser que me queira para usar em um ritual, agora sabe que sou devota do Deus da Justiça.

— Baixe sua bolinha, criança. Você não é tão importante assim. Pelo menos não para meus planos atuais. Venha, vamos voltar para a sala. — Deu as costas e começou a sair.

— Certo, mas quero saber algumas coisas. Esse lugar estranho me lembrou de uma mansão em que estive faz pouco tempo, onde quase morri. E por Khalmyr, o que é você? Se vivesse em Thartann seria chamada e tratada como uma… feiticeira maligna.

Felícia seguia desconfiada, afastada por uma boa distância.

— É por isso mesmo que não moro lá. É um lugar imundo e barulhento onde todo mundo se acha melhor ou mais esperto que os outros. E quem ou *o que* sou não deveria importar, certo? Se lhe acolhi é porque lhe quero bem. Peço que me respeite e não faça mais perguntas sobre isso já que como você, também estou fugindo do passado, tentando viver o presente e consertar coisas erradas. E não me chame de esquisita sem antes olhar para seu cabelo. Reconheço a magia do caos quando vejo.

Ao chegar na sala a velha se sentou na poltrona, afundando no estofamento e assumindo uma postura relaxada. Naquele momento a frágil senhora parecia inofensiva.

Felícia tocou no seu cabelo, puxou-o para a frente do rosto e o olhou. As mechas alteravam de cor entre o púrpura e o vermelho em uma velocidade lenta, quase imperceptível. A velha coçou o queixo e com um pequeno tique arrancou um dos pelos do rosto.

— Isso aí me parece uma marca de Nimb ou magia das fadas. Mas como é sua primeira vez em uma floresta, então aposto no primeiro.

— Foi Nimb. — Tinha sustentado a dúvida até então, mas agora tinha certeza.

— Então pode ser que não seja nada, pode ser bom ou pode ser muito ruim. Trate-o com respeito e talvez possa receber algo de volta. — Molira deu de ombros.

Felícia sentou-se calada na beira da cama, em frente ao caldeirão. Ser tocada justo pelo adversário de seu deus talvez fosse um modo de equilibrar as dádivas que tinha recebido ao longo da vida, ou um tipo de desafio. Mas se era isso, o incêndio havia sido o quê? Mais uma provação?

De repente se sentiu exausta e muito sozinha. Fechou seu xale para se aquecer. Pensou na guarda. No chefe Corvir, no ogro Janjão. Pensou em Ivarth, seu fiel colega de trabalho. Em Abel. Pensou na nobre Lenna. Pensou em todos os parentes mortos, especialmente no pequeno e pobre Nuno, ainda intocado pela corrupção de Ahlen. Nada daquilo ainda lhe parecia verdadeiramente real, apenas a dor. E agora que aquelas pessoas não eram mais reais, as memórias pareciam desvanecer em um ritmo acelerado, ruindo depressa em direção ao esquecimento.

— Por que me salvou? — perguntou para Molira.

— Porque achei que era certo, e ainda acho. Isso não bate bem com suas crenças, não é mesmo? Uma criatura maligna ajudando uma inocente. — Sorriu maliciosamente.

— Não disse nem insinuei que era maligna.

— Mas pensou. E ainda pensa. Tudo bem, eu pensaria o mesmo, afinal foi assim que lhe ensinaram. Mas o mundo não é tão simples assim, menina.

A anfitriã demonstrou que gostava da companhia dela ao puxar suas ferramentas de tricotar.

— Obrigada por tudo, senhora Molira. Me ajudou muito, salvou minha vida. Mas vou embora amanhã.

— Já? Que pena, pensei que ia ficar um tempo e ia me ajudar com as tarefas. Seria o mais justo, correto? Uma mão lava a outra, não é assim que se diz?

— Lamento, tenho assuntos a resolver.

— Pelo menos pode me ajudar por um dia? Um dia não vai atrasar sua vida, certo? — Felícia se deu por vencida e concordou, Molira sorriu.

— Muito bem, mas mais importante que me ajudar com as tarefas é me contar as novidades. Faz tempo que não ouço notícias e fofocas.

— A senhora não tem ninguém mais para lhe ajudar? Um amigo ou um... companheiro talvez?

— Que nada, jovenzinha. Quem me dera, mas Wynna me livre. Na verdade, me mudei para essa casa faz pouco tempo. Antes de vir pra cá eu morava com minhas duas irmãs. Mas elas faleceram recentemente e eu decidi trocar de ares.

— Sinto muito por elas. Fico mais um dia inteiro então, conversamos e lhe ajudo com umas tarefas. Acho que vai ser bom para minha saúde.

— Ótimo, então antes que eu me esqueça tome esse presentinho.

Molira pegou um frasco de uma sacola pendurada na sua cintura. Era um frasco de vidro com um líquido negro dentro.

— O que é isso?

— Uma poção ora, não está vendo? Use-a quando estiver em perigo que ela pode salvar sua vida. Mas não pode beber!

Felícia olhou o frasco e o líquido bem de perto, sem entender direito. Guardou.

— Vamos, quero saber das novidades.

— O que quer saber, dona Molira?

— Me conte sobre o novo rei e a nova rainha, tem muita coisa que quero saber e que deve ter ouvido, afinal o povo adora fofocar sobre a realeza. E também tem uns conhecidos que eu tenho um interesse pessoal. Já ouviu falar dos "Garotos Doirados do Rishantor"? Quero saber o que têm se falado sobre eles.

— Como sabe...?

— Como sei o quê?

— Que eu tomei o depoimento da última aventura deles?

Molira olhou-a com uma expressão séria e coçou o queixo. Com o mesmo tique de antes, arrancou mais um pelo do nariz e disse:

— Temos muito o que conversar.

Quando Felícia voltou carregando mato seco e um feixe de gravetos, as pequenas chamas recém-nascidas da fogueira na clareira crepitavam animadas, famintas por mais combustível.

Havia deixado a velha para trás, e com ela quase tudo que havia trazido consigo naquela noite terrível. Vestia uma armadura usada, uma roupa de aventureiro que muito convenientemente estava guardada na cabana e lhe foi dada de presente de despedida. Junto, uma espada curta e uma lança sem adornos, simples, como as que havia usado em seus tempos de treinamento.

Estava tranquila, jogando os gravetos na fogueira, um por um, quando seus sentidos a alertaram. Pegou a lança e se virou em posição de defesa com a arma apontada para frente.

O rapaz que saiu da mata densa se aproximou a passos lentos com uma mão levantada espalmada e a outra erguendo pelas orelhas uma lebre abatida.

— Vim em paz, não quero confusão. Pelo contrário.

— Quem é você? — Felícia recuava enquanto o jovem se aproximava. Notou que ele tinha uma rapiera na cintura. Manteve a lança apontada para ele e uma distância segura.

— Sou um andarilho como você. Pensei em dividirmos a fogueira. — Esticou a criatura morta na direção de Felícia, fitando-a com um olhar esgotado. — Cacei essa lebre por sorte e para falar a verdade não sei esfolar, nem carnear, nem cozinhar. Enxerguei sua fogueira por acaso e decidi me aproximar.

O rapaz maltrapilho parecia estar precisando mesmo de uma refeição: magro, cabelos pretos desgrenhados e enosados, mãos e roupas sujas de terra.

Felícia suspirou. Abaixou a lança lentamente.

— Tudo bem. Mas nem pense em ter qualquer ideia estúpida. Sei usar essa lança muito bem, posso acabar com você rapidinho. E também já percebi que é da capital.

— Meu sotaque me entregou tão rápido assim?

Ela confirmou com um aceno da cabeça. E continuou:

— E imagino que também tenha percebido o meu. É melhor trocarmos as tarefas: eu cuido da lebre e você cuida da fogueira. Vá logo que também estou com fome. — Felícia pegou a lebre e o enxotou com um gesto.

O olhar do rapaz varreu os pertences dela e brilhou quando encontrou o objeto de seu desejo, um cesto de frutas que pareciam suculentas. Felícia percebeu.

— Tudo bem, vou te dar uma dessas, mas não volte sem trazer um monte de gravetos, já que agora vou ter que assar em dobro. — Felícia pegou uma fruta e jogou na direção dele. — Qual o seu nome?

Ele pegou a fruta no ar.

— Mardoc!

Ela ponderou um pouco antes de retribuir com o seu.

— Sou Felícia. Dos Rodamundos.

Mardoc agradeceu com uma mesura curta e foi buscar a madeira.

Felícia se viu sozinha mais uma vez e por um instante refletiu se aquilo poderia ser algo bom, se por fim conseguiria ter uma conversa com alguém normal depois de todo o delírio na floresta e de tudo que havia passado. Talvez valesse a pena arriscar, mas com cautela. "Ele ainda é um ahleniense", pensou. "Não posso baixar a guarda."

Conferiu mais uma vez onde havia deixado a poção que tinha ganho de Molira e se sua adaga ainda estava escondida na bota.

— Por acaso você não teria um pouco de vinho?

Mardoc mastigava lentamente a carne com o rosto virado para baixo. Felícia percebeu que era brincadeira pelo tom de voz dele, mas não estava no clima. Respondeu apenas com um olhar gelado. Ele não desistiu.

— Foi o que pensei. Pelo menos a lebre está boa, o que colocou de tempero?

— Sal.

Ficaram mudos por mais alguns instantes. Ela continuou, arrependida de ter sufocado a conversa com sua rispidez.

— Ganhei de uma amiga.

— Bem, está gostoso. — Mastigou um pouco mais e murmurou, olhando para cima. — O que não daria por um moedor-de-ossos agora.

— O que disse?

— Nada, só pensando alto. Então, é uma aventureira? Não me parece uma caçadora... — Mardoc seguia analisando o equipamento dela.

— Não sou. É uma longa história. E eu não quero contar. — Felícia começava a se arrepender de dividir a fogueira.

— Certo, certo. — Mardoc ergueu as mãos e abaixou a cabeça. — Desculpe por perguntar.

Faíscas na conversa e faíscas na fogueira. Os sons da noite aproveitaram o silêncio para se fazer presentes: o farfalhar dos galhos, o pio da coruja, o crepitar do fogo. Ela quebrou a quietude.

— Algo aconteceu e precisei ir embora da cidade. E você, fazia o que em Thartann?

Mardoc não conseguiu responder de primeira. Sua mente foi tomada por lembranças dolorosas e uma grande sensação de perda. As lições de Vannax. O quadro que amava e arruinou. O tio desprezível, a mãe desprezada. A vida que tinha abandonado. O fogo, a partida.

O momento também incitou Felícia a se lembrar do passado e por consequência, da família. Mas diferente dele, ela lutou contra as recordações. Estava farta delas, do luto e de evitá-las. A dor espreitava, se defendia, recomeçava.

Os olhares da dupla acabaram cativados pela dança das chamas, cuja luz débil tinha força apenas para delinear os contornos dos corpos e os troncos das árvores. Era como se houvesse apenas os dois na floresta. Mais um engodo de Ahlen.

Mardoc respirou fundo antes de responder. Não queria se expor.

— Eu fazia um pouco de nada, um pouco de tudo. Pode-se dizer que estive envolvido com trabalho e com fidalgos, mas acabei me desentendendo com os dois. Assim como você, algo aconteceu.

Ele sentiu um movimento nas vestes e cortou com sua faca um minúsculo pedaço de carne de lebre. Segurou na frente de um bolso e de dentro dele saiu uma pequena cobrinha de cor verde que começou a mordiscar a comida. Em outras épocas Felícia teria estranhado a cena, mas a sua resiliência a fatos extraordinários havia aumentado bastante no último ano.

— É seu animalzinho de estimação?

O rapaz deu de ombros.

— Foi presente. Se é de estimação? Nunca tinha pensado nisso, mas acho que é sim, eu gosto dela e ela parece gostar de mim.

— Como sabe que é *ela*? Tem nome?

— Eu a chamo de Janezinha. Não tenho certeza se é uma ela, só acho que é. Me lembra a mãe.

Ele fez um carinho na cabecinha da cobra com a ponta do dedo. Ao fazer isso lembrou-se de Najane, de quanto sentia falta dela. Mas também se lembrou dos bons momentos que haviam compartilhado. Foi impossível não sorrir.

Felícia congelou por um instante. Depois abriu sua algibeira, colocou a mão dentro, bem no fundo, e encontrou um objeto pequeno, duro, que havia lhe acompanhado por toda aquela jornada.

— Sabe do que sinto falta? Das tavernas. Por acaso conhece a Homens Honestos?

— Se conheço? Aquele lugar era minha casa! E você, frequentava? Acho que não, né? Eu teria notado esse seu cabelo colorido.

— Não. Eu gostava mais da banca cinco-cinco do mercado ou do Pescador Peralta!

— Pescador Per... Aquela pocilga? Me desculpe, mas acho que desperdiçou seu tempo e tibares naquele lugar.

— Eu não frequentava a Homens Honestos, mas eu tinha um amigo que trabalhava lá e conhecia todo mundo.

Mardoc fez uma pausa. "Um amigo? Será que ele teria pistas de Najane? Será que finalmente Nimb sorri para mim?", pensou. Depois disse:

— Sabe, estou procurando uma pessoa que trabalhava na Homens Honestos como taverneira, mas desapareceu. Não tenho muito dinheiro, mas se me der uma informação útil posso recompensá-la. Você pode falar com esse seu amigo e talvez ele saiba para onde ela foi. Quem é ele?

Felícia se levantou devagar. Em uma mão agarrava a lança. Na outra, apertava o dente que havia encontrado uma vida atrás.

— Não, eu não posso mais falar com ele. Ele se chamava Lakki e era segurança do lugar. Um khubariano. Assassinado por um tiro de virote num beco atrás da taverna Homens Honestos. — Apontou a arma para Mardoc.

— Mas o que eu...?

— O assassino perdeu algo na briga. — Felícia exibiu o dente. — Parece uma história familiar?

Mardoc ficou desorientado. Tentava entender como a mulher havia chegado àquela conclusão só de ver a falha na sua boca. A maldita falha.

— Sou a guarda investigadora de terceira classe Felícia dos Rodamundos. E em nome do rei, o declaro sob custódia pela acusação de assassinato.

Houve uma pausa que pareceu durar a noite inteira. Mardoc se levantou também e ajeitou as roupas o melhor que pôde.

— Esse é o maior absurdo que já ouvi em minha vida! — disse. Passou a mão pelos cabelos, mudou sua postura e em instantes se transfigurou no jovem nobre que mandava plebeus saírem do caminho de sua carruagem. — Ousa me acusar baseada em uma coincidência? Uma presunção? É assim que trabalha a guarda de Thartann?

— Você alega não fazer ideia do que estou falando?

— É óbvio que não faço. — Deu de ombros, quase crente na própria mentira. — Quer me prender porque perdi um dente e frequentava a mesma taverna que investigou?

— Se está tão seguro, não vai se importar de voltar à capital comigo para um interrogatório oficial.

— Claro que me importo, não vou participar dessa palhaçada. Não pretendo voltar para a capital. Como disse, estou indo atrás de uma pessoa. E francamente, não entendo como nas nossas circunstâncias atuais ainda pode se importar tanto com um mero segurança de taverna.

— Foi o que pensei. Por ser fidalgo, não posso lhe obrigar a me acompanhar nem assinar nada. Está protegido por diversas leis que foram aperfeiçoadas durante décadas para aumentar a impunidade da sua classe. E se a lei se aplica em todo o reino, os direitos também.

— Vejo que está recuperando o bom senso. E tem o domínio das leis. Respeito isso. Faltou dizer que a sua jurisdição é dúbia também. Vou relevar o que disse.

— Entretanto... — Ergueu a lança novamente. — "A justiça verdadeira nunca prescreve". E os seguidores de Khalmyr não podem se isentar frente a uma injustiça. Eles precisam tomar uma atitude. Preciso.

Viu-se dividida. Era a guarda que aprendera a ser ou a aventureira que fingia ter se tornado na fogueira? Não era a primeira vez que as leis estavam no caminho do seu objetivo. Quando era jovem, elas não significavam nada. Depois como guarda, significavam tudo. Buscava um equilíbrio.

Uma voz surgiu, vinda da escuridão da floresta.

— Você está certa, guarda investigadora Felícia. Ele é o assassino. Posso provar.

Felícia apontou a lança na direção da voz. Mardoc arregalou os olhos e se encolheu.

— Quem vem? Amigo ou inimigo? — ela perguntou.

— Todos em Ahlen são amigos, dependendo das condições. Garanto que venho em paz se me permitirem trazer uma coisa e levar outra. — A dupla forçava os olhos na direção da escuridão.

— O que quer dizer? — Felícia negociava, cautelosa. Mardoc mal se mexia.

— Eu trago as respostas que busca — continuou a voz —, e em troca, quero ele.

A primeira forma a emergir das trevas foi um dedo acusador. Depois a mão, o braço e por fim um completo vulto humanoide metido em um sobretudo de couro, conduzindo seu cavalo pelas rédeas. O dedo de pele azulada e unha comprida apontava para Mardoc, que estava congelado no mesmo lugar, de olhos arregalados. O tritão se aproximou, amarrou o cavalo em uma árvore e se sentou em um tronco próximo dos dois e da fogueira.

— Você? Aqui? Como… — Mardoc gaguejou, boca trêmula.

— Bom vê-lo também, jovem mestre. — Fez uma mesura para Mardoc e outra para Felícia. Apesar de ter uma lança apontada para si, o tritão parecia estar bem à vontade.

— Vejo então que se conhecem. Quanto ao trato, não tenho razão para confiar em nenhum dos dois — disse Felícia para Vannax, e depois apontou a lança para Mardoc.

Continuava de pé, mantendo a postura de combate e pronta para reagir a qualquer momento.

— Concordo que seria tolice confiar em um desconhecido, mas nesse caso juro pelo Deus da Justiça que trago apenas verdades. Tenho admiração por vossa pessoa, gostaria de dizer que fez um bom trabalho no caso do assassino das placas. Li sobre ele no Arauto de Ahlen e conferi as informações por conta própria. Só é uma pena que esteja desperdiçando tanto talento do lado da lei. Mas enfim...

Vann passou os dedos com suas membranas pelo rosto, despreocupado. Felícia tinha aprendido que se um sujeito estava tranquilo em situações como aquela era um sujeito perigoso. Ou lutava muito bem ou enganava muito bem. Ficou atenta.

Ele continuou.

— Por isso quero lhe contar a verdade. O sujeito ao seu lado, o fidalgo Mardoc Tivanor, de fato matou naquela noite o leão de chácara da taverna Homens Honestos, o khubariano Lakki. — Repetiu os fatos para mostrar que sabia o que estava falando. — O dente é mesmo dele. Posso afirmar, pois eu mesmo tratei da propina para arquivar o caso. Um procedimento normal na RICS, o preço do arquivamento de uma investigação desse tipo inclusive é tabelado. No caso dele foi uma pechincha, o rapaz ali é só um fidalguinho de merda.

— Como ousa falar tamanha asneira... — Mardoc protestou. Sabia que àquela altura não conseguiria tapear ninguém. Mas o hábito era mais forte que o bom senso.

Vann sorriu malicioso.

— Cale-se, estou falando com ela. E sabe que é verdade. Tanto a parte do crime e sobre ser um nobre de merda. Pelo menos tenha a hombridade de admitir o que fez. — Mesmo sendo rude, mantinha o tom de voz calmo.

Seguiu-se o silêncio. Os três vultos se entreolhando iluminados pela fogueira. Felícia ponderava como prosseguir, ciente dos riscos que corria, enquanto o fogo crepitava, os galhos das copas balançavam com o vento e as chamas iam lentamente consumindo a madeira da fogueira negligenciada. Ela disse:

— Um lado aponta o culpado, o outro se diz inocente. Um testemunho de cada lado na balança tem um saldo nulo. Restam as provas: o local, o dente, a arma encontrada; todas circunstanciais. Só falta o motivo do crime para montar uma imagem completa.

— Engana-se, Felícia, o meu testemunho confirma que ele é o culpado. Se buscar nos arquivos da RICS vai encontrar o selo do carimbo no canto esquerdo inferior. É nosso código interno que sinaliza o arquivamento por pagamento de propina. Quanto ao motivo, eu não estava lá, então só Mardoc poderia esclarecer essa questão. — O tritão suspirou, como quem está entediado. — De qualquer forma ele precisa voltar para casa. Agora.

— É mentira! — gritou Mardoc — Ele não veio me buscar! Ele é um capanga, um assassino do meu bando! Vai me matar, e vai matar você também se tentar impedir. — Olhava para Felícia. — É uma guarda real, certo? Não pode deixar isso acontecer! É sua função proteger a população dos malfeitores.

Mardoc se moveu para perto dela, mas Felícia recuou, circulando ao redor da fogueira.

— Por que eles o querem morto?

— Eu os traí. Tentei ser como eles, mas não consegui, era demais pra mim. Então matei meus ex-companheiros e depois fugi. Eles não querem que fique livre porque posso vender segredos para nossos inimigos. Mas eu não quero nada disso, só quero ir pra longe de tudo isso. Deve me proteger, é seu dever como guarda real, fez um juramento!

O desespero na voz dele provocou um sorriso no rosto de Vann.

— De fato, Mardoc. Fiz um juramento — respondeu a guarda —, mas a lei me isenta de interferir em um conflito entre dois criminosos, o que é claramente o caso.

Mardoc se desesperou por completo.

Vannax se deu por satisfeito. Se levantou e se esticou de maneira provocativa, revelando sua rapieira na cintura.

— Entretanto — prosseguiu Felícia —, quero que você seja punido. Corrigido, se possível. Não morto.

O tritão deu um suspiro.

— Vejo que tomou um lado. Não era o que eu esperava, mas não posso dizer que estou surpreso.

Vannax fechou os olhos, pareceu se concentrar por um instante e começou a cantar.

Mardoc ouviu o som de ondas quebrando atrás dele e virou repentinamente. Ficou sem fala.

Estava na faixa de areia de uma praia a poucos metros da linha da água, com as ondas avançando e retrocedendo aos seus pés. Mas não era qualquer praia. Era a praia do seu quadro favorito. O mesmo céu límpido estrelado, as mesmas nuvens esparsas e a mesma brisa que acariciava os coqueiros.

Um bando de gaivotas passou rente à água jogando sombras sobre as ondas. Abaixou o tronco e esticou o braço para que a ponta dos dedos tocasse a espuma e pudesse sentir a água gelada escorrer pelos dedos e pela mão. Ficou olhando as ondas tocarem seus pés, absorvendo aquela enorme sensação de paz e tranquilidade.

Então, vindo do meio das ondas, viu um vulto que aos poucos foi tomando forma. Era uma mulher, que havia encontrado tão pouco, mas que ao mesmo tempo lhe conhecia tanto. Talvez a única que o conhecia de verdade.

Era Najane.

Mardoc correu contra as ondas, esbaforido e desesperado, e encontrou nos lábios dela todo o ar que precisava. Ela o cobriu de beijos, abraçou forte e disse no ouvido dele:

— Não é por muito tempo.

"Tudo bem", ele pensou, "É tempo suficiente".

Então sentiu uma dor lancinante na perna.

A lâmina da adaga encostou de leve na jugular de Felícia, pronta para ceifar sua vida, mas cessou. O tritão apreciava muito aquela estranha e nefasta intimidade de se confessar a quem vai morrer, aquela liberdade de se revelar por completo. Uma rara chance em Ahlen de falar a verdade, sem medo de suas consequências.

— Vocês tiveram sua chance e desperdiçaram. E não serei eu a dar segundas chances. — Girava a adaga no eixo do cabo, fazendo o brilho do fogo percorrer o fio da lâmina. — Dei várias indicações das minhas intenções, mas vocês foram covardes e perderam a iniciativa. A hesitação é um erro fatal! Mardoc é um mimado, dele eu já esperava um desempenho patético. Mas de você, guarda Felícia, eu esperava mais.

Aproximou a adaga da jugular de Felícia, antecipando o instante fatal.

Então, num golpe rápido e sutil, degolou-a.

Ou pelo menos achou que o faria.

Felícia ouviu o som de ondas quebrando atrás dela e se virou repentinamente. Ficou sem fala.

Estava na faixa de areia de uma praia a poucos metros da linha da água, com as ondas avançando e retrocedendo aos seus pés. Mas não era qualquer praia. Também pudera, só havia ido até o litoral uma vez. Felícia era apenas uma criança, mas o cheiro da água salgada e o marulhar constante nunca foram esquecidos. Não se lembrava porque tinham ido para lá, mas se lembrava que sua mãe e avó também estavam.

Viu as duas caminhando ao longe e seguiu na direção delas, sem deixar de observar a linha do horizonte na qual os dois tons de azul se encontravam. Quando as alcançou, as duas abriram os braços, sorrindo.

— Que bom que você veio, minha filha — disse a mãe.

— Que saudade, minha neta — disse a avó.

Felícia as abraçou o mais forte que pôde.

— Não é por muito tempo — disseram as duas no ouvido dela.

"Tudo bem", ela pensou, "É tempo suficiente".

Então sentiu um tapa muito forte no rosto e caiu.

Vann sentiu o impacto de um chute no estômago e o corpo caindo, arrastando para trás na terra. Olhou para cima e viu Mardoc guardando nas vestes uma pequenina cobra verde, por motivos que desconhecia. Ao lado do ex-pupilo, Felícia se levantava com uma mão sobre o rosto e a outra recolhendo sua lança.

Só havia uma pergunta a ser feita, e ele não pôde evitar fazê-la em voz alta:

— Como?

Mardoc não disse nada. Escondeu do ex-mestre o fato que estava sangrando através de minúsculos furinhos na perna, causados por uma picada da Janezinha. A dor penetrante tinha rompido o transe causado pelo canto do tritão. Uma vez tendo recobrado a consciência, viu o ex-tutor com a faca no pescoço de Felícia e munido de uma raiva profunda ele correu, chutou o ex-tutor para longe e deu um tapão no rosto de Felícia para que voltasse a si.

Os três lutadores tomaram seus lados e se organizaram ao redor do fogo, dois de um lado contra um do outro. A área ao redor da fogueira se tornou uma arena noturna.

Felícia mantinha a lança erguida na direção do oponente e se movimentava constantemente, sempre mantendo as pernas posicionadas em base de combate. Surpreendeu-se com a rapidez que seu corpo havia despertado e congratulou a si mesma pela dedicação nas lições de combate da academia da guarda e as horas extras no pequeno templo de Khalmyr. Seus olhos estavam fixos no inimigo, que empunhava uma rapieira na mão hábil e uma adaga na outra mão.

Mardoc, posicionado do lado de Felícia, sentiu seu coração disparar e a cabeça rodopiar. Respirava fundo, se concentrando para controlar o enjoo e não vomitar por causa do medo. Segurava seu rapieira apontada para o inimigo com a mão trêmula e fazia os passos conforme aprendera com o tutor e agora adversário. Tinha a firme convicção de que não poderia vencer, mas poderia ajudar flanqueando o oponente. Era sua sobrevivência que estava em jogo, e havia acabado de mostrar que não era tão inútil quanto parecia. Vannax alternava seu olhar fulminante entre os dois oponentes. Escolheu se aproximar lentamente de Felícia e se afastar de Mardoc, medindo os passos com cautela.

— Então é isso? Vai proteger um nobre criminoso? Patético. E ainda se diz seguidora de Khalmyr!

Subitamente avançou com uma passada e iniciou uma sequência de ataques contra Felícia. Seus movimentos eram amplos e lentos, cortando o ar com golpes que começavam vagarosos e terminavam poderosos.

Felícia não entendia por completo qual era a estratégia do oponente, mas na dúvida reagiu a cada ataque como se fosse letal. Depois de uma troca intensa de golpes foi atingida pela adaga superficialmente na armadura.

Felícia contra-atacou e Mardoc seguiu o exemplo.

Ela fez uma série de estocadas no alcance máximo de sua lança, buscando estudar as defesas do inimigo. Descobriu que seus golpes sempre chegavam atrasados ou acertavam o ar, indicando a agilidade extraordinária do oponente. Mardoc foi mais ousado ao arriscar um afundo: lançou a perna para frente e ergueu o pé, buscando galgar a maior distância possível.

A ponta da arma de Mardoc trespassou a lateral do sobretudo de Vann, sem atingir seu corpo, fazendo com que a ponta da arma ficasse presa na roupa por um instante antes de ser recolhida. Foi tempo suficiente para o mestre punir o aluno com um soco potente que ressoou no crânio. Mardoc sentiu a familiar ardência imediata no rosto, trazendo lembranças da noite em que foi golpeado por Lakki. Depois de recuar alguns passos, um filete de sangue começou a escorrer pelo nariz.

De volta para suas posições iniciais, Vann se aproveitou do efeito atordoador de seu soco e começou novamente seus ataques amplos e lentos, desta vez contra Mardoc.

O jovem concentrou-se na defesa, evitando os golpes com esquivas e paradas rápidas da rapieira. Conseguiu aparar todos os golpes da arma principal, mas acabou sendo vítima da sorrateira adaga, que atingiu uma de suas costelas após atravessar sua armadura de couro. Recuou dobrando o corpo de dor.

Ao ver o aliado ser ferido, Felícia avançou e fez alguns ataques com a lança para dar cobertura, que serviram apenas para gastar a energia do seu oponente com esquivas. O tritão colocou-se longe do alcance das armas antes de se dirigir ao ex-aluno.

— Você é uma vergonha, Mardoc. Para mim, para sua família e para nossa guilda. Quando lhe demos uma chance, você nos traiu. Então preste atenção na minha última lição: se vai trair alguém, aniquile também todos os seus parceiros, ou sofrerá o peso da vingança.

Felícia percebeu que Vannax tinha a intenção de executar o jovem a qualquer momento. Não intervir seria condená-lo, e ela não tinha esse direito.

Atacou com golpes ousados de lança que zuniram próximos ao peito e rosto do tritão. Em um movimento ágil e surpreendente, o oponente girou o tronco para o lado e atacou a arma dela com a lâmina da adaga. A lança de Felícia foi atingida na base da sua ponta metálica, cortando-a a fora.

Felícia viu o estrago e ficou incrédula.

"Um corte desses, com uma adaga? Só pode ser uma arma mágica!"

Recuou alguns passos, jogou a lança fora e sacou sua espada curta.

Vann sorria satisfeito com seu rosto iluminado pelas chamas.

— Já se convenceram que não podem vencer? Teria sido bem mais fácil se tivessem se entregado às ondas. Uma morte rápida e indolor.

Mardoc não respondeu às provocações. Estava levemente curvado pela dor, sentindo a ardência do último golpe e tentava manter a guarda alta, aguardando o próximo ataque.

Felícia mantinha o olhar fixo no oponente. Sussurrava baixinho, encoberta pelo farfalhar das folhas e o crepitar da fogueira, com a certeza de que o oponente estava concentrado demais no ex-aluno para prestar atenção.

Ó rei dos justos, lhe rogo
Me blinde com bravura
Me conceda compaixão
Ó rei dos justos, eu juro
Em seu nome serei justiça
Em seu nome serei bastião

Ela partiu para cima do assassino assim que terminou o verso. Mardoc resolveu se movimentar e atacar pelo flanco.

Vannax demonstrou fraqueza pela primeira vez, incapaz de contra-atacar sob uma chuva de golpes, e precisou se contentar em apenas se defender e esquivar. Utilizou os troncos das árvores para bloquear os movimentos de seus oponentes e abrir uma distância segura. Levemente ofegante, os provocou.

— Finalmente, algum desafio — disse e fez dois rápidos malabarismos, alternando as armas entre as mãos.

Felícia respirava fundo entre as declamações do último verso.

Ó rei dos justos, lhe ofereço
Para vós, reverência
Para este, prudência
Para o contrito, clemência
Para o perverso, penitência!

Mardoc se antecipou e atacou o ex-tutor assim que a reza terminou. O tritão reagiu usando seu arsenal de esquivas e aparadas rápidas para evitar os golpes do nobre, e em seguida se defendeu de uma feroz investida de Felícia, que veio cortando e estocando com sua espada curta.

O resultado da troca de ataques e defesas foi um aparente saldo positivo para a dupla, quando o agressor começou a recuar discretamente na direção de sua montaria. Mardoc olhou de soslaio para Felícia indicando que iria na direção da montaria para tentar impedir uma fuga. Ela assentiu com o olhar e iniciou mais uma sequência de ataques para dar cobertura.

Mardoc se separou dos dois e disparou na direção do cavalo, dando as costas. Percebeu o erro fatal que havia cometido ao sentir uma dor penetrante. Havia sido atingido nas costas por uma adaga arremessada pelo tritão. O jovem caiu esparramado, imóvel, sentindo o solo frio no rosto inchado.

Vannax abriu os braços, triunfante e provocativo.

— Agora é só você e eu. O pirralho ali nunca mais vai se levantar.

Atenta, Felícia percebeu que ele usava as bravatas para tentar distraí-la. Pressentiu que ele estava prestes a sacar outra adaga escondida e avançou.

Voltaram a trocar golpes, bloqueios, esquivas e contragolpes, sem nenhuma das partes conseguindo abrir vantagem. Ofegantes, se afastaram novamente.

Vannax estava surpreso com a determinação da inimiga, mas ainda tinha certeza da sua vitória. Com Mardoc derrotado era questão de tempo. Também achava que era questão de tempo até ela ir tentar ajudar Mardoc. E quando ela fizesse isso, abriria sua guarda.

Felícia foi então lentamente se posicionando na direção do corpo do rapaz, e quando ela deu a primeira brecha, foi atacada pelo tritão no mesmo instante. Graças a uma sequência de ataques que terminou com uma finta utilizando o sobretudo para ocultar a mão inábil, Vann logrou desarmá-la. A espada arremessada voou e ela ficou sem reação por um instante, que foi suficiente para ele se lançar de corpo inteiro sobre ela e derrubá-la.

Felícia caiu de costas, bateu a cabeça em algo duro e sentiu a armadura lhe comprimir junto com o peso sobrepujante do tritão. Ficou sem ar e sem forças, cabeça e pensamentos aéreos.

A fogueira negligenciada ardia timidamente e murchava, a luz amarelada das chamas começando a dar lugar ao laranja das brasas. A escuridão avançava sobre a clareira e a fogueira. Mardoc sangrava e regava a terra. A morte os espreitava, faminta.

Em desespero, Felícia lembrou-se do frasco dado por Molira. O que ela tinha dito mesmo? Use-o quando estiver em perigo? Ela reuniu todas suas forças e sacou o objeto. Vann percebeu suas intenções e lhe deu uma cotovelada no nariz. Pegou o frasco para si.

— Quanta ingenuidade! Achou mesmo que ia conseguir usar uma poção de cura na minha frente? — Sorriu. — Acha que seria justo? Agora deixe isso comigo.

Puxou a rolha com os dentes afiados e cuspiu-a fora, depois tomou o líquido num só gole. E parou.

Vannax sentiu a garganta travar em um nó. Tentou falar, mas engasgou com as próprias bravatas num resmungo triste. Seu interior ardia como se uma bola de fogo tivesse sido conjurada em seu estômago e subisse, se espalhando para o resto do corpo. Com os olhos lacrimejando, arregalados ao extremo, arrastou-se de costas até o tronco de uma árvore próxima, arranhando o próprio peito como se pudesse arrancar o que quer que estivesse lá dentro.

Livre, Felícia se sentou, olhou para Mardoc e viu algo reluzir na luz das brasas. Era a adaga safira, ainda cravada nas costas dele.

Correu e agarrou-a como se fosse sua última esperança. E andou então até o tritão que lutava contra a dor agonizante.

Aprendera que aos olhos de Khalmyr, a adaga era uma arma indigna. Alguns devotos mais fervorosos até mesmo a chamavam de profana ou herética, por ser popular entre devotos de Hyninn, Sszzaas e Tenebra. Mas naquela hora nada disso importou. Às vezes a justiça deve ser empregada com as armas que se tem à mão.

Felícia montou em Vannax como ele antes havia feito com ela e desceu a adaga safira com toda a força e velocidade que conseguiu amealhar, por repetidas vezes. Atingiu freneticamente peito, braço, olho e por fim o pescoço, tingindo a armadura com o sangue arroxeado que jorrou. O tritão se debateu mais um pouco, e então morreu.

Levantou se sentindo vazia, grata por ter acabado com a ameaça, sem sentir remorso ou arrependimento algum. Sabia que Vannax não aprenderia lição nenhuma. Ele era o que queria ser e almejava ser ainda pior. Naquele caso, o que Felícia fizera não era assassinato.

Era justiça.

Já Mardoc estava vivo, ou quase. Depois de tentar se levantar se apoiando em uma árvore, grunhiu de dor, resmungou alguma coisa e, por fim, desmaiou. Tinha dado sorte que o ferimento causado pela adaga não era letal.

Uma vez inconsciente, Felícia depositou-o sobre a sela da sua nova montaria e então começou a caminhar, conduzindo o cavalo pelo cabresto. Pensou como era irônico que o próprio assassino tinha trazido a montaria que lhe permitiria salvar o mesmo jovem que tinha vindo matar.

Felícia chegou à conclusão que se o levasse de volta para Thartann, o jeitinho ahleniense, essa corrupção profunda que permeava o reino, não demoraria a clamá-lo de volta para jogá-lo nos mesmos vícios, nos mesmos erros que o haviam trazido até ali. De alguma forma sabia que aquele jovem havia cometido erros demais, mas sabia também que, ao contrário do ex-tutor, existia ali alguma esperança de mudança. Sabia de um lugar e de alguém que poderia fazer isso melhor do que qualquer guarda ou cela, afinal, havia funcionado com ela.

Deu um tapa nas ancas do cavalo para que acelerasse o passo rumo à cabana de Molira, e desapareceu nas entranhas da escura floresta.

CAPÍTULO 12

O PALÁCIO

Dia 17 de Clausura do ano real de 1421.
Depois do fatídico incêndio.
Depois de tudo.

Era a Noite das Máscaras.

Multidões enchiam as ruas e as praças com seus corpos, gritos e alegria contagiante. Entre os participantes da festa estavam Ivarth, Corvir, Janjão, Elvira, Belahr, Boris, Heckard, Nallia, Selandra, Zyt e Roxana. Fosse participando ou evitando participar do evento, todos em Thartann acabavam se envolvendo com ele.

O feriado que igualava nobres e pobres acontecia uma vez por ano e tinha uma escala tão grandiosa, tão expansiva que nenhum termo comum como baile, farra, festa, festival ou patuscada poderia lhe fazer jus. Não era uma festa, era a festa de Ahlen e possivelmente a maior celebração popular de toda Arton. Não tem como competir quando um reino inteiro tira um dia de folga e sai de casa para comemorar!

E no meio de tanta gente, de todo esse mundo de pessoas, uma dupla se destacava.

Eram duas mulheres montadas em um majestoso garanhão que cavalgavam em um trote apressado. Estavam indo para um compromisso dentro do palácio Rishantor. A amazona que conduzia o cavalo usava uma máscara de Loba e sua carona usava uma máscara de Rouxinol.

Ao se aproximarem das muralhas foram obrigadas a se aglomerar e dividir espaço com a multidão que compartilhava o mesmo destino, fazendo com que todos se afunilassem através dos portões das muralhas externas. De cima dos muros altos as sentinelas permanentes mantinham o olho sobre a multidão, procurando algum folião mais exaltado que estivesse causando uma confusão muito maior que o aceitável.

Depois de cruzarem os primeiros portões, as duas atravessaram o complexo exterior, formado pelos jardins Rainha Carolina Rigaud III e pelo parque Real Infante Bonalino, "O Pequeno Devoto". Ao passarem perto de uma linda fonte sem visitantes por perto, Rouxinol não resistiu e pulou do cavalo para se refrescar na água, enquanto a amazona preferiu observá-la de sua posição, montada.

Após o jardim, as duas passaram pelas proximidades da Academia Real da Guarda de Thartann, da mansão da Guarda Palaciana, dos estábulos reais, das oficinas de manutenção e da vila dos servos. De todos os lugares do complexo do Rishantor, esses eram um dos poucos lugares que os frequentadores do baile das máscaras evitavam visitar, por respeito à classe operária que ali frequentava e residia. Os visitantes queriam ver luxo desmedido, não as instalações dos trabalhadores!

No coração do complexo erguia-se o palácio Rishantor e à sua frente os palacetes das casas Rigaud, Schwolld e Vorlat. Apesar do nome diminutivo, os quartéis generais das casas não tinham nada de pequeno. Eram mansões gigantes de seis andares com um jardim interno semelhante a uma praça de cidade pequena. Ali residiam os membros de sangue puro como duques, condes e seus séquitos, e por essa razão milhares de tibares eram gastos nas edificações, em especial nas fachadas, para que sempre fossem mantidos em um estado impecável. No jogo de poder dos nobres ostentação não era frivolidade, era necessidade! Os palacetes também eram chamados de "alas" do palácio pelos moradores, mas na realidade eram totalmente separados entre si, com guardas e servos próprios que moravam no subterrâneo em um complexo de túneis e salas que os serviam.

— É verdade que túneis secretos interligam os três palacetes e o palácio? — perguntou a Rouxinol.

— Claro que não. Se fosse assim, a matança entre as famílias seria ainda maior! — a Loba respondeu.

— Tem certeza?

— Claro que não. Aquele subterrâneo deve ser um queijo furado e ninguém sozinho deve conhecer todas as passagens secretas. Ah, olha ali! — A Loba apontou para uma janela do palacete Schwolld. — Era naquele quarto que eu morava.

Essas "alas" eram exclusivas para os membros das casas e proibidas para o público em geral, mas naquele dia se abria uma exceção e era permitido o acesso ao saguão de entrada de cada um dos palacetes. Nos saguões eram montados grandes palcos para realizar espetáculos e discursos empolgados cujo objetivo era recrutar novos membros e simpatizantes para as casas. Os visitantes mais ousados que frequentavam esses saguões chegavam a discutir com os nobres que oravam, protegidos pela anonimidade das máscaras, em uma raríssima cena de debate público. Mas essa liberdade tinha limites. Aqueles que fossem deveras combativos eram "convidados a se retirar".

O marco zero do complexo Rishantor era a famosa praça dos três poderosos, situada à frente da escadaria de acesso ao palácio, na qual os patriarcas Setlick Schwolld, Fidgett Vortlat e Rickard Rigaud estavam imortalizados em estátuas de mármore fazendo poses pomposas e altivas. Os Rigaud haviam vencido a primeira rodada do jogo do poder com o golpe na primeira Noite das Máscaras, mas seus concorrentes estariam para sempre logo ali do lado, lembrando-os que a vez deles haveria de chegar.

A Loba e a Rouxinol desceram do cavalo, que foi tratar dos seus assuntos pessoais, e subiram a escadaria do palácio. Antes de entrar, olharam para cima e para os lados tentando absorver a grandiosidade do lugar, mas era algo tão desmedido que seria impossível abrangê-lo com um mero olhar.

Entraram, seguindo a correnteza formada pela multidão.

Um mar de gente inundava as centenas de salões.

Os plebeus aproveitavam a efêmera oportunidade de acessar o Rishantor e uma vez lá dentro enchiam o bucho, enchiam a cara, cantavam, dançavam e principalmente, cobiçavam. Os nobres, acostumados com o ambiente que podiam frequentar livremente, aproveitavam o dia para aumentar a sua rede de contatos, em especial com plebeus e estrangeiros. De todos os reinos próximos vinham caravanas de turistas, pintores, desenhistas, titereiros, bardos, bufões, dançarinos, malabaristas, atores, poetas e todo o espectro de especialistas em diversões adultas, sendo esses últimos extremamente requisitados. Ainda havia dignitários especiais, convidados de honra das embaixadas dos reinos que tinham representação diplomática em Ahlen. Dentre elas, foram bastante comentadas as ausências de Tyrondir e do Império de Tauron. Havia tantos, mas tantos visitantes, que todo ano corria o boato de que deuses frequentavam a festa.

Não se podia afirmar categoricamente que havia deuses reais na Noite das Máscaras, mas certamente havia quem se portasse como tais. Eram os poderosos, que se concentravam no salão principal orbitando ao redor do trono real. A importância do sujeito podia ser medida pela sua proximidade ao trono, que atingia seu ápice no centro de tudo, onde sentava-se o mais ilustre de todos, o sol ao redor do qual tudo orbitava, aquele que todos queriam ver e saudar. O rei, monarca soberano de Ahlen e Collen, Nonato Vorlat.

Sentado no trono de madeira Tollon de espaldar alto forrada com fino linho tecido com fios de ouro, ele e sua esposa se mostravam displicentes e brincalhões. Era apenas sua quarta Noite das Máscaras como rei de Ahlen e a terceira ao lado da nova rainha. Retribuía todas as mesuras recebidas com um acenar da cabeça tão incessante que parecia um cacoete. De rosto fino e nariz comprido, tinha o cabelo negro liso e comprido até o queixo, onde ostentava um cavanhaque generoso — ou asqueroso, segundo seus adversários. Mesmo jovem inspirava confiança, exalava autoridade e se demonstrava visivelmente à vontade na corte, onde havia passado toda sua vida.

De fato, seu passado estava intimamente ligado aos cômodos do Rishantor. Perto dali estavam seus aposentos reais, onde havia uma cama de madeira sólida, ela em si um artefato histórico que tinha presenciado conspirações, traições, mortes e nascimentos de diversos regentes. Também presenciou a cena horripilante no dia em que o Albino, uma bizarra encarnação da Tormenta, extraiu o herdeiro real do ventre de sua mãe Yelka Vorlat na frente de um rei completamente paralisado de medo, Thorngald Vorlat. O albino jogou-o no chão como um verme patético após julgar que o humano "não estava pronto". Agora o verme patético era o monarca absoluto de Ahlen e dormia todos os dias a alguns metros de onde havia sido jogado para morrer. Ali mandou colocar um pedestal de mármore com uma pequena estátua do Albino e uma placa de ouro com os dizeres "Casa Vorlat, mais forte que a Tormenta."

Mas isso pertencia a um passado distante e muito havia mudado. Para começar que o rei não estava sozinho, estava acompanhado da rainha Vinala Hogarth. Jovem e bela como seu marido, ela chamava muita atenção por usar um tapa-olho que era motivo de incessantes comentários da corte ahleniense, que ainda a considerava uma estrangeira. Os boatos diziam que o acessório ocultava um olho mágico capaz de enxergar a verdade. Se isso fosse verdade, o rei teria um grande trunfo contra seus adversários e também uma grande quantidade de pessoas desejando o mal para a rainha. Mas o boato não impedia que durante o grande evento da noite, o baile das famílias nobres, todos que passassem dançando na frente do casal real se dobrassem em mesuras longas e exageradas, demonstrando sua aparente completa lealdade.

Os olhares mais experientes da corte faziam a leitura das pequenas expressões nos rostos e gestos do jovem casal e chegaram a um veredito que logo ficaria claro para todos: a bênção do amor de Lena havia atingido... os dois! Para a corte do Rishantor, se apaixonar por outra pessoa era malvisto, um erro que podia custar sua vida.

— Que lindos esses dois! Deve ser o casal real mais bonito de todo o mundo! — disse a Rouxinol.

— Sim, duas lindas cobras, dois manipuladores interesseiros. — A Loba fazia uma mesura enquanto passava na frente do casal.

— Será mesmo? Não está sendo muito rigorosa? Todo rei precisa fazer política e uma certa intriga.

— Não estou não, acredite em mim quando digo que aqui é pior. Só diz isso porque seu padrão de corte é Deheon e...

Alguém esbarrou na Loba, mas Rouxinol impediu que caísse. Uma briga havia começado e rapidamente se espalhado, fazendo com que a guarda palaciana se revelasse e impusesse a ordem no lugar. Eram os únicos autorizados a empregar força letal, mas mesmo assim a evitavam a todo custo pois a face mais extrema da violência, a morte, era um tabu.

Aqueles que atentassem publicamente contra a vida de outros seriam marcados como hereges por ousarem profanar um ritual social sagrado. Matar ou roubar em Ahlen para ganhar uma vantagem não era um problema. Menos naquele dia. A Noite das Máscaras era uma ocasião de festa, e se a violência externa fosse permitida, em poucas edições não haveria mais ninguém para celebrar.

Para desencorajar ainda mais essa atitude entre os participantes, os organizadores se certificavam de espalhar pelos ambientes uma quantia considerável de sacerdotisas de Marah e Lena, Deusas da Paz e da Vida. A mera presença destas mulheres iluminadas inibia pensamentos e atitudes violentas, além de reforçar as atitudes pacíficas entre os nobres. Nada de manchar o mármore alvo com sangue rubro, limpá-lo sempre dava muito trabalho!

Apesar de não haver praticamente nenhuma morte nesse dia, há quem diga que os corredores do Rishantor são assombrados, e há quem concorde. Afinal, tanta gente morreu ali, vítima das intrigas entre as famílias, que seria extremamente improvável que nenhum voltasse para assombrar seus algozes. Nos outros dias do ano, não era raro os frequentadores e empregados encontrarem vítimas de facadas, pancadas, quedas, feitiços e (principalmente) envenenamento. Entretanto, se alguém encontrou algum fantasma até hoje, não sobreviveu para contar a história.

A Rouxinol desviou da rota, atraída para um salão onde uma das suas músicas favoritas estava sendo cantada por um coral empolgado e quis participar, mas a Loba a segurou firme pela cintura.

— Não temos tempo! — reclamou.

— Me deixa cantar só uma música!

A Loba não resistiu.

— Tá bom, mas corre que está quase na hora.

A soprano entrou no salão e se juntou ao coro no primeiro verso, atraindo imediatamente todos os olhares. Cantava tão bem que alguns dos outros cantores ficaram constrangidos e preferiram silenciar ante magnífica performance. Vários na sala reconheceram a sua voz, mas não disseram nada, calados pelo pacto de silêncio da Noite das Máscaras. Tudo que acontecia ali deveria permanecer ali.

Já a Loba ficou muda admirando sua musa, seu Rouxinol a cantarolar, se derretendo toda de amores. Quando ela se retirou, recebeu uma chuva de aplausos. Pegou na mão da sua companheira e seguiram subindo as escadarias lotadas de gente.

Passaram correndo por diversos salões e muitos festeiros, ignorando tudo até que algo interessante demais para ser ignorado chamou atenção e as duas acabaram reduzindo a velocidade. Era uma área bem animada e com grandes filas, a parte do complexo na qual as "salas do amor livre" estavam concentradas.

— Vá participar do seu torneio que eu te encontro na saída — disse Rouxinol.

— Engraçadinha. Talvez ano que vem.

— Mas desse jeito eu não vou poder aproveitar nada da festa!

— Pode ter certeza de que vamos aproveitar depois da festa. Vamos, já te disse que vai começar logo. — A Loba puxou novamente a companheira pela mão. Ela resistiu um pouco, esticando o pescoço e espiando o máximo que pôde para dentro das salas, até se render.

As salas com orgias do baile das Máscaras eram famosas em todo o reino e além, onde o amor era praticado com frequência e com gosto. Costuma-se dizer que no Rishantor toda cama é de casal e só dorme sozinho quem quer.

Em termos ilícitos, havia o uso do achbuld, droga típica que aparecia misteriosamente em algumas salas disponibilizadas para o público e o jogo de Wyrt, normalmente vetado aos plebeus. Como naquele dia teoricamente não havia como saber quem era nobre ou não, todos estavam liberados para o jogo de cartas.

Havia ainda atividades consideradas mais inocentes como debates políticos e filosóficos; atividades que, sem restrições, normalmente acabam descambando para as vias de fato. Nesse caso certa violência era permitida. Sim, no Rishantor havia até mesmo uma rinha de filósofos.

Os jardins externos eram tomados de competições esportivas cujas regras flexíveis traziam como foco sempre a diversão mais do que a competição. A grande ironia é que os troféus "falsos" eram verdadeiramente apreciados, sendo guardados e exibidos com orgulho por seus donos. Ainda na área dos jardins eram comuns os saraus, rodas de dança, piqueniques e mais um pouquinho de amor livre.

Era nesse cenário esplendoroso e decadente que estava prestes a ocorrer a etapa final do 87º campeonato Mundial de Wyrt, promovido e organizado pela prestigiosa Sociedade Ahleniense de Wyrt, órgão oficial do popular jogo de cartas.

Em circunstâncias normais o campeonato anual seria celebrado na luxuosa sede da Sociedade, mas um incêndio que ocorrera poucos dias antes da data marcada do evento inviabilizou essa possibilidade.

Os organizadores então se reuniram às pressas e decidiram realizar o evento dentro do Rishantor durante a Noite das Máscaras, decisão que fez com que o campeonato entrasse para a história como o mais atípico de todos. Ninguém da organização tinha previsto que ter jogadores mascarados seria um empecilho tão grande, mesmo há anos organizando campeonatos de um jogo onde o blefe era essencial. Os competidores mais espertos perceberam as consequências do uso de máscaras e praticaram antes do evento. Entre estes jogadores estava a Loba.

Havia chegado em cima da hora e foi direto para seu lugar, enquanto a Rouxinol teve que se acotovelar no meio da multidão que cercava as mesas para conseguir um lugar decente. Era veterana no jogo e praticava desde a adolescência, no princípio por obrigação e depois por gosto quando viu que poderia ganhar através dele tibares ou admiradoras. Às vezes os dois. Começou jogando com familiares experientes, mas que usavam truques e estratégias antiquadas, depois passou anos jogando em mesas legais e ilegais nos quatro cantos de Thartann e, por fim, fez um intensivo quando soube que o campeonato se passaria durante Noite das Máscaras. Depois de tantos preparativos, sentia-se pronta.

— Vem cá, como que esse jogo funciona mesmo? Não jogamos ele em Deheon. — A Rouxinol tinha lhe perguntado enquanto subiam as escadarias.

— *Agora* que você me pergunta?

— Eu sei, mas quero entender, assim pelo menos sei se está enrascada e posso torcer melhor.

— Tá bom, vou resumir. Três a seis jogadores. Quatro é o mais comum, mas no campeonato começamos com seis e vamos reduzindo até três, sai um por rodada, o que tiver ido pior. Quando tiver três jogadores o primeiro que obtiver duas vitórias é quem ganha. Na final é diferente, ganha quem chegar a três vitórias primeiro. Quanto ao jogo, cada um recebe um dado e três cartas. Quem começa joga o dado, daí o próximo pode jogar o dado ou descartar uma das três cartas. No fim quem tiver a soma das cartas de uma cor mais próximo da soma dos dados, ganha. Ah, normalmente não há juiz, mas como esse é o campeonato mais importante, então a gente precisa de alguém para pôr ordem. É mais ou menos isso. Entendeu?

— Sim, quase. Mas prometo que vou torcer por você. — E lhe roubou um beijo.

Na primeira rodada a Loba foi a primeira a jogar, lançou seu dado, olhou o resultado, chamado número da raposa, viu suas cartas e passou. O que também passou, em um piscar de olhos, foi o tempo. Durante os momentos mais tensos, a ampulheta parecia desacelerar até o máximo da tensão para depois acelerar e derramar toda a areia de vez.

Ela venceu, apertou as mãos dos oponentes derrotados, levantou-se e foi encontrar sua torcedora número um.

— E então, como foi? — perguntou Rouxinol.

— Foi fácil. Perdi pouco e as que perdi não iriam me desclassificar. Acho que nem gastei minha sorte!

— Que Nimb lhe ouça e abençoe. Mas além da proteção divina, acho que está colhendo os frutos do seu treinamento. — Rouxinol fez um carinho que começou no braço e terminou nos cabelos da Loba.

As duas ficaram juntas observando os jogos de outras mesas, camufladas entre a multidão de espectadores. Rouxinol bebericava um licor enquanto a Loba preferia se manter sóbria.

— Não beba nada que lhe ofereçam. Se quiser algo, pegue do andar de cima ou de baixo. Agora que sabem que está comigo, pode ser que tentem algo com você para me desconcentrar.

O tom sério da Loba surpreendeu Rouxinol e a convenceu a aceitar o conselho.

— Tudo bem. Podemos beber juntas depois que estivermos livre de tudo isso. — Pegou na mão da Loba e a admirou através da viseira da máscara.

A segunda rodada não tardou a gerar fortes emoções, a começar por uma expulsão.

— Senhor Barão, assim não! — gritou o juiz enquanto se aproximava dele.

O "barão" era um dos jogadores da mesa da rodada que usava uma máscara que imitava um nobre famoso, Adamastor Rigaud "O Barão-balão". O juiz pegou o antebraço dele e puxou a manga para trás, revelando cartas escondidas que caíram no chão.

— Mas que ultraje, fui sabotado! Façamos cautela, amigos, há um inimigo infiltrado entre os jogadores de bem! — disse o Barão.

O juiz declarou a sentença imediatamente, sem hesitar.

— Ponha-se daqui pra fora! — E dirigiu seu olhar para os outros jogadores. — Por favor, senhores, pelo menos tenham a decência de agir profissionalmente. Não podemos decepcionar nossa plateia!

Quando acontecia de um jogador ser expulso, sua vaga era preenchida por um dos perdedores da rodada anterior, escolhido aleatoriamente. Para sorte da Loba, quem entrou no lugar do Barão foi um jogador que tinha começado a beber assim que fora desclassificado, e não tardou até cair fora novamente.

Os outros oponentes deram um certo trabalho dessa vez, deixando-a preocupada com as rodadas vindouras.

Assim que terminou foi ver seu Rouxinol, e encontrou seu passarinho degustando um acepipe. A Loba lançou um olhar desaprovador e fez um gesto com a mão, indicando que ia dar umas palmadas.

— O que foi? Você falou para não *beber* — disse, mastigando.

— Verdade. Parece que está aprendendo depressa os caminhos de Ahlen. — A Loba colocou o braço na cintura dela e deu uma apertada. A Rouxinol deu uma piscadela e terminou de comer.

— Mas por favor, não pegue mais nada. Por precaução. — O mesmo tom de voz preocupado a convenceu de novo. Trocaram mais algumas amenidades e tentaram relaxar até o fim do intervalo.

Foi apenas na terceira rodada que a veterana sentiu a coisa ficar séria. Seus oponentes pareciam mais concentrados, as jogadas mais pensadas, as vitórias mais apertadas. Porém, mais uma vez, a tensão não tardou a ser dissipada.

— Mas o que é isso no seu colo, senhor jogador? — O mesmo juiz de antes afastou bruscamente a cadeira para revelar um gato no colo do participante.

— Oh, um gato! Como não percebi antes? Deve ser porque ele é levezinho e fofinho, nem faz peso! — A cara de pau era tanta que serviria para fazer uma porta.

— O senhor está ciente de que animais de estimação e familiares são terminantemente proibidos durante as partidas, não sabe? Normalmente eu daria uma advertência, mas devido ao nível da competição vou lhe dar uma expulsão sumária. — O juiz pausou e olhou fundo nos olhos do gato, que retrucou com uma expressão de indignação, afinal seu sacrossanto descanso fora interrompido de forma brusca. Ou havia sido pego em flagrante. O juiz continuou. — Druida Stradivakis, é você? Lhe advirto que se for, dessa vez sua pena não vai ser comutada. Vai sofrer as mais graves penas da lei!

A autoridade advertiu o gato com dedo em riste, mas o gato apenas levantou-se, arqueou suas costas bocejando e saiu andando, sumindo entre a torcida.

— Nem tenta se defender. Nos vemos no tribunal seu metamorfo safado. E você, retire-se do recinto! — O juiz apontou para a porta dupla do salão.

— Mas isso é um absurdo, eu nem vi esse gato chegar, isso só pode ser armação de alguém na mesa! Além disso, sabe que gatos são criaturas sagradas de Hyninn e eu como... simpatizante da divindade não posso enxotar nenhum. Esse meu direito está garantido por lei. Vou apelar da decisão e nos vemos no tribunal esportivo. Vossa senhoria não sabe com quem está falando!

O jogador protestou e esperneou, e foi necessário a intervenção da guarda palaciana para remover o sujeito.

A partida foi retomada e prosseguiu sem mais interrupções.

A Loba suspeitava que o jogador à sua frente tinha aproveitado a confusão para trocar seu dado por outro, mas não tinha como provar a menos que encontrasse o dado original, e ela sabia que isso não ia acontecer. Não poderia acusá-lo de adulteração sem ter provas, ou ganharia uma advertência por "perturbar" a partida. Preferiu não se arriscar, já que era comum os oponentes fingirem roubar para atrair os adversários para este tipo de armadilha. Para se livrar dele decidiu fazer um sinal, rolando os olhos para cima e cruzando os dedos para um jogador à frente.

Era um sinal padrão nas mesas de Wyrt que acabou sendo também adotado pela guilda e queria dizer que os dois (os dedos cruzados) deveriam se juntar para eliminar (a olhada para cima) um terceiro oponente. A estratégia arriscada era comum, pois alianças temporárias eram necessárias e benéficas em alguns casos. Com o seu aliado provisório, a Loba conseguiu derrotar o suposto ladrão de dados, e depois disso conseguiu vencer os demais oponentes, um por um. Levantou-se assim que a partida terminou e sentiu-se meio aérea, cambaleando alguns passos até se apoiar no seu Rouxinol.

— Ei, o que foi?

— Não sei… fiquei tonta, deve ter sido o esforço. Acho que preciso de um copo d'água. — Não quis alertar a Rouxinol, mas suspeitou de envenenamento. Ela já tinha ingerido o coquetel padrão de antitoxinas, então só lhe restava esperar e rezar.

— Já pego a água. É uma lástima que eu não entenda nada de Wyrt, tudo o que vi foram vocês baixando cartas e rolando dados. Volta e meia, alguém deixava a mesa. A melhor parte foi quando você ganhou!

A Loba tomou a água e se recuperou, permanecendo apoiada de leve na companheira até que percebeu que estavam sendo observadas por tipos suspeitos. Sentiu-se ameaçada. Sussurrou para a Rouxinol:

— Não volto para te ver na próxima rodada. É para seu bem. Quando eu for para a mesa, faça como lhe expliquei e dê uma sumida. Não acho que vão tentar nada contra mim, mas nunca se sabe. — Deu-lhe um beijo mascarada, batendo o focinho da Loba no bico do Rouxinol. Descansou um pouco e voltou à mesa.

Na quarta e penúltima rodada sentou-se com o coração acelerado, sendo seu único consolo naquela situação era imaginar que seus oponentes também estavam tão nervosos quanto ela.

Começaram.

A torcida eufórica estava fora de controle e a Loba, sobrepujada pelos estímulos, tinha dificuldade em se concentrar na partida. O público gritava dicas — falsas e verdadeiras — para os jogadores, xingava, acusava os juízes de roubo e torcia. Até os juízes estavam incomodados com a baderna, mas não havia jeito de controlá-los, mesmo com a intervenção da guarda palaciana. A situação foi resolvida apenas quando foram conjurados milagres pacificadores pelas sacerdotisas de Marah.

A Loba estava mais ansiosa que o normal porque achava que alguns de seus oponentes estavam usando olheiros, coisa que não tinha conseguido agilizar a tempo da competição porque não queria envolver a Rouxinol naquilo. Beliscou-se bem forte e bufou por debaixo da máscara.

"Acorda, sua tonta! Não treinei tanto para falhar."

Na última etapa da quarta rodada acabaram restando na mesa ela, um homem com uma máscara de tibar e um velho barbudo mascarado como uma borboleta rosa, cobrindo apenas os olhos. A Loba repetiu o gesto para a aliança temporária na direção do tibar, mas o velho percebeu, e todos perceberam que tinham sido percebidos, estragando imediatamente a aliança e atraindo a ira dos oponentes, que passaram a se mancomunar contra ela. Como ela tinha planejado. Agora sabendo que os dois buscavam o mesmo número da raposa, ela conseguiu derrotar os dois simultaneamente ao jogar o dado dela e mudar o número.

Venceu. Soltou um suspiro bem alto.

Se levantou para sair da mesa ainda sem acreditar, mas lembrou-se do que havia dito à Rouxinol e sentou-se de novo. Procurou a companheira com os olhos enquanto esperava o início da grande final.

Olhava a plateia que a olhava de volta com curiosidade e espanto, e percebeu que todos baixaram o tom de voz e abriram espaço para um ilustre visitante que se estabeleceu ao lado do juiz. Era ninguém menos que o casal real e seu séquito. Estavam ali para assistir à final do campeonato!

A presença do rei aumentou significativamente o prestígio do evento e a glória que seria concedida ao vencedor. Mas glória não era exatamente o que buscava. Naquele momento queria um respiro, um alívio para seu coração apertado que batia nervoso. Continuou esquadrinhando a plateia até enxergar Rouxinol, que fez um sinal confirmando que estava tudo certo com ela. Uma troca de olhares foi o suficiente para encontrar seu centro.

Estava pronta, estava na grande final.

Seus cinco oponentes se sentaram à mesa. Ela analisou rapidamente a figura e a postura de cada um e concluiu que aqueles mascarados eram velhos conhecidos das mesas de Wyrt. Já sabia seus hábitos e estratégias, o que lhe deu certa confiança. Respirou fundo.

O primeiro oponente, que pelo desempenho não tinha estudado seus oponentes, pagou o preço pela falta de preparação. Foi massacrado e saiu da mesa protestando.

— Mas isso aqui é uma palhaçada, todos se juntaram contra mim. Assim não dá!

Indignado, jogou as cartas na cara do oponente ao lado e abriu caminho na plateia aos empurrões. Depois de ouvir impropérios começou a trocar socos com desconhecidos e desapareceu na caótica multidão.

Restavam cinco na mesa.

Na rodada seguinte, um jogador que usava uma máscara de Abutre, de longas penas negras, fingiu trocar seu dado. A Loba sabia que era uma finta, mas mesmo assim chamou o juiz e fez a denúncia, caindo na armadilha de acusar um "inocente". Assim gastou a única advertência a que tinha direito antes de ser expulsa. Para a completa surpresa de todos, antes que o juiz se afastasse, fez outra denúncia, desta vez apontando para o colega ao lado. Sabia que o sujeito era muito bom em tirar proveito de distrações e pediu para contar as cartas. O juiz conferiu as cartas de todos e do baralho e percebeu que o jogador tinha uma raposa vermelha a mais.

Restavam quatro na mesa.

Àquela altura a algazarra da plateia estava tão intensa que os juízes tiveram que tomar uma medida drástica e pedir ajuda às autoridades. No instante seguinte, um silêncio absoluto caiu sobre os jogadores, que passaram a conseguir ouvir o raspar das cartas, o som dos cotovelos encostando na mesa e a respiração de cada um. Demorou um pouco para perceberem o que tinha acontecido: o Adivinho, o mago real que fazia parte do seleto séquito do rei, havia conjurado uma redoma de silêncio ao redor da mesa, bloqueando todo o som, permitindo-lhes jogar sem interferências. Voltaram à partida hesitantes, especialmente uma senhora que usava uma máscara de fênix. Sem seus olheiros e espiões da plateia, ficou cada vez mais inquieta e irritada até que cedeu à pressão e perdeu.

Restavam três na mesa.

Eram a Loba, um jovem encapuzado que usava uma máscara que tapava sua boca e nariz, e mais um senhor gorducho com chapéu, vestimenta e maquiagem de pierrô.

— Então, senhores, agora estamos em pé de igualdade. Sem bagunça, sem enxeridos. Algum devoto de Khalmyr na plateia deve estar feliz! — a Loba comemorou.

— Fale por si, Lobinha, onde jogo estou acostumado a ter barulheira. Esse silêncio vai me matar de tédio antes da partida terminar! — O jovem fez um gesto exagerado com a mão e bebericou uma taça de vinho usando um canudo.

— Eu gostei, meus ouvidos agradecem. — O senhor arrumou o chapéu e conferiu a maquiagem usando um pequeno espelho dobrável, gesto que gerou indignação dos juízes, mas que seus companheiros de mesa relevaram. Guardou o espelhinho, constrangido.

Naquela final tensa, confusa e simultaneamente silenciosa e barulhenta, os jogadores passaram a alternar vitórias como uma peça ensaiada. O mascarado ganhou. O pierrô ganhou. A Loba ganhou. O mascarado ganhou. O pierrô ganhou. A Loba ganhou. A plateia, que berrava atrás do escudo de silêncio, suspeitava (alguns afirmavam) do uso de cartas marcadas, de jogo combinado, de títeres invisíveis e de conspirações.

Estando todos empatados, o próximo a vencer seria o campeão do 87º campeonato Mundial de Wyrt. Antes da derradeira partida, o pierrô pediu permissão para acender sua pipa e pitar durante um intervalo. O juiz pensou, consultou o livro de regras, e finalmente o autorizou.

Os finalistas aguardavam em silêncio dentro da redoma mágica. O pierrô aspirava a fumaça lentamente e a soltava para cima em baforadas parceladas, como uma chaminé vagarosa. O mascarado, de braços cruzados, varria a plateia com seus olhos. Às vezes estalava as juntas dos dedos. A Loba repousava as mãos nas pernas e procurava a Rouxinol entre os espectadores, porém a multidão era tão grande e tão compacta que não conseguiu encontrá-la. Ficou preocupada.

"E se algo tivesse acontecido, e se a sequestraram para forçá-la a desistir do torneio? Se fosse assim logo receberia um bilhete. O lado bom de amar é poder ser feliz do lado da outra pessoa, o lado ruim é que sempre haverá o risco de perdê-la. E a perda sempre é dolorosa", pensava.

Tentou se concentrar no jogo, lembrando das longas horas que passou treinando com seus comparsas, mas o que lhe veio foi a imagem da sua amada na noite em que se conheceram. Depois de subornar um segurança, a Loba foi até o camarim com um buquê gigante das flores preferidas da Rouxinol utilizando a informação que havia descoberto poucas horas antes e que tinha lhe custado vários favores. Quando a Loba por fim encontrou seu Rouxinol no camarim, soube naquele instante que seria muito feliz com ela se a cantora lhe desse uma chance. Graças ao Panteão, ela deu.

Por fim, a pipa apagada foi depositada sobre a mesa e as cartas foram dadas.

A Loba recebeu do juiz três cartas: dez vermelho, dois preto e um vermelho. O dado foi lançado pelo pierrô e o número da raposa era um três. Depois de pensar um pouco, o mascarado descartou um dez preto. Ela pensou:

"Se ele descartou uma carta alta deve estar com mais cartas altas."

Chegou a vez dela, e ficou dividida entre descartar uma carta ou o dado. Se descartasse o dado poderia sabotar o jogo do mascarado, no entanto ficaria impossibilitada de alterar o número da raposa, então preferiu não se comprometer tão cedo. Descartou seu dois preto, apostando que o número iria subir. Ficou com dez e um. A segunda rodada começou e o pierrô descartou um três preto.

"Se ele descartou uma carta baixa, deve estar com outras baixas ou medianas. Muito perigoso para o número da raposa atual".

O mascarado parou e pensou de novo. Ele não tinha o poder de terminar com o jogo, já que ainda havia o dado da Loba, e a opção de dobrar a aposta não surtiria efeito. Ela se preparou para agir.

O mascarado jogou seu dado e, antes que terminasse de rolar, a Loba lançou o seu e atingiu o dado do oponente, para choque da audiência e dos colegas de mesa. Nunca na história do Wyrt alguém havia interrompido uma jogada de dado daquela maneira. E não só isso, depois de lançar o dado ainda ocultou seu resultado com as mãos. Como todos os dados haviam sido lançados, o jogo havia terminado. Os colegas se exaltaram.

— Mas que fezes é esta? Como ousa jogar na minha vez?

— Você já tinha jogado o dado, eu joguei depois, portanto não joguei na sua vez — respondeu.

— Sim, mas nem tinha terminado de rolar!

— Mas não houve interferência.

— Claro que houve!

Todos olharam para o juiz.

— É... tecnicamente, ela está certa. Ela jogou depois, e não interrompeu sua jogada.

— Mas ela mudou o resultado ao atingir meu dado! — O mascarado estava inconformado.

— A senhora... — começou o juiz.

— Senhorita — corrigiu-o.

— A senhorita aqui tecnicamente não *tocou* no seu dado e nem o *impediu* de terminar a rolagem. Como o dado foi lançado e o resultado foi obtido na sequência, nenhuma infração foi cometida.

— Mas poderia receber uma advertência! E vai ser expulsa por isso, já que ela tem uma advertência.

— Sim e não. É passível de advertência, sim, mas como o jogo terminou no momento que ela jogou o dado, não pode mais ser expulsa.

— Quer saber? Tanto faz. Ela não tem como mudar o resultado de um dado, afinal, é pura sorte. Mas aviso que isso abre um precedente perigoso! — Olhou para a Loba.

— Espere e verá — disse, sorrindo.

O resultado do dado do mascarado foi um mísero um. O número da raposa seria quatro, mais o que a Loba tinha tirado no dado dela. Os oponentes conferiram mais uma vez suas cartas, o pierrô parecia confiante e o mascarado, nervoso. Ela foi lentamente tirando a mão sobre o dado, a plateia e os juízes foram se aproximando para ver, curvados sobre a mesa, formando um domo de curiosidade.

Quando removeu a mão por completo, foi revelado um seis. O número da raposa era um dez. A seguir o juiz ordenou que todas as cartas fossem postas na mesa. O pierrô tinha um seis e um dois vermelhos, somando oito. O mascarado tinha um sete e um oito pretos, somando quinze.

A Loba tinha o dez e o um vermelhos, somando onze. O número da raposa era dez, e ela havia vencido por um ponto.

Bastante nervosa, refez a soma diversas vezes para se certificar, e só acreditou mesmo quando os juízes a declararam vencedora do campeonato, logo depois da bolha de silêncio ser estourada pelo mago real.

A onda de som invadiu a mesa, e os competidores que se levantavam tiveram que falar aos berros.

— Como fez isso? — O pierrô queria saber. — Só pode ser uma bruxaria de Nimb. E sabe muito bem que qualquer magia é proibida!

— Não é feitiçaria, é apenas uma técnica avançada de jogar dados. Uns garotos me ensinaram.

— Eu vou recorrer dessa falcatrua no Supremo Tribunal de Jogos. Não vou deixar barato! — protestou o mascarado para o magistrado.

A multidão sitiava a mesa com seus gritos, louvores e xingamentos, e o caos estava prestes a explodir quando o juiz-mor pediu silêncio para a plateia. Queria dar uma chance da vencedora ter seu momento. Mas não adiantou, o povo continuava ensandecido.

Uma voz ungida de autoridade passou por cima de todas as outras e calou-as.

— Silêncio! — decretou o Rei.

A ordem cumpriu-se.

— Obrigado, Vossa Majestade. — O magistrado fez várias mesuras na direção do monarca. — Agora passo a palavra à vencedora da noite. Tem algo a dizer?

— Sim, tenho. — Ela tirou a máscara de Loba e voltou a ser apenas Lenna Schwolld.

— Peço apenas que me ouçam com atenção, especialmente Vossa Majestade, pois tenho que confessar. Não aguento mais!

Todos se entreolharam, confusos e muito curiosos.

— Não aguento mais as perseguições de um membro da nossa corte, que faz uso do seu cargo oficial para me assediar com incursões e insinuações infundadas. E este membro da corte é o magistrado Bartilas! — Apontou para o juiz da mesa de Wyrt que tinha acabado de arbitrar a mesa da final, e que por coincidência também era um magistrado.

— Eu? — o magistrado perguntou, com a maior cara de indignação possível.

— Sim. Vossa Excelência teve o despautério de acusar a mim e a minha companheira Marie LePrunec — ela apontou para a plateia, para a Rouxinol — de alta traição! Eu, da ilibada casa Schwolld, que dediquei toda minha vida ao nosso Mui Exaltado Reino de Ahlen e tenho total devoção ao nosso Rei Nonato e Rainha Vinala. — Fez uma mesura voltada para os monarcas. Continuou.

— Não só isso, não bastasse as acusações infundadas, este ser vil aproveitou-se de sua posição de poder para nos extorquir, exigindo fartos tibares para nos manter longe das garras da lei! Precisei ceder às suas chantagens provisoriamente, senão não poderia estar aqui hoje para fazer esta grave denúncia.

Comoção na plateia. Todos queriam saber o desfecho daquela situação inusitada. Um repórter do Arauto anotava tudo o que ouvia furiosamente, já pensando na manchete do dia seguinte.

O rei tomou a palavra. Não queria que aquilo se alongasse demais. Queria voltar para a festa.

— Magistrado Bartilas. Tens provas da acusação? — O rei pareceu relevar a acusação de extorsão, parecia interessado apenas na acusação de traição. Seus nobres podiam se trair entre si, mas trair a coroa era imperdoável.

— Bem, Vossa Majestade, estamos trabalhando…

— Se o magistrado tem provas, é certo que são fabricadas — interrompeu Lenna. — Como confiar em um magistrado que extorque os investigados?

— É verdade que o senhor está solicitando emolumentos a esta senhora? Lembre-se que mentir na presença do seu soberano pode acarretar execução imediata.

O rei fazia alusão ao boato que a rainha tinha o olho mágico que podia enxergar a verdade. O magistrado estremeceu por um segundo. Se ajoelhou, e sucumbiu perante a pressão.

— É… verdade, Vossa Majestade. Fraquejei e pedi um adiantamento desta senhora para ajudar nas custas do processo. Mas foi só isso. Sobre a acusa…

Lenna interrompeu.

— Ele confessa! Aproveite para confessar também que em um dos concertos de minha companheira o senhor surgiu com seus guardas para nos intimidar. Nem tente negar, pois há fartas testemunhas!

— Eu fui ao concerto sim, sou um apreciador deste tipo de música, e os guardas são a minha escolta…

— Já chega!

Desta vez foi o rei quem interrompeu.

— A senhora Lenna se provou uma aristocrata excepcional, e nos tem em alta estima, especialmente pelo fato de ter vencido o campeonato de Wyrt em tão adversas condições.

— Senhorita — ela ousou corrigir o rei. Ele relevou, queria terminar.

— Então, diga-me, por favor, o que posso fazer para que possamos prosseguir com nossa noite.

— Gostaria de pedir à Vossa Majestade que todas essas acusações infundadas contra mim e minha companheira sejam retiradas. E que o magistrado Bartilas seja punido.

O rei pausou por um breve instante, pesando sua decisão. Então decretou.

— Eu a declaro livre de quaisquer acusações que tenham sido feitas por este homem.

A multidão celebrou, aplaudindo a magnanimidade de seu soberano.

— Quanto ao magistrado...

Todos se calaram novamente, e o rei olhou para o juiz com um olhar de censura.

— Será punido. — Bartilas fez uma expressão derrotada. — Deverá ser aposentado. — A expressão de derrota se intensificou. — Mas manterá o soldo. Integral. — Derrotado, mas suspirou aliviado.

Voltaram os aplausos e ovações.

"Como é justo nosso rei! Ahlen é o melhor lugar do mundo!", todos gritavam.

A festa finalmente continuou, todos de volta a seus lugares naquele cenário esplendoroso.

Lenna foi correndo até Marie e se abraçaram, aliviadas. Se deram muitos beijos, e a soprano percebeu que a amada estava tremendo. Uma vez mais tranquilas, as duas olharam na direção do magistrado. Ele devolveu um olhar fulminante para elas.

"Isso não vai ficar assim. Não sabem o que as espera!", disse com os olhos.

Elas não pretendiam ficar ali para descobrir.

Lenna e Marie estavam montadas em um majestoso garanhão.

Ainda era a Noite, as últimas horas da grande festa, e as pessoas começavam a se cansar. Era o momento perfeito para ir embora. Antes de partirem por definitivo, conferiram os equipamentos e mantimentos guardados nos alforjes. Um deles, porém, era especial.

Tinha um compartimento falso, e ali havia uma porção de pergaminhos cuidadosamente enrolados. Documentos com informações sigilosas da coroa ahleniense.

Se certificaram que estava bem fechado.

Lenna segurou as rédeas com firmeza e deu uma última olhada para o palácio. Curiosos observavam o casal através das sacadas e janelas. Alguns acenaram, outros esbravejaram, outros riram, outros torceram e muitos mostraram total indiferença.

Em uma das janelas, ela percebeu três sujeitos que acenavam empolgados. Aqueles senhores tinham as cabeças brancas e ocupavam um lugar especial no seu coração. Comentou para Marie brevemente quem eram e quando foi apontar para eles, não estavam mais lá.

Madufax começou a andar. Primeiro com o passo leve, depois trotando e por fim galopou elegantemente pelas dependências dos jardins dos palácios. O chão tremia e uma nuvem de poeira se formava por onde o garanhão passava. Seus cascos mal pareciam tocar o chão.

Antes de perder o palácio de vista, Marie virou seu tronco em sua direção e fez uma vigorosa banana.

Apenas mais um dia no Rishantor.

CAPÍTULO 13

O ADIVINHO

A vista do mirante do morro era inspiradora.

O céu azul e limpo derramava sua luz sobre a paisagem bucólica da zona rural de Thartann e salientava o verde dos pastos e plantações das fazendas e sítios que cercavam a capital. A luz recaía também sobre as águas barrentas do rio Yrlanyadish, com tamanha intensidade que Felícia precisou espremer os olhos para focar a vista e poder enxergar uma procissão naval que singrava as águas em homenagem ao deus Oceano. Ficou observando as embarcações coloridas deslizarem tranquilas pelo rio em uma velocidade vagarosa, que contrastava com as carruagens que percorriam apressadas as amplas vias da capital.

Era a primeira vez que visitava o mirante do morro da alfândega para observar a cidade e era a primeira vez que observava o palácio de posição tão privilegiada. O Rishantor se revelava em toda sua plenitude, erguendo-se na direção do céu como se tentasse tocá-lo, belo e majestoso com suas centenas de flâmulas que tremulavam ao vento. Aproveitou para observar a geografia da cidade, que fez questão de lembrá-la que os canais, além de prover água para os moradores e servir de via fluvial, também delimitavam fisicamente a cidade em setores de nobres, pobres e de mercadores. A visão não lhe trouxe tristeza ou revolta, apenas uma sensação de resignação. Aquela divisão planejada e autocrática lhe parecia uma versão deturpada dos ensinamentos de Khalmyr, que tudo ordena e equilibra.

Felícia aproveitava a pausa para refletir antes de descer para a cidade. Por que voltava, se ali tinha perdido tanto, se ali tinha sido tão ferida? Como essa maldita cidade ainda conseguia manter seu coração refém? Será porque Thartann era tudo que conhecia, era seu mundo? Tinha certeza de que se um dia conseguisse abandonar a cidade, algo a puxaria de volta, pelo menos enquanto tivesse assuntos inacabados.

E tinha.

Passou a mão pelo cabelo, naquele momento com manchas azuis-acinzentadas, e sentiu a textura dos fios duros e ásperos. Olhou também para as próprias vestimentas, sujas e rasgadas, e se deu conta que estava prestes a se aproximar da cidade em um estado deplorável. Se ela estivesse montando guarda no portão e visse alguém como ela tentando entrar na cidade naquele estado, certamente a impediria.

Respirou fundo, bateu a poeira das roupas, amarrou o cabelo em um rabo de cavalo e então subiu na sua montaria. Não se importava com o que iriam pensar dela ou como seria recebida nos portões, só sabia que ninguém ia impedi-la de entrar.

O choque da tragédia tinha tirado sua capacidade de agir. Frente às chamas violentas dos moinhos, a fumaça sufocante e as intensas ondas de calor, Felícia não teve coragem de realizar o ato heroico que tanto almejava e idealizava.

Não conseguiu se enfiar dentro do fogo para salvar os outros, mesmo que tivesse que se sacrificar para isso.

Falhar com ela mesma, com seus ideais, só fez piorar as consequências da tragédia. Não havia queimadura alguma no seu corpo que pudesse exibir como marca de bravura, havia apenas a vergonha da lembrança que iria atormentá-la por muito tempo. Retornar para o lugar da tragédia seria o primeiro passo para superar o trauma e recomeçar sua vida. Ou pelo menos era o que esperava.

Nas poucas vezes em que conseguiu parar para imaginar como teria ficado o lugar do incêndio, Felícia imaginou um cenário apocalíptico, um descampado estéril de quadras inteiras reduzidas a cinzas, pontuadas por montes de entulhos e barracas de moradores indigentes. Nesse cenário desolador, os corpos carbonizados das vítimas teriam sido soterrados sob os escombros das estruturas desabadas e esquecidos pelos vizinhos em poucos meses.

Felícia havia subestimado seus conterrâneos.

A única coisa que havia acertado era a parte das barracas e, mesmo assim, não foi como esperava. Quando chegou nos Moinhos encontrou as casas com andaimes nas fachadas sendo reconstruídas, as ruas tomadas por carroças puxadas por animais de carga e as barracas dos pequenos negócios cujas lojas tinham sido destruídas pelo fogo. Também havia ruínas e entulhos carbonizados, mas não eram os protagonistas da paisagem, apenas coadjuvantes.

A reação inicial foi de ultraje. Sentiu que a memória da tragédia, a sua memória, estava sendo desenterrada rápido demais. Nenhum memorial havia sido erguido, não havia nenhuma faixa de protesto, nem mesmo uma mísera placa de madeira! Ninguém lembrava de nada, ninguém mais se revoltava com o ocorrido? Quis perguntar às pessoas como tinham coragem de agir daquela maneira, porém não teve presença de espírito, sofreu calada enquanto andava pelas ruas de terra batida e via seus antigos vizinhos seguindo sua rotina e vivendo normalmente.

Não tinha como saber se aquelas pessoas haviam perdido entes queridos ou não, mas podia ver que o presente momento não era mais de luto, era de trabalho e reconstrução. Seus conterrâneos precisavam trabalhar de dia para comer de noite. Não tinham escolha quanto a isso e nem o direito a um luto prolongado.

Depois de percorrer várias quadras, Felícia foi acometida por uma sensação estranha, uma súbita passagem de tempo como se estivesse sendo transportada de um lugar longínquo até o momento presente, em uma sincronia metafísica que culminou em um instante de dor. Sua perna, machucada desde o incidente na mansão de Nimb, que tinha sido tratada por um curandeiro e que até aquela hora não a havia incomodado, pulsou intensa. Se abaixou e colocou as mãos sobre ela por um instante e, então, começou a mancar. Só esqueceu a dor quando chegou no seu destino.

Um novo moinho, recém-pintado e aparentemente cheio de moradores, ocupava o lugar daquele onde havia morado. De sua casa só restavam as pedras da fundação, blocos maciços e sólidos que conhecia bem. Em uma das pedras havia entalhado a balança, um dos símbolos de proteção de Khalmyr, agora enegrecida pelas chamas. As casas dos vizinhos também haviam sido substituídas por novas. Era como se a tragédia que destruiu sua família não tivesse acontecido.

Aquilo lhe doeu.

Atordoada, passou algum tempo olhando para as pedras da fundação, seu chão que havia perdido. Conseguia pensar apenas nos entes mortos e em visitá-los no cemitério público dos anônimos localizado nos arrabaldes da cidade, onde supunha que tinham sido enterrados se tivessem encontrado os corpos. Havia aprendido na guarda que esse era o procedimento.

Andou ao redor do novo moinho e depois começou a vagar pelas construções dos novos vizinhos.

— Felicinha, é tu mesmo?

Era uma vizinha, velha conhecida. Sentiu carinho no tom de voz dela, mas se manteve distante.

— Olá. Sim, eu mesma. — Tentou disfarçar, mas ainda estava distante demais.

— Que bom te ver querida, o pessoal pensou que tu tinha morrido! Mas eu tenho tanta coisa pra te contar!

A vizinha era uma senhorinha idosa que costumeiramente contava a vida de todos para todo mundo. Quando fez menção de começar a falar, Felícia sentiu um nevoeiro se fechar em sua mente como no período que passou vagando pela floresta. No entanto, desta vez teve forças para resistir e seguir adiante.

— Me desculpe, senhora, tenho que ir.

Felícia fez uma mesura curta e saiu andando com medo de desabar. Ainda tinha uma última missão.

"Só pode ser brincadeira", pensou Felícia quando viu os guardas do portão da Academia Real da Guarda de Thartann vestidos com seus uniformes de gala.

Era um dia de cerimônia de formatura.

Como não pretendia dar explicações a seus colegas, aproximou-se de um grupo de visitantes e usou-os como cobertura para passar pelos sentinelas distraídos que estavam cumprimentando os convidados.

Era como uma réplica exata do ano anterior: o palco montado no pátio central, os formandos de pé atrás do orador, a multidão assistindo. A cerimônia havia começado a pouco e, sem perceber, decidiu ficar ali para assistir, anônima entre os diversos convidados.

Ser uma espectadora de um evento do qual já havia feito parte era mais uma experiência extraordinária entre tantas acontecidas em apenas um ano. Uma estranha coincidência que só acentuou sua sensação de distanciamento. Sentiu-se incomodada com a pompa excessiva e a teatralidade da cerimônia, a frivolidade calculada para não só agradar, mas para não ofender a sensibilidade dos nobres. Os elogios aos formandos, as palmas coreografadas, as lágrimas treinadas em frente ao espelho. Um contraste brutal com a dura realidade dos serviços prestados nas ruas, que ela havia sido obrigada a conhecer tão cedo, justamente por ser quem era. Será que algum deles pretendia realmente honrar o juramento da guarda? De um jeito ou de outro, aquilo não era mais problema dela. Saiu andando antes que tivesse de desviar dos abraços dos familiares e amigos dos formandos.

Foi até seu lugar preferido na muralha do pátio, um canto das ameias pouco frequentado e silencioso, mas que, devido à ocasião especial, estava mais barulhento do que o normal. Seu coração estava indeciso, dividido entre se sentir pessimista ou otimista com o futuro. Tendia para o otimismo, pois esta era sua natureza. Mas não era assim que tinha tudo começado? Com a felicidade de se formar guarda e a vontade de mudar se não o mundo, ao menos Thartann?

Sentiu lágrimas pesadas nascendo, mas antes que rolassem, sentiu também outra coisa. Algo que havia sentido em muitas outras situações felizes, longe da guarda, longe das investigações e da loucura. Um abraço forte na perna.

Olhou para baixo.

Era Nuno, seu sobrinho, seu xodó, agarrado nela como se sua vida dependesse disso. Ela não estava mais sozinha no mundo. Nem ele.

Nuno soltou a perna de Felícia, que se ajoelhou e segurou seu rosto com as duas mãos. Acariciava o sobrinho repetidamente e ele nem conseguia falar, apenas chorava.

— Meu Nuninho, você tá vivo. Eu voltei. Nunca mais vou te deixar.

— Tia, eu pensei que tu tinha morrido e fiquei muito, muito triste…

As palavras custavam a sair, embargadas pela emoção. Os dois se contentaram em chorar e soluçar, deixando que gestos e toques falassem por eles.

— Como sabia que eu ia estar aqui? E como chegou? — Felícia tinha muitas perguntas.

— Eu tava brincando lá no Moinhos com a minha turma, aí a vizinha veio contar que você tinha ido e viu você vindo pra esses lados! Ela ficou tomando conta de mim depois do incêndio. De mim e dos outros meninos órfãos. Eles são a minha turma.

Sentiu-se tola, uma investigadora de meio tibar, por não ter cogitado antes. Tinha largado a mulher falando e quase perdera a chance de rever a coisa mais preciosa da sua vida. Nuno ainda chorava, mas tinha se acalmado e conseguia falar. Continuou.

— Quando a casa queimou, fiquei sozinho. Todo mundo morreu e tu sumiu. Fiquei muito, muito triste e não achei nenhum outro parente.

— E tu não se machucou no incêndio?

— Quase nada, ficou só uma cicatriz, quer ver?

— Quero!

Ele mostrou o que restava de um pequeno corte na testa, debaixo dos cabelos desgrenhados. Era um menino de sorte.

— Tia, tô com fome — disse Nuno. Aos poucos voltava ao normal.

Felícia engoliu o choro e limpou as lágrimas antes de falar.

— Tá. Vamos fazer assim. Você volta direto para sua casa e leva esse tibar para ela. Diz que fui eu que mandei. A tia precisa resolver só uma coisa. — Fungou uma última vez. — Depois eu vou até lá e aí prometo que a gente não vai se separar nunca mais e você vai poder contar todas as histórias que quiser. Pode ser?

— Pode!

Felícia abraçou o sobrinho com força mais uma vez e sem querer acabou cheirando-o. Tinha o cheiro das ruas de Thartann.

O corredor que levava à porta era longo e tinha a parede do lado esquerdo enfeitada com bustos de magos reais ahlenienses. Já do lado direito era aberta e sustentada por esbeltas colunas de madeira, complementada por uma balaustrada que vinha até a altura da cintura.

Enquanto caminhava na direção da porta, Felícia leu as placas de cada busto e tentou reconhecer algum deles pelo nome ou apelido, mas nenhum lhe era familiar. Fazendo as contas com as datas que acabara de ler, percebeu que na história de Ahlen havia muito mais reis do que magos reais. Isso atestava que os arcanistas nesta posição foram sempre importantes e confiáveis desde a fundação do reino. Aparentemente a pena dos pergaminhos prevalecia sobre a espada dos exércitos e as adagas dos assassinos. Ou talvez magos com aquele nível de poder fossem apenas raríssimos, caríssimos e, portanto, difíceis de substituir. E estava indo falar com um deles.

Parou para olhar o pátio central uma última vez, apoiando-se em uma das colunas. A verdade era que Felícia estava assustada e juntava coragem para prosseguir. Pouco antes de encontrar Nuno, estava certa do que fazer e como agir. Agora não tinha mais certeza.

"As coisas mudam rápido demais. A essa altura eu já devia ter aprendido", pensou.

Olhou para baixo. A cerimônia tinha acabado, o pátio da Academia Real estava vazio, exceto por pequenos grupos esparsos absortos em conversas. Há um ano, a essa altura, já estaria trabalhando no seu primeiro caso, um caso que, sem que soubesse, iria transformar sua vida. Afastou-se do corrimão.

"Vamos acabar com isso", pensou. E rapidamente bateu três vezes na pesada porta de madeira.

— Entre — respondeu uma voz abafada.

Felícia abriu-a e cruzou o umbral, sentindo-se banhada imediatamente por uma presença estranha que, tão rápido quanto surgiu, se dissipou. Assumiu que era um feitiço e prosseguiu.

Sempre tinha imaginado a sala do Adivinho como um laboratório gigantesco, cheia de tomos abertos espalhados sobre pesadas mesas de madeira, bancadas cobertas de aparelhos alquímicos complexos e povoada por capetinhas voadores levando frascos borbulhantes para aprendizes que realizavam experimentos arriscados.

A realidade era bem menos emocionante.

A sala era um escritório com paredes forradas de nichos, de prateleiras ocupadas por pilhas de papéis e rolos de pergaminhos marcados com o selo real. Parou na frente de uma escrivaninha de trabalho, tendo à sua direita uma janela de vidro aberta, e à sua esquerda um carrinho de bebidas. Sobre o carrinho havia uma grande quantidade de frascos e garrafas coloridas e, sendo ahleniense, supôs que poderiam ser tanto bebidas quanto venenos e poções. Também supôs que a sala, que tinha, uma porta a mais além da de entrada, deveria ter pelo menos uma passagem secreta. Sobre a sólida mesa de madeira escura tolloniana, viu mais papéis empilhados e reconheceu as ferramentas de trabalho de um burocrata de alto nível: um tinteiro com uma pena de corvo mergulhada e o sinete do mago real.

Atrás da mesa estava o Adivinho.

O homem sustentava seu característico olhar inexpressivo e estava vestido todo de preto, com seu chapéu preto cilíndrico. A barba preta era curta, cortada em ângulos retos. Sabendo da importância da autoridade à qual estava se dirigindo, ousou ser mais informal.

— Boa tarde, meu lorde. Sou a guarda investigadora de terceira classe Felícia dos Rodamundos e gostaria de presumir, *pelo seu cargo*, que já sabe por que estou aqui.

Houve uma pausa antes da resposta, precedida por um suspiro.

— Não imagina quantas pessoas fazem essa brincadeira. — Dirigiu um olhar frio e severo, e logo abriu um sorriso. — Mas eu gosto. Gosto que saibam que eu sei. De tudo.

— Então sabe mesmo por que estou aqui.

— Sei, mas não por nenhum arcanismo ou sortilégio. Apenas usei meu poder dedutivo e informações à minha disposição. Pelo seu aspecto, e pela urgência da visita ao meu gabinete, acredito que veio me pedir algo ou comunicar algo importante. Mas, conhecendo seu orgulho, diria que não veio aqui para pedir. Mas antes de falarmos de trabalho, gostaria de saber como foi sua noite na Ópera. Sente-se por favor.

— Prefiro ficar de pé, não pretendo demorar. E também prefiro não falar sobre aquela noite.

— Fique à vontade. — Acenou com a cabeça e prolongou o silêncio.

Hesitante, Felícia demorou a falar.

— Meu lorde, peço humildemente que me libere do serviço da sua majestade. Não me sinto mais apta a continuar.

— Muito bem. — Lançou um olhar profundo. — Não quer ouvir ao menos uma contraproposta?

O Adivinho apoiou os cotovelos na mesa e encostou as pontas dos dedos das mãos, depois levou-os aos lábios por um instante, e antes que ela pudesse responder, prosseguiu:

— Eu a acompanho desde que chegou. Acompanho a todos, na realidade, mas principalmente os poucos que se destacam. Sei da sua predisposição para atos dramáticos de justiça, algo um tanto incomum e problemático em nosso reino. Sei que fez um trabalho notável nos casos que lhe foram passados e, infelizmente, em alguns casos que não lhe foram passados. Sei que quer fazer justiça, no entanto, há hora e lugar para tudo.

Fez uma pausa proposital e pousou as mãos na mesa.

— Proponho-lhe uma promoção generosa, e que fique sob meu comando direto. Há…

— Não se pode fazer justiça apenas em alguns casos — interrompeu Felícia. — Todos os crimes devem ser resolvidos com a mesma diligência e dedicação.

O Adivinho demonstrou algum incômodo ao ser interrompido, fazendo uma expressão de esgar quase imperceptível. Respirou fundo e continuou.

— Sabe o que me deixa triste? O seu potencial desperdiçado, tolhido pela obsessão com sua ideologia. Já esqueceu o que eu disse antes? Eu sei de tudo. Trato de centenas de assuntos diários. Crimes, fofocas, tramas e todo tipo de informações. E informação é poder. Preciso de ajuda para coletar e distribuir, ajuda de pessoas competentes e capazes. Trato de política tanto interna quanto externa, de subornos de reinos inteiros. Já participei de rituais mágicos de magnitude e complexidade que a deixariam chocada. Faço, ou melhor, fazemos de tudo para proteger Ahlen e seus cidadãos, e ninguém fica sabendo.

Fez mais uma pausa.

— Darei-lhe um novo cargo, terá mais dinheiro. Terá seu próprio pessoal, terá mais poder. Poderá finalmente ter boas roupas, bons equipamentos, uma casa confortável, com móveis e servos, tudo o que lhe foi negado pela sua origem plebeia. Reconsidere.

"Reconsidere", ela entendeu, era uma ameaça, não uma sugestão. Estava subindo o tom. Felícia pensava com cuidado no que dizer em seguida, pois suas palavras poderiam selar seu destino. Ao ver sua hesitação, o Adivinho prosseguiu.

— Sejamos francos, minha oferta é mais que generosa. Pode escolher entre uma existência irrelevante ou um cargo onde poderá exercer "sua justiça". Se está na dúvida lembre-se do modo ahleniense. Vamos negociar. Estou a um passo do rei, posso conseguir tudo o que quiser. — Terminou com um sorriso discreto, recostou-se no espaldar da cadeira e fez um gesto com a mão, sinalizando a deixa para Felícia.

Ela avançou um passo.

— Sejamos francos, então, senhor. Também sei de muitas coisas. Sei dos meus colegas corruptos. Nem vou falar dos nobres como meu lorde, pois todos sabem de seus abusos e privilégios. Sei que o assassino das placas foi colocado nas ruas para eliminar cidadãos revoltosos e sei que agentes da GPCC abduzem os cidadãos que ousam denunciar os abusos da coroa em público. Sei que alguém enviou um assassino da guilda para liquidar a mim e um outro sujeito, e só estou aqui porque lutei até o fim de minhas forças! Não posso mais compactuar com tudo o que descobri. Não posso vender minha ideologia.

Sentiu um alívio quando terminou de falar, lembrando-se do mural de Khalmyr que representava a luta do bem contra o mal, aquela luta que poderia ser tanto interna quanto externa e que, às vezes, romantizava. As criaturas no mural, tanto as boas quanto as más, eram banhadas por raios que Abel explicou serem o olhar constante de Khalmyr. Felícia, vez ou outra, sentia aqueles raios imaginários, sentia a atenção de uma força maior que zelava por ela. Especialmente em momentos de tensão e perigo.

— Sabe que cruzou todas as linhas ao falar dessa maneira com minha pessoa. — O rosto dele continuava inexpressivo, no entanto, Felícia sentia algo borbulhar dentro dele. — E sinceramente, não compreendo por que insiste tanto na ideia de "salvar" os cidadãos. São todos uns egoístas. Uns covardes, uns aproveitadores patéticos que não hesitam em tirar dos outros para pegar para si. Não há o que salvar em Ahlen.

— Estou decidida.

O Adivinho pausou e acariciou a testa com seus dedos. Suspirou.

— A partir desse momento está oficialmente dispensada de todas suas funções como guarda real do reino de Ahlen. Serei magnânimo e vou relevar os absurdos que proferiu sobre a coroa. — Ele levantou o braço e apontou a saída. — Pode ir. Mas tenho a sensação de que nos veremos novamente.

Felícia andou em direção à porta e voltou-se por um instante.

— Mesmo com tanto poder mágico, já não sabia mesmo a minha resposta?

— Não, Felícia, apenas suspeitava. Mas, nessa parte, as magias sempre falham. — Pela primeira vez sorriu como se fosse apenas um homem comum. — Do coração dos homens entendem os bardos, não os magos.

Ivarth arregalou os olhos quando viu Felícia cruzar um dos corredores da RICS. Levantou-se imediatamente e foi correndo atrás dela, quase tropeçando no caminho. Ajeitou seus óculos e se aproximou sorrindo, tão empolgado que esqueceu sua costumeira formalidade.

— Felícia, você voltou! E está bem! Ficamos... fiquei tão preocupado!

— Voltei. Mas estou de saída. Deixei a guarda.

Ele abriu a boca de tamanha surpresa. Chegou mais perto dela, abalado pela notícia súbita.

— O que aconteceu?

— Agora não posso explicar nada, tenho que ir ao templo de Khalmyr primeiro. — Pausou um instante para respirar. — Me encontre à noite no Pescador Peralta para conversarmos. Por enquanto, a única coisa que deve saber é que vou precisar da sua ajuda.

— Tudo bem. Mas pelo menos me diga o que vai fazer no templo.

— Uma promessa.

— Vai prometer o quê, pelos deuses?

— Que vou tornar este reino mais justo. Ou morrer tentando.

Quando já era quase noitinha, entrou com o sobrinho na Pescador Peralta e os dois se sentaram em uma mesa. Ela viu que ninguém parecia se importar com a criança, pois estavam todos ocupados demais com seus assuntos. Ivarth chegou em seguida e, assim que se viram, deu nela o abraço que sempre quis dar. Para surpresa e alívio dele, Felícia o abraçou de volta por um longo tempo.

Sentados na mesa da taverna os dois conversaram intensamente sobre planos futuros: quem ajudar primeiro, quem procurar, o que fazer, como fazer e em quem podiam confiar.

E sem se darem conta, em meio a petiscos e canecos de cerveja, estavam formando uma coisa rara em Ahlen:

Um grupo de heróis.

Para acompanhar as novidades da Jambô e acessar conteúdos gratuitos de RPG, quadrinhos e literatura, visite nosso site e siga nossas redes sociais.

www.jamboeditora.com.br

facebook.com/jamboeditora

twitter.com/jamboeditora

instagram.com/jamboeditora

youtube.com/jamboeditora

twitch.com/jamboeditora

Para ainda mais conteúdo, incluindo colunas, resenhas, quadrinhos, contos, podcasts e material de jogo, faça parte da *Dragão Brasil*, a maior revista de cultura nerd do país.

www.dragaobrasil.com.br

Rua Coronel Genuíno, 209 • Centro Histórico
Porto Alegre, RS • 90010-350
contato@jamboeditora.com.br